Juliane Deinert

Enalis

Das Flüstern der Buchseiten

Band 1

Juliane Deinert

Enalis

Das Flüstern der Buchseiten

Band 1

Bibliografische Information der Deutschen Nationalbibliothek: Die Deutsche
Nationalbibliothek verzeichnet diese Publikation in der Deutschen
Nationalbibliografie; detaillierte bibliografische Daten sind im Internet über
http://dnb.dnb.de abrufbar.

Lektorat: Tanja Böhm
Korrektorat: Tamara Haschke
Cover: Julia Rohwedder
Weitere Mitwirkende: Jane Messerschmidt

Verlag: BoD · Books on Demand GmbH, Überseering 33, 22297 Hamburg,
bod@bod.de

Druck: Libri Plureos GmbH, Friedensallee 273, 22763 Hamburg

ISBN: 978-3-7693-5603-8

Für meine Söhne

das Auge

Mongwald

Schloss der
Eisriesen

Gebirge von
Esramont

Haus der
Waldhüterin

Schattenburg
von Ugra

Prolog

Mit zitternden Händen durchblätterte er die Seiten auf der Suche nach der einen, die etwas besonderes war. Sie bestand aus hauchdünnem Glas, so zerbrechlich, dass der kleinste Druck sie in tausend Stücke zersplittern lassen konnte. Plötzlich vernahm er ein Geräusch auf dem Flur. Er erstarrte und lauschte angestrengt. Vorsichtige Schritte näherten sich seinem Zimmer. Besser, er beeilte sich. Eine Sekunde später wurde die Türklinke heruntergedrückt. Ein Klicken war zu hören.

»Hast du etwa abgeschlossen?«, rief seine Mutter.

Er antwortete nicht. Stattdessen setzte er sanft seine Fingerspitzen auf die gläserne Buchseite. Kälte strömte durch seine Hände und kletterte wie ein eisiger Fluss aus klarem Bergquellwasser seine Arme hinauf – schneidend, fast schmerzhaft.

»Mach sofort die Tür auf!«, verlangte seine Mutter. Ihre Stimme klang schrill.

Er fuhr zusammen. Dabei glitt ihm das Buch vom Schoß und fiel auf den Boden.

»Nein!«, keuchte er und tastete danach, um es wieder aufzuheben.

Es war noch an derselben Stelle aufgeschlagen. Hastig strich er mit dem Zeigefinger über die spiegelglatte Oberfläche. Er spürte zarte Risse auf dem Glas, die sich brennend in seine Haut schnitten. Hatte er das Buch zerstört? Sein Magen krampfte sich zusammen.

Im selben Moment ging ein Ruck durch ihn hindurch und er hatte das Gefühl, unter schwerem Mauerwerk begraben zu werden. Er kannte diesen Zustand von den anderen Malen, als er das Glas berührt hatte. Gleich würde ihn das Buch zwischen seine Seiten locken, mitten hinein in seine unheimliche Geschichte, in der er längst zu einer Figur geworden war, hinaus aus seiner Welt, weg von seinem Zuhause.

Seufzend schloss er die Augen und konzentrierte sich auf seine Atmung. Das Luftholen fiel ihm schwer, als würden unsichtbare Hände seine Kehle zusammendrücken. Um ihm herum drehte sich alles, ihm wurde schwindelig. Dumpf drangen die panischen Rufe seiner Mutter an sein Ohr. Sie rief seinen Namen und hämmerte wild gegen die verschlossene Tür. Doch es war zu spät.

Keuchend rang er nach Luft. Die vorherigen Übergänge waren anders gewesen, eindeutig anders. Ob er bestraft wurde, weil er das Buch zerstört hatte? Eiseskälte floss durch seinen Körper, lähmte ihn, sodass er sich nicht mehr bewegen konnte. Er wollte seine Mutter um Hilfe rufen, aber es drang nur ein Wimmern über seine Lippen. Seine Familie hatte ihn vor dem Buch gewarnt. Aber er hatte sie nur ausgelacht. Das war sein letzter klarer Gedanke, bevor es knallte – so laut, dass er glaubte, seine Trommelfelle müssten platzen.

Danach kam die Stille.

Und die Dunkelheit.

Das Ende.

Kapitel 1

Das Schwarze Buch

Das Versprechen – Marie

Marie hielt sich aufrecht, den Oberkörper leicht nach vorn gestreckt. Sie atmete gleichmäßig ein und aus. Mit den drei mittleren Fingern ihrer linken Hand spannte sie die Sehne. Konzentriert richtete sie den Bogen auf die Zielscheibe und straffte ihren Rücken.

Drei, zwei, eins, zählte sie in Gedanken. Dann ließ sie los.

Mit rasender Geschwindigkeit surrte der Pfeil durch die Halle. Marie sah ihm unzufrieden nach.

»Wie eine idiotische Anfängerin«, schimpfte sie leise.

Sie hatte bereits beim Abschuss gewusst, dass sie das Ziel verfehlen würde. Es war das erste Mal seit Jahren, dass sie die Scheibe nicht getroffen hatte.

»Verdammt«, fluchte sie und wandte sich zum Gehen.

Die Kontaktlinse auf ihrem rechten Auge war verrutscht und scheuerte. Marie schüttelte stumm den Kopf. Für heute hatte sie genug. Auch der nächste Pfeil würde danebengehen. Sie war viel zu abgelenkt. Immerzu kreisten ihre Gedanken um den unheimlichen Raben mit dem auffällig blauen Schnabel. Sie hatte ihn gestern auf dem Zaun hinter der Terrasse sitzen sehen. Wie ein böses Omen. Schon damals, kurz bevor ihr Mann spurlos verschwunden war, war der Vogel im Garten aufgetaucht. Marie fröstelte, obwohl es in der Halle warm war. Unzufrieden verließ sie die Bogensportschule, die sie vor zehn Jahren gemeinsam mit ihrem besten Freund und Kollegen Kai gegründet hatte.

Draußen dämmerte es bereits, als sie hinter sich die Tür abschloss. Sie legte ihren Bogen in den Kofferraum, knallte ihn stärker zu als nötig und setzte sich ans Steuer. Wieder spukte dieser Vogel durch ihren Kopf. Sobald er auftauchte, sollte sie Sascha das Schwarze Buch geben. So hatte Räjeg es ihr aufgetragen. Dieses grauenvolle Buch. Marie sog hörbar die Luft ein, stockte, um dann laut auszuatmen. Ihr Mann war schon so lange fort und trotzdem krampfte sich ihr Herz noch immer schmerzvoll zusammen, wenn sie an ihn dachte.

Ein Auto hupte. Marie erschrak, sie hatte nicht bemerkt, dass die Ampel auf Grün gesprungen war.

»Ist ja gut!«, rief sie und hob entschuldigend die Hand.

Sie musste sich sofort zusammennehmen und auf das Hier und Jetzt konzentrieren. Nach einem kurzen Zwischenstopp beim Supermarkt lenkte sie den Wagen endlich die Hofeinfahrt zum Haus hinauf. In Saschas Zimmer brannte Licht.

»Heute gibt's Pizza zum Abendessen«, rief Marie, kaum dass sie die Haustür hinter sich zugezogen hatte.

Theo kam wie eine Dampflok die Treppe heruntergepoltert und schmiss sich in ihre Arme. »Jippie, Pizza! Du bist die Beste!«

Marie drückte ihn kurz an sich und atmete seinen Duft ein. Er roch immer ein bisschen nach frischem Hefeteig. Dann ging sie in die Küche und stellte die Einkaufstasche auf einen Stuhl. Ihr taten alle Knochen weh. Mit einem tiefen Seufzer streifte sie sich ihre Jacke ab und warf sie achtlos auf den Tisch.

»Wo ist dein Bruder? Hat er gut auf dich aufgepasst?«, fragte sie.

Theo nickte und steckte neugierig den Kopf in die Einkäufe. »Hast du auch Eis mitgebracht?«

»Nein, heute nicht.« Marie wedelte mit der Hand, um Theo von der Tasche zu verscheuchen.

»Wo ist Sascha?«, wiederholte sie. »Hat er mich nicht gehört?«

Sie musste zwinkern. Diese verfluchte Kontaktlinse!

»Ich hole ihn!«, sagte Theo schnell und verschwand.

Kurz darauf kehrte er pfeifend mit Sascha im Schlepptau zurück. Seine Hände steckten tief in den Hosentaschen und er hielt den Rücken leicht nach vorn gebeugt, als wollte er sich kleiner machen. Das tat er neuerdings häufig. Dabei wurde immer deutlicher, dass er die aufgeschossene, kräftige Statur seines Vaters geerbt hatte. Marie verkniff es sich, ihn zu ermahnen. Sie hatte keine Lust auf eine Diskussion.

»Wie war dein Tag?«, fragte sie stattdessen.

Sascha zuckte mit den Achseln. »Ganz okay ... Heute gibt's Pizza, hab ich gehört?«

Sein kleiner Bruder hüpfte wie ein Flummi auf und ab. »Pizza, yeah!«, krakeelte er.

»Theo, sei bitte nicht so laut!«, schnaufte Marie. Es klang genervter, als sie es beabsichtigt hatte.

Er hörte auf zu hüpfen und wippte stattdessen auf den Zehenspitzen hin und her. »Pizza, Pizza, yeah, yeah!«, sang er leise weiter.

Marie öffnete den ersten Pizzakarton.

»Brauchst du Hilfe?«, fragte Sascha und sah sie wieder mit diesem besorgten Blick an.

»Räumst du schnell die Einkäufe aus und kümmerst dich dann um deinen Bruder?«

Sascha nickte halb zustimmend. Lustlos nahm er die Hände aus den Hosentaschen und schlenderte zum Einkaufsbeutel. Derweil begann Theo, sich neben dem Küchentisch um seine eigene Achse zu drehen wie ein Kreisel.

Marie atmete schnaubend aus. »Theo, bitte, hör auf damit!«

In dem Moment verlor Theo sein Gleichgewicht und fiel

polternd hin. Lachend blieb er auf dem Rücken liegen. Sofort legte Sascha die Packung Butter auf den Tisch, die er gerade aus der Tasche gefischt hatte, ging zu seinem Bruder und hielt ihm seine Hand hin. »Hoch mit dir!«

Marie trat zum Herd und schaltete ihn ein.

»Drehst du dich mit? Das macht Spaß!«, hörte sie Theo hinter sich lachen.

Sie fuhr herum. »Auf keinen Fall! Und erst recht nicht hier!«

Die beiden wechselten einen Blick.

»Ist alles okay?«, fragte Sascha vorsichtig.

Marie nickte. Sie wollte einfach allein sein und in Ruhe nachdenken.

»Geht ruhig schon mal hoch. Ich rufe euch, wenn das Essen fertig ist«, sagte sie, diesmal freundlicher.

»Okay. Sag Bescheid, wenn du Hilfe brauchst«, antwortete Sascha, bevor er mit Theo polternd nach oben verschwand.

In Marie rumorte es. Unruhig lief sie auf und ab, setzte sich, nur um im nächsten Moment wieder aufzuspringen. Die ganze Zeit sah sie den Raben vor sich und dann Räjegs durchdringenden Blick aus seinen wunderschönen smaragdgrünen Augen. Kurz bevor er für immer verschwunden war. Damals hatte er sie schwören lassen, Sascha das Buch zu geben, sollte der Rabe mit dem blauen Schnabel hier auftauchen und Räjeg bis dahin nicht zurückgekehrt sein. Beinahe sechs Jahre war das her.

Marie schloss die Augen und spürte tief in sich hinein. An manchen Tagen glaubte sie noch immer die Stimme ihres Mannes zu hören. Meinte, er würde gleich zur Tür hereintreten und sie in seine Arme schließen. Ob er geblieben wäre, wenn er gewusst hätte, dass sie damals schwanger gewesen war? Schon so oft hatte sie sich diese Frage gestellt. Aber sie hatte zu diesem Zeitpunkt ja selbst noch keine Ahnung gehabt.

Vorsichtig legte sie die Hand auf ihre Brust und atmete tief ein, bis der Schmerz der Sehnsucht verebbte. Ihre Gedanken wanderten zurück zu dem Buch. Natürlich hatte sie es Räjeg versprochen. Was hätte sie sonst tun sollen? Sie hatte nie damit gerechnet, dass er so lange fortbleiben würde. Müde sank Marie auf einen der Küchenstühle und legte die Stirn in ihre Handflächen. Sie spürte, dass das Buch gefährlich war. Sie fürchtete sich vor der Macht hinter dem dunklen Einband. Einmal hatte sie es sich trotz Räjegs Warnung angesehen. Aber das Buch bestand nur aus leeren Seiten. Eine war herausgerissen worden. Sie wusste nicht, ob Räjeg das getan hatte. Und dann gab es noch diese geheimnisvolle Buchseite mit einer Art Siegel. Als sie es betrachtet hatte, hatte sie ein Flüstern gehört, furchteinflößend und unheimlich. Seitdem misstraute Marie dem Schwarzen Buch.

Ruckartig hob sie den Kopf, straffte sich und drückte die Brust raus. Die Pizzen müssten gleich fertig sein.

Am späteren Abend, als Theo bereits schlief und Sascha sich in sein Zimmer zurückgezogen hatte, rief Marie ihre Eltern an. Angespannt lauschte sie dem Klingelton.

»Marie, was ist los?«, fragte ihr Vater ohne Begrüßung.

Er sprach leise wie immer. Marie glaubte nicht, dass sie ihn jemals hatte schreien hören.

»Papa, es ist was passiert«, sagte sie mit zittriger Stimme und musste ein Schluchzen unterdrücken.

Sie durfte sich jetzt nicht gehenlassen, sonst würde sie nie mehr zurückfinden.

»Erzähl!«

»Der Rabe mit dem blauen Schnabel ist aufgetaucht. Gestern Abend saß er im Garten.«

Sie hörte ihren Vater tief einatmen. »Oh mein Gott!«

»Was soll ich tun?«

»Du musst Sascha das Buch geben!«

Marie schluckte. Es war zu erwarten gewesen, dass er das sagen würde. Was hatte sie sich gedacht?

»Aber es fühlt sich nicht richtig an.« Sie rieb sich fahrig über die Stirn. »Ich könnte mit den Kindern fortgehen. So wie damals nach Räjegs Verschwinden. Diesmal ziehe ich weiter weg. Vielleicht sogar in ein anderes Land ...«

»Marie«, unterbrach ihr Vater sie, »mir ist klar, dass du Angst hast, aber Sascha ist nirgends auf der Welt sicher. Sie würden euch überall finden. Du musst dich an Räjegs Plan halten und seinem Urteil vertrauen. Das ist der einzige Weg, das weißt du!«

Marie schwieg. Sie wusste, dass ihr Vater recht hatte. Aber es war so verdammt schwer. Und ungerecht.

Sie hörte, wie er tief Luft holte. »Mein Kind«, sagte er sehr sanft, »versuche, ruhig zu bleiben! Sonst überträgt sich deine Furcht noch auf den Jungen.«

Maries Hand schloss sich fester um das Telefon. Ihr war schwindelig.

»Außerdem sind wir doch auch noch da. Wir passen auf Sascha auf. Wir beschützen ihn. Wir alle«, redete ihr Vater tröstend auf sie ein.

Marie nickte zögernd. Hinter ihren Augen brannten Tränen.

»Danke, Papa«, verabschiedete sie sich.

Das rätselhafte Erbe – Sascha

Es klopfte. Sascha sah von seinem Comic auf. Der Kopf seiner Mutter erschien im Türspalt.

»Darf ich reinkommen?«, fragte sie und trat ein, ohne seine Antwort abgewartet zu haben.

Sie hatte die Kontaktlinsen gegen ihre zierliche Brille getauscht. Aber Saschas Aufmerksamkeit galt mehr dem ungewöhnlichen

Objekt, das sie in den Händen hielt. Es sah aus wie ein Buch, dessen Einband aus der Rinde eines Baumes gemacht zu sein schien. Die Rinde war glatt und dünn wie die einer Birke. Doch statt des typischen blassen Weiß' schimmerte ein tiefes Schwarz zu ihm herüber.

»Was ist das?«, fragte er verwundert.

Sascha winkelte die Beine an, um seiner Mutter Platz zu machen. Vorsichtig setzte sie sich zu ihm aufs Bett. Sie atmete tief durch, bevor sie anfing zu erzählen.

»Dieses Buch hat mir dein Vater vor seinem Verschwinden anvertraut.« Sie hielt kurz die Luft an. »Er wollte«, fuhr sie dann fort, »dass ich es dir gebe, wenn der richtige Zeitpunkt gekommen ist.«

Sascha wusste nicht, was er davon halten sollte. Normalerweise sprachen sie nicht viel über seinen Vater und nun sollte er ein Buch von ihm bekommen? Er wartete. Auf Freude oder ein Gefühl der Dankbarkeit vielleicht.

»Wieso?«, brachte er schließlich heraus.

Seine Mutter zog eine Augenbraue hoch. Sie öffnete den Mund, als wollte sie ihm antworten, schloss ihn dann aber wieder.

»Etwa, weil ich gestern Geburtstag hatte? Sollte ich es mit fünfzehn kriegen?«, setzte Sascha deshalb hinzu.

Wieder wirkte seine Mutter verwirrt. Sie runzelte die Stirn, zögerte und nickte dann vage.

»Darf ich?« Sascha streckte seine Hände danach aus.

Er war jetzt doch neugierig. Aber seine Mutter machte keine Anstalten, ihm das Buch zu geben. Sie wollte ihn offenbar auf die Folter spannen. Betteln jedoch würde er gewiss nicht.

Er schielte auf das Cover.

Eigenartig, dachte Sascha.

Weder Titel noch Autorenname standen darauf. Einzig drei goldene Halbmonde, die immer größer wurden, zogen sich seitlich von rechts unten nach rechts oben über den sonst schwarzen

Einband, wobei nur der Kleinste in dem schimmernden Gold komplett ausgefüllt war. Vom größten Halbmond ausgehend wanden sich zwei spiralförmige Linien über den restlichen Buchdeckel wie ein Paar zusammengerollter Schlangen. Sascha hatte noch nie ein so eigenartiges Buch gesehen.

»Es sieht merkwürdig aus«, bemerkte er.

Seine Mutter nickte. »Ich soll dir daraus vorlesen, aber jeden Tag nur eine Seite, bis zu einer bestimmten Stelle.«

Sascha glaubte, sich verhört zu haben. Er lachte fahrig auf. »Echt jetzt? Vorlesen? Sehe ich aus wie mein kleiner Bruder? Und wieso nur eine Seite?«

Seine Mutter zuckte mit den Schultern. »So sind die Regeln.« Endlich schob sie ihm behutsam das Buch entgegen. »Aber du darfst es dir mal ansehen.«

Sascha musste sich zusammenreißen, um es nicht gierig aufzuschlagen. Es war kaum größer als ein Taschenbuch und nur halb so dick wie sein Daumen, dafür jedoch ungewöhnlich schwer. Behutsam hob er den Buchdeckel an, als er in genau diesem Moment ein leises Stöhnen vernahm. Es klang seltsam dumpf und kam so unvermittelt, dass Sascha ihn sofort wieder losließ.

»Was war das?«

Seine Mutter schüttelte verständnislos den Kopf. »Was denn? Hast du etwas gehört?«

Sie nahm ihm das Buch aus den Händen und betrachtete es mit düsterer Miene.

»Hör mir zu!«, sagte sie. »Es ist ein besonderes Buch, das Macht und Einfluss auf seinen Leser hat. Dein Vater hat mich schwören lassen, dir immer nur eine Seite am Tag vorzulesen. Hörst du, Sascha? Nie mehr als eine Seite!« Sie sah ihn so eindringlich an, dass Sascha tatsächlich nicht vorhatte, diese Regel zu brechen, obwohl ihm tausend Fragen durch den Kopf schossen.

»Okay, kapiert«, sagte er, um sie zu besänftigen.

Seine Mutter stieß einen leisen Seufzer aus. »Er hat es mir in der Gewitternacht gegeben, in der er verschwand. Erinnerst du dich?« Ihr Blick rückte in die Ferne.

»Nicht wirklich. Ist schon zu lange her«, log Sascha.

In Wahrheit erinnerte er sich an jede Einzelheit dieses Abends, als wäre es gestern gewesen. Sein Vater war noch einmal zu ihm ins Zimmer gekommen und hatte ihn so fest umarmt, dass er fast keine Luft mehr bekommen hatte.

»Eines Tages erkläre ich es dir«, waren seine letzten Worte gewesen. Seitdem hatte Sascha nichts mehr von ihm gehört.

»Was ist jetzt damit?«, fragte er und deutete auf das Buch.

Seine Mutter hielt es so fest umschlossen, dass ihre Fingerknöchel weiß hervortraten.

»Dieses Buch muss unser Geheimnis bleiben. Hörst du, Sascha? Rede bitte mit niemandem darüber!«

Sascha verkniff es sich, sie nach dem Grund zu fragen. Er war sich sicher, sie würde es ihm ohne diese Zusage vorenthalten.

»Versprochen!«, sagte er deshalb, obwohl ihm dabei mulmig zumute war.

»Also gut«, hob seine Mutter an und öffnete das Buch – nicht zaghaft, sondern mit einer einzigen schnellen Bewegung, als würde sie sich ein Pflaster von der Haut reißen.

Sascha verspürte eine seltsame Anspannung. Er lauschte. Aber alles blieb still. Neugierig beugte er sich über die erste Seite. Das Papier war leicht vergilbt. Auch hier waren weder ein Buchtitel noch ein Autorenname zu finden. Stattdessen stand auf der rechten Seite in wunderschöner, leicht geschwungener Handschrift eine Art Widmung.

Dieses Buch ist der Anfang und das Ende,
ein Quell der Liebe und des Hasses,
die Versöhnung und der Zorn,
das Ewige oder der Tod.
Es kann alles sein – für den Richtigen – und ist niX für den

Falschen.
Für dich wünsche ich mir, dass du der Wahrhaftige bist und die Prüfung bestehst.
Gehe mit Mut, Geduld und Nachsicht voran.
Jage der Chance nach, die Ordnung der Seelenseher zu begreifen!
In ihr ruhen Kenntnis, aber auch Irrglaube.

Ungläubig starrte Sascha auf die unverständlichen Sätze und schwieg. Er war enttäuscht, hatte irgendwie mehr erwartet. Was, wusste er selbst nicht. Als er einen Blick auf seine Mutter warf, fiel ihm auf, wie blass sie war.

Aus dem Nachbarzimmer drang leise das Schnarchen seines kleinen Bruders zu ihnen herein. Manchmal beneidete Sascha ihn um seine Unschuld, seine Unwissenheit. Er hatte ihren Vater nie kennengelernt.

»Was sind Seelenseher?«, fragte er endlich.

»Du wirst es bald erfahren«, antwortete seine Mutter und strich dabei langsam, ja beinahe zärtlich über die Worte. »Das hat dein Vater geschrieben.« Ihre Stimme klang brüchig.

Sascha staunte. »Echt? Bist du sicher?«

Er hatte die Handschrift seines Vaters viel kantiger in Erinnerung.

»Es ist seine Schrift der Liebe.« Der Blick seiner Mutter war in die Ferne gerichtet.

Sascha war noch immer nicht überzeugt. »Schrift der Liebe? Was soll das denn sein?«

Seine Mutter erhob sich. Sascha hörte ihre leichten Schritte über den Flur eilen. Das Buch hatte sie mitgenommen.

»Wo willst du hin?«, rief er ihr hinterher.

Schnell schlug er die Bettdecke zurück, um ihr nachzulaufen. Doch dann kam sie auch schon mit einem Bündel bläulich schimmernder Briefe in der Hand zurück, ohne das Buch.

»Hier!« Behutsam legte sie ihm das in rotes Band eingewickelte

Päckchen auf die Decke.

Die Handschrift auf den Briefumschlägen sah tatsächlich exakt so aus, wie die geheimnisvolle Widmung im Buch. Sascha nahm den oberen Brief aus dem Bündel und holte das ebenfalls bläulich schimmernde Papier heraus. Still überflog er die Zeilen.

Mein Stern, meine geliebte Marie,
die Lichter in den Straßen leuchten schon. Vor mir liegt wieder
eine Nacht ohne dich.

Weiter kam er nicht, da ihm seine Mutter den Brief mit einer schnellen Bewegung entriss. »Du sollst sie nicht lesen! Ich wollte dir nur die Handschrift zeigen.«

Sie steckte ihn zurück in den Umschlag und zwängte ihn mit einiger Mühe zu den anderen hinter das leuchtend rote Band. Als sie gleich darauf mit dem Briefbündel in Richtung Tür ging, hielt Sascha sie hastig zurück.

»Hey, warte! Was ist mit der ersten Seite, die wir heute lesen sollen?«

Seine Mutter drehte sich zu ihm um und schüttelte den Kopf. »Das haben wir, Sascha. Schlaf jetzt, morgen ist Schule.« Sie schielte über den Rand ihrer Brille. »Keine Comics mehr und keine Liegestütze!«, verlangte sie und zog die Tür hinter sich zu.

Sascha war, als hätte man ihn aufs Glatteis geführt. »Ich kapier es nicht! Das war doch bloß eine Widmung, ein Einstieg …«, rief er ihr hinterher.

Die Tür ging wieder auf. »Willst du etwa, dass Theo wach wird?«, fuhr ihn seine Mutter im Flüsterton an.

Eigentlich war es Sascha vollkommen egal, ob er seinen Bruder weckte – er wollte Antworten. Aber es erschien ihm sicherer, ihr nicht zu widersprechen. Sie hatte bereits unten in der Küche schlechte Laune gehabt. Deshalb presste er seine Lippen fest aufeinander.

Erst als sie weg war, maulte er: »Jeden Tag nur eine Seite. Was für ein Schwachsinn!«

Mürrisch streifte er sich seinen Schlafanzug über und ging in Position. Heute wollte er mindestens acht Liegestütze schaffen. Die meisten Jungs aus seiner Klasse kamen auf zwanzig, einige sogar auf über dreißig, obwohl viele kleiner und schmaler waren als er. Bei Nummer sieben krachte er keuchend zusammen. Mist!

Als er wieder zu Atem gekommen war und es ins Bett geschafft hatte, starrte er an die Decke und konnte nicht einschlafen. Warum hatte sein Vater ihm das Buch hinterlassen? Warum durfte er es nicht selbst lesen und was war das für ein komisches Geräusch gewesen?

Fröstelnd zog er sich sein Federbett bis über die Schultern. Wenn er wenigstens diese komischen Sätze verstehen würde. Aber was seinen Vater anging, verstand er schon lange nichts mehr. Er hatte sie verlassen. Damals. Einfach so.

Der Rabe mit dem blauen Schnabel – Sascha

Ein plötzliches Kribbeln durchzuckte Sascha.

»Aufwachen, Saschi!«, zwitscherte Theo und kitzelte ihn lachend an den Füßen.

Sascha zog seine Beine weg.

»Zisch ab!«, maulte er.

Durch ein halb geöffnetes Auge sah er seine Mutter das Zimmer betreten.

»Saschi hat ›zisch ab‹ zu mir gesagt«, beschwerte sich Theo bei ihr, jedoch ohne Reaktion.

»Steh auf und zieh dich an!«, ermahnte sie Sascha stattdessen. »Es ist schon spät.«

Sascha erhob sich und tapste ins Bad. Verschlafen putzte er sich die Zähne. Er hatte bis in die Nacht hinein Comics gelesen. Jetzt ärgerte er sich darüber. Er überlegte. Was hatten sie heute für Stunden? Mist, er musste ja Mathe nachschreiben. Sascha spuckte aus, schnappte sich seufzend das Handtuch und wischte sich den Mund trocken. Wie ferngesteuert zog er sich an und ging nach unten.

Lutz schlenderte ihm lässig entgegen, als Sascha gerade den schmalen Gartenweg, der zum Haus seines besten Freundes führte, erreicht hatte.

»Du bist spät!«, meinte Lutz knapp. »Alles okay?«

Sascha schnaufte, obwohl er nur ein paar Meter die Straße entlang gerannt war.

»Tut mir echt leid, ich bin heute nicht gut aus dem Bett gekommen. Konnte gestern nicht einschlafen.«

Er musste den Impuls unterdrücken, Lutz von dem seltsamen Buch zu erzählen. Immerhin war er sein bester Freund.

Gäbe es bloß nicht dieses blöde Versprechen.

»Es ist wegen Mathe«, log er stattdessen, hatte aber gleich ein schlechtes Gewissen.

Vor allem, als ihm Lutz aufmunternd zunickte und sagte: »Du packst das schon! Mach dir keine Sorgen!«

Vor der Klassenzimmertür stand Arne, der sich sofort an Lutz wandte: »Sag mal, bist du bei diesem Wikingerspiel schon in Level fünf?«

Sein langer dünner Körper schaukelte vor und zurück wie ein Grashalm im Wind.

»Schon mit sieben durch.« Lutz grinste.

»Wie hast du den blauen Troll besiegt?«

»Du darfst dich auf keinen Nahkampf einlassen. Besser du benutzt deinen Bogen. Nimm die Feuersteinpfeile, die kriegst du in der Blockhütte von der Hexe.«

Arne verzog das Gesicht. Dunkle Ringe lagen unter seinen Augen. Er hatte offenbar die halbe Nacht durchgezockt.

»Von der Alten? Die hat nichts. Ich habe sie schon zweimal gekillt und immer nur so ein blödes Buch bekommen.«

Lutz runzelte die Stirn und schob sich die Brille auf seinem schnurgeraden Nasenrücken weiter hoch. »Hast du es denn gar nicht aufgeschlagen? Die Pfeile sind da drin!«

Sascha kam sich vor, als wäre er Luft. Ein unsichtbarer Geist.

»Vielleicht weiß er ja nicht, dass man Bücher aufschlagen kann!«, spottete er, nur um wieder wahrgenommen zu werden.

Außerdem störte es ihn, dass Arne und Lutz ein gemeinsames Thema hatten, bei dem er nicht mitreden konnte.

Arne funkelte ihn an. »Vorsicht! Misch dich nicht in Dinge ein, von denen du keine Ahnung hast, Froschauge!«

Natürlich, seine Augen. Der Dauerbrenner an der Schule. Seit Sascha denken konnte, war er immer wieder auf seine giftgrünen Augen angesprochen worden. Schon unzählige Male hatte er sich gefragt, warum das Schicksal ihn mit dieser Farbe bestraft hatte.

»Mach mal halblang, Arne!«, sprang Lutz ihm sofort bei.

»Schon gut«, winkte Sascha ab und kam sich jetzt noch dämlicher vor. Als könnte er sich nicht allein verteidigen.

In diesem Moment klingelte es. Sascha spürte einen kurzen dumpfen Schmerz, als Arne ihm seinen Ellenbogen in den Oberarm rammte, bevor er an ihnen vorbei an seinen Platz stürmte.

»So ein Idiot!«, versuchte Lutz ihm beizustehen, während sie sich setzten.

Sascha lächelte bitter. »Vollidiot!«

Dumm nur, dass er weder etwas an seiner Augenfarbe noch an seiner Abneigung gegen Computerspiele ändern konnte. Wann immer Sascha sich vor einen Bildschirm setzte, überkamen ihn rasende Kopfschmerzen. Als hätte er eine Computer- oder

Fernsehallergie. Es war, als ob ein unsichtbarer Fluch über ihm lag.

»Wie lief Mathe?«, wollte seine Mutter am Abend wissen, während sie mit dem Messer eine Gurke in kleine Würfel zerschnitt.

Sascha zog die Schultern hoch. »Geht so!«, brummte er.

Doch wenn er ehrlich zu sich war, hatte er kein sonderlich gutes Gefühl.

Seine Mutter hob den Kopf und sah ihn an. »Meinst du, du schaffst das Schuljahr?«

Nicht schon wieder dieses Thema, dachte Sascha.

»Lutz hat versprochen, mit mir zu üben. Und in Deutsch bin ich super. Ich packe das schon.«

Zu seiner Rettung stürmte Theo in diesem Moment zur Tür herein. Seine dunkelblonden Haare standen in alle Richtungen, als hätte er sie an einem Luftballon gerieben.

»Was gibt es zum Abendbrot?«, wollte Theo wissen. Sein Blick fiel auf das Schneidebrett. »Gurke? Igitt!«

Ihre Mutter atmete geräuschvoll aus. »Salat!«, verbesserte sie ihn.

»Salat? Igitt!« Theo hielt seine Arme wie ein Bodybuilder angewinkelt seitlich von sich gestreckt. »Diese Muskeln brauchen Fleisch!«, grunzte er. »Fleisch!« In dieser Pose wankte er zur Tür hinaus. »Fleisch, Fleisch, ich brauche Fleisch!«

Sascha grinste.

»Der Test?«, erinnerte ihn seine Mutter und fuhr sich dabei müde mit dem Handrücken über die Stirn. Diesmal schwieg Sascha, bis sie seufzend aufgab: »Na ja, es gibt Schlimmeres. Wobei du wirklich etwas mehr Ehrgeiz zeigen könntest. Und zwar in allem!«

Es war beinahe einundzwanzig Uhr, als Saschas Mutter sich an diesem Abend mit dem Buch auf seinen Bettrand setzte. Sascha war ungeduldig und wollte endlich anfangen. Aber seine Mutter ließ sich Zeit. Sie sah zum Fenster, auf dessen Scheibe sich das Licht der Deckenlampe spiegelte, und dann wieder zu Sascha. Dabei meinte er, ein leichtes Zucken um ihren Mund zu bemerken, das er nicht richtig deuten konnte. War es Angespanntheit, Hoffnung, Furcht?

Endlich schlug sie den Buchdeckel auf. Sascha spähte auf das Papier, lauschte und wartete auf den unheimlichen Klagelaut vom letzten Mal. Zu seiner Erleichterung blieb alles stumm.

Liebevoll strich seine Mutter mit ihren langen, schmalen Fingern über die Widmung und blätterte dann zur nächsten Seite um. Sascha erkannte sofort, dass es diesmal eine andere Handschrift war, die sich eng über das gesamte Blatt ergoss. Mit ihrer leisen dunklen Stimme begann Saschas Mutter zu lesen.

Nah, wenn auch unsichtbar, weilt die Welt Enalis unter uns. Sie ist ein magischer Ort voller Reichtümer und fabelhafter Wesen. Alles in Enalis ist in ständiger Veränderung. Goldene Lichtstreifen durchziehen des Nachts den dunkelblauen Sternenhimmel. Silber schimmernde Wolken malen die schönsten Bilder in luftiger Höhe. Wo sich eben noch ein Gebirge in majestätischer Größe aufbaut, erstreckt sich im nächsten Moment ein tiefer, blutroter See, voller Schiffe, die tanzend auf den Wellen reiten. Riesen, Waldhüter und Zwerge bevölkern die Berge und Wälder.

Es sind die Gedanken der Schöpfer, durch die alles erwächst. Sie können Schönheit, Überfluss und Vielfalt erschaffen – doch wehe sie wenden sich ab.

Der Eine wird kommen, der sich der Dunkelheit und dem Tod verschreibt. Er wird zum entsetzlichsten Unglück aller. Zu einem Feind, dem niemand die Stirn zu bieten vermag. Denn er kann alles und jeder sein, Gutes zerstören und Böses erschaffen und jeden Gedanken aufspüren, der sein Ende ersehnt. Es heißt, dass dieser grausame Eine kommen wird. In jeder Welt gibt es immer auch das Böse.

Ich hege die Hoffnung, dass sich – wenn es so weit ist – jemand findet, der das Tor zwischen unseren Welten aufstößt und das Gute von der einen in die andere entlässt. Wir müssen vorbereitet sein!

Marwin, Seher des Weisen Rates

Bewegungslos saß Sascha in seinem Bett und starrte auf die Seite. Auch seine Mutter rührte sich nicht.

»Ehrlich, ich verstehe nur Bahnhof«, gab er schließlich zu. »Aber vielleicht klärt sich ja einiges auf, wenn du weiterliest.« Er lächelte sie warm an, um sie zu überzeugen, konnte aber sofort sehen, dass seine Taktik nicht aufgehen würde.

Entschlossen schüttelte seine Mutter den Kopf. »Nein, Sascha, das dürfen wir nicht! Jeden Tag nur eine Seite. Ich musste es versprechen!«

Aber er wollte unbedingt wissen, wie es weiterging.

»Was für eine blöde Regel. Es ist doch nur eine Geschichte. Hat Papa etwa geglaubt, ich hätte Schiss?«

Seine Mutter straffte ihren Rücken und erhob sich rasch. »Er hatte seine Gründe!«, hielt sie dagegen.

Sascha kannte diese Haltung und den nachdrücklichen Ton, den sie immer anschlug, wenn sie keinen Widerspruch duldete. Ihm war klar, dass er sie nicht umstimmen würde. Also drehte er ihr wütend den Rücken zu.

»Na dann gute Nacht, Mutter!« Er wusste, sie mochte es nicht, so genannt zu werden. Heute jedoch tat es ihm schon in dem Augenblick leid, in dem er es ausgesprochen hatte. Daher rief er ihr hinterher. »Was ist das für eine Welt?«

Sie blieb stehen und drehte sich zu ihm um. Sascha dachte schon, sie würde ihm nicht antworten, so lange schwieg sie.

»Ich nehme an, du wirst es noch erfahren«, antwortete sie schließlich ruhig.

»Ist dieser Marwin ein Seelenseher? Einer von denen, die Papa erwähnt hat?«, bohrte er weiter.

»Ich weiß es nicht«, erwiderte sie müde. Dann deutete sie mit dem Kinn in Richtung Fenster. »Du solltest die Vorhänge zuziehen! Und mach nicht mehr so lange, ja?!«

Sie schloss die Tür. Sascha hörte ihre gedämpften Tritte über den Flur bis zu ihrem Schlafzimmer davoneilen. Stirnrunzelnd verschränkte er die Arme hinter seinem Kopf. Dieses Buch war ihm ein Rätsel. Er hatte gehofft, heute etwas mehr zu erfahren. Vielleicht sogar etwas über seinen Vater und warum er einfach abgehauen war. Aber er hatte keine Antworten bekommen, nur noch weitere Fragen. Seine Mutter war ihm auch keine Hilfe. Warum erzählte sie ihm nicht, was sie wusste?

Ein Seufzen fuhr durch Saschas Brust, als er sich erhob, um seine Liegestütze zu machen. Doch schon bei Nummer sechs brach er zusammen und gab auf. Unzufrieden rappelte er sich hoch, löschte das Licht und trat zum Fenster. Er hatte bereits seine Arme zu beiden Seiten nach den Vorhängen ausgestreckt, als er eine flatternde Bewegung wahrnahm. Im ersten Moment zuckte er erschrocken zurück, um dann sein Gesicht näher an die Scheibe zu pressen. In der Dämmerung erkannte Sascha einen großen schwarzen Vogel. Er saß auf dem untersten Ast der alten Kastanie, direkt vor dem Fenster. Das Tier hielt den Kopf geneigt und sah ihn an. War das ein Rabe? Aber Sascha hatte noch nie einen mit so einem blauen Schnabel gesehen.

Noch immer starrte der Vogel ihn an. Sein linkes Auge zuckte. Es durchbohrte Saschas Haut, grub sich in sein Innerstes – hinter die Stirn, den Brustkorb, die Bauchdecke. Flutete ihn. Kälte rann wie eisiges Wasser in Sascha hinein. Er zitterte. Seine Brust wurde eng und sein Puls raste. In seinen Ohren rauschte es.

Am liebsten hätte er einfach den Vorhang zugezogen, aber er konnte sich nicht bewegen. Sein Körper war wie erstarrt. Panik durchdrang ihn. Was war hier los? Warum konnte er sich nicht rühren? Träumte er?

Nach einigen Augenblicken, die ihm wie eine Ewigkeit vorkamen, erhob sich der Vogel schwerfällig in die Luft. Das Rauschen in Saschas Kopf verschwand und die Starre in seinem Körper löste sich auf. Schnell zog er den Vorhang zu und hechtete zur Nachttischlampe. Licht ergoss sich über die Wände seines Zimmers und verscheuchte die Dunkelheit. Saschas Herz klopfte immer noch viel zu schnell. Er versuchte, langsamer zu atmen und sich auf die Gegenstände in seinem Zimmer zu konzentrieren, die Bücher im Regal, das Poster an der Wand über seinem Schreibtisch, den Wäschehaufen in der Ecke. Schließlich ließ die Anspannung nach und er legte sich wieder ins Bett. Müde zog er sich die Decke über die Ohren.

Doch sobald Sascha seine Lider schloss, sah er wieder diesen eindringlichen Blick des gruseligen Vogels. Dieses eisige, flirrende Auge, das ihn nicht losließ. Das in ihn hineinschaute ...

Seelenseher! Das Wort schoss ihm auf einmal durch den Kopf.

Sascha bekam eine Gänsehaut und vergrub sich noch tiefer in die Decke, als könnte er sich darunter verstecken. Was war nur los mit ihm?

»Spinn nicht rum, Sascha Buchsteiner!«, sagte er laut vor sich hin. Seine Stimme verdrängte die Angst. »Das war ein ganz gewöhnlicher Rabe!«

Gewiss hatte er sich das alles nur eingebildet. Und wenn er noch einmal nachsah? An Schlaf war im Moment ohnehin nicht zu denken. Mit einem Ruck setzte Sascha sich auf und knipste das Licht wieder an. Rasch eilte er zum Fenster, bevor er es sich noch einmal anders überlegen konnte. Dennoch kostete es ihn Überwindung, den Vorhang von Neuem beiseitezuschieben.

Angespannt starrte er in die Dunkelheit. Ein Halbmond tauchte den Abend in aschgraues Licht. Der Garten und die Straße lagen still vor ihm, als wäre nichts Außergewöhnliches geschehen. Sascha betrachtete in der Fensterscheibe das Spiegelbild eines ganz normalen Jungen. Vorsichtig fuhr er mit dem Zeigefinger über die sich reflektierenden Konturen. Über seine schmale Nase, die er von seiner Mutter geerbt hatte, seinen etwas zu breiten Mund und seine hellgrünen Augen. Diese scheußlichen Augen! Irgendetwas stimmte nicht mit ihnen. Sie flirrten. Genauso wie das des Raben.

Erschrocken wischte Sascha sich mit den Händen über das Gesicht. Mist! Offenbar drehte er durch. Als er sich abermals im Fenster betrachtete, war nichts Seltsames mehr in seinem Blick zu erkennen. Es fühlte sich alles so unwirklich an.

Sascha schüttelte den Kopf, um die Gedanken zu vertreiben. Er benahm sich wirklich albern. Erschöpft zog er den Vorhang zu und schlüpfte zurück unter seine Bettdecke. Die Nachttischlampe ließ er brennen.

Kapitel 2

Geheimnisse

Das Geburtstagsgeschenk – Sascha

Sascha schreckte hoch. Das Bild des flirrenden Rabenauges hing in seinem Kopf. Ein Schatten aus einem Albtraum.

Eine Sekunde lang wusste er nicht, wo er war. Er sah sich um. Richtig, in seinem Zimmer. Die Nachttischlampe brannte noch immer. Ohne zu überlegen, langte er hinüber und drückte den Schalter. Im Zimmer wurde es dunkel. Nur ein paar Sonnenstrahlen drangen durchs Fenster, zwängten sich an den Rändern der zugezogenen Vorhänge vorbei. Eilig ging Sascha dorthin, um sie aufzumachen. Er blieb stehen. Zögerte. Obwohl er es besser wusste, flammte erneut die Furcht vor dem Raben auf. Er schüttelte den Kopf, spannte seinen Körper und schob dann mit einem entschlossenen Ruck den Stoff beiseite. Die Sonne blendete ihn und wärmte sein Gesicht. Sascha atmete durch.

»Saschi!«, kam Theos Ruf von unten. »Mama will, dass du zum Frühstück kommst!«

»Ich hab gesagt, du sollst hochgehen und ihn holen. Rufen kann ich selbst!«, hörte Sascha seine Mutter sagen.

Sie mochte keinen Lärm und unnötigen schon gar nicht. Doch sein kleiner Bruder besaß die Fähigkeit, ihre Anweisungen mit stoischer Beharrlichkeit zu ignorieren, und manchmal beneidete ihn Sascha darum. Theo nahm alles leicht.

»Saschi, Saschi, kommst du?«, rief Theo ungerührt weiter.

Sascha seufzte. Warum konnten sie ihn nicht in Ruhe lassen, heute war doch Wochenende! Noch einmal spähte er nach draußen. Der kleine Junge von gegenüber tauchte gerade mit dem Kopf nach unten, hinter die Buchsbaumhecke. Wie Theo, wenn er sich in der Werkstatt ihres Opas versteckte.

In dem Moment fiel es Sascha wieder ein: Gleich nach dem Frühstück wollten sie zu den Großeltern fahren. Er grinste. Bei ihrem letzten Besuch hatte sein Opa gesagt, auf ihn würde das beste Geburtstagsgeschenk der Welt warten. Sascha hoffte auf ein Moped. Lutz hatte auch eins. Metallicblau – ein Traum. Bestimmt dürfte er dann auch seinen Führerschein machen. Sascha stellte sich vor, wie er gemeinsam mit Lutz durch die Stadt düsen würde. Der Hammer.

»Ich komme gleich!«, rief er nach unten in Theos Gekreische hinein und machte sich in Windeseile fertig.

Sie fuhren am Ortseingangsschild vorbei, zum Markt und dann die breite Straße hinunter. Ganz am Ende, in dem letzten der kleinen Backsteinhäuser, wohnten ihre Großeltern.

Sascha blies erleichtert die Luft aus, als sie in ihre Auffahrt einbogen. Sie hatten die Fahrt ohne größere Probleme überstanden. Nur einmal waren sie angehupt worden, weil seine Mutter jemandem die Vorfahrt genommen hatte. Sie war in Gedanken gewesen – wie so oft in letzter Zeit. Sascha war tiefer in seinen Sitz gerutscht und hatte gehofft, dass man ihn von draußen nicht sehen konnte.

»Oma, Opa, wir kooooooooommen!«, brüllte Theo.

Die Großeltern saßen bereits auf der Bank vor dem Haus, die Beine übereinandergeschlagen. Sobald das Auto stand, riss Theo die Wagentür auf, sprang heraus und raste auf sie zu. Sascha sah ihm nach, staunte, wie schnell der Kleine war.

Auch Saschas Mutter rührte sich nicht. Ihre Hände ruhten noch immer auf dem Lenkrad. Mit dem Kopf deutete sie auf ihren baumlangen Vater, Saschas Opa, der sich schwerfällig erhoben hatte. Er war ein wenig in die Hocke gegangen. Mit ausgebreiteten Armen wartete er auf seinen jüngsten Enkelsohn.

»Ich wette, Theo schmeißt ihn um«, murmelte Saschas Mutter. Sie kniff die Augen zu. »Ich mag gar nicht hinsehen.«

Tatsächlich stürzte sich Theo mit voller Wucht in die Arme seines Opas. Dieser wankte zwei Schritte nach hinten, verlor fast das Gleichgewicht, fing sich aber im letzten Moment wieder.

»Hoppla!«, hörten sie ihn rufen.

Sascha musste sich auf die Unterlippe beißen, um nicht laut loszulachen. »Du kannst die Augen wieder aufmachen! Opa Peter hat den Ansturm knapp überlebt«, sagte er.

Seine Mutter seufzte. »Ich warte auf den Tag, an dem Theo ruhiger wird.«

Mit einem kräftigen Ruck öffnete sie ihre Autotür. »Auf geht's! Deine Oma hat uns bestimmt ihre weltbeste Quarktorte gebacken.«

Ihre Umarmung war fest. Kräftiger als sonst. Seine Oma hatte sich auf die Zehenspitzen zu seinem Ohr hinaufgereckt, um ihm mit feierlicher Stimme »Nachträglich alles Gute zum Geburtstag« zuzuflüstern. Sascha bedauerte es fast, als sie ihn wieder losließ.

»Danke, Oma.«

»Wie geht es dir?«, hörte er seinen Opa fragen und blickte auf.

Aber er hatte nicht ihn, sondern seine Mutter gemeint, die er mit seinen hellgrauen Augen prüfend musterte. Sie blieb stumm. Nickte zurückhaltend, ohne zu lächeln. In sich gekehrt, wie immer – vielleicht sogar ein bisschen bekümmerter als sonst, stellte Sascha fest.

Seine Oma stupste ihrem Mann leicht in die Seite. »Aber, aber, Peter! Nun lass die Kinder doch erst mal ankommen. Du kannst deine Tochter noch das ganze Wochenende mit deinen Fragen bombardieren. Sie kommt schon klar!« Sie trat zur Haustür und drückte die Klinke hinunter. »Rein mit euch! Ich habe uns eine herrliche Torte gebacken. Immerhin gibt es etwas zu feiern. Fünfzehn Jahre ist unser Sascha jetzt alt, fünfzehn!«

Sie blieb plötzlich stehen und drehte sich um. Ihr Blick war auf Sascha gerichtet. »Es ist kaum zu glauben, wie sehr du deinem Vater ähnelst – die gleichen eindrucksvollen Augen, das gleiche struppig-blonde Haar und dieser wunderschön geformte Mund.« Sie hielt den Kopf schief und runzelte die Stirn. »Du veränderst dich!«, fügte sie dann leise hinzu.

Sascha schob seine Hände in die Hosentasche und schaute verlegen auf seine Schuhe.

»Quatsch!«, murmelte er.

»Liebe Güte, Frieda, jetzt bring den Jungen doch nicht so in Verlegenheit!«, sprang ihm sein Opa bei.

Mit seiner riesigen Hand klopfte er Sascha freundschaftlich auf den Rücken und drängte ihn hinter Theo in Richtung Küche.

Die Torte war köstlich, aber Sascha plagte die Ungeduld. Er wollte endlich sein Geschenk sehen. Gierig schlang er sein Stück hinunter und schlug kopfschüttelnd ein zweites aus. Zu seinem Bedauern verlangte jedoch sein Opa nach einer weiteren Portion, dabei nahm er für gewöhnlich nie Nachschlag.

Sascha kratzte mit der Gabel auf seinem leeren Teller herum. Er wollte endlich los. Seine Mutter warf ihm einen strengen Blick zu. Zwei Falten hingen zwischen ihren Brauen.

»Sascha, mein Kind, möchtest du nicht doch noch ein Stückchen Torte? Vielleicht ein kleines?«, fragte ihn seine Oma.

Er schüttelte den Kopf. »Nein!«

»Oder einen Kräutertee, zur Beruhigung?«, setzte sie scherzend hinzu.

Sascha blickte irritiert auf. »Wie jetzt? Tee?«

Der Duft der Kräuter, die überall zum Trocknen in der Küche

hingen, stieg ihm mit einem Mal in die Nase. Solange Sascha denken konnte, hatte seine Oma die Familie mit ihren selbstgemachten Gewürz-Heilsalben versorgt, sobald jemand krank war.

»Keine Chance! Dann lieber Cola«, stellte er klar.

Theo riss sofort seine Arme hoch. »Ich will auch Cola!«

»Vergiss es!«, wies ihn seine Mutter zurecht.

Endlich erhob sich ihr Opa. Der Stuhl knarzte unter seiner Bewegung und schabte über den Steinfußboden.

»Bist du so weit, Sascha?«, fragte er.

Sascha grinste. »Und ob!«

Draußen war es kalt geworden. Ein eisiger Wind pfiff durch das bunte Laub. Herbststurmzeit. Sie liefen den Gartenweg hinter dem Haus entlang, an den Rosenspalieren vorbei. Der Kies knirschte unter ihren Sohlen. Sascha merkte selbst, dass er seinem Opa davoneilte. Zappelig. Ungeduldig.

»Nicht so schnell, Junge!«, rief dieser ihm hinterher.

Aber erst als Sascha die Werkstatttür erreicht hatte, blieb er stehen. Ein leichtes Kribbeln rann durch seine Hände. Er war versucht, die Tür aufzureißen. Dahinter wartete sein neues Moped, ganz sicher. Er sah es vor sich, metallicrot, nein, besser noch schwarzglänzend!

Mit einem unterdrückten Seufzer starrte er auf das halb verrostete Schild, das lose an der Tür zur Werkstatt baumelte. *Handys verboten!*, stand in überdimensional großen Buchstaben darauf.

»Echt jetzt? Das kann unmöglich auch noch für Fünfzehnjährige gelten!«, beschwerte sich Sascha, als sein Opa zu ihm aufgerückt war.

»Echt jetzt! Das gilt für alle, die hier reinwollen! Selbst wenn sie hundert Jahre alt sind.«

Sascha verdrehte die Augen, wagte es aber nicht, sich gegen das Verbot aufzulehnen. Widerwillig zog er sein Handy aus der Hosentasche und legte es in einen Korb, der neben dem Eingang postiert war. »Von den Dingern bekomme ich sowieso immer Kopfschmerzen«, brummte er.

Sein Opa hielt ihm die Tür auf. »Hereinspaziert!«

Endlich. Krachend fiel sie ins Schloss zurück. Trotzdem pfiff der Wind von draußen durch jede Ritze herein. Sascha stieg sofort der Duft der alten Werkstatt in die Nase. Es roch nach Motoröl, Benzin, Leder, Holz und Metall. Die Gerüche riefen Erinnerungen an trostreiche Gespräche wach, die sein Opa mit ihm geführt hatte, nachdem sein Vater vor mehr als fünf Jahren verschwunden war.

Verstohlen sah Sascha sich um, doch er konnte nirgendwo etwas in der Größe eines Mopeds entdecken. Sein Opa ging in die Hocke und steckte seinen Kopf unter die Werkbank.

»Apropos Geschenk«, murmelte er, ohne aufzutauchen.

Sascha hörte, wie er etwas hin- und herschob.

»Brauchst du Hilfe?«, fragte er und spürte abermals diese kribbelige Ungeduld.

Bestimmt suchte er nach einem Schlüssel. Für das Moped, das garantiert draußen, hinter der Werkstatt, stand.

»Hab's schon!«, ertönte die Stimme seines Opas.

Er kam wieder hoch und überreichte Sascha mit einem feierlichen Grinsen auf seinem Gesicht ein großes, unförmig zusammengeschnürtes Paket. »Für dich, mein Junge! Nachträglich alles Gute zum Geburtstag!«

Sascha starrte das Päckchen einen Moment lang an. Zögernd griff er danach.

»Danke, Opa!«, murmelte er und fing an, es auszupacken.

Etwas in ihm hoffte noch immer. Die Spitze eines Bogens kam zum Vorschein. Das durfte nicht wahr sein.

Moped ade!

Enttäuschung schwappte durch Sascha hindurch. Er hätte es wissen müssen. Alle Buchsteiners liebten diesen Sport. Alle, außer ihm. Sascha schluckte schwer, als er den Bogen in seinen Händen drehte.

»Das ist ein Jagdrecurve-Bogen. Ich habe ihn extra für dich anfertigen lassen. Der Griff ist aus Diamondwood und Esche gemacht. Der Rest ist aus Fiberglas«, betonte sein Opa.

Sascha nickte und schaffte es irgendwie, dabei seine Mundwinkel nach oben zu ziehen.

»Echt cool! Danke!«, stieß er hervor.

Sein Opa wedelte mit einer Hand, als wollte er eine Fliege verscheuchen. »Ja, schon gut. Hab ich doch gern gemacht!«

Die Freude auf seinem Gesicht war schwer zu ertragen. Sascha musste woanders hinsehen. Er traute sich nicht, seinem Opa zu gestehen, dass er schon lange keinen Spaß mehr am Bogenschießen hatte.

»Bestimmt willst du ihn gleich ausprobieren, aber der Köcher und die Pfeile werden erst heute Abend geliefert. Aber morgen in aller Frühe testen wir zwei deinen neuen Bogen. Versprochen!«, hörte Sascha ihn sagen.

»Ich freu mich drauf!«, presste er hervor und rang sich ein breites Grinsen ab.

Er spürte den Blick seines Opas auf sich. »Ist alles in Ordnung, mein Junge?«

Sascha nickte und kam sich dabei ziemlich feige vor. Es gab kaum etwas, was er seinem Opa nicht anvertrauen konnte. Plötzlich verspürte er den Wunsch, ihm von dem Buch zu erzählen. Sascha schwankte, immerhin hatte er ein Versprechen gegeben. Aber sollte das auch für seinen Opa gelten?

Bestimmt nicht.

Zögernd setzte er an: »Vor zwei Tagen ... hat Mama so ein komisches Geschenk ...«

In diesem Moment krachte etwas gegen die Tür. Sascha zuckte erschrocken zusammen.

»Was war das?«

Sein Opa atmete schnaubend aus. »Ich ahne es.« Er riss die Tür auf. »Hab ich es doch gewusst. Theo! Womit hast du geworfen?«

Theos Stimme klang hell und unschuldig – wie immer. »Nur ein Apfel. Er ist noch heil. Siehst du, du kannst ihn essen!«

»Komm, lass uns die Äpfel lieber sammeln. Dort hinten steht ein Korb! Oma backt damit bestimmt einen leckeren Apfelkuchen.«

Am liebsten hätte Sascha seinen Opa zurückgerufen. Doch er musste einsehen, dass er jetzt mit Theo beschäftigt war.

Vielleicht später, hoffte er und schlenderte mit dem Bogen in der Hand zu den anderen nach draußen.

Die Tür zur Kammer unter dem Dach wurde leise geöffnet.

»Sascha, kommst du? Wir müssen noch lesen«, forderte ihn seine Mutter flüsternd auf.

Sie blieb auf der Schwelle stehen und betrachtete Theo, der bereits tief und fest schlief, seinen abgegriffenen Plüschhasen im Arm. Sascha bemerkte ein flüchtiges Lächeln auf ihrem Gesicht.

»Wenn er schläft, sieht er aus wie ein Engel«, murmelte sie.

»Und wenn er aufwacht, verwandelt er sich in einen Teufel«, scherzte Sascha.

Wieder lächelte sie. »Wir gehen am besten in mein Zimmer«, schlug sie vor.

Sascha nickte, legte den Comic beiseite und folgte ihr nach unten ins Erdgeschoss.

»Frierst du? Willst du eine Decke?«, fragte ihn seine Mutter besorgt, als sie in ihrem Zimmer angekommen waren.

Der Geruch von getrockneten Kräutern stieg Sascha auch hier in die Nase. Das Buch hatte seine Mutter bereits auf dem Nachttisch neben ihrem Bett bereitgelegt. Sascha fröstelte bei seinem Anblick. Zugleich drängte es ihn zu erfahren, was auf der nächsten Buchseite stand.

Wieder fragte sie ihn nach einer Decke. Sascha schüttelte den Kopf, obwohl er merkte, dass er zitterte.

»Mir ist nicht kalt.« Noch einmal spähte er zu dem Buch. »Außerdem dauert es eh nicht lange, diese eine Seite.«

Seine Mutter atmete tief ein und nahm auf ihrem Bett Platz. Sascha konnte ihren Blick auf sich spüren.

»Geht es dir gut?«, fragte sie.

»Ja«, erwiderte er, da er nicht zugeben wollte, dass ihm das Buch auch ein bisschen unheimlich war.

»Komm, setz dich zu mir!«, forderte sie ihn auf und klopfte dabei mit der flachen Hand neben sich auf die Matratze.

Sascha ging zu ihr. Seine Mutter schlug das Buch auf. Langsam, beinahe andächtig. Auf der ersten Seite stoppte sie kurz und tippte abermals flüchtig mit den Fingerspitzen auf die Widmung.

»Ich vermisse ihn«, flüsterte sie.

Sascha stieß einen leisen Seufzer aus. Er hatte keine Ahnung, was er darauf erwidern sollte. Sei nicht traurig, Papa kommt bald zurück? Blödsinn. Das glaubte er ja selbst nicht. Sein Vater hatte sich aus dem Staub gemacht, hatte ihm nur dieses eigenartige Buch hinterlassen. So einfach war das. Es war leichter, nicht mehr auf ihn zu warten. Aber das wollte er seiner Mutter nicht sagen. Deshalb schwieg er nur und wartete, bis sie zu lesen begann.

Casandra

Sie war sein Meisterwerk. Schöner konnte man sich kein Wesen ausdenken. Woher hätte er wissen sollen, dass sie eines Tages das Böse auf sich aufmerksam machen würde? Casandra war in nur einer Nacht, in der der Himmel von besonders vielen goldenen Streifen durchzogen gewesen war, entstanden. Die golden funkelnden, in ständiger Bewegung dahinfließenden Lichtbänder hatten ihn fasziniert nach oben schauen lassen. Er wusste, er war ein vortrefflicher Schöpfer, vielleicht der größte, den Enalis je gesehen hatte.
Und so formte er ein noch nie da gewesenes Geschöpf, dessen atemberaubende Schönheit jeden um den Verstand bringen musste. Er legte all seine Kraft, seine tiefsten Empfindungen und Begegnungen in ihre Geburt, bis sie sich

ihm in perfekter Gestalt zeigte.

Danach schlief er vor Erschöpfung dreißig Stunden lang, ohne zu essen oder zu trinken. Doch es hatte sich gelohnt. Zufrieden betrachtete er die schlanke Silhouette ihres Körpers, der in einem zarten Bronzeton funkelte, ihre großen tiefblauen Augen, den sinnlichen Mund und die langen goldenen Haare, die wie ein Wasserfall über ihre Schultern fielen. Besonders stolz war er auf ihre Flügel, die ihr aus den Schulterblättern wuchsen. Ihre Spitzen erstrahlten in goldgelbem Licht, wohingegen der Rest dunkelblau und schwarz schimmerte wie der nächtliche Himmel mit seinen zahllosen goldenen Streifen im Augenblick ihrer Geburt.

Er hatte einen Engel erschaffen, der jedes Lebewesen in seinen Bann ziehen würde. Auch er konnte ihrer makellosen Schönheit nicht widerstehen, ihrer kristallklaren Stimme, den anmutigen Schritten und kraftvollen Bewegungen, wenn sie sich in die Lüfte erhob.

So war es nicht verwunderlich, dass er sich in sein eigenes Geschöpf verliebte und ihr den Brunnen und die Bruten schenkte, mit deren Hilfe sie in jeden noch so verborgenen Winkel ihrer Welt sehen konnte. Dadurch wurde sie zu einer der mächtigsten Kreaturen in Enalis.

Casandra liebte ihre Macht mehr als alles andere. Als der Schwarze Prinzipal ihr den Blick in eine fremde, noch unbekannte Welt versprach, schloss sie sich ihm an. Manche behaupten, seitdem herrsche er über sie, andere meinen, sie gebiete über ihn.

Casandras Schöpfer blieb verbittert zurück. Er schwor sich, nie wieder ein so schönes und mächtiges Wesen zu erschaffen. Enalis begann zu welken. Ein Flüstern von angeblichen Feinden, von Vernichtung und Veränderung erhob sich. Das Böse bereitete sich vor.

Sascha beobachtete, wie seine Mutter das Buch zuschlug. »Casandra«, murmelte er verzaubert. »Ich würde sie gerne mal sehen.«

Seine Mutter schüttelte hastig den Kopf. »Wünsch dir das lieber nicht! Dank ihrer Schönheit scheint sie über jeden herrschen zu können. Aber ihr Äußeres überstrahlt gewiss nur ihre innere Kälte.«

Trotz ihrer Warnung ließ Sascha der Gedanke an Casandra nicht mehr los. Er dachte noch an sie, während er wieder neben Theo in dem breiten Bett lag und versuchte einzuschlafen.

Die Lüge – Sascha

Saschas Wunsch erfüllte sich. Er sah Casandra, wie sie sich mit ihren schlanken Armen auf einer kleinen Steinmauer abstützte. Sie wirkte müde, fast zerbrechlich. Hinter ihr ragten hohe, schneebedeckte Berge auf. Auf einem von ihnen thronte ein riesiges weißes Schloss, umgeben von einem wässrigen Rot.

»Sascha!«, rief Casandra plötzlich.

Ihre Stimme hatte einen kristallklaren Klang. Sie sah ihn direkt an, aus Augen, die ihn an blaue Saphire erinnerten.

»Sascha, hilf uns!«

Er machte einen Schritt auf sie zu, wollte sie fragen, woher sie ihn kannte, aber da zischten wie aus dem Nichts unzählige spitze Pfeile durch die Luft wie ein wilder Bienenschwarm. Sascha zog erschrocken den Kopf ein.

»Lauf!«, rief er Casandra zu.

Er konnte sie nicht mehr richtig sehen. Auch er wollte wegrennen, sich aus der Gefahrenzone begeben, doch es gelang ihm nicht, seine Füße vom Boden zu heben. Hilfesuchend schaute Sascha in alle Richtungen. Er war umzingelt von steinernen Wänden. Die Gebirgslandschaft, das Schloss, das rote Wasser – sie waren nichts weiter als ein riesiges Gemälde in lebendigen Farben. Noch immer fegten die Pfeile durch die Luft. Woher kamen sie? Er konnte ihren Ursprung nicht erkennen. Als einer direkt auf Sascha zuraste, kniff er instinktiv die Augen zu und brüllte seine Angst hinaus. Er wollte nicht sterben.

Sascha schreckte schreiend hoch. Sein Herz galoppierte wild in seiner Brust.

»Nur ein Traum«, flüsterte er keuchend, als er das Dachzimmer seiner Großeltern erkannte.

Draußen dämmerte es bereits. Er fuhr sich mit einem tiefen Seufzer über die Augen und fiel in sein Kissen zurück. Der Traum war so echt gewesen. Nur langsam kam er zur Ruhe.

»Warum hast du geschrien?«, hörte er plötzlich Theo neben sich fragen. »Das war ganz schön laut.« Theo hielt seinen abgegriffenen Plüschhasen direkt vor Saschas Gesicht. »Otto musste sich die Ohren zuhalten. Hast du was Schlimmes geträumt?«

Sascha schluckte und spähte kurz zur Tür. Hoffentlich hatte er die anderen nicht geweckt. Er hielt den Atem an und lauschte einen Augenblick auf Schritte, hörte aber nichts. Erleichtert pustete er die Luft aus. Dann drehte er sich auf die Seite zu seinem kleinen Bruder, der ihn mit großen Augen fragend ansah.

»Ja, das war ein echt fieses Ding.«

Theo rückte ein Stückchen näher an ihn heran. »Erzählst du mir, was passiert ist? Bitte! Es war bestimmt ein Monster. Habe ich recht? Monster sind eklig und böse und gemein und ...«

»Nein!«, unterbrach Sascha ihn. »Ich habe von einer wunderschönen Frau mit Flügeln geträumt. Sie sah aus wie ein Engel.«

Theo runzelte zweifelnd die Stirn. »Ein Engel? Wirklich? Aber warum hast du dann geschrien? Engel sind doch lieb.«

Sascha überlegte. »Der Engel in meinem Traum wollte meine Hilfe. Aber dann wurde ich plötzlich mit Pfeilen beschossen und einer hat mich fast erwischt.«

Sascha schluckte. Der Schlafanzug klebte nass an seiner Haut. Er schloss die Augen und öffnete sie wieder.

In Theos Blick stand Mitleid. »Vielleicht gibt es ja auch böse Engel«, murmelte er und schmiegte sich noch näher an Sascha heran.

»Ach was, alles gut. War ja nur ein blöder Traum.«

Theo nickte. »Und außerdem beschützen dich Otto und ich.«

Sascha musste grinsen. »Dann kann mir ja nichts passieren!« Noch während er das sagte, war ihm bewusst, dass es eher spöttisch klang. Es tat ihm sofort leid. »Danke«, schob er deshalb schnell nach.

Theo verzog seinen Mund zu einem Lächeln. Die Augen fielen ihm zu.

»Hab dich lieb!«, murmelte er.

Sascha konzentrierte sich auf den ruhigen Atem seines kleinen Bruders. Einen Moment betrachtete Sascha ihn. Sah er ihrem Vater auch so ähnlich? Fest stand, dass Theo die giftgrünen Augen erspart geblieben waren. Er hatte die haselnussbraune Farbe ihrer Mutter geerbt. Große dunkle Augen über einer kleinen Nase und einem herzförmigen Mund. Ach, was wusste er schon davon? Ihre Oma hatte für solche Dinge wohl ein besseres Auge.

Sascha drehte sich auf den Rücken. Versuchte wieder einzuschlafen, wenigstens zu dösen. Aber es wollte ihm nicht gelingen. Nach einer Weile rückte er vorsichtig von Theo ab und setzte sich auf. Unter dem Bett zog er seinen Bogen hervor und strich über den glatten Holzgriff. Auch den Köcher und zehn schlanke Pfeile hatte er gestern Abend noch bekommen. Wenn er sich wenigstens ein bisschen darüber freuen könnte.

Durch das Fenster über dem Bett fiel blasses Licht, das den neuen Tag ankündigte. Nicht mehr lange und es würde hell genug für eine erste Schießübungsrunde sein. Sascha starrte nach draußen und wünschte sich, er könnte die Sonne überreden, sich heute hinter einer Schicht aus schwarzen Regenwolken zu verstecken. Er verabscheute den Gedanken, die ganze Zeit so tun zu müssen, als hätte er Freude an dem Geschenk. Ein tiefer, fast schmerzlicher Seufzer entglitt ihm. Warum hatte er seinen Wunsch nach einem Moped bloß niemandem anvertraut? Aber er kannte die Antwort: Seine Mutter hätte es nie erlaubt.

Eine Weile sah er Theo beim Schlafen zu und dachte nach. Er würde mit seinem Opa reden. Ihm davon erzählen, dass er es hasste, ständig an den sportlichen Leistungen seiner Mutter gemessen zu werden. Bestimmt war er schon wach, er stand immer als Erster auf.

Ungeduldig lief Sascha die schmalen Treppenstufen hinab, die unter seinen Füßen knarrten. Er wollte gerade die Küchentür aufstoßen, als ihn die aufgebrachte Stimme seines Opas innehalten ließ.

»Kind, sei doch nicht so blind, du musst endlich mit Sascha reden!« Sein Ton klang ungewöhnlich barsch.

»Aber er ist noch so jung. Wie kann ich ihm eine dermaßen verrückte Wahrheit begreiflich machen?«, entgegnete Saschas Mutter verzweifelt.

»Er muss wissen, wer sein Vater ist. Ich habe kein gutes Gefühl, Marie. Je länger du wartest, desto unerträglicher wird es für den Jungen. Räjeg ist in seine Welt zurückgekehrt. Seine Söhne sind ebenfalls ein Teil davon.« Er unterbrach sich und holte tief Luft. »Vor allem jetzt, wo sie Sascha gefunden haben.«

Sascha presste sein Ohr fest gegen die Tür und lauschte. Dahinter Schweigen.

»Was weiß Sascha über Enalis?«, hörte er endlich seinen Opa fragen. Diesmal sprach er leiser, erschöpft.

Sascha rührte sich nicht, wagte es kaum zu atmen. Hatte sein Opa das gerade wirklich gesagt?

»Ich habe mein Versprechen gehalten und vor drei Tagen angefangen, ihm das Buch vorzulesen.« Marie stieß ein kurzes, bitteres Lachen aus. »Du und Räjeg, ihr wart euch immer einig, nicht wahr? Aber weißt du, warum er gegangen ist? Weil er die Träume nicht mehr ausgehalten hat.«

Sascha erschrak, als er seine Mutter plötzlich laut aufschluchzen hörte.

»Er wollte zurückkommen. Diese fremde Welt ist gefährlich,

wenn nicht mal er es geschafft hat«, weinte sie.

Sein Opa erwiderte nichts. Vielleicht wusste er nicht, was er darauf sagen sollte.

»Manchmal will ich einfach nur weglaufen«, schluchzte sie. »Was, wenn ich Sascha auch noch verliere? Bei mir heilt die Zeit keine Wunden, ich vermisse Räjeg mit jedem Tag mehr. Sascha und Theo sind mein einziger Trost. Das Buch würde Sascha verändern, hat Räjeg gesagt. Aber was bedeutet das? Nach all der Zeit traue ich seinen Entscheidungen nicht mehr.«

Sascha konnte nicht glauben, was er da hörte. Sie wussten viel mehr, als sie ihm erzählt hatten. Irgendetwas in seinem Innern verkrampfte sich. Es drängte ihn, ins Zimmer zu stürzen und sie zur Rede zu stellen. Gleichzeitig wollte er weglaufen, nachdenken, schreien.

»Marie, er ist stark. Sprich endlich mit ihm! Hol deinen alten Bogen raus und geh mit ihm in den Wald. Dort habt ihr Ruhe. Es wird Zeit, deinem Sohn alles zu erzählen!« Die Stimme seines Opas klang ungeduldig.

Saschas Mutter erwiderte nichts. Dafür hörte Sascha Stuhlbeine über den Fußboden schrammen. Er zuckte zusammen. Sollte er zurück nach oben rennen? Die Entscheidung wurde ihm abgenommen, als die Tür plötzlich aufging und sein Opa ihm gegenüberstand. Sascha wich erschrocken zurück.

»Junge, was machst du denn hier?«, fragte er überrascht, die buschigen Augenbrauen nach oben gezogen.

»Was ist mit Papa passiert?«, presste Sascha die erstbeste Frage hervor, die ihm einfiel.

Sein Opa wirkte verlegen. »Marie?«, sagte er. »Ich glaube, Sascha hat uns gehört. Besser, du erklärst ihm alles!«

Sofort tauchte hinter ihm Saschas Mutter auf. Ihre Augen waren rot umrandet. Sie sah blass aus.

»Mein Schatz, komm, setz dich!« Behutsam wurde Sascha Richtung Küchentisch geschoben, aber er war viel zu aufgebracht zum

Sitzen. Die Enttäuschung durchzog ihn wie ein eisiger Strom, der jede Faser seines Körpers lähmte.

»Wo ist Papa? Ihr wusstet die ganze Zeit, wo er steckt und warum er gegangen ist! Oder etwa nicht?«

Seine Mutter nickte. »Ja, jedenfalls so ungefähr. Er ist nach Enalis zurückgegangen, in seine Heimat. In die Welt, aus der er kam.«

»In seine Welt?« Saschas Stimme überschlug sich. »Von was für einer Welt redest du? Willst du mir erzählen, dass es Enalis wirklich gibt? Das kann doch nicht sein! Und dort gefällt es Papa besser als bei uns, oder was?«

Sascha taumelte, in seinem Kopf drehte sich alles. Ihm war schwindlig.

»Ist er mit seinem Raumschiff dorthin geflogen, ohne Rückfahrschein? Millionen Lichtjahre entfernt? Oder warum hat er sich nie wieder bei uns gemeldet? Wo soll diese Welt überhaupt sein?«

Wut kochte in ihm hoch. So viel Wut, die sich wie ein Gasballon immer weiter aufblähte. Seine eigene Mutter hatte ihn jahrelang belogen. Seine Großeltern ebenso. Selbst sein Vater hatte ihm keine Erklärung gegeben. Und er hatte ihn verlassen.

Seine Mutter schüttelte heftig den Kopf. »Sascha, so darfst du nicht reden! Wenn Papa gekonnt hätte, wäre er zu uns zurückgekehrt. Dein Vater liebt dich. Er liebt uns alle.« Silbrige Tränen schimmerten in ihren Augen.

Sein Opa legte ihm sanft die Hand auf den Rücken. »Junge, jetzt setz dich doch, du bist ganz blass!«

Aber Sascha war noch immer nicht danach. »Wo ist diese Welt?«, wiederholte er seine Frage.

Seine Mutter zuckte mit den Schultern. »Ich weiß es nicht. Ich weiß nur, dass sie existiert.«

In Sascha brodelte es. Er lachte kurz und bitter auf. »Ernsthaft? Du willst, dass ich dir jetzt noch glaube?«

Sofort war seine Mutter bei ihm und drückte ihn sanft an sich. Sie war mittlerweile kleiner und schmächtiger als er. Sascha jedoch stieß ihre Arme weg. Der Blick seiner Mutter wirkte verzweifelt. Doch das war ihm egal.

»Es tut mir leid, dass ich dir nicht die Wahrheit gesagt habe. Aber es ist ja auch schwer zu glauben. Dass es eine andere Welt gibt. Dass es ein Buch über diese Welt gibt. Dass dein Vater Teil dieser Welt ist. Deshalb haben wir dir nichts darüber erzählt. Dein Vater und ich, wir wollten dich beschützen. Du solltest so normal wie möglich groß werden«, krächzte sie. Tränen kullerten über ihr Gesicht. »Du warst erst neun, als Papa fortging, du hättest es nicht verstanden.«

Sascha schnaufte wütend aus. »Aber inzwischen bin ich fünfzehn. Wann wolltest du es mir endlich sagen?« Er warf einen kurzen Seitenblick zu seinem Opa, der mit versteinerter Miene dem Streit zusah. »Und alle anderen haben es ja anscheinend auch verstanden!«

Sascha wünschte sich, dass sein Opa ihm beistehen würde, aber der sagte kein Wort, was seine Empörung nur weiter anheizte. Am liebsten hätte er irgendetwas zerschlagen.

Seine Mutter hob beschwichtigend ihre Hände. »Ich wollte mit dir reden. Jetzt. In den nächsten Tagen. Ich schwöre es. Du solltest erst durch das Buch mehr über Enalis erfahren. So hatten dein Vater und ich es damals beschlossen.« Erschöpft ließ sie ihre Arme wieder sinken, ihre Schultern fielen nach vorn. So zerbrechlich hatte Sascha sie noch nie gesehen. »Es tut mir leid!«, flüsterte sie.

Sascha atmete tief durch.

»Ja, mir auch!«, schnaufte er verärgert.

Dann stürzte er aus der Küche, raus in den Flur und ins Freie. Frische Luft, endlich! Er musste sich bewegen, laufen, allein sein.

»Sascha! Bitte, renn doch nicht weg!«, hörte er seine Mutter hinter sich herrufen.

»Mensch, Junge! Marie, lauf ihm hinterher! Wir kümmern uns um Theo!«, polterte ihm auch die Stimme seines Opas nach.

Sascha lief in den Wald, der sich kilometerweit hinter dem Haus seiner Großeltern erstreckte. Er hatte das Gefühl, in tausend kleine Stücke zu zerspringen und nie wieder ganz zu werden. Sein Vater war aus einer anderen Welt. Scheiße auch! Das konnte doch nicht sein! Wie war das möglich?

Nach einer Weile bekam er keine Luft mehr, blieb stehen und griff sich keuchend an die Seite. Ein Knacken schreckte ihn auf. Sascha rannte unverzüglich weiter. Aber nur wenige Minuten später jagten ihm die leichten Schritte seiner Mutter hinterher. Sie war schon immer eine gute Läuferin gewesen.

»Verdammt noch mal, Sascha! Jetzt halt an, damit wir reden können!«, hörte er sie rufen. Diesmal klang ihre Stimme weniger verzweifelt, eher wütend. »Sascha Buchsteiner! Du benimmst dich schlimmer als dein kleiner Bruder!«

Sascha schnaufte. Er war erschöpft. Viel zu erschöpft, um dieses Tempo noch länger durchhalten zu können. Außerdem kam er sich jetzt wirklich ein bisschen albern vor. Ein Stechen biss sich durch die linke Seite seines Unterbauchs.

»Verflucht!«, stöhnte er und krümmte sich vor Schmerzen.

Seine Mutter hatte ihn mittlerweile eingeholt, aber auch sie keuchte.

»Alle Achtung, du wirst schneller. Seitenstiche? Durch die Nase einatmen, durch den Mund ausatmen!«

Schwer seufzend ließ sie sich auf ihre Knie fallen. Sascha blickte sie aufmerksam an. Ihr Gesicht war vom Laufen gerötet.

Lebhaft klopfte seine Mutter auf die laubbedeckte Erde zu ihrer Rechten. »Komm, setz dich zu mir. Bitte!«

Ein gelbes Blatt haftete an ihrer Handfläche. Der Waldboden war noch feucht. Aber was spielte das an diesem Morgen schon für eine Rolle? Mit einem tiefen Seufzer begab Sascha sich in den Schneidersitz. Die Wut fühlte sich nicht mehr so groß an.

»Ich bin auch durchgedreht, als ich erfahren habe, wer dein Vater ist und woher er kam«, japste seine Mutter. »Aber er hatte eine so liebenswerte, großzügige und verständnisvolle Art, dass mir seine Herkunft bald egal war. Wir hielten sein Geheimnis tief in unseren Herzen verborgen. Wir taten einfach so, als wäre Papa ein ganz gewöhnlicher Mann. Vor allem, nachdem du geboren wurdest, haben wir nicht mehr über Enalis geredet. Wir wollten einfach eine ganz normale kleine Familie sein. Es war eine schöne Zeit.«

Der Atem seiner Mutter beruhigte sich langsam. Gedankenverloren pulte sie das feuchte Blatt, das noch immer an ihrer Handfläche klebte, ab und warf es fort. Sie sah niedergeschlagen aus.

»Doch dann kamen diese schrecklichen Träume.«

»Schreckliche Träume? Meinst du etwa Albträume?«

Seine Mutter zitterte. »Wir sollten zum Haus zurückgehen, sonst erkälten wir uns noch«, wich sie ihm aus. Ihr Blick streifte Saschas Pullover. »Und wir haben beide keine Jacke an.«

Aber die Kälte war Sascha egal. Auch, dass sein Hintern so langsam nass wurde, störte ihn nicht.

»Was für Träume?«, hakte er nach.

Seine Mutter hob die Schultern und ließ sie wieder sinken. »Um ehrlich zu sein, weiß ich das nicht so genau. Es waren Bilder aus Enalis, vermutlich von einem Krieg, der dort tobte. Aber was dein Vater tatsächlich gesehen hat ...« Sie sah auf den Waldboden, als könnte sie da die Antwort finden. »Er hat es mir nie erzählt, wurde nur immer verschlossener und unsagbar traurig. Dann, eines Tages, sagte er, dass er in seine Welt zurückkehren müsse. Sonst wären wir alle in Gefahr.«

Sascha schnaufte verächtlich aus. »Aber es waren doch nur Träume.«

Seine Mutter erhob sich. »Komm, ich friere. Meine Hose ist schon komplett durchweicht.«

Sie betrachtete stirnrunzelnd ihre nassen Knie. Sascha rappelte sich ebenfalls auf. Seine Glieder fühlten sich steif an, wie eingefroren.

»Ich glaube, Papa hat seine Träume als Warnung verstanden.

Er wollte uns nie einer Gefahr aussetzen«, erklärte Saschas Mutter ihm, während sie zum Haus zurückeilten.

Vor der Eingangstür hielt sie ihn noch einmal am Arm fest. »Wenn er gekonnt hätte, wäre er geblieben«, sagte sie leise.

Ihre Worte trösteten Sascha.

»Kann ich dich noch etwas fragen?«, hob er an.

»Aber sicher!«

»Das Schwarze Buch. Du hältst es für gefährlich, nicht wahr?«

»Nein, ja! Ich weiß es nicht«, stotterte sie. Sie machte mit ihren Händen eine hilflose Geste. »Ich muss zugeben, das Buch ist mir unheimlich. Als ich einmal allein hineingesehen habe, waren die Seiten leer. Nur wenn du neben mir sitzt, sehe ich das Geschriebene. Es ist wie Zauberei. Das Buch scheint mit dir verbunden zu sein. Dein Vater meinte, es könnte dich beschützen. Aber ich weiß nicht, wie und wovor. Das macht mich völlig verrückt.«

Sascha schauderte. »Nur leere Seiten? Das ist eigenartig.«

Seine Mutter nickte und rieb sich die Handflächen. »Brr, kalt.«

Ihre Zähne klapperten leise aufeinander. Sascha merkte, dass sie am ganzen Körper zitterte. Seufzend blickte sie zu ihm auf, lächelte traurig und strich ihm flüchtig über die rechte Wange.

»Es tut mir leid!«, flüsterte sie.

Sascha schwieg, ließ sogar zu, dass sie ihn vorsichtig in ihre Arme schloss. Der Geruch ihrer Haare stieg ihm in die Nase.

»Bist du mir noch böse?«, hörte er sie leise fragen.

Sascha wusste nicht, was er darauf sagen sollte. Nach dem ersten Schock, dem Entsetzen, der Wut, fühlte er sich leer. Einzig das leichte Ziehen in seiner Brust war noch da und das Gefühl, nur zu träumen. Am liebsten hätte er sich in der Tiefe des Hauses in irgendeine Ecke zurückgezogen, weit weg von allem, um in Ruhe die Neuigkeiten zu verarbeiten.

»Sascha?« Sie ließ ihn los und sah ihn erwartungsvoll an.

»Schon gut«, presste er hervor und beobachtete, wie sich ihre Gesichtszüge entspannten.

Die Riesen in den Eisbergen – Marie

Gleich nach dem Frühstück holte Marie ihren alten Bogen und die große Zielscheibe aus der Werkstatt ihres Vaters. Sie wollte mit Sascha ein paar Trainingsdurchgänge machen.

Sie ging ihn suchen und fand ihn oben in der kleinen Schlafkammer über einen seiner zahlreichen Comics gebeugt vor. Marie verstand nicht, warum er von diesen Superheldengeschichten so fasziniert war. Er hob den Blick, als sie eintrat, und runzelte die Stirn.

»Was hast du in den Haaren?«, fragte er.

Marie fuhr sich über die seitlich geflochtene Strähne, an deren Ende sie ihre rote Feder befestigt hatte. »Das ist meine Glücksfeder. Ich habe sie bei jedem meiner Wettkämpfe getragen.« Sie merkte, dass sich ein Lächeln auf ihr Gesicht stahl. »Es kommt mir vor, als wäre es eine halbe Ewigkeit her.« Sie stieß ein kurzes kehliges Lachen aus. »Komm, lass uns ein paar Pfeile abschießen! Deinem Opa tun die Knochen weh, deshalb springe ich heute für ihn ein.«

Sascha zögerte. »Jetzt? Sofort?«

Marie verspürte einen leichten Stich in ihrer Brust. Offenbar war er ihr noch immer böse.

»Hey, das ist deine Chance mit einer ehemaligen Olympiasiegerin zu trainieren«, sagte sie betont fröhlich.

Bisher hatte sie es vermieden, ihn selbst zu unterrichten. Sie wollte nicht gleichzeitig seine Mutter und Trainerin sein. Es erschien ihr sicherer, nicht zu viel Druck auf ihn auszuüben. Aber jetzt, wo er das Buch hatte, war alles anders. Marie konnte fühlen, dass es ihn zwischen seine Seiten lockte, hinein in eine tückische Welt. Und sie fürchtete, hilflos zusehen zu müssen, wie er sich von ihr entfernte – genauso wie damals bei Räjeg.

Sascha legte langsam seinen Comic beiseite und erhob sich. Seine Bewegungen waren schwerfällig, fast so als müsste er sich zwingen sie zu begleiten.

Draußen, beim Anblick ihres alten an die Stellwand gelehnten Bogens, wirkte Sascha erstaunt, ja beinahe aufgeregt.

»Wow, ist das etwa deiner? Wie cool! Den kenne ich noch gar nicht. Woher hast du ihn?«

Marie nahm ihn zu Hand und fuhr versonnen über den schlanken Griff. Dann warf sie sich schwungvoll ihren Köcher über die Schulter, aus dem die roten Federn der Pfeilenden herausragten, die genau zu der in ihrem Haar passten. »Was denkst du wohl! Den hat mir dein Opa zu meinem fünfzehnten Geburtstag geschenkt.«

Sascha prustete los. »Ernsthaft? Dann wissen wir ja schon, was Theo in zehn Jahren bekommt.«

»Du sagst es!«

Marie betrachtete ihn. Vielleicht hatte er ihr ja doch verziehen. Zumindest erweckte er den Eindruck.

Gekonnt stellte sie die Zielscheibe auf. Schon nach den ersten drei Schüssen musste sie feststellen, dass Sascha zielsicher, aber längst nicht so präzise und konzentriert schoss, wie sie es in seinem Alter getan hatte. Ihr war klar gewesen, dass er nicht zu den Besten zählte. Kai hatte es ihr oft genug unter die Nase gerieben. Aber so mittelmäßig?

»Mehr Anspannung! Halte deine Schulter gerade! Du siehst ganz krumm aus. Und achte auf deine Atmung!«, ermahnte sie ihn ein paar Mal.

Ihr Vater hatte recht gehabt. Von nun an würde Marie Saschas Ausbildung selbst in die Hand nehmen.

Bis sie zum Mittagessen gerufen wurden, hatten sie nur geschossen, kaum gesprochen. Auf dem Weg ins Haus hielt Sascha sie noch einmal zurück. Er zögerte.

»Wann sagst du es Theo?«, fragte er dann.

Darauf war Marie nicht gefasst gewesen. Sie blickte zu Boden. Sie ertrug seinen bohrenden Blick aus diesen leuchtend grünen Augen nicht. Augen, die sie immer an Räjeg erinnerten.

Sascha wartete. »Wann?«, wiederholte er.

Ihr war klar, dass er sie nicht von der Leine lassen würde.

»Auf jeden Fall vor seinem fünfzehnten Geburtstag«, versuchte sie zu scherzen, doch Sascha lachte nicht.

Maries Laune sank. Warum sollte sie sich vor ihm rechtfertigen?

»Keine Ahnung, vielleicht in einem Jahr oder in zwei. Aber auf keinen Fall jetzt!« Sie hörte die Wut in ihrer Stimme. Dabei war ein weiterer Streit das Letzte, was sie wollte. »Ich weiß«, hob sie deutlich ruhiger an, »ich hätte früher mit dir reden sollen. Aber Theo trägt sein Herz auf der Zunge. Er würde es überall rumerzählen. Es ist sicherer, wenn er es noch nicht weiß. Er ist noch zu jung.«

Sascha atmete hörbar aus. »Besser, du wartest nicht zu lange!«, brummte er und drückte dabei die schwere Eingangstür auf.

Verdammt, dachte Marie.

Sie hatte sich zu früh gefreut, er war ihr noch immer böse.

Theo weinte, als sie sich am späten Nachmittag auf den Nachhauseweg machten.

»Warum können Oma und Opa nicht bei uns wohnen? Oder wir bei ihnen?«, schluchzte er.

»Theo, Schätzchen, Oma und Opa haben nicht genug Platz. Außerdem wollen sie nicht zu uns in die Stadt ziehen. Und was würden deine Freunde sagen, wenn du in einen anderen Kindergarten müsstest?«, versuchte Marie ihn zu trösten.

Sascha saß neben ihr auf dem Beifahrersitz. Aus dem Augenwinkel sah sie, dass er seine Hand nach hinten zu Theo streckte.

»Hey Großer, schlag ein! Wenn du willst, können wir heute Abend noch eine Runde UNO spielen.«

Ein lautes Klatschen war zu hören. Marie blickte in den Rückspiegel. Theo wischte sich eine Träne aus dem Gesicht.

Er lächelte. »Aber ich spiele nur, wenn ich gewinne. Ich oder Otto!«

Am Abend, nachdem Theo eingeschlafen war, brachte Marie Sascha das Buch. Als sie erkannte, dass ihm beim Anblick ein nervöses Zucken übers Gesicht glitt, beschleunigte sich auch ihr Herzschlag. Schneller und lauter als sonst.

Sascha streckte die Hand danach aus, zog sie aber sofort wieder zurück. »Kaum zu glauben, dass es aus einer anderen Welt ist. Fühlt sich irgendwie unwirklich an!«

»Ja, das ist das richtige Wort.«

»Aber auch ziemlich spannend und ...«, er suchte offenbar nach einem passenden Begriff, »gruselig.«

Marie biss sich auf die Unterlippe und nickte.

Sie schob ihre Finger zwischen die Buchseiten. »Soll ich?«

»Klar doch!«

Die Eisriesen

Es war viel leichter, etwas Großes zu erschaffen, als vollkommene Schönheit. Aus dichten Nebelschwaden formte der Schöpfer das Gesicht eines Riesen mit kalten, blauen Augen, die er aus funkelnden Eiskristallen fertigte. Sein Geschöpf sollte riesig sein, gewaltiger als alle anderen Wesen in Enalis. Immer höher ließ er seinen Körper aufschießen, bis eine vor Kraft strotzende Kreatur vor ihm stand.

»Ich bin dein Schöpfer«, flüsterte er dem Riesen zu. »Ich schenkte dir das Leben, dafür versprichst du mir ewige Treue!«

Für den Giganten ließ er die seichten Hügel zu steinigen Felswänden emporwachsen, deren Gebirgsspitzen von glitzerndem Schnee bedeckt waren. Überdies überließ er ihm einige Wassertropfen aus dem dunkelroten Meer. Sie vermehrten sich auf wundersame Weise bald zu einem blutroten See, der sich hoch oben zwischen drei Steilhänge legte.

Anschließend wob er dem Hünen einen langen hellblauen Mantel und machte ihn zum Herrscher der schroffen Berge von Esramont. Auf einer Gebirgsspitze errichtete er ihm schließlich einen Eispalast.

An jedem vierten Vollmond sollte der Gigant in dem roten Wasser baden, um sich zu vermehren, sodass saus dem einen bald ein ganzes Geschlecht von Eisriesen hervorgehen würde.

Am liebsten blieben sie unter sich. Es sei denn, sie wurden von ihrem Herrn gerufen. Ihm – und nur ihm – zu dienen, war ihnen vorherbestimmt.

»Das kann nicht wahr sein«, flüsterte Sascha.

»Was ist?« Marie sah ihn aufmerksam an.

Saschas Kopf hing schlaff zwischen seinen krummen Schultern.

Der Junge hat keinerlei Spannung im Körper, dachte sie.

»Nun sag schon!«

Er saß regungslos da und starrte auf die geöffnete Buchseite.

»Ich kenne das alles. Ich habe den blutroten See und die schneebedeckten Bergspitzen, auf denen ein weißer Palast thront, schon einmal gesehen.«

Gänsehaut breitete sich auf Maries Armen aus. Sie schüttelte langsam den Kopf.

»Das ist unmöglich!«, sagte sie, wobei sie den Anflug von Panik in ihrer Stimme zu unterdrücken versuchte. »Bis vor drei Tagen wusstest du ja noch nicht einmal, dass es Enalis überhaupt gibt. Und jetzt willst du Einzelheiten kennen? Wie kann das sein? Wo glaubst du, die Berge und den See gesehen zu haben?«

»In einem Traum«, antwortete Sascha leise.

Marie starrte ihn fassungslos an. Plötzlich fiel ihr auf, dass er sehr blass aussah, durchsichtig, fast wie ein Geist. Sie fühlte die Aufregung hinter ihrem Brustkorb pulsieren.

»Ich habe letzte Nacht von Casandra geträumt. Sie hat mich um Hilfe gebeten. Hinter ihr auf einer Mauer waren verschneite Berge und der blutrote See gemalt. Später habe ich auch einen großen weißen Eispalast gesehen. Alles schien so intensiv und greifbar, beinahe real.«

Marie fuhr sich mit der Hand durchs Gesicht. Erneut schüttelte sie ungläubig den Kopf.

»Wie kannst du das alles in deinem Traum gesehen haben, wenn es noch gar nicht in dem Buch beschrieben wurde?«

Sascha zog seine Schultern hoch, um sie gleich wieder fallen zu lassen. Er wirkte gefasster.

»Keine Ahnung. Vielleicht ist es ja auch nur ein blöder Zufall.«

Marie fror plötzlich. Nichts, was mit Enalis zu tun hatte, geschah zufällig. So viel hatte sie gelernt. Der seltsame Rabe, der kurz vor Räjegs Fortgang auf dem Kastanienbaum gesessen hatte, die leeren Buchseiten, die ihr etwas zuflüsterten, und die grauenvollen Träume ihres Mannes. Sie hatten immer ein Ereignis nach sich gezogen. Ein schmerzhaftes, kräftezehrendes Ereignis. Was würde nun mit Sascha geschehen? Räjeg hatte vorausgesagt, dass er sich verändern würde. Aber sie wusste nicht wie oder warum. Er hätte es ihr erklären und sie ihn viel entschlossener fragen müssen.

»Geht es dir gut? Ist alles okay bei dir?« Sascha berührte vorsichtig ihre Hand.

Marie fuhr erschrocken aus ihren Gedanken auf. »Ja, entschuldige. Ich mache mir Sorgen, weil ich das hier nicht verstehe.«

»Es war nur ein Traum, Mama!«

Sie klappte das Buch zu und unterdrückte den Impuls, es wütend gegen die Wand zu schleudern. Stattdessen erhob sie sich und schritt zur Tür. Dabei wäre sie fast über einen Stapel Comics gestolpert.

Im Türrahmen drehte sie sich noch einmal zu ihm um. »Bei deinem Vater fing es auch mit Träumen an.«

Sascha saß im Schneidersitz auf seinem Bett. »Ich werde schon auf mich aufpassen, versprochen.«

Marie versuchte, in seinem Gesicht zu lesen, ob er nach dem

ersten Moment des Entsetzens wirklich keine Angst mehr hatte. Sie konnte es nicht sagen.

Entschlossen streckte sie ihren Rücken, dann ließ sie flüchtig ihre Augen durch den Raum schweifen. »Wir werden sehen. Morgen lesen wir weiter. Aber vorher räum endlich mal dein Zimmer auf!«

Wie ferngesteuert tastete sie sich die Treppen bis ins Wohnzimmer hinab. Erst dort erlaubte sie sich, laut aufzuschluchzen und die Tränen zahlreich und ungebremst über ihr Gesicht laufen zu lassen.

Ein Gespräch unter Freunden – Sascha

In dieser Nacht träumte Sascha von riesigen eisblauen Augen, die aus einem nachtschwarzen Himmel auf ihn herabblickten. Egal wohin er lief, ihre Blicke folgten ihm, sodass er immer schneller rannte. Endlich sah er die Ausläufer eines großen Waldes tief unter sich auftauchen. Das Grün der Baumkronen war durchsetzt von sonnengelben Punkten, die wie monströse Blumenblüten aussahen. Ihre satten Farben hoben sich stark von der weißen Schneelandschaft ab, die ihn hier, oberhalb der Felsen umgab. Sascha hörte eine mächtige Stimme, die ihn vor dem Wald warnen wollte.

»Geh nicht hinein!«, rief sie.

Aber unter dem dichten Blätterdach würden ihn die Blicke der kalten Augen nicht mehr verfolgen können, also lief er weiter den immer steiler werdenden Abhang hinunter.

»Kehr um!«, donnerte es noch einmal über den heulenden Wind hinweg.

Sascha jedoch rannte nur noch schneller.

»Wach auf, Sascha!«, ermahnte ihn plötzlich eine andere ihm vertraute Stimme.

»Papa?« Sascha riss die Augen auf.

Hastig tastete er nach dem Schalter seiner Nachttischlampe. Als das Licht endlich aufleuchtete, war der Zauber der Erwartung bereits verblasst. Suchend blickte Sascha sich um.

»Papa!«, rief er abermals.

Dabei war ihm längst klar, dass sein Vater nicht zurückgekehrt war. Diese Wahrheit schmeckte bitter. Sascha spürte ein Kratzen im Hals. Die Sehnsucht nach seinem Vater kam so unerwartet heftig, dass er laut aufschluchzen musste. Gerade in den letzten Tagen hätte er ihn gebraucht. Er hatte so viele Fragen und keine Antworten oder Erklärungen. Sein Vater stammte aus einer rätselhaften anderen Welt. Einer Welt, die ihn offenbar in seinen Träumen heimzusuchen begann.

Sascha stand auf und schlich zur Toilette. Sachte betätigte er die Spülung. Er wollte niemanden wecken. Wieder unter der Bettdecke kreisten seine Gedanken pausenlos um die Stimme seines Vaters. Sie war ihm so echt, so nah, so vertraut vorgekommen. Ob es mit diesem Buch zu tun hatte? Quatsch! Er hatte nur geträumt. Vielleicht sollte er es dennoch seiner Mutter sagen? Sascha hob kurz den Kopf und klopfte das Kissen zurecht, um sich anschließend tief darin zu vergraben.

Nein, beschloss er, lieber wollte er erst einmal mit Lutz über alles reden. Ganz egal, was er seiner Mutter versprochen hatte. Sascha fühlte sich nicht mehr an diese Zusage gebunden, nach allem, was ihm seine Familie verheimlicht hatte. Ja, genau! Gleich morgen früh würde er seinen Freund mit ins Boot holen. Er war gespannt, wie Lutz die Sache mit Enalis, seinem Vater und dem Schwarzen Buch aufnehmen würde. Hoffentlich hielt er Sascha nicht für verrückt, jedenfalls nicht mehr, als er selbst es tat. Er seufzte, dann fielen ihm die Augen zu.

»Alle Achtung, du bist heute aber früh dran. Das erspart uns das allmorgendliche Lauftraining«, begrüßte Lutz Sascha am nächsten Morgen amüsiert.

Schwungvoll warf er sich seinen Rucksack über die Schulter und zog die Tür hinter sich zu. Er schien bester Laune zu sein. Gute Voraussetzung für das Thema, das Sascha mit ihm besprechen wollte. Gerade als er Luft holte, um anzufangen, stießen die Petersen-Zwillinge aus der Parallelklasse zu ihnen.

»Hi Leute, heute mal pünktlich?«, rief die etwas Größere von ihnen.

Sie lächelte Sascha zu. Er sah schnell weg und senkte den Kopf übertrieben tief, wie er selbst bemerkte. Bestimmt würde sie sich gleich wieder über seine Augenfarbe lustig machen, fürchtete er und wunderte sich, als es nicht geschah.

Ihre Schwester hakte sich ungefragt bei Lutz ein.

Mist, dachte Sascha.

Das Gespräch würde er verschieben müssen. Und dann fiel ihm auch noch der Physiktest ein. Physik war mindestens genauso schlimm wie Mathe. Und er hatte sich das ganze Wochenende kein einziges Mal die Übungen angesehen. Aber wer konnte schon an so etwas denken, wenn einem das gesamte Leben um die Ohren flog? Widerwillig sah Sascha ein, dass er wohl bis nach der Schule warten musste, um mit Lutz zu sprechen.

Kaum, dass sie nach der letzten Stunde das Schulgebäude verlassen hatten, drängte Sascha seinen Freund. »Hast du Zeit? Ich muss dir was Spannendes erzählen. Was wirklich Wichtiges!«

Lutz blieb stehen und schielte über den dunklen Rand seiner achteckigen Brille. »Spannend oder wichtig?«

»Beides.«

»Klingt gut! Schieß los!«

Sascha ließ seinen Blick unentschlossen über das Schulgelände schweifen. Unter dem Basketballkorb stand Arne mit ein paar

Jungs aus der Elften. Ein Stückchen weiter plauderten drei Mädchen aus seiner Klasse. Eine von ihnen sah in diesem Moment zu ihnen herüber.

»Hey Lutz, willst du schon nach Hause?«, rief sie.

Sascha bezweifelte, dass der Schulhof der richtige Ort für das Gespräch war.

»Können wir vielleicht bei dir quatschen? Da haben wir mehr Ruhe.«

Lutz nickte. »Klar doch, kein Problem.« Grinsend winkte er der Mädchengruppe zu. »Wir hauen ab. Bis morgen!«

Mit langen Schritten steuerten sie die Straße an, in der Lutz mit seinen Eltern wohnte. Sascha wartete, bis sie im Zimmer seines Freundes angekommen waren. Dort begab er sich umgehend zur Sitzecke unter der Dachschräge und ließ sich erschöpft in einen riesigen Sitzsack fallen.

»Also gut, bist du bereit?«, fragte er.

Lutz setzte sich ihm gegenüber auf die kleine Zweisitzercouch.

»Machst du Witze? Du siehst aus, als würdest du gleich platzen. Ich will endlich wissen, was los ist.«

Sascha zögerte. »Aber du musst mir schwören, mit niemanden darüber zu reden!«, verlangte er.

Lutz sah ihn belustigt an. »Echt jetzt? Du willst, dass ich es schwöre? So wie damals in der Grundschule?«

»Bitte, Lutz! Es ist wichtig. Du musst es für dich behalten!«

Lutz zog kurz die Schultern hoch. »Okay! Wenn du darauf bestehst. Ich schwöre!«

Sascha atmete durch. Dann erzählte er Lutz von dem Schwarzen Buch, von Enalis und seinen seltsamen Träumen. Sogar über die Herkunft seines Vaters sprach er. Wie gebannt hörte ihm sein Freund zu, ohne ihn auch nur einmal zu unterbrechen. Am Ende seiner Schilderungen fühlte Sascha sich deutlich leichter.

Lutz nickte. »Wow! Das ist doch der reine Wahnsinn! Echt jetzt? Puh!« Er riss die Arme hoch, ließ sie wieder fallen, suchte nach den richtigen Worten. »Äh, na ja, dass alles klingt komisch. Nein, seltsam. Irgendwie nicht real. Und ehrlich gesagt, ein bisschen verrückt.«

Sascha bekam es mit der Angst zu tun. »Du glaubst mir doch, oder?«

Er holte tief Luft, während sein Freund ihn durch seine Brillengläser hindurch grübelnd anstarrte. »Ja, ich glaube dir. Du bist schließlich kein Spinner.«

Erleichtert stieß Sascha seine angehaltene Puste aus. »Danke! Es tut echt gut, mit jemandem darüber zu reden. Ich finde das alles auch ziemlich schräg.«

Lutz schob seine Brille hoch. »Ich denke, alles, was in letzter Zeit passiert ist, hat mit diesem komischen Buch zu tun. Damit hat es angefangen. Wenn du mich fragst, sind das keine Zufälle.«

Er sprang auf, eilte zu seinem Schreibtisch und schaltete den Computer an. »Lass uns die ganze Sache mal strukturiert angehen. Ich baue eine Excel-Tabelle, in der wir systematisch alle Informationen sammeln können. So haben wir einen besseren Überblick.«

»Äh, okay!«

Sascha verstand nicht genau, was Lutz meinte. Stirnrunzelnd gesellte er sich zu ihm und sah ihm über die Schulter. Die Finger seines Freundes flogen über die Tasten.

Traum, Inhalt, Geschöpf, Ort schrieb er flink in die ersten vier Spalten.

Plötzlich hob Lutz den Kopf und wandte sich zu Sascha um. »Sind die Buchseiten durchnummeriert?«

Sascha dachte kurz nach. »Keine Ahnung. Ich hab bisher nicht drauf geachtet.«

»Dann tu es jetzt!«

Das war typisch für Lutz, Zahlen waren seine Leidenschaft. Sascha unterdrückte ein Aufstöhnen, schließlich gab sein Freund sich hier die allergrößte Mühe.

»Was spielt es für eine Rolle, ob es Seitenzahlen gibt?«, konnte er sich die Frage dennoch nicht verkneifen.

Lutz zuckte lässig mit den Schultern. »Wer weiß das schon? Schaden kann es jedenfalls nicht.«

Sein Handy klingelte. Er sah auf das Display, nickte Sascha entschuldigend zu und ging ran.

»Hallo, Lena! Wo brennt es?«

Sascha konnte nicht hören, was sie sagte. Aber er sah, wie sein Freund im Wechsel seine dunklen Augenbrauen hochzog und breit grinste.

»Alles klar, kein Problem. Ich komme rum. Nein, nicht gleich. Sascha ist hier.«

Sascha kam sich sofort blöd vor. »Ist schon gut, wir sind ja fast fertig«, flüsterte er seinem Freund zu.

Lutz strahlte. »Okay, es geht doch gleich. Dann bin ich in einer halben Stunde bei dir. Aber dafür spendierst du mir anschließend ein Eis!« Er lachte und legte auf.

»Sorry, Lena braucht in Mathe meine Hilfe. Sie schreibt morgen eine Klausur und kapiert die Integralrechnung nicht.«

Sascha presste die Lippen aufeinander. Eigentlich hatte er den Nachmittag mit Lutz verbringen wollen. Außerdem waren sie gerade dabei gewesen, seine auf den Kopf geworfene Welt zu besprechen und in diese blöde Tabelle hineinzuzwängen. Aber nun war Lutz die Schulschönheit Lena offenbar wichtiger. Warum hatte er auch so tun müssen, als würde es ihm nichts ausmachen?

Er schielte auf den Computerbildschirm und spürte dabei das vertraute Pochen hinter seiner Stirn. Gleich würden die Kopfschmerzen kommen und schonungslos auf ihn einhämmern.

Sascha räusperte sich. »Ich kapier Integralrechnung auch nicht.« Seine Stimme klang dünn, fast so, als müsste er gleich losheulen. Das ärgerte ihn nur noch mehr.

Lutz runzelte die Stirn. »Hey, dir helfe ich natürlich auch!«, versprach er und wirkte dabei tatsächlich ein bisschen betroffen.

Sascha nickte. Es kostete ihn Kraft, sich die Enttäuschung nicht anmerken zu lassen. Trotzig schob er seine Hände in die Hosentaschen und sah Lutz dabei zu, wie er sich abermals zu seinem Computer umdrehte und mit dem Zeigefinger auf den Bildschirm tippte.

»Und morgen nach der Schule machen wir hiermit weiter!«

Wieder nickte Sascha. Was sollte er auch sonst tun?

»Am besten, du schreibst mir bis dahin diese unverständliche Widmung ab. Oder du machst gleich ein Foto davon! Und achte auf die Seitenzahlen! Ich werde heute Abend ein bisschen recherchieren, ob im Netz irgendwas über eine Welt mit dem Namen Enalis zu finden ist.«

Lutz stand auf, suchte ein paar Übungsblätter zusammen und stopfte sie in seinen Rucksack. Plötzlich wollte Sascha nur noch weg.

»Ich hau dann mal ab«, murmelte er und deutete auf die Tür.

»Warte! Ich sag nur noch schnell meinen Eltern Bescheid. Dann komme ich mit runter.«

An der Straße verabschiedeten sie sich voneinander.

»Hey, ich muss das auch erst einmal verarbeiten«, sagte Lutz. Es klang wie eine Entschuldigung. Er zögerte, sah auf seine Schuhe, seufzte und murmelte dann: »Hast du Schiss?«

Sascha zog schlaff die Schultern hoch. Was sollte er darauf antworten? Tief in seinem Innern verspürte er ein unbehagliches Ziehen. Dennoch blieb ihm das Ja irgendwie in der Kehle stecken, denn da war auch das Gefühl der Neugier und der Hoffnung.

»Ich weiß nicht, ein bisschen unheimlich ist das Ganze schon«, brachte er schließlich heraus.

Er beobachtete, wie sich eine Schar Spatzen auf eine heruntergefallene Brötchenhälfte stürzte. Die Szene wirkte so normal, dass Sascha die Sache mit der Parallelwelt jetzt selbst komplett verrückt vorkam.

Scheiße auch!

Er konnte Lutz' mitleidigen Blick auf sich spüren und ärgerte sich erneut. Sein Freund machte einen Schritt auf ihn zu und klopfte ihm freundschaftlich auf den Rücken.

»Es wird sich alles aufklären, du wirst sehen!«, sagte er und wandte sich zum Gehen.

Sascha sah ihm kurz hinterher, dann trottete er in die entgegengesetzte Richtung auf direktem Weg nach Hause. Er fühlte sich jetzt noch einsamer als vor dem Gespräch.

Der Wald der Zwerge – Sascha

Saschas Mutter zog mit einem kräftigen Ruck die Besteckschublade auf.

»Wie lief Physik?«, wollte sie wissen, während sie drei große Löffel daraus hervorkramte. Sascha beobachtete stirnrunzelnd, wie sie sie auf dem Tisch verteilte. Sein Magen fühlte sich plötzlich flau an.

»Was gibt es heute? Suppe?«

Seine Mutter seufzte leicht. »Ja, Kürbissuppe. Du könntest mir beim Aufdecken helfen!«

Sascha atmete hörbar aus, begab sich dann aber zum Schrank, um die Teller zu holen. »Ernsthaft? Kürbissuppe? Das wird Theo überhaupt nicht gefallen. Du weißt doch, dass er Fleisch will.«

Auch Sascha wären Nudeln oder Pommes lieber gewesen.

»Physik?«, wiederholte seine Mutter. Diesmal klang ihre Stimme eine Spur schärfer.

Sascha musste auf der Hut sein. Sie hatte mal wieder schlechte Laune. Außerdem plagten ihn noch immer dumpfe Kopfschmerzen.

»Ganz okay!«, log er.

In Wahrheit sah es gar nicht gut für ihn aus. Aber Physik war so ziemlich das Letzte, worüber er sich derzeit Gedanken machte.

Seine Mutter schenkte ihm ein flüchtiges Lächeln. »Das ist gut. Hoffentlich reicht es. Ich wäre so froh. Dann hätten wir eine Sorge weniger!«

Sascha musste schnell wegsehen. Es lag zu viel Hoffnung in ihrem Blick.

Sie rief Theo zum Essen, der polternd die Treppenstufen heruntergelaufen kam.

»Hm, was riecht hier so gut?«

Er schnüffelte auf allen vieren wie ein Hund über den Fußboden bis zum Herd. Dort stellte er sich auf die Beine und schielte in den Topf. Sofort ließ er sich wie ein Sandsack auf die Fliesen fallen.

»Suppentod!«, krächzte er und verdrehte dabei theatralisch die Augen.

Ihre Mutter stöhnte. »Jetzt setz dich hin! Wir wollen essen.«

Aber Theo blieb liegen. »Ich kann nicht, ich bin suppentot!«

»Theo, komm her, wir machen Stoppessen!«, sprang Sascha seiner Mutter bei.

»Warum kannst du nie was kochen, was ich mag? Warum gibt es kein Fleisch?«, motzte Theo, während er sich zu seinem Platz begab.

»Schluss jetzt! Ihr esst, was auf den Tisch kommt, und dann ab ins Bett. Ich muss Sascha heute noch was vorlesen.«

Theo verschränkte demonstrativ die Arme vor der Brust. »Und was ist mit mir? Ich will auch was vorgelesen kriegen!«

»Aber das mache ich doch jeden Tag!«

»Ja, doofe Kindergeschichten. Aber ich will auch was Gruseliges hören!«

Sascha wechselte einen erstaunten Blick mit seiner Mutter.

»Wie kommst du darauf, dass ich Sascha etwas Gruseliges vorlese?«, fragte sie. Ihr Gesicht sah sehr weiß und sehr konzentriert aus.

Theo drehte seinen Löffel zwischen seinen Fingern hin und her und schaukelte mit den Beinen.

»Theo?« Sie legte behutsam ihre Hand auf seinen Arm. »Wie kommst du darauf?«

Theo schielte zu Sascha. Es war ihm anzusehen, dass er mit sich rang, ob er es erklären sollte. Sascha nickte ihm aufmunternd zu. Er war selbst auf die Antwort gespannt.

»Na, weil«, begann Theo stockend, um dann leise fortzufahren, »Sascha nachts schreit und böse träumt.«

Sascha bemerkte, wie seine Mutter tiefer in sich zusammensackte.

»Jeder träumt manchmal schlecht, Theo. Das ist nicht so schlimm!«, sagte sie. Doch ihre Stimme zitterte.

An diesem Abend, nachdem Theo im Bett war und hoffentlich schon tief und fest schlief, lernte Sascha die Mongs kennen, die ihn an Zwerge erinnerten. Er saß neben seiner Mutter auf dem Bett und hörte gespannt zu.

Ihre Körper waren hellgrün. Sie besaßen ein mehr rundes als längliches Gesicht mit großen, gelb funkelnden Augen. Ihr Haar war grün und gekräuselt. Der Schöpfer schenkte ihnen Kraft und Verstand, um den kleinen Wuchs auszugleichen. Er hieß sie, sich zwischen den breiten Ästen des Waldes, auf dessen Bäumen tellergroße leuchtend gelbe Blüten wuchsen, Häuser zu bauen, damit sie nicht so leicht von den Jagdhunden der Riesen gefunden und gefressen würden.

Mongs waren vorzügliche Kletterer. Sie lebten viel lieber in den Höhen ihres lichtdurchtränkten natürlichen Sonnendachs als auf dem feuchten schattigen Waldboden zu den Füßen ihrer Bäume. Die weißen Berge, die sie vom Wald aus sehen konnten, reizten die Mongs nicht. Sie dachten nicht über die Riesen in den eisigen Höhen nach. Sie mochten nichts und niemanden entdecken und auch selbst nicht entdeckt werden. Und so sollten sie in den Wipfeln des grünen Waldes mit seinen gelben Blüten am Fuße der

Felsen wohnen bleiben, der schon bald Mongwald genannt wurde.

»Hast du davon auch schon geträumt?«, fragte seine Mutter leise.

Sascha zögerte.

»Hast du?«, wiederholte sie und sah ihn ernst an.

Sascha war, als blicke sie direkt in ihn hinein. Es hatte keinen Zweck, ihr etwas vorzumachen.

»Ja, ich habe tatsächlich von so einem Wald geträumt«, gab er deshalb zu.

Er konnte sehen, wie seine Mutter erstarrte, die Farbe aus ihrem Gesicht wich, ihr Brustkorb sich hob, sie tief Luft holte.

»Ich weiß, dass das alles nicht leicht zu verstehen ist – weder für dich noch für mich«, stieß sie aus. »Aber wir beide müssen zusammenhalten! Du musst mir alles erzählen – jeden Traum, jede Ahnung und jedes ungewöhnliche Ereignis!«

Sie streckte ihre Hand nach seiner aus. Sascha konnte den Druck ihrer kalten Finger spüren. »Versprich es mir!«

Er nickte zur Antwort. Danach beschrieb er ihr in allen Einzelheiten seinen letzten Traum. Als er von seinem Vater erzählte, richtete sie sich kerzengerade auf.

»Und du bist dir wirklich sicher, dass es seine Stimme war?«

»Natürlich, absolut«, antwortete er.

Sie atmete tief durch. »Gut«, sagte sie dann, »er beschützt dich aus der Ferne.«

Sie sah erleichtert aus.

Kapitel 3
Zwischen Traum und Wirklichkeit

Eine Verbindung zu Sascha – Räjeg

Er hatte seinen Sohn gesehen, er hatte ihn tatsächlich gesehen. Räjegs Hände zitterten. Er hörte seinen Puls in den Schläfen pochen. Er war erschöpft, aber auch glücklich.

Konzentriert starrte Räjeg auf die herausgerissene Seite aus dem mächtigen Buch. Er hatte sie über seinem Holztisch aufgehängt, um sie jeden Tag zu überprüfen, Monat für Monat, Jahr für Jahr. Dann plötzlich, vor drei Tagen waren die kleinen Zeichen darauf aufgetaucht, die den Namen seines Sohnes zu erkennen gaben. Das Schöpferbuch war erwacht. Räjeg schluckte. Der Rabe musste ihnen erschienen sein. Nach so langer Zeit!

Erschöpft ließ er sich auf einen der Stühle fallen und stützte für einen Moment den Kopf in seine Hände. So viele verlorene Jahre. Er würde Sascha so viel sagen und erklären müssen.

Räjeg hatte bereits zwei Tage zuvor versucht, in die Träume seines Sohnes zu gelangen. Aber er hatte nur Schatten und schemenhafte Umrisse gesehen.

Die Ungeduld drohte ihn zu betäuben. Dabei war es jetzt besonders wichtig, sich seine Kräfte für die Seelenreisen gut einzuteilen. Räjeg wusste, dass die Verbindung zwischen Sascha und Enalis erst wachsen musste. Noch war der Junge extrem schwer zu erreichen. Er überlegte. Sascha dürfte sich gegenwärtig auf der Ebene befinden, die weder Traum noch Realität war. Ein tiefer Seufzer entfuhr ihm. Was, wenn er seinem Sohn zu viel abverlangte? Erneut kamen die Zweifel in ihm hoch, die ihn schon so oft gequält hatten. War es die richtige Entscheidung gewesen?

Ein Klopfen riss ihn aus seinen Gedanken.

»Ja!«, rief Räjeg und sein Bruder trat ein. »Rebus, wie schön, dich zu sehen. Komm, setz dich zu mir!«, bot Räjeg ihm einen Platz am Tisch an.

Rebus setzte sich ihm gegenüber. Seinem Blick nach zu schließen, machte er sich Sorgen.

»Ich wollte nachsehen, wie es dir geht. Du bist nicht zum Essen ins Gemeinschaftshaus gekommen«, sagte er.

»Ich habe nach Sascha gesucht. Die Tür nach Enalis öffnet sich langsam für ihn«, erwiderte Räjeg.

»Und, hat es geklappt? Hast du ihn gefunden? Du siehst erschöpft aus.«

Räjeg lächelte. Er konnte wieder dieses warme Kribbeln spüren, das ihm beim Anblick seines Sohnes erfüllt hatte.

»Ja, ich habe ihn gesehen. Er ist groß geworden. Groß und kräftig, beinahe schon ein Mann. Er kam aus den Bergen von Esramont den Burgpfad heruntergerannt und ist direkt in den Mongwald gelaufen. Ich wollte ihn vor den Hunden der Eisriesen warnen.«

Rebus beugte sich über den Tisch zu ihm vor und legte ihm beruhigend eine Hand auf den Arm. »Warnen? Warum? Noch schwebt Sascha wie in einer Blase durch unsere Welt. Niemand kann ihm etwas antun. Die meisten nehmen ihn noch nicht einmal wahr.«

Räjeg fuhr sich mit den Händen über das Gesicht. »Du hast ja recht. Aber es wird schnell gefährlich werden. Spätestens, wenn er die gläserne Seite erreicht.«

Sein Bruder sah ihm in die Augen. »Trau ihm etwas zu! Er ist nicht umsonst dein Sohn! Mach dir nicht so viele Sorgen!«

Räjeg erhob sich, ging zum Fenster und blickte hinaus, als könnte man dort mehr als hohe Felswände vor einem schmalen Himmelsstück sehen. Immerwährendes Dämmerlicht, drinnen wie draußen.

»Wie soll ich mir keine Sorgen machen? Wir verharren hier im Verborgenen, weit oben zwischen eng beieinanderstehenden Bergklippen versteckt. Wir, die stattliche Häuser und weite Gärten gewohnt waren, hausen in erbärmlichen Hütten, im Schatten der kalten Felswände des Jatus-Gebirges. Die Henkersknechte jagen jeden Seelenseher, den sie finden können. Der Schwarze Prinzipal wird keine Ruhe geben, bis er uns alle getötet hat. In was für eine Welt ziehe ich mein Kind nur hinein, Rebus? Ich denke so oft darüber nach. Außerdem fürchte ich die Macht des Buches. Du weißt, was es vermag.«

Wieder überkam ihn diese leichte Übelkeit, die er immer dann verspürte, wenn er an seinen Treuebruch dachte. Er hatte seinen Sohn über die Gesetze der Seher gestellt und damit einen gefährlichen Weg eingeschlagen. Indem er das Schöpferbuch entwendet und in die Menschenwelt gebracht hatte, hatte er sich gegen sein eigenes Volk verschworen.

Noch immer starrte er aus dem Fenster auf die grauen Gebirgsmauern. Er konnte hören, dass Rebus sich erhob und zu ihm trat. Spürte, wie sich die Hand seines Bruders behutsam auf seinen Rücken legte. Nur ganz kurz.

»Räjeg«, hörte er ihn sanft sagen. »Dieses Gespräch haben wir schon tausendmal geführt. Hör mir zu!«

Räjeg wandte sich zu ihm um.

»Du musst endlich aufhören, dich mit diesen Gedanken zu quälen. Die Seher haben dich in der Menschenwelt aufgespürt und jetzt offenbar auch Sascha. Das Buch ist seine einzige Chance. Es hat große Macht, das ist richtig. Aber denke auch an die Gabe. Sie kann Sascha stark machen, sodass er sich wehren und eigene Entscheidungen treffen kann.«

Räjeg lachte bitter auf. »Ja, stärken – oder vernichten! Er wäre nicht der Erste, der an der Macht des Schöpferbuchs zerbricht. Es gab einige, die verrückt, gierig, größenwahnsinnig oder schwermütig wurden.« Er unterbrach sich und schluckte. »Schlimmer noch ist der Gedanke, dass er beim Übergang in unsere Welt Schaden nehmen könnte«, fuhr er dann fort. »Er ist immerhin zur Hälfte ein Mensch. So etwas gab es noch nie.«

»Ein Teil von ihm gehört hierher, Räjeg«, versuchte ihn sein Bruder zu beschwichtigen. Kopfschüttelnd hob Rebus die Schultern, blickte weg, an Räjeg vorbei. »Und wer weiß, vielleicht wird Sascha tatsächlich einmal unser Retter sein«, sagte er dann sehr leise, als wäre es nicht für die Ohren seines Bruders bestimmt.

Aber er hatte es gehört. »Jetzt fang du nicht auch noch damit an! In der Prophezeiung steht kein Wort darüber, wann und aus welcher Welt der Retter kommen soll. Die Möglichkeiten sind unendlich, das sollte dir klar sein. Ich glaube nicht, dass es Sascha ist.«

»Es ist egal, was du glaubst. Du weißt genauso gut wie ich, dass sie ihn in die Hände kriegen wollen. Die einen, weil sie schon viel zu lange auf ihren Befreier warten, und die anderen, weil sie fürchten, er könnte es tatsächlich sein. Der Schwarze Prinzipal sucht längst nach diesem Kind, auch in anderen Welten.« Rebus sah ihn scharf an. »Hole Sascha zu dir! Verstecke und beschütze ihn! Niemand vermutet den Jungen hier. Nur so kannst du ihn retten!«

Um Räjegs Herz legte sich eine Mauer aus Eis. »Ich vertraue nur noch dir, Rebus!«, murmelte er heiser.

In Rebus' Blick lagen Wärme und Mitgefühl. Er seufzte leise und kehrte dann leicht nach vorn gebeugt zum Tisch zurück. Dort goss er sich einen Becher Wasser ein.

»Du solltest dich ausruhen. Eine Seelenreise ist nicht nur gefährlich, sondern auch anstrengend.«

Er leerte den Becher mit einem Zug und stellte ihn geräuschvoll auf die Tischplatte zurück.

Räjeg schnaufte spöttisch. »Das sagt der Richtige. Als hättest du die Gefahr je ernst genommen.«

Sein Bruder hob abwehrend die Hände. Ein schelmisches Lächeln umspielte seinen Mund. »Du hast recht. Doch im Gegensatz zu dir wurde ich als Regelbrecher geboren. Von mir erwartet man beinahe, dass ich über die Stränge schlage. Aber du, mein Bester, du warst immer der wohlerzogene kluge Sohn mit dem reinen Herzen. Der ganze Stolz unserer Familie!« Er wurde plötzlich wieder ernst. »Handle auch jetzt vernünftig und weitsichtig! Du weißt, Seelenreisen sind verboten. Die anderen Seher könnten Verdacht schöpfen. Teile dir deine Kräfte ein! Finde Sascha und tauche mit ihm für eine Weile unter! Ich werde euch dabei helfen.«

Nach diesen Worten schritt er zur Tür.

»Danke, Rebus!«, rief Räjeg ihm hastig hinterher. Er wollte seinen Bruder nicht gehen lassen, ohne ihm das gesagt zu haben.

Rebus blieb stehen und wandte sich zu ihm um. »Wozu sind Brüder da? Ich freue mich auf Sascha. Es wird Zeit, dass er endlich seinen Lieblingsonkel kennenlernt.« Er zwinkerte Räjeg zu und verschwand.

»Das ist ja auch kein Kunststück, wenn man nur einen Onkel hat«, brummte Räjeg vor sich hin.

Müde und erschöpft setzte er sich aufs Bett. Seine Gedanken wanderten in die Vergangenheit. Es waren glückliche Jahre gewesen in der Welt der Menschen, bei Marie und seinem kleinen bezaubernden Sohn. Doch dann waren die Träume gekommen. In ihnen hatte er mitangesehen, wie sie Jagd auf seinen Bruder machten, seine Schwester töteten und Freunde folterten. Er war bei ihnen gewesen, als sie gelähmt vor Angst und Erschöpfung zwischen den kalten Mauern der dunklen Gänge in den Bergen von Akjo umhergeirrt waren. Ihr Entsetzen, ihre Schreie, ihr Weinen hatten Räjeg durch jede einzelne Nacht begleitet, bis er fast daran zerbrochen wäre. Als der Rabe gekommen war, hatte er gewusst, dass er in seine Welt zurückkehren musste – zu Rebus, dem einzigen Überlebenden seiner Familie.

Geistesabwesend strich er über die tiefen Narben an seinen Fuß- und Handgelenken. Rebus hatte recht, eine Seelenreise war unglaublich anstrengend. Man musste sich nahezu vollständig aus sich herauslösen, aus dem Strang seiner Gedanken und Gefühle, um sich einzig auf die Person zu konzentrieren, bei der man sein wollte. Deshalb trugen die meisten Seher eine unsichtbare Maske, mit der sie ihr Innerstes und ihren Körper schützten. Sascha besaß so etwas nicht. Ihn konnte man aufspüren, ohne an einer Ummauerung der Seele zu scheitern.

Ein schwaches Zittern lief durch Räjegs Adern. Er beschloss, sich jetzt lieber schlafen zu legen. Auf ihn wartete eine schwierige Aufgabe und die Suche nach Sascha hatte ihm alles abverlangt. Immerhin war er nicht in Ohnmacht gefallen. Nichts erschien ihm nun wichtiger, als den genauen Aufenthaltsort seines Sohnes zu erkennen, wenn seine Träume mehr und mehr zur Wirklichkeit werden würden.

Kraftlos streckte Räjeg sich auf seinem schmalen hölzernen Bett aus. Morgen würde er erneut nach Sascha suchen. Zuletzt hatte er ihn am Fuß des Esramont-Gebirges, an der Grenze zum Mongwald gesehen. Und Sascha wusste nicht, dass es dort neben den scheuen Mongs in den Baumkronen auch die Jagdhunde der Riesen und die gefürchteten Phantome ab.

Im Wald der Mongs – Sascha

Nachdem seine Mutter die Tür hinter sich zugezogen hatte, drehte Sascha sich auf die rechte Seite in seine gewohnte Einschlafposition. Der Wind rüttelte unbarmherzig an dem alten

Fenster gegenüber seinem Bett. Immer wieder schob sich das Bild des Raben in seine Gedanken. Vorsichtshalber hatte Sascha den Vorhang seitdem nach Einbruch der Dunkelheit nicht mehr aufgezogen.

Die Augen fielen ihm langsam zu und aus der Schwärze des ersten Moments entfaltete sich ein dunkelgrüner Wald, der sich unterhalb der rauen Berglandschaft erstreckte. Sascha staunte, wie lebendig er im Vergleich zu den nackten, steinigen Wänden des hohen Gebirges der Eisriesen aussah. Er wirkte wie gemalt. Die Bäume waren nicht nur groß, sondern riesig. Glatt und gerade und in regelmäßigen Abständen wuchsen sie in den Himmel. Sascha legte den Kopf in den Nacken und spähte nach oben. In den Baumkronen über sich glaubte er unterschiedliche Blätter zu erkennen. Als wären drei oder vier Baumarten miteinander gekreuzt worden. Aber mehr noch verblüfften ihn die großen rapsgelben Blüten, die zwischen ihnen wuchsen. Von ihrer Form her erinnerten sie ihn an Sonnenblumen.

Er schlenderte weiter, setzte seine Füße beinahe andächtig auf den weichen moosbedeckten Boden. Bestaunte die Grüppchen gelber und weißer Blumen, an denen er vorbeikam, oder die ebenmäßig gewachsenen Büsche mit ihren runden zierlichen Blättern, die hin und wieder seinen Weg säumten. Ein Märchenwald. Zu perfekt und gleichzeitig zu absonderlich, um echt zu sein. Immer schneller zog es Sascha in seine Tiefe. Schummriges Licht umgab ihn, weil die Sonne es hier kaum durch die dichten Laubkronen schaffte. Er lief ohne Ziel. Trotzdem, irgendetwas in ihm erwartete, dass gleich etwas passieren würde. Es war, als läge eine flirrende Spannung in der Luft.

Auf einer kleinen Anhöhe blieb Sascha schließlich stehen. Vielleicht, weil er das Gefühl hatte, beobachtet zu werden. Um ihn herum war es still. Zu still, wie er auf einmal fand. Er spähte verstohlen nach oben und zuckte zusammen, als er tatsächlich eine Bewegung wahrnahm. Etwas Grünes und zugleich Gelbes huschte nahezu lautlos von Ast zu Ast. Sascha dachte an die zuletzt gelesene Seite im Schwarzen Buch. Ein Mong?

Noch während er überlegte, ob er etwas rufen sollte, schreckte ihn ein seltsames Geräusch hinter sich auf. Blitzschnell drehte er sich um, sah aber nur einen Busch mit blaugrünen Blättern, der zwischen zwei hohen Baumstämmen wuchs. Sascha heftete seinen Blick darauf, wartete, lauschte, ohne dass etwas geschah. Und gerade, als er meinte, sich getäuscht zu haben, begannen die Blätter aufgeregt hin und her zu rascheln. Sascha beugte sich staunend vor, da schreckte ihn ein kurzer gellender Pfiff auf.

»Pst! Eh, du Schnarchgesicht! Los, schnell rauf hier!«, hörte er eine helle Stimme über sich.

Eine atemlose Sekunde lang war Sascha verwirrt, ehe er begriff, dass er damit gemeint war. Im selben Augenblick flog ihm ein Seil entgegen. Was sollte er damit? Etwa klettern? Darin war er beklagenswert schlecht. Alle Sportstunden, die eine Kletterübung enthalten hatten, zählten zu den schwärzesten Momenten seiner Schulkarriere.

»Komm! Mach schon, du Trödelfritze!«, rief die piepsige Stimme nun drängender.

Ein kleines grünes Gesicht mit runden gelben Augen schaute aus den Ästen auf ihn herab. Ein Mong!

»Schnell, bevor es sich verwandelt!«

»Was?« Sascha begriff nicht. »Verwandelt?«

Der Mong zeigte auf den raschelnden Busch. »Sieh doch!«

In genau diesem Moment schossen aus seinem lebhaften Blättermeer zwei lange Arme mit kräftigen Pranken und einem massigen Kopf hervor. Ein grollender Laut ließ den Wald erzittern.

Sascha taumelte zurück. Das Herz hämmerte in seiner Brust. Vor ihm erhob sich ein Ungeheuer – monströs, verzehrt, ein lebendig gewordener Albtraum. Am schlimmsten waren die Augen. Riesig, glühend rot wie brennende Kohlen, bohrten sie sich in Sascha hinein, als wollten sie ihn verschlingen. Ein blutiges, gieriges Leuchten flackerte in ihnen. Voller Hass und voller Hunger. Tödlich.

Saschas Beine wollten fliehen, ihn forttragen in die Tiefe des Waldes, in Sicherheit. Aber er konnte sich nicht rühren. Er war wie gelähmt. Eingefroren.

Noch einmal schrie das Monster, roh und durchdringend. Dabei entblößte es seine spitzen, gelblichen Zähne. Panik stieg in Sascha auf. Adrenalin schoss durch seine Adern.

Dann endlich löste sich die Starre, die ihn gefangen gehalten hatte. Taumelnd griff er nach dem Seil. Seine Hände zitterten. Er packte fest zu. Mit aller Kraft hievte er sich ein Stück daran hoch. Langsam, quälend langsam. Er hatte keine Chance.

»Jetzt mach schon! Klettere!«, schrie ihn der Zwerg von oben an.

Sascha spannte die Muskeln. Er schaffte einen Meter, dann noch einen. Die derben Fasern des Stricks schnitten sich in seine Haut. Seine Hände brannten.

»Du gehörst mir!«, hörte er das Scheusal unter sich keuchen.

Seine Stimme klang rauchig und erschreckend nah. Sascha spürte das Blut hinter seinen Schläfen pochen.

»Los! Schneller!«, trieb ihn der Mong aufgeregt an. »Beeil dich!«

Über Sascha wackelte sein kleines grünes Gesicht unruhig hin und her. Er versuchte sich nur darauf zu konzentrieren.

»Komm schon! Zack, zack, Trödelfritze!«

Verbissen stemmte sich Sascha weiter hinauf. Seine Arme zitterten. Er war jetzt direkt unter dem Ast, auf dem sein kleiner Retter saß.

»Hier, nimm meine Hand!«, verlangte dieser.

Das Seil schwankte hin und her. Sascha warf einen panischen Blick zum Boden. Das Ungeheuer hatte es mit seinen Klauen ergriffen und versuchte, Sascha abzuschütteln.

Verflucht!

»Pack zu!«, rief der Zwerg.

Seine Stimme klang schrill. Sascha schnappte nach seiner grasgrünen Hand und ließ sich von ihr auf den Ast helfen. Er staunte, wie viel Kraft der kleine Mong besaß.

Geschafft!

Jetzt durfte er nur nicht herunterfallen. Vornübergebeugt hielt er sich mit beiden Armen an dem Holz fest. Der Mong sägte unterdessen mit einem kleinen Dolch an dem Seil herum.

Das Monster hatte sich bereits ein wenig daran heraufgezogen. Saschas Herz schlug gegen seine Brust. Was, wenn die Kreatur es bis nach oben schaffte? Er zitterte und hätte fast seinen Griff gelockert, doch da hatte der Zwerg das Seil schon durchtrennt. Das Ungetüm fiel krachend zu Boden. Es stieß einen langen wütenden Schrei aus.

»Ich finde dich!«, rief es zu ihnen hinauf.

Sascha kniff die Augen zu. Noch lieber hätte er sich die Hände über die Ohren gelegt, doch er wollte auf keinen Fall den Ast loslassen.

Erst als die schweren Tritte des Monsters immer leiser wurden, wagte er es, einen Blick nach unten zu werfen. Das Ungetüm war fort. Tränen der Erleichterung und Angst brannten in Saschas Augen.

Hatte seine Mutter nicht gesagt, sein Vater würde ihn beschützen? Von wegen!

Das kleine Wesen berührte ihn sacht an der Schulter. Es trug eine kurze honiggelbe Jacke und eine grüne Hose.

»Bist du ein Seher?«, fragte es leise.

Sascha setzte sich vorsichtig auf und hielt sich an einem über seinem Kopf quer verlaufenden Ast fest, um nicht den Halt zu verlieren. Seine Zunge klebte am Gaumen. Er brachte kein Wort heraus. Spürte nur das Zittern, das noch immer durch seinen Körper blubberte, wie Brausepulver.

Das kleine Geschöpf hingegen konnte offenbar nicht stillsitzen.

Immerzu bewegte es sich gleich einem Äffchen über die Äste, während es Sascha weiter ausfragte.

»Bist wohl ein verstoßener elternloser Seher, was? Kletterst ja schlechter als ein Gwerz. Seher erkennen ein Phantom doch sofort und glotzen es nicht noch hundert Stunden lang an, bis es sich endlich verwandelt. Bist wohl nicht der Klügste, was? Kannte der dich? Sah so aus, als hätte der hier auf dich gewartet. Hab ihn da schon eine ganze Weile gesehen. Schlecht gemachte Verwandlung. Hab ihn sofort erkannt. Der wusste wohl, dass du nicht der Schnellste bist, was?«

Sascha starrte fasziniert in das grüne Gesicht. Das war eindeutig ein Mong. Wie aus der Geschichte im Schwarzen Buch.

»Da hast du noch mal Glück gehabt! Das Phantom hat dich nicht erwischt. Gut, was? Du musst erst mal die Hunde der Riesen erleben. Einmal hat mich einer gebissen. Siehst du, hier!« Stolz hielt er Sascha sein rechtes Bein unter die Nase. Über die Wade zogen sich zwei hässliche Narben. »Nur reingebissen, nicht abgebissen. Da bin ich noch mal davongekommen, was? Du musst wissen, ich schmecke nämlich nicht. Ich bin bitter. Wer isst schon gerne bitteres Zeug? Rate mal, warum ich so bitter schmecke.«

Sascha schüttelte entschuldigend den Kopf. Er hatte keine Ahnung.

»Karelablätter! Nicht gerade köstlich, aber lebensverlängernd. Man gewöhnt sich dran. Willst du mal probieren?«

Schon holte der Mong aus der Tasche seiner Jacke eine Handvoll zusammengedrückter kleiner Blätter hervor. In ihrer Form erinnerten sie Sascha an Kastanienblätter.

»Hab ich alle selbst gepflückt. Ist nicht gerade ungefährlich, weil sie nur dort drüben bei den Felsen wachsen.« Er zeigte zu den weißen Gebirgsspitzen. »Lohnt sich aber. Nicht nur die Blätter, auch die Früchte sind kostbar. Sie reinigen das Blut und vertreiben Gift aus dem Körper. Aber fang lieber erst mal mit den Blättern an. Hier!«

Zögernd nahm Sascha ihm eins aus der Hand und biss ein Stückchen davon ab. Ein metallisch beißender Geschmack legte sich auf seine Zunge. Sofort spuckte Sascha aus, doch es nützte nichts.

»Du hast wohl keinen Hunger, was? War wohl alles ein bisschen viel für dich. Bist ja auch ein junger Seher, nicht wahr? Egal. Wie heißt du eigentlich?«

»Bäh! Wie eklig! Sascha Buchsteiner.«

»Bäh wie eklig Sascha Buchsteiner? Komischer Name. Hattest wohl auch schon seltsame Eltern, was? Ich bin Nürg, Grünlingsmong aus der Ära des Schöpfers Giraut. Gleich dort drüben, auf dem dritten Baum rechts ist mein Nest.« Er schlug sich mit der Handfläche kurz auf die Nase.

Sascha musste grinsen. »Alles klar. Nenn mich Sascha. Einfach nur Sascha!«

Der Mong strahlte ihn vergnügt an. »Also, Sascha, du musst deine Nase berühren. So begrüßt man sich hier im Wald. Jedenfalls tun das die Freundlichen, Netten und Wohlerzogenen von uns. Los, los!«

»Schon verstanden«, versicherte ihm Sascha.

Doch als er seine Hand zum Gesicht heben wollte, konnte er sie nicht mehr spüren.

Der kleine Mong sah ihn entsetzt an. »Sascha, deine Hand ist verschwunden. Bist du gar kein Seher, sondern ein Verwandler? Verwandler dulde ich nicht auf meinem Baum, die –«

Den Rest hörte Sascha nicht mehr. Weiße Nebelschleier umschlossen ihn und entzogen ihm alle Kraft und Farbe. Er fühlte sich, als würde er sich in Luft auflösen. Die kleine grüne Gestalt in der gelben Jacke, die sich im sanften Wind wiegenden Blätter, die hochaufragenden schneebedeckten Bergspitzen im Hintergrund – alles war verschwunden.

Stattdessen war Sascha völlig von Nebelschwaden umschlossen, die um ihn herum waberten und ihm keinen Blick nach draußen gewährten. Wieder war es still, aber anders als die gespenstische Stille im Wald, machte diese ihm kaum Angst. Vielmehr beruhigte sie ihn. Sascha schloss die Augen und fühlte plötzlich, wie unglaublich müde er war. Er wollte sich nur noch hinlegen und schlafen. Kraftlos sank er auf ein Knie. Gleich würde er zur Seite kippen.

»Sascha, wach auf! Wach auf, Junge!«

Zögernd hob Sascha den Kopf.

»Papa?«, murmelte er.

Er war so müde.

»Wach auf!«, rief die Stimme seines Vaters noch lauter.

Die Nebelwolken verdichteten sich und gerieten in Bewegung. Immer schneller umkreisten ihn die grauweißen Schwaden, als stünde er im Zentrum eines Taifuns. Sascha wurde schlecht, aber irgendwie schaffte er es, sich wieder aufzurichten. Er streckte die Arme in die Höhe und rief aus Leibeskräften nach seinem Vater.

»Papa! Wo bist du?«

Statt einer Antwort erhob sich ein pfeifender Wind, der viel besser zu dem tosenden Wolkenwirbel um ihn herum passte. Das Pfeifen wurde immer lauter. Sascha hielt sich die Ohren zu und taumelte hin und her. Plötzlich ertönte ein gewaltiger Knall. Dann war alles wieder ruhig. Sascha war von Dunkelheit und Stille umgeben. Erschöpft schloss er die Augen und versank in ein tiefes undurchdringliches Nichts.

Nicht nur ein Traum – Sascha

Sascha riss die Augen auf. Noch immer war er von Finsternis umgeben und sein Herz klopfte wild. Es dauerte viel zu lange, bis er die grauen Umrisse seines Schreibtisches, seines Schranks, seines Bücherregals ausmachen konnte. Er war in seinem Zimmer. Regen klatschte an die Fensterscheibe. Vorsichtig tastete er mit den Fingerspitzen über sein Gesicht, seinen Hals, seine Arme. Tatsächlich, er lebte noch. Zugleich spürte er einen pochenden Schmerz in den Händen.

Er reckte sich seitlich aus dem Bett und schaltete das Licht an. Aufmerksam betrachtete er seine Handflächen und staunte selbst, wie gefasst er dabei blieb. Die Haut war aufgeschürft, an einigen Stellen sogar blutig. Er hatte nicht nur geträumt. Der Angriff des Ungetüms, der kleine Mong mit der komischen Jacke. Es war wirklich geschehen.

Sascha versuchte weiterhin ruhig zu atmen.

Nur nicht durchdrehen, dachte er.

Er kniff die Augen zusammen. Vielleicht war er ja noch nicht aufgewacht. Als er sie wieder öffnete, sah Sascha sich um. Alles war wie eh und je: die Comics in den Regalen, die über dem Fußboden verstreuten Klamotten, der ewig unaufgeräumte Schreibtisch und hinten in der Ecke sein neuer Bogen. Auf seinem Radiowecker leuchteten die Zahlen 06:19. Im Nebenraum hörte er Theo mit seinen Autos spielen. Nein, er träumte nicht mehr. Die verletzten Hände waren real. Entsetzlich schmerzende Hände. Sascha merkte, wie sie zitterten.

Der Schreck wollte nicht aus ihm weichen. Er musste sich zusammenreißen. In ungefähr zwanzig Minuten käme seine Mutter, um ihn zu wecken. Wie sollte er ihr die Verletzungen erklären? Sie würde völlig ausflippen, wenn sie erführe, wie gefährlich seine nächtlichen Ausflüge enden konnten. Für einen kurzen Moment fragte sich Sascha, ob sie ihm wohl weiterhin aus Papas Buch vorlesen würde. Vermutlich nicht. Und vielleicht wäre das auch besser so.

Sascha dachte an seinen Vater. Er hatte abermals seine Stimme gehört. Ohne jeden Zweifel. Klar und deutlich. Aber warum nur die Stimme? Die Sehnsucht nach ihm war wieder da. Übergroß und heftig. Sie schnürte Sascha die Kehle zu. Mit zusammengepresstem Mund ließ er sich zurück in sein Kopfkissen fallen und unterdrückte einen aufsteigenden Schluchzer. Er hing wie eine brennende Fackel in seinem Hals. Erst zu spät bemerkte er seinen kleinen Bruder, der leise in sein Zimmer getreten war.

»Was ist los mit dir, Sascha?«, fragte Theo.

Er stand mit Otto im Arm gegen den Rahmen des Bücherregals gelehnt.

»Nichts, Theo, geh wieder spielen!«

Aber Theo hörte nicht. Ungefragt setzte er sich zu Sascha aufs Bett. Als er seine Hände erblickte, weiteten sich seine Augen. Sofort legte er den Plüschhasen zur Seite und deutete auf die Verletzungen.

»Was ist passiert? Tut das weh?« Auf seinem rundlichen Gesicht zeigte sich Mitleid.

»Ein bisschen. Aber sag es nicht Mama, sie würde sich nur aufregen.«

»Ein Geheimnis?«

Sascha nickte.

Theo mochte es, wenn man ihn darum bat, verschwiegen zu sein.

»Ich sag es nicht, versprochen.«

Mit einem Satz sprang er vom Bett und rannte über den Flur zum Badezimmer hinüber. Sascha konnte hören, wie er einen Hocker hin- und herschob und dann eine Schranktür aufklappte. Kurz darauf kam er zurück. Triumphierend streckte er ihm zwei Mullbinden entgegen.

»Hier, die kannst du rumwickeln, so sieht es keiner! Wir sagen Mama einfach, dass wir Arzt gespielt haben und du der Kranke warst.«

Sascha setzte sich auf und zog die Beine an. Er musste grinsen.

»Coole Idee, Theo, echt!«

Er drückte ihn kurz an sich. Theo hob die Mundwinkel zu einem

Lächeln und schob stolz seine Brust heraus.

»Mach ich doch gern«, sagte er.

Es hatte gerade aufgehört zu regnen, als Sascha vor die Tür trat. Die Ereignisse der Nacht hingen noch immer wie ein düsterer Schatten über ihm. Es war ihm schwergefallen, sich beim Frühstück nichts anmerken zu lassen und auf die Fragen seiner Mutter nach den Verbänden gelassen zu reagieren.

»Ich war heute Morgen Theos Patient und hab vergessen, die Binden wieder abzunehmen!«, hatte Sascha erklärt.

Und Theo hatte wirklich dichtgehalten.

Sascha trat von einem Bein auf das andere. Er verspürte ein leichtes Pochen hinter seiner Stirn. Nahende Kopfschmerzen. Wieder einmal.

»Theo, kommst du? Wir müssen los. Bewegung!«, brüllte er ins Haus.

Schnell tippte er eine Nachricht für Lutz. Dabei störten ihn die Verbände, die er noch immer um seine Hände trug. Ungeduldig zog er sie ein Stück hinunter und schrieb dann:

Sorry, kann dich heute nicht abholen. Muss den Zwerg in die Kita bringen. Befehl von meiner Mutter. 8.50 Uhr Treffen am Schultor?

Das hatte er nun davon, dass die erste Stunde ausgefallen war. Seine Mutter nutzte die Gelegenheit, um früher zur Bogensportschule zu fahren. Dabei hätte Sascha viel lieber die Zeit mit Lutz verbracht und ihm von den grausigen Erlebnissen der vergangenen Nacht erzählt. Andererseits war er Theo etwas schuldig.

Noch einmal musste er rufen, bis Theo endlich rauskam. Auf dem Weg zur Kita hüpfte er an Saschas Hand auf und ab und trällerte irgendein Lied, das ständig im Radio lief. Sascha verdrehte die Augen. Seine Hände schmerzten und auch das Hämmern in seinem Kopf nahm mit jedem Meter zu.

»Kannst du nichts anderes singen? Oder noch besser still sein?«, fragte er genervt.

Theo zog eine Schnute. »Ich mag das Lied. Aber wenn du willst, kann ich dir auch eine Geschichte erzählen.«

Und schon begann er irgendetwas über Feuerwehrleute zu faseln. Sascha hörte nicht hin. Stattdessen zog er Theo ungeachtet seiner brennenden Hand zügig hinter sich her. Er wollte ihn schnellstmöglich los sein. Endlich bogen sie in die belebte Straße ein, in der sich Theos Kindergarten befand. Sie hatten schon fast die breite Auffahrt zum Eingang des farbenfrohen Gebäudes erreicht, als Theo unerwartet heftig an seinem Arm zog und sich weigerte, weiterzugehen.

»Aua, spinnst du, was soll das?«, fauchte Sascha ihn an.

Seine Hand brannte wie Feuer. Wütend drehte er sich zu ihm um, aber Theo beachtete ihn nicht, sondern blickte konzentriert auf einen ganz bestimmten Punkt.

»Was hast du?«, fragte Sascha.

Theo zeigte in Richtung eines großen dunklen Laubbaumes, der keine zwanzig Meter von ihnen entfernt am Straßenrand stand.

»Sieh mal, Saschi, da ist mein Freund!«

Verblüfft blickte Sascha ins hohe Geäst. Zunächst konnte er nichts Ungewöhnliches erkennen, doch dann sah er es. Er spürte, wie ihm der Atem stockte. Um ihn herum verstummten jegliche Geräusche der Straße. Auf dem untersten Ast der mächtigen Blutbuche saß ein eigentümliches Wesen, das sie aus großen goldgelb leuchtenden Augen, die Sascha an den Mong erinnerten, neugierig musterte.

»Hallo Freund!«, rief Theo mit dem rechten Arm fuchtelnd zu dem schwarzen Tier hinauf.

Es hatte ein dichtes, seidig graues Fell ähnlich dem einer Fledermaus. Kopf und Schwanzfedern sahen allerdings eher nach einem Vogel aus.

»Der ist ganz oft hier, wenn ich komme. Ich winke ihm dann immer«, freute sich Theo.

Er verspürte offenbar keinerlei Unbehagen beim Anblick dieses schaurigen Geschöpfs. Sascha hingegen lief es kalt den Rücken hinunter. Hier stimmte etwas nicht. Wenn er es nicht besser wüsste, würde er denken, dass dieses Wesen direkt aus Enalis in ihre Welt gekommen war.

Moment, war das etwa denkbar? Ihm wurde übel. Was würde das für sie bedeuten? Seine Mutter? Theo? Plötzlich wollte Sascha so schnell wie möglich dem prüfenden Blick des angsteinflößenden Wesens entfliehen. Vor allem aber wollte er Theo von hier fortschaffen.

»Wer als Erster bei der Eingangstür ist!«, rief er seinem Bruder zu und rannte los.

Theo ließ sich auf den Wettkampf ein.

»Warte!«, brüllte er und folgte ihm.

Sascha hörte seine stampfenden Schritte hinter sich. Knapp vor dem Eingang ließ er ihn an sich vorbeiziehen.

»Erster! Gewonnen!«, jubelte Theo.

Sascha öffnete ihm schnell die Tür.

»Rein da!«, gebot er seinem kleinen Bruder, als wäre er erst im Haus in Sicherheit.

Noch einmal blickte er sich zu dem Baum mit seiner dunkelroten Blätterkrone um. Das Tier machte sich soeben zum Abflug bereit. Es spreizte seine mit einer dünnen Haut bespannten Flügel und erhob sich in die Luft.

Während des ganzen Schulwegs grübelte Sascha, was es mit diesem eigentümlichen Geschöpf auf sich haben könnte. Er wollte nicht glauben, dass Wesen aus Enalis in ihre Welt gelangen konnten. Aber schließlich war auch sein Vater irgendwie hierhergekommen und wieder zurück. Er musste also annehmen, dass es möglich war.

Ob das Ding gefährlich war? Warum saß es jeden Morgen auf dem Baum vor Theos Kindergarten?

Bald fiel Sascha vom eiligen Gang in einen raschen Lauf, als müsste er vor etwas fliehen. Immer schneller ließ er die Häuser mit ihren Auslagen in den Fenstern, die bummelnden Menschen und parkenden Autos hinter sich zurück, obwohl ein pochender Schmerz fortwährend durch seinen Kopf hämmerte. Die Straßen wurden enger. Anstelle der Cafés und Geschäfte kam Sascha jetzt an kleinen grünen Vorgärten vorbei. Das Laufen tat ihm gut, auch wenn der Rucksack unangenehm auf seinem Rücken auf und ab hüpfte.

Erst nach unzähligen Straßenecken stoppte er. Keuchend sah Sascha sich um. Die bunten Häuserfassaden, die im Sonnenlicht heiter ihr schönstes Gesicht zeigten, gaben ihm allmählich das Gefühl von Sicherheit zurück. Dies hier war seine Welt. Er durfte sich jetzt nicht verrückt machen lassen.

Heute Abend würden sie die nächste Seite lesen. Vielleicht wüsste er danach schon mehr. Das Buch war ziemlich dünn, es würde also nicht mehr lange dauern, bis sie damit durch waren. Sascha beschloss, die restliche Zeit zu nutzen, um nach seinem Vater zu suchen. Das Buch bot ihm schließlich auch die Chance, ihn zu finden. Dieser Gedanke tat gut.

Zwischen den Zeilen – Sascha

Der Regen fiel in grauen Schwaden auf die kleine Stadt herab. Lutz wartete neben dem Schultor auf ihn. Sascha konnte sofort sehen, dass er schlechte Laune hatte.

»Du bist spät!«, knurre er.

Tatsächlich lungerten nur noch ein paar versprengte Schüler

und eine kleine Gruppe Mädchen vor dem Gebäude herum. Lutz schmiss sich seinen Rucksack über die Schulter und wischte sich die nassen Hände an seiner Jacke ab.

»Tut mir echt leid, aber Theo hat getrödelt!«, erklärte Sascha. Das war immerhin die halbe Wahrheit.

Mit langen Schritten überquerten sie den länglichen Hof in Richtung Eingang, doch kaum in der Halle, hielt Lutz Sascha kurz am Ärmel fest. Er sah noch immer missgestimmt aus.

»Hast du in deinem Schwarzen Buch auf die Seitenzahlen geachtet?«, fragte er.

Saschas Schultern sackten unwillkürlich nach vorn.

»Scheiße, daran habe ich nicht mehr gedacht«, murmelte er.

Lutz schnaufte laut aus. »Nicht dein Ernst, Sasch! Ich habe die halbe Nacht damit zugebracht, über Enalis zu recherchieren, und du schaffst es nicht mal, dir die Buchseiten genauer anzusehen?«

Sascha biss sich auf die Unterlippe. »Ich hole es heute nach, versprochen.«

In diesem Augenblick klingelte es zum Unterrichtsbeginn. Arne kam lässig um die Ecke gebogen. Er grinste, als er an Sascha vorbei in den Klassenraum ging.

»Na, Froschauge, Blasen an den Händen? Hast dir wohl dein eigenes Grab geschaufelt.«

»Idiot«, rief Sascha ihm hinterher.

Erst da schien Lutz Saschas verbundene Hände zu bemerken.

»Was hast du denn gemacht?«

Frau Sommer steckte ihren Kopf zur Tür heraus. »Wartet ihr auf eine Extraeinladung? Die Stunde hat begonnen. Los, rein mit euch!«

Sascha warf Lutz einen schnellen Blick zu. »Erzähl ich dir auf dem Nachhauseweg.«

Gedämpftes Herbstlicht zwängte sich durch eine dichte Wolkendecke. Lutz war stehen geblieben.

»Du wurdest von einem Monster angegriffen?« Fassungslos starrte er seinen Freund mit hochgezogenen Augenbrauen an. »Und ein Zwerg hat dir geholfen? Wie abgefahren ist das denn?« Er schüttelte ungläubig den Kopf. »Nicht zu fassen! Es klingt, als hättest du zu viel Fantasie.«

»Ja, schön wär's«, sagte Sascha tonlos.

Lutz schnappte nach Luft. »Los, erzähl weiter!«

Schweigend lauschte er Saschas Geschichte und schnappte dabei ab und an geräuschvoll nach Luft.

»Wahnsinn! Und wieder hast du deinen Vater gehört? Ihr habt anscheinend eine neue Verbindungsebene, auf der ihr euch miteinander verständigen könnt.«

»Wie meinst du das?«

»Vielleicht sind deine Träume so eine Art geistiger Raum, den dein Vater betreten kann. Wie eine Cloud, auf die ihr beide zugreifen könnt.« Lutz lachte über seinen Vergleich. »Interessante Idee, nicht wahr?«

Sascha nickte. »An so was Ähnliches habe ich auch schon gedacht.«

Er sah auf seine Hände. Seine Haut tat noch immer weh und spannte bei jeder Bewegung.

»Heute Nacht hatte ich echt Schiss.« Sascha stieß die Worte gepresst hervor. Es war, als würden sie kaum aus ihm herauswollen. Sein Mund war völlig ausgetrocknet.

Lutz nickte ihm verständnisvoll zu. »Das hätte wohl jeder gehabt!«, sagte er und legte Sascha kurz eine Hand auf die Schulter. Dann holte er tief Luft und fuhr fort: »Was haben wir für neue Informationen: einen komischen Wald, einen Zwerg, ein hässliches Monster, einen undefinierbaren weißen Nebel und die Stimme deines Vaters. Ich werde das alles in unsere Tabelle eintragen.«

Seine sachliche Art half Sascha. Es war ein bisschen, als redeten sie nun nicht mehr über ihn, sondern über irgendein Film- oder Buchprojekt.

Vor Lutz' Hauseinfahrt blieben sie stehen.

»Kommst du noch mit rein?«

»Geht leider nicht. Heute ist Theo-Tag. Meine Mutter muss gleich noch mal los. Morgen ist irgend so ein wichtiger Wettkampf, auf den sie zwei ihrer Schüler vorbereiten muss.«

Lutz verzog das Gesicht. Er wirkte ein bisschen enttäuscht und wenn Sascha ehrlich war, fühlte er darüber so etwas wie Genugtuung.

»Okay, kein Ding, dann quatschen wir morgen weiter«, sagte Lutz.

»Musst du heute nicht zu Luise, um ihr in Mathe zu helfen?« Sascha konnte sich die Stichelei nicht verkneifen.

Sein Freund grinste. »Blödmann! Schon verstanden. Nein, heute wollte ich mich ausschließlich deiner schrägen Geschichte widmen.« Er hob resigniert die Schultern. »Aber was soll's. Wenn du nicht willst ...« Seine rechte Hand ging nach oben. »Mach's gut, Sasch! Und lass dich bloß nicht von irgendwelchen Monstern beißen!«

»Ha, ha!«

Die Sonne schien kurz durch die graue Wolkendecke. Sascha wollte schon loslaufen, da fiel ihm noch etwas ein.

»Was hast du eigentlich im Internet über Enalis herausgefunden?«

»Nicht viel, außer, dass ein paar Verrückte ihre Töchter so nennen. Und es gibt einen alten Aufsatz eines Psychologen über das Enalis-Syndrom. Wenn ich es richtig verstanden habe, geht es darin um die Veränderung der Persönlichkeit oder so ähnlich.« Er winkte ab. »Ach, keine Ahnung. Jedenfalls nichts über eine fremde Welt!«

»Hm, schade! Trotzdem danke.« Sascha schwenkte kurz seine Hand zum Abschied und machte sich auf den Heimweg.

»Und vergiss die Seitenzahlen nicht!«, hörte er seinen Freund hinter sich herrufen.

»Versprochen«, gab er zurück, ohne sich abermals nach ihm umzudrehen.

Theo blieb fast den ganzen Nachmittag in seinem Zimmer und spielte mit Autos. Nur einmal sprach ihn Sascha auf das seltsame Wesen vor dem Kindergarten an.

»Das Tier sieht eigenartig aus, findest du nicht?«

Theo rümpfte die Nase. »Aber es ist mein Freund!«

»Kommt dein Freund dir denn kein bisschen gruselig vor?«

»Nein, der Vogel ist nett. Er nickt mir immer zu, wenn ich komme. Ganz oft. Siehst du? So!« Theo wippte mit dem Kopf auf und ab.

»Okay, Theo, hör mir gut zu! Erinnerst du dich an unseren Wettkampf von heute Morgen? Du warst superschnell. Ich möchte, dass du das jetzt jeden Tag trainierst. Kannst du wie der Blitz von Mamas Auto bis in den Kindergarten flitzen?«

Theo stellte sich kerzengerade hin. »Klar kann ich das!«

Sascha klopfte ihm auf die Schulter und lächelte ihn an. Mehr konnte er im Moment nicht tun.

Der Abend rückte unaufhaltsam näher und Sascha wurde immer nervöser. Die Bilder der vergangenen Nacht zuckten durch seine Gedanken – die blutunterlaufenen Augen des Monsters, seine spitzen Zähne, der Mong und das Seil, die ihn in letzter Sekunde gerettet hatten. Was, wenn dieses Ungetüm ihm erneut auflauerte? Eine Gänsehaut kroch über Saschas Haut. Ihm war leicht übel vor Angst. Vielleicht sollte er versuchen, wach zu bleiben.

Hinter seinen Schläfen konnte er abermals das dumpfe, fast schon vertraute Pochen spüren. Es waren die frühen Anzeichen der nahenden Kopfschmerzen, die ihn bereits am Vormittag gequält hatten. In letzter Zeit setzten sie Sascha immer häufiger zu.

»Ein Erbe deines Vaters«, hatte ihm seine Mutter nach den ersten schlimmen Anfällen seufzend erklärt.

Damit war klar, dass es keine Hilfe gab und er es zu akzeptieren – oder wie es ihm seine Mutter nahelegte – anzunehmen hatte. Normalerweise halfen Dunkelheit und vollständige Ruhe. So zog Sascha sich auch heute gleich nach dem Abendessen in sein Zimmer zurück und streckte sich, nachdem er die Vorhänge zugezogen hatte, erschöpft auf seinem Bett aus.

Bald schon hörte er gedämpfte Tritte auf der Treppe. Seine Mutter steckte ihren Kopf durch die Tür.

»Geht es dir besser?«, fragte sie und trat ein.

Sascha nickte. Mit einem Seufzer setzte er sich im Bett auf und rutschte etwas beiseite. Seine Mutter ließ sich neben ihm nieder, sah ihn eindringlich an und schlug wortlos das Buch auf. Dann blätterte sie die ersten paar Blätter um.

»Auf welcher Seite sind wir gerade?«, fragte Sascha und spähte dabei neugierig ins Buch. »Okay, ich sehe schon, Seite fünf.«

Seine Mutter zog ihre Stirn in Falten. »Seite fünf? Wie kommst du darauf?«

»Na, da steht es doch! Unten rechts! Winzig klein, das muss ich zugeben.« Er tippte mit dem Zeigefinger auf das Papier.

Seine Mutter beugte ihren Kopf tiefer über das aufgeschlagene Buch. »Da steht nichts, Sascha!«

Sascha starrte auf die mickrige Fünf, die sich ihm klar und deutlich zeigte. »Aber ich sehe sie doch.«

»Ich nicht.«

»Eigenartig«, murmelte er.

»Ja, seltsam.«

Die Hände seiner Mutter zitterten leicht. Für eine Weile saßen sie schweigend nebeneinander und lauschten Theos Schnarchen, das aus dem Nachbarzimmer leise zu ihnen herüberdrang. Sascha dachte an seinen Freund.

Als hätte Lutz es geahnt.

Er spürte den Blick seiner Mutter auf sich. »Du kannst offenbar Dinge in dem Buch sehen, die ich nicht sehen kann. Immerhin hast du auch all diese Träume, die ich nicht habe, obwohl wir es gemeinsam lesen. Ich gebe zu, das beunruhigt mich«, sagte sie.

Sie wartete auf eine Antwort. Aber Sascha wusste nicht, was er erwidern sollte. Auch ihm war die ganze Sache ziemlich unheimlich.

Deshalb fuhr seine Mutter fort: »Aber dann sage ich mir, dass dein Vater dir das Buch niemals überlassen hätte, wenn du dadurch Schaden nehmen könntest. Gewiss soll es dir helfen, Enalis kennenzulernen und zu verstehen. Immerhin seid ihr durch eure Gene mit dem Buch und der Welt verbunden, wie dein Opa nicht müde wird, zu erwähnen. Versuchen wir also, dieses verdammte Buch als etwas Positives zu betrachten!«

»Echt jetzt? ›Dieses verdammte Buch‹?« Sascha grinste, wurde aber sofort wieder ernst und nickte, um zu zeigen, dass er bereit war.

Seine Mutter fing an zu lesen. Als sie an die Stelle kam, an der das Phantom beschrieben wurde, setzte sie sich kerzengrade auf und drückte die Brust raus. Sascha kam es so vor, als würde sie sich selbst gegen das Böse wappnen wollen.

Nachdem sie geendet hatte, nahm er ihr behutsam das Buch aus der Hand.

»Ich will mir nur kurz die Seite davor ansehen«, erklärte er.

Sie nickte, ließ ihn aber nicht aus den Augen. Sascha schlug das Blatt um.

»Eigenartig«, brummte er. »Hier steht eine Eins, obwohl es eigentlich eine Vier sein müsste.«

Seine Mutter runzelte die Stirn »Tatsächlich? Ich sehe wieder nichts.« Sie nahm ihm das Buch ab und klappte es hörbar zu. »Blödes Buch!«

Sascha zuckte mit den Achseln. »Wer immer es geschrieben hat, konnte nicht zählen.«

Sie sahen sich an und kicherten los. Sascha nahm sich vor, dieses

Lachen mit in seinen nächsten Traum zu nehmen. Vielleicht würde es ihm helfen.

Das Rätsel der Zahlen – Sascha

»Was hast du geträumt?«, rief Lutz ihm schon von Weitem zu, kaum dass Sascha in Sichtweite kam.

Sascha grinste. »Endlich mal was Schönes. Ich bin mit meinem kleinen grünen Freund auf einer Art Greif geflogen. Es war echt der Hammer!«

Lutz schaute ihn mit großen Augen an. »Du bist auf einem Greif geflogen? Alter, schaff mir sofort das Buch hierher! Ich will die Seite mit dem Vogelflug lesen!«

Sie lachten und Sascha wollte die Stimmung nicht verderben, weshalb er die Armasis unerwähnt ließ, auf die Nürg ihn aufmerksam gemacht hatte. Trotz der sicheren Entfernung vom Rücken des Greifs war ihm beim Anblick ihrer grauen, kahlen Schädel schlecht geworden.

»Hast du auf die Zahlen geachtet?«, fuhr Lutz ausgelassen in seine finstere Erinnerung hinein.

Er sah Sascha erwartungsvoll an.

»Hab ich!«, sagte Sascha und konzentrierte sich wieder auf das Gespräch. »Es gibt tatsächlich Zahlen auf den Seiten, sehr klein und blass. Allerdings sind sie völlig ungeordnet! Ich habe eine Fünf entdeckt und auf der Seite davor war eine Eins. Aber das Seltsamste ist, meine Mutter kann sie nicht sehen. Schon irgendwie schräg, oder?«

Lutz zog die Augenbrauen zusammen. »Sie kann sie nicht sehen? Merkwürdig. Und die Reihenfolge stimmt auch nicht? Vielleicht wurden Seiten herausgerissen.«

»Nein, nicht sehr wahrscheinlich. Es fehlt nur die allererste Seite.«

»Hm.« Lutz tippte sich ein paar Mal mit dem Zeigefinger gegen die Stirn. Plötzlich hellte sich sein Gesicht auf. »Ich glaube nicht, dass das wirklich Seitenzahlen sind. Sie bedeuten bestimmt etwas anderes. Vielleicht sind sie Hinweise oder ein Schlüssel zum Inhalt des Buches?« Er nickte sich selbst zu. »Ja, das würde Sinn ergeben! Sie könnten die Verbindung sein, die Verbindung der Welten.«

Sascha starrte ihn entgeistert an. »Wie sollen Zahlen denn eine Verbindung sein?«

»Wow, das ist genial!«, schwärmte sein Freund und streckte dabei die Arme in die Höhe, als würde er dem Himmel dafür danken, dass ausgerechnet er diesen Geistesblitz gehabt hatte. Dann blieb er unvermittelt stehen und musterte Sascha.

»Also, Zahlen spielen nicht nur in unseren Mathebüchern eine Rolle, du findest sie überall. Zum Beispiel unterteilen wir den Tag in Stunden, Minuten, Sekunden. Darüber hinaus können Zahlen aber auch eine symbolische oder mystische Bedeutung haben. Kannst du mir folgen, Sasch? Zahlen sind mehr als nur Physik und Mathe.«

»Für dich vielleicht«, murmelte Sascha und schob die Hände in seine Hosentaschen, wie so oft, wenn er sich blöd vorkam.

Lutz ignorierte seinen Einwurf. »Nehmen wir die Zahl Eins. Sie ist mächtig und steht für den Schöpfer und den Ursprung. Zudem erzeugt die Eins alle anderen Zahlen und ist damit der ganzen Zahlenwelt übergeordnet.« Er holte kurz Luft, um dann fortzufahren: »Vor allem jedoch bedeutet sie Einheit, Unteilbarkeit und Neuanfang.«

Sascha nickte und tat so, als würde er gedanklich mitkommen.

Lutz hielt ihm seine ausgespreizten Finger entgegen. »Die Fünf wiederum ist eine magische Zahl, fünf Finger, fünf Zehen, fünf Sinne. Im Pentagramm kommt sie ebenfalls vor. Auch deshalb bedeutet sie Ganzheit. Verstehst du?«

»Dem was?«

»Na, dem Pentagramm, dem Fünfeck! Das ist doch nicht schwer zu kapieren! Früher hat man Pentagramme auch auf Türschwellen gemalt, um sich den Teufel vom Hals zu halten. Außerdem steht diese Zahl für die fünf Elemente Wasser, Feuer, Erde, Luft und Geist. Zudem ergibt jede ungerade Zahl, die mit fünf multipliziert wird, wieder eine Zahl mit Fünf.«

Sascha nickte. »Ich habe schon verstanden, dass die Fünf eine sensationell wichtige Zahl ist, aber was hat das mit dem verdammten Buch zu tun?«

Lutz zog kurz seine Schultern hoch und schaute Sascha bedeutungsvoll in die Augen. »Vielleicht nichts, vielleicht alles!«

Sie schlenderten schweigend weiter. Sascha kam es so vor, als würde Lutz noch immer über diese rätselhaften Zahlen nachgrübeln. Deshalb zog er es vor, ihn nicht zu stören. Erst kurz vor dem Schultor hielt Lutz ihn zurück.

»Mit etwas Glück haben wir jetzt eine Art Schlüssel, um das Buch zu verstehen. Die Zahlen spielen hier und ganz sicher auch in der Welt deines Vaters eine Rolle. Sie sind die Verbindung, die einheitliche, grenzüberschreitende Sprache.« Er senkte seine Stimme, als eine Gruppe Schüler aus der Elften plaudernd an ihnen vorbeiging. »Überleg mal! Was hast du in der Nacht erlebt, nachdem ihr die Seite mit der Eins gelesen habt?«

Sascha kam sofort das gruselige Phantom in den Sinn, aber das hatte sicher nichts mit Einheit und Verbindung zu tun. Dann fiel ihm der weiße Wirbel ein – dieser unheimliche Ruhepunkt inmitten des tosenden Windes und die beklemmende bleierne Erschöpfung. Mit Schaudern erinnerte er sich daran, wie müde er sich gefühlt und wie gerne er sich einfach hingelegt hätte, um ins Nichts abzugleiten.

Er wischte sich entsetzt über das Gesicht. »Da war dieser seltsame Nebel. Meinst du etwa ...?«

Lutz nickte. »Vermutlich ist das die mächtigste Kraft, der

Wendepunkt, der Anfang und das Ende. Möglicherweise bist du sogar dem Schöpfer von Enalis begegnet.«

Sascha schluckte. Das konnte doch nicht sein! Das würde ja im Umkehrschluss bedeuten, dass nicht nur er dem Schöpfer begegnet war, sondern dieser auch ihm. Hatte er Sascha in dieser Nacht vernichten wollen, ihn aus seiner Welt vertreiben oder ihm nur seine Macht demonstrieren?

»Aber auf der Buchseite steht nichts von einem weißen Wirbel«, gab er zu bedenken.

»Na und«, wehrte Lutz ab, »wärst du ihm in dieser Nacht nicht begegnet, hätte auf der Seite wahrscheinlich eine andere Zahl gestanden.« Er runzelte die Stirn und tippte sich nachdenklich auf die Nasenspitze, bevor er weitersprach. »Unter Umständen sind die Zahlen noch wichtiger, als wir glauben. Wir sind erst am Anfang unserer Entschlüsselung, Sasch. Wir müssen noch viel tiefer bohren!«

Plötzlich spähte er auf seine Uhr. »Heilige Scheiße, vorher sollten wir aber zusehen, dass wir reinkommen!«

Sie eilten über den Schulhof, der mittlerweile beinahe leer war. Noch im Laufen rang Lutz seinem Freund das Versprechen ab, das Buch aufs Genaueste zu untersuchen. Er wollte anschließend prüfen, ob sich die Zahlen ins Verhältnis zum Alphabet setzen ließen.

»In Ordnung. Was auch immer das zu bedeuten hat«, sicherte Sascha ihm zu.

Sascha hatte sich die Worte, mit denen er seine Mutter überzeugen wollte, ihm das Buch zu überlassen, sorgsam zurechtgelegt. Am Nachmittag setzte er sich zu ihr aufs Sofa, was er normalerweise nie tat. Sofort legte sie das Buch, in dem sie gerade gelesen hatte, neben ihre Teetasse auf den Tisch.

»Ist alles in Ordnung mit dir?«, wollte sie wissen und sah ihn fragend an.

Sascha nickte. »Alles okay! Allerdings hat«, aufgeregt fuhr er sich mit der Hand durch die Haare, »die Sache mit Papa mich ziemlich umgehauen. Du hättest wirklich eher mit mir sprechen sollen.«

Seine Mutter nahm die Teetasse und nippte stirnrunzelnd.

»Ja, du hast recht«, murmelte sie. »Aber ich dachte, diese Angelegenheit wäre erledigt. Ich habe mich bereits dafür entschuldigt.«

»Schon klar. Ich wollte nur, dass du es nicht wieder vergisst. Ich bin schließlich kein Kind mehr, wenn du verstehst.«

Seine Mutter stellte ihre Tasse ab und sah Sascha mit zusammengekniffenen Augen an. »Keine Sorge, ich vergesse es nicht. Warum bringst du das gerade jetzt auf den Tisch?« Sie lächelte schief. »Du willst doch irgendwas von mir, oder?«

Sascha spürte ein Kribbeln in der Magengegend. Diese Unterhaltung verlief nicht so, wie er sie sich vorgestellt hatte. Besser er rückte einfach mit seinem Anliegen raus.

»Ich hätte gern mal das Buch«, sagte er deshalb unumwunden.

Seine Mutter sah ihn verstört an. »Warum?«

»Ich will etwas überprüfen.«

»Was denn?«

Sascha verdrehte die Augen. »Das ist doch egal. Es dauert auch nicht lange.«

Erneut nahm seine Mutter die Tasse in die Hand, führte sie aber nicht an die Lippen.

»Nein!«, sagte sie dann.

Sascha fühlte sich wie vor den Kopf gestoßen. Dabei hätte er mit dieser Antwort rechnen müssen. Wütend rutschte er ein bisschen von ihr weg, näher an die Sofalehne heran.

»Also gut, wenn du es unbedingt wissen willst. Ich habe Lutz von dem Buch erzählt und ...«

»Lutz?«, schnitt seine Mutter ihm das Wort ab. »Du hast mit Lutz über das Buch geredet? Niemand sollte davon erfahren. Du hast es mir versprochen, Sascha.« Sie atmete schnaubend aus. »Versprochen!«

Sascha zuckte mit den Achseln. »Was hast du erwartet? Ihr habt mich jahrelang belogen. Lutz ist der Einzige, dem ich noch vertraue.«

Er hatte die Worte gezielt gesetzt wie Steine auf einem Spielbrett. Er wollte verletzten. Jetzt beobachtete er ihre Wirkung. Seine Mutter donnerte ihre Tasse auf den Tisch. Tee schwappte über den Rand.

»Es reicht!«

Sascha schwieg. Er war viel zu verärgert, um ihr von Lutz und seiner Idee mit den Zahlen zu erzählen. Eine Spannung lag zwischen ihnen in der Luft.

»Ich darf das Buch also nicht haben, obwohl es mir gehört?«, presste er nach einer Weile trotzig hervor.

Seine Mutter seufzte. »Hast du mal darüber nachgedacht, warum dein Vater von mir verlangt hat, dich niemals damit allein zu lassen?«

Sascha schnaufte hörbar aus. »Keine Ahnung, vielleicht dachte er, ich hätte Schiss.«

Sie schüttelte resigniert den Kopf. »Dieses Buch ist mächtig. Deshalb darf es nur nach ganz bestimmten Regeln benutzt werden.«

Sie beugte sich vor und griff nach seiner Hand. Die Wunden waren gut verheilt. Sascha hoffte, dass sie den Schorf auf der Haut nicht bemerken würde.

»Wozu brauchst du es? Sag mir doch einfach den Grund. Hat es mit Lutz zu tun?« Ihre Stimme klang ungeduldig.

Mit einem Ruck befreite sich Sascha aus ihrem Griff und erhob sich.

»Du vertraust mir wirklich kein kleines bisschen, was?« Er stapfte Richtung Tür, drehte sich dann aber noch einmal um. »Wann kapierst du endlich, dass ich kein Kind mehr bin? Du behandelst mich immer noch wie einen dämlichen kleinen Jungen.«

Er konnte sehen, dass sie unter seinen Worten kurz zusammenzuckte. Doch schon im nächsten Moment hatte sie sich wieder im Griff. Sie hielt den Oberkörper aufrecht, das Kinn leicht nach oben gestreckt.

»Ja, ganz richtig. Das tue ich. Und zwar, weil du nichts anderes bist«, fauchte sie ihn an.

»Verdammter Mist!«, fluchte Sascha, als er in seinem Zimmer hin- und herlief.

Was sollte er Lutz sagen? Etwa, dass ihm seine Mutter das Buch nicht geben wollte? Nein, er fühlte sich ohnehin schon wie ein Trottel. Dann würde er es eben ohne ihre Erlaubnis tun.

Sascha wusste, dass seine Mutter das Buch irgendwo in ihrem Schlafzimmer versteckt hielt. Bisher hatte er nicht weiter darüber nachgedacht, aber nun brauchte er es.

Ein plötzliches Klopfen riss ihn aus seinen Gedanken. Er blieb stehen.

»Jetzt nicht, Theo!«

Aber es war nicht Theo, sondern seine Mutter, die mit ernster Miene auf der Schwelle zu seinem Zimmer stand. Sie hielt das Buch in den Händen. Sascha heftete seinen Blick darauf. Er war überrascht.

»Hast du es dir anders überlegt?«

Sie nickte. Nach einem kurzen Zögern kam sie ganz ins Zimmer und schloss die Tür.

»Hör zu! Ich will mich nicht mit dir streiten. Wir sollten zusammenhalten. Aber wenn du glaubst, ich würde nicht bemerken, was dieses Buch mit dir anstellt, irrst du dich.« Sie blickte jetzt direkt auf seine Hände. »Ich mache mir Sorgen um dich, Sascha. Dir wird gerade sehr viel abverlangt und du bist trotz allem noch jung. Und für mich wirst du immer mein Kind bleiben, egal wie alt du bist. Mein Junge, den ich bis zu meinem letzten Atemzug beschützen werde.«

Sie holte tief Luft, als hätten die vielen Worte sie erschöpft. Dann ging sie zum Schreibtisch und legte das Buch darauf.

»Mach keine Dummheiten damit, hörst du! Du darfst es nur bis zu der Seite aufschlagen, in der wir zuletzt gelesen haben! Versprich es mir, Sascha!«

»Ja, ist gut, ich verspreche es«, beteuerte er. »Danke«, fügte er noch leise hinzu.

Seine Worte von vorhin taten ihm jetzt leid.

»Schon gut. Sobald du fertig bist, bringst du es mir! Einverstanden?«

»Aber sicher. Ehrenwort!«

Nachdem seine Mutter das Zimmer verlassen hatte, war Sascha zum allerersten Mal mit dem unheimlichen Buch allein. Zögernd ging er zum Schreibtisch und schob es vorsichtig näher zu sich heran. Er atmete tief durch. Dann schlug er es mit einer einzigen, schnellen Bewegung auf.

Ungeduldig blätterte er zur gestrigen Seite. Unten am Rand sah er wieder die Fünf. Auf dem Blatt davor stand die Eins. Nach einigem Hin- und Herblättern fand Sascha schließlich drei weitere Zahlen. Sie verbargen sich kaum sichtbar zwischen den Zeilen. Man musste ganz genau hinschauen, um sie aufspüren zu können: eine Fünfundzwanzig über dem Wort Phantom, eine Siebzehn über dem Wort Wald und dann eine Neunundzwanzig über dem Wort Dunkelheit.

Sascha nahm sein Handy aus der Hosentasche und fotografierte die entsprechenden Stellen. Lutz sollte sich das am besten selbst mal anschauen! Doch was, wenn er wie seine Mutter die Zahlen nicht sehen konnte? Unschlüssig starrte er auf das Display seines Mobiltelefons. Es kam ihm absurd vor, dass sie für andere unsichtbar bleiben sollten – nahezu seltsam sogar, fast schon unheimlich.

Ein Blick auf die Uhr verriet ihm, dass es bald Abendbrot geben würde. Besser er brachte seiner Mutter jetzt das Buch zurück. Er wollte aufstehen, blieb dann aber sitzen und stierte auf den Einband. Was verbarg sich nur für ein Geheimnis hinter diesem schwarzen Deckel mit seinen eigenartigen goldenen Halbkreisen? Wäre bloß sein Vater hier, der ihm alles erklären könnte.

Das Gefühl der Einsamkeit übermannte Sascha. Ihm war klar, dass er die fremde, unheimliche Welt allein würde beschreiten müssen, ganz gleich, wie sehr Lutz und seine Mutter ihm zu helfen versuchten. Mit einem Ruck erhob er sich, nahm das Buch in die Hand und eilte nach unten. Er wollte seiner Mutter endlich von der Idee, auf die Zahlen zu achten, berichten.

Die Weiße Frau – Sascha

Es war kurz vor acht, längst dunkel, als Saschas Mutter ihm aus dem Buch vorlas. Mit fester Stimme gab sie das Aussehen der Armasis wieder, ohne auch nur einmal vom Text aufzusehen.

»Die Farbe ihrer Haut war blassgrau und sie war derb wie steifes Leder«, lauschte Sascha ihren Worten und spürte dabei einen Schauder über seinen Nacken gleiten.

Die meisten jedoch schreckten mehr noch vor ihren Augen zurück, wenn sie aus schwarzen Pupillen, die in einer roten Iris schwammen, ins Visier genommen wurden. Die spitzen dunklen Zähne der Armasis wirkten faulig, waren aber gefährlich scharf. Kein einziges Haar wuchs ihnen auf dem Kopf.

Sascha kannte diese Geschöpfe aus seinem letzten Traum. Er hatte vom Rücken des Greifs entsetzt auf ihre kahlen grauen Häupter herabgesehen. Wie war es möglich, dass er von Dingen träumte, die ihm das rätselhafte Buch erst danach enthüllte?

»Du hörst mir gar nicht zu«, drängte sich die Stimme seiner Mutter in seine Gedanken. »Ist alles in Ordnung?«

Sascha sah sie nicht an, aus Angst, sie könnte die Furcht in seinen Augen erkennen. Er nickte nur. Als er dann doch aufblickte, weil sie nicht weiterlas, deutete seine Mutter mit der Hand auf die geöffnete Buchseite.

»Du kennst diese Armasis bereits, nicht wahr?«, fragte sie.

»Ja«, erwiderte Sascha knapp und sah, wie der Atem dem Brustkorb seiner Mutter entwich.

Sie öffnete den Mund, ohne etwas zu sagen. Straffte sich dann und wandte sich wieder dem Text zu, um weiterzulesen.

Eine Stunde später lag Sascha im Bett auf dem Rücken und kämpfte darum, wach zu bleiben. Ihm gruselte vor der kommenden Nacht. Er hatte das Licht angelassen und summte nun leise ein Lied in sich hinein, bis ihm schließlich doch die Augen zufielen. Der Schlaf hatte sich unbemerkt in sein Zimmer geschlichen.

Wo war Nürg? Sascha sah sich hastig nach allen Seiten um, ohne ihn irgendwo entdecken zu können. Wie in der vorangegangenen Nacht, hatte er sich nach dem Einschlafen auf dem gewaltigen Baum wiedergefunden, auf dem der Mong wohnte.

»Nürg!«, schrie Sascha über den Rand eines riesigen Nestes hinweg, das ihm der Mong beim letzten Mal als seine »allerschönste Wohnung« vorgestellt hatte.

Es war eingefasst von einer hüfthohen Rundwand bestehend aus Ästen, Wurzeln und Erdklumpen. Sascha stützte sich mit beiden Händen vorsichtig darauf ab und reckte seinen Kopf weiter vor. Suchend ließ er seinen Blick über das dichte Blättermeer der Baumkronen schweifen, die sich wie ein grünschattierter Teppich mit gelben Punkten kilometerweit aneinanderreihten. Einzig die weißen Hügelketten, auf denen das Schloss der Eisriesen thronte, glitzerten im Sonnenlicht aus der Ferne zu ihm herüber. Sascha schüttelte sich, als wäre ihm kalt. Dabei war es angenehm warm.

»Nürg!«, rief er erneut den Namen seines kleinen Freundes, so laut er konnte, ohne dass dieser auftauchte.

Er musste einsehen, dass der Mong nicht da war. Vermutlich unterwegs, um etwas Essbares aufzutreiben.

»Nürg! Verdammt noch mal, wo bist du?«, flüsterte Sascha in die plötzlich sehr laute Stille.

Mit einem tiefen Seufzer ließ er sich nach hinten auf das weiche Moos, mit dem der Nestboden ausgelegt war, fallen. Ein seichter Luftzug strich Sascha über das Gesicht. Ihm würde nichts anderes übrig bleiben, als hier zu warten. Entweder würde Nürg noch auftauchen oder er würde einfach irgendwann wieder aufwachen. Er könnte versuchen, einzuschlafen. Träumen im Traum. Sascha gefiel dieser Gedanke, zumal er inbrünstig hoffte, diesmal nichts Aufregendes durchstehen zu müssen.

Doch kaum, dass er sich unter einer von Nürgs Decken ausgestreckt hatte, hörte er ein Geräusch – ein dumpfes gleichmäßiges Knallen. Sascha stützte sich hoch auf einen Ellenbogen. Stirnrunzelnd legte er den Kopf in den Nacken und spähte mit zusammengekniffenen Augen in den Himmel. Zuerst dachte er, dass es die Flügelschläge eines Greifs sein könnten. Tatsächlich entdeckte er einen kleinen schwarzen Punkt, der bald immer größer wurde. Aber es war nicht der imposante Greifvogel, den Nürg ihm als Harpargonis vorgestellt hatte, sondern ein drachenähnliches Geschöpf mit je zwei übereinanderliegenden Flügeln auf jeder Seite und einem langen glühenden Schwanz. Es sah ganz so aus, als würde das Tier brennen. Doch beim Näherkommen erkannte Sascha, dass sein ansonsten gelber Körper im hinteren Teil orangerot gefärbt war. Wie schön sich die kräftigen Farben vom blassen Grau des Himmels abhoben. Sascha war fasziniert. Er hatte noch nie etwas Derartiges gesehen. Gleichzeitig spürte er, wie sich eisige Gänsehaut auf seinen Armen ausbreitete. Ein mulmiges Gefühl beschlich ihn, als würde gleich etwas Furchtbares geschehen.

Auf dem Geschöpf saß eine Frau in einem weißen Gewand, das unbändig im Wind flatterte. Mit angehaltenem Atem beobachtete Sascha, wie sie tiefer und tiefer sanken, lauschte dem kraftvollen Schlagen der Drachenflügel. Bald konnte er auch die Reiterin besser erkennen. Ihr Gesicht schimmerte von oben zu ihm herab. Es sah blass, schmal, fast eingefallen aus. Die Frau erschien ihm nicht mehr jung, deutlich älter als seine Mutter.

Sie hatte sich seitlich vorgelehnt und hielt die Augen fest auf die Baumkronen geheftet, als würde sie nach jemanden Ausschau halten. Scheinbar zielsicher steuerte der Drache mit ihr auf dem Rücken dem Nest entgegen. Sascha wunderte sich. Starrte zum Himmel. Rührte sich nicht.

Es dauerte einen Augenblick, bis er begriff, dass sie zu ihm wollten. Schon nahm er den aufgewirbelten Luftstrom der Flügelschläge wahr. Sein rechter Ellenbogen knickte ein und er kippte zur Seite.

Kalte Angst durchströmte Sascha. Der schwarze Schatten des Tiers verdunkelte den Himmel, als der gelbe Körper sich immer tiefer über den Wald senkte wie bei einer Sonnenfinsternis. Sascha nahm erst jetzt die Größe des riesenhaften Geschöpfs in seinem ganzen Ausmaß wahr. Es kam ihm plötzlich bedrohlich, ja erschreckend gefährlich vor.

In Windeseile rollte er sich an den Rand des Nestes und rappelte sich hoch. Sascha holte tief Luft. Spürte, wie der Atem seine Lungen dehnte, sich sein Brustkorb hob und wieder senkte. Mit einem langen Satz sprang er auf einen der dicken, tragenden Äste. An ihm war ein loses Seil befestigt, das locker über einem kurzen, vom Stamm abgehenden Zweig hing. Hastig ließ Sascha es zu Boden sinken und fing an, daran hinabzuklettern. Schon nach wenigen Augenblicken brannten seine Hände. Die Kruste, die sich auf den Schürfwunden gebildet hatte, war abgegangen und er hatte die Verbände längst abgenommen. Der Schatten des Tiers schwebte über ihm.

Sascha ließ das Seil los, kam wankend am Boden auf, fing sich und rannte gebeugt zum nächstgelegenen Baum. Er hoffte, dass die dichtgewachsenen Kronen ihm ausreichend Schutz bieten würden.

Weiterlaufen!, befahl er sich, obwohl seine Knie schlotterten.

Doch er hatte kaum zwei Schritte gemacht, da hörte er einen dumpfen Aufprall über sich, der ihn innehalten ließ. Vorsichtig spähte er zum Wipfel des Baums hinauf, auf dem sich Nürgs Nest befand. Zwischen dem grünen Blättermeer schimmerte das weiße Gewand der Frau wie ein Gespenst. Sie war vom Drachen gesprungen und bewegte sich geschickt zu dem Ast, an dem das Seil hing.

Sascha wurde abwechselnd heiß und kalt. Kleine Schweißperlen bildeten sich in seinem Nacken. Bestürzt starrte er auf das Seil, dass sich nun hin- und herbewegte. Unfähig, sich zu rühren, konnte er nur beobachten, wie die Frau flink daran hinabkletterte. Ihre langen grauen Haare waren zu einem dicken Zopf zusammengebunden. Plötzlich machte sie halt. Ruckartig wandte sie ihren Kopf in Saschas Richtung und stierte ihn aus milchigen blassgrauen Augen direkt an.

Sie ist gefährlich!, erkannte Sascha.

Ein wilder Strom von Worten und Gefühlen schlug blitzartig auf ihn ein. Glühende Hitze trieb durch ihn hindurch, als wäre in seinem Innern ein Feuer ausgebrochen. Er taumelte und hielt sich schwer atmend am nahen Baumstamm fest.

Das Kind finden, Prophezeiung, beim Grünlingsmong gesehen, auslöschen, die Gabe ist erwacht, Menschenkind.

Die Wortfetzen hallten dumpf durch Saschas Kopf. Der Hass, den die Frau in sich trug, ließ ihn erzittern. Was geschah mit ihm? Er konnte ihre kratzige Stimme hören, rau wie Schleifpapier, obwohl sie nicht einmal ihre Lippen bewegte.

Doch dann lenkte sie ihren Blick auf etwas hinter Sascha. Sofort ließ ihn die Welle fremder Gefühle los. Schwankend lehnte er sich gegen den Stamm, um nicht umzufallen. Die brennende Hitze war noch immer in ihm. Sie lähmte seine Bewegungen, nahm ihm die Luft zum Atmen. Schwerfällig drehte Sascha sich um, neugierig, was die Aufmerksamkeit der Frau von ihm abgelenkt hatte.

Es war eine kräftige Gestalt, die er sofort erkannte. Mit langen Schritten kam sie auf ihn zu gerannt. Sascha kniff angestrengt die Augen zusammen, unsicher, ob er seinem Urteilsvermögen trauen konnte.

»Papa!«, flüsterte er und blickte ihm begierig entgegen.

Er sah älter aus, als Sascha ihn in Erinnerung hatte. Graue Strähnen durchzogen seine Haare. Sein Gesicht war zornig verzerrt. Er rief etwas, was Sascha nicht verstand.

»Aufwachen, Sascha!«, glaubte er dann zu hören. »Aufwachen!« In der Stimme seines Vaters tobte die Angst.

Sascha schloss die Augen. Endlich. Die Hitze in ihm war verschwunden. Ein Geräusch in seinem Rücken ließ ihn herumfahren. Hinter ihm war die Alte dabei, sich wieder an dem Seil hinaufzuschwingen. Noch einmal stoppte sie, wandte ihr Gesicht zu Sascha und betrachtete ihn mit gerunzelter Stirn.

»Aufwachen!«, hörte Sascha seinen Vater hinter sich rufen.

Die Frau zog sich mit kraftvollen Bewegungen weiter nach oben und verschwand kurz darauf in der Baumkrone.

Eine Woge der Erleichterung durchströmte Sascha, gab ihm neue Kraft. Er wandte sich um und eilte seinem Vater entgegen. Noch im Lauf schmiss er sich in seine Arme und drückte den Kopf an seine Schulter. Für einen kostbaren Moment hielten sie sich eng umschlungen aneinander fest. Wie sehr hatte Sascha sich gewünscht ihn wiederzusehen, mit ihm reden zu können.

Als sein Vater sich vorsichtig von ihm löste und Saschas Gesicht zwischen seine Hände nahm, ahnte er, was das zu bedeuten hatte. Auch bei seinem letzten Abschied war es so gewesen.

Mit einem Ruck zog er seinen Kopf von ihm weg.

»Was hast du vor? Willst du wieder weggehen?«, fragte er wütend.

Sein Vater lächelte traurig. Die Zeit hatte ihm kleine Falten ins Gesicht gegraben.

»Du bist noch nicht so weit, Sascha. Du musst aufwachen!«, sagte er sanft.

»Ich will jetzt nicht aufwachen! Ich will endlich wissen, was los ist!«

Auf keinen Fall würde er gleich wieder Abschied nehmen.

»Ich verstehe es selbst noch nicht so ganz.«

»Was soll das heißen? Du hast mir doch das Buch überlassen. Träume ich oder bin ich wach?«

Sein Vater antwortete nicht. Er sah verstört, ja mehr noch gequält aus. Sascha war beunruhigt.

»Du musst es doch wissen! Sag schon!«, forderte er.

Sein Vater schüttelte seufzend den Kopf. »Eigentlich solltest du nur träumen. Niemand dürfte dir etwas anhaben können. Aber ich habe gesehen, was die Alte getan hat. Man nennt sie die Weiße Frau. Sie ist gefährlich.« Seine Stimme bebte vor Verzweiflung. »Seid ihr etwa schon bei der gläsernen Seite?«

Sascha zog die Schultern hoch. »Keine Ahnung! Nein, ich glaub nicht.«

Das Schlagen der Drachenflügel donnerte über ihre Köpfe hinweg. Saschas Vater blickte besorgt nach oben.

»Warst du gestern schon hier?«, fragte er.

Sascha nickte.

»Hier ist es zu gefährlich für dich. Beim nächsten Mal versteckst du dich, hast du gehört! Ich finde dich dann.«

Sascha deutete mit dem Finger zum Himmel. »Meinst du, die Frau auf dem Drachen kommt wieder?«

Sein Vater wirkte unschlüssig. »Ich weiß es nicht. Vielleicht. Vermutlich«, meinte er dann. »Deshalb musst du dich beim nächsten Mal verstecken! Hörst du?! Du musst auf der Hut sein, nicht nur vor ihr.«

»Vor wem denn noch?«, wollte Sascha wissen.

Sein Vater runzelte die Stirn. »Du wirst immer blasser.«

Sascha streckte die Hände nach ihm aus.

»Was hat das alles zu bedeuten?«

Die Bilder um ihn herum begannen zu verschwimmen. Sascha merkte, wie ihm die Zeit davonlief.

»Ich verstehe das alles nicht!« ...

Schwärze verschluckte seine Umgebung. Mit aller Kraft hielt er sich an seinem Vater fest. Bloß nicht loslassen.

»Papa«, rief er. »Nicht! Ich will nicht aufwachen!«

Das Gesicht seines Vaters verschwand im Nichts.

Sascha schlug die Augen auf. Er lag zu Hause in seinem Bett. Seine Mutter saß neben ihm und umklammerte seine Hand. Er bemerkte die Sorge in ihrem Blick.

»Du hast geschrien«, sagte sie, »nach Papa. Und dass du nicht aufwachen willst.«

Sascha schluckte.

»Ich habe ihn gesehen«, murmelte er leise.

Sein Hals kratzte und er schluckte erneut, als seine Augen feucht wurden. Seine Mutter atmete tief ein und noch tiefer aus.

»Ich bin froh, dass ihr euch gefunden habt«, meinte sie.

Doch Sascha fand, dass es nicht glücklich, sondern traurig klang, so wie sie es sagte.

Als Sascha Lutz am nächsten Morgen die nächtlichen Ereignisse schilderte, starrte ihn dieser bestürzt an.

»Es wird ernst, Sascha, wir müssen schneller denken!«

Eifrig klickte er sich auf seinem Laptop durch die Tabelle mit den Namen aller bisherigen Kreaturen und den entsprechenden Beschreibungen. Er hatte eine weitere Spalte hinzugefügt und die bislang gefundenen Zahlen eingearbeitet:

Traum	Inhalt	Geschöpf	Ort	Zahl
...	...	...	...	...
weißer Wirbel	mächtige Kraft, lähmend	möglicherweise Schöpfer, Gott	im Nirgendwo	Zahl: Eins

Konzentriert starrte Lutz auf den Bildschirm, während er die Ereignisse der letzten Nacht ergänzte. Sascha sah ihm dabei über die Schulter. Hinter seiner Stirn spürte er einen leicht pochenden Schmerz.

»Am besten siehst du wieder nach, ob auf der neuen Seite weitere Zahlen zu finden sind, und schickst mir ein Foto davon aufs Handy«, fuhr Lutz fort.

Fast hätte Sascha es vergessen. Er zog sein Smartphone aus der Tasche und öffnete die Bilder.

»Hier!«, sagte er und reichte das Handy seinem Freund. »Ich habe letztes Mal schon ein paar Fotos gemacht.«

»Wow, jetzt kriege ich endlich mal eine Seite von deinem Wunderbuch zu sehen«, freute sich Lutz.

Gebannt musterte er das Bild auf dem Display, strich mit dem Finger darüber, vergrößerte es und ließ dann langsam die Hand sinken.

»Ich sehe nichts, Sasch!«, gestand er. »Keine Zahl, keine Buchstaben, nur ein paar gelbliche Schatten. Als hättest du eine leere Buchseite fotografiert. Echt schade.«

Sascha hatte es bereits befürchtet, dennoch spürte er einen Stich der Enttäuschung. Weder seine Mutter noch Lutz sahen die Zahlen, nur er.

»Es ist ein bisschen gruselig, findest du nicht?«, sagte er leise.

Lutz schwieg. Schließlich erhob er sich und begann, in seinem Zimmer auf und ab zu gehen.

»Ich sehe bloß leere Buchseiten, deine Mutter kann immerhin die Schrift lesen, aber die Zahlen siehst nur du«, murmelte er. »Sie müssen eine Bedeutung haben, die nur du erkennen kannst, die nur für dich bestimmt ist.«

Obwohl Lutz lediglich ausgesprochen hatte, was Sascha insgeheim schon wusste, bekam er eine Gänsehaut. Er nickte. Sein Kopf fühlte sich mittlerweile tonnenschwer an.

»Schreib mir wenigstens die Widmung ab!«, verlangte Lutz.

»Hast du von ihnen geträumt?«, wollte seine Mutter wissen, nachdem sie die Seite beendet hatten, auf der die Frau und der Drache beschrieben wurden.

Sascha schluckte und nickte. Die Szene, in der ihm sein Vater zu Hilfe geeilt war, entfaltete sich wieder vor seinem geistigen Auge. Seine Mutter zog seufzend ihre Stirn in Falten.

»Sei vorsichtig, Sascha, okay?«, sagte sie.

Heute ging sie nicht wie sonst aus dem Zimmer, sondern blieb schweigend neben ihm sitzen. Das Buch lag zugeschlagen auf ihrem Schoß.

»Soll ich bleiben, bis du eingeschlafen bist?«, fragte sie.

Sascha war bei der Vorstellung etwas seltsam zumute, andererseits graute ihm vor der heraufziehenden Nacht.

»Ja, wenn du willst«, sagte er deshalb lässig, beinahe so, als würde er ihr damit einen Gefallen tun und nicht umgekehrt.

Er schloss die Augen und lauschte den gleichmäßigen Atemzügen seiner Mutter, dankbar, dass sie bei ihm war. Zugleich klammerte er sich mit aller Macht an den hoffnungsvollen Gedanken, er würde gleich seinen Vater wiedersehen. Mit ihm wäre es in der Welt seiner Träume nur halb so schlimm.

Kapitel 4
Die gläserne Seite

Der Schwarze Prinzipal – Sascha

Nachdem Sascha eingeschlafen war, fand er sich auf einem flachen Stück in einem Gebirge aus schroffen Felswänden wieder. Der große dichte Wald war zu einem kleinen grün-gelb gesprenkelten Punkt im Tal tief unter ihm geschrumpft. Dahinter, in weiter Ferne, leuchteten die weiß getünchten Hügelketten der Eisriesen auf.

Warum war er hier und nicht wieder im Mongwald zu sich gekommen? Er spähte hinunter auf das farbige Blätterdach der Bäume. Irgendwo dort unten wartete jetzt vermutlich sein Vater auf ihn. Die Enttäuschung schnürte Sascha fast die Kehle zu. Er versuchte ruhig durchzuatmen, zu überlegen, was er tun sollte. Zum Mongwald war es zu weit und selbst, wenn er es bis dahin schaffen würde, hätte er keine Chance, den Baum mit Nürgs Nest wiederzufinden.

Angestrengt ließ er seine Augen über die Hügelketten wandern. Sein Blick glitt weiter zum Himmel hinauf. Sascha zitterte bei dem Gedanken, die Frau auf dem Drachen könnte abermals nach ihm suchen. Er beschloss, sich nach einem Versteck umzusehen. So, wie es ihm sein Vater geraten hatte.

Ganz langsam drehte Sascha sich um seine eigene Achse. Dabei entdeckte er einen engen Felsdurchlass, hinter dem sich ein schmaler Pfad im Zickzack steil einen Berg hinaufschlängelte. Sofort machte er sich auf den Weg.

Der Aufstieg war anstrengender, als er gedacht hatte. Schweißperlen bildeten sich auf Saschas Stirn und liefen seinen Nacken hinunter. Sein Atem kam stoßweise und klang keuchend. Auf einem flachen Stück machte er Pause. Erschöpft sank er auf seine Knie. Er hatte noch immer keinen Unterschlupf gefunden, in dem er sich hätte verstecken können.

Plötzlich hörte Sascha ein leises Knacken hinter sich und fuhr herum. Ein Mädchen stand ihm gegenüber, kaum mehr als zehn Meter entfernt. Sascha schätze sie auf etwa sein Alter.

»Wer bist du und was machst du hier?«, fragte sie ihn.

Ihre Stimme klang feindselig. Eilig erhob sich Sascha und trat einen Schritt auf sie zu. Ihr Blick brachte ihn jedoch sofort zum Stehenbleiben.

»Ich heiße Sascha«, antwortete er hastig.

Sie erwiderte nichts.

»Und du?«, setzte Sascha deshalb hinterher.

Das Mädchen ließ sich Zeit mit ihrer Antwort.

»Ich bin Zetar«, gab sie endlich zurück.

Sascha musterte sie verstohlen. Sie war feingliedrig, mit langen dünnen Beinen und Armen, die in einer weiten grauen Pumphose und einer kurzen grünen Jacke steckten. Auch das Mädchen starrte ihn an. Fast glaubte Sascha, unter ihrem bohrenden Blick zu schrumpfen. Endlich ließen ihre Augen von ihm ab und blickten auf einen Punkt in der Ferne.

»Du bist kein richtiger Seher«, stellte sie fest. »Woher kommst du?«

Sascha wagte es nicht, ihr von seiner Welt zu erzählen.

»Ich komme von weit her. Das Land kennst du nicht. Und du? Bist du eine Seherin?«

Das Mädchen sah ihn stirnrunzelnd an. »Na, was denn sonst!« Sie schüttelte unzufrieden den Kopf. »Dich scheint tatsächlich der

Wind aus einem ganz fernen Fleckchen hierher geweht zu haben. Was machst du überhaupt hier? Weißt du denn nicht, dass es gefährlich ist, auf diesen Berg zu klettern? In seinem Innern befinden sich die finsteren Gänge des Schwarzen Prinzipals. Wenn dich der dunkle Herrscher findet, bringt er dich dorthin und du bist für immer verloren.«

»Und warum bist du hier, wenn es so gefährlich ist?«

Sie schwieg eine Weile, dann gab sie zögernd zu: »Mein Vater ist hinter diesen Steinmauern gefangen. Ich suche nach einem Ausgang.«

Auf Zetars zartem Gesicht zeigte sich eine trotzige Entschlossenheit, die Sascha beeindruckte. Er hatte immer nur auf die Rückkehr seines Vaters gewartet. Dabei war es ihm nie in den Sinn gekommen, selbst nach ihm zu suchen.

»Und du meinst, dass sich hier oben irgendwo ein Ausgang befindet?«, wunderte er sich und bereute seine Frage sofort, als er ihren Gesichtsausdruck sah.

»Wie soll der Prinzipal denn sonst rein- und rauskommen?«, sagte sie und kehrte ihm den Rücken zu.

Es sah so aus, als ob sie gehen wollte.

»Ich könnte dir beim Suchen helfen«, rief Sascha ihr schnell hinterher, um sie aufzuhalten.

Er musste achtgeben, was er sagte. Zu seiner Erleichterung blieb sie tatsächlich stehen. Sascha konnte sie tief einatmen hören.

»Aber du musst dich still verhalten und immer im Schatten der Berge bleiben!«, befahl sie ihm, ohne sich auch nur für eine Sekunde nach ihm umgedreht zu haben.

»Geht klar«, versprach Sascha sofort.

Er war froh darüber, dass sie ihn nicht abgewiesen hatte. Geduckt schlichen sie nah an der Felswand entlang. Ihr dunkelblonder geflochtener Zopf wippte auf ihrem Rücken hin und her. Sascha konnte seinen Blick nicht abwenden. Im Sonnenlicht schimmerten ihre Haare golden. Als Zetar sich endlich zu ihm umdrehte, erkannte Sascha, dass auch ihre Augen denselben honiggelbgoldenen Farbton hatten. Noch nie war er einem Mädchen mit solchen Augen begegnet. Er starrte sie an und lächelte.

Sie lächelte ebenfalls. »Du kommst wirklich von weit her, was?«

Sascha fühlte sich ertappt. Er konnte spüren, wie seine Wangen warm wurden, sich röteten. Schnell wandte er sein Gesicht von ihr ab und konzentrierte sich auf die Beschaffenheit der felsigen Wände.

»Wer ist der Schwarze Prinzipal eigentlich?«, erkundigte er sich nach einer Weile.

Doch bevor sie antworten konnte, fegte ein peitschendes Geräusch zu ihnen herüber. Sascha zuckte zusammen.

»Schnell, hinter den Stein dort!«, zischte Zetar ihm zu.

In geduckter Haltung liefen sie zu einem riesigen Granitblock, der ihnen ausreichend Schutz zu geben versprach. Er lag so dicht an der Felswand, dass sie sich gerade so in den Spalt schieben konnten.

Sascha spürte die kalte Härte des Steins. Er dachte an Zetars Vater. Wie qualvoll musste es für ihn sein, ziellos durch die finsteren Gänge des Berges zu irren, allein, ohne Hoffnung. Er begann zu frieren. Zudem stieg eine bange Ahnung in ihm auf. Gewiss würde gleich wieder etwas Schreckliches geschehen.

Das Geräusch wurde gleichmäßiger, kam näher. Es klang wie das Schlagen mächtiger Flügel. Sascha wurde unruhig. Nur zu gut konnte er sich an die schauerliche Alte auf dem Drachen erinnern. Was, wenn sie abermals nach ihm suchte?

Mit klopfendem Herzen starrte er in den Himmel. Erst als die Gestalt sich näherte, erkannte er, dass es kein Tier war. Eine schlanke Frau mit Flügeln tauchte in Saschas Sichtfeld auf. Ihr zarter Körper war in dunkelblaue Tücher gehüllt, auf die goldene Sterne gestickt waren. Ihre Flügel schimmerten ebenfalls blau und golden und strahlten eine ehrfurchtgebietende Kraft aus. Ihr Blick war nach oben gerichtet. Sascha konnte nicht anders, als an einen Engel zu denken.

»Casandra!«, murmelte er ehrfürchtig und beugte sich ein wenig zur Seite, um sie besser sehen zu können.

Da zog Zetar ihn schroff zurück. »Pass auf! Wenn sie dich entdeckt, sind wir verloren.« Ihr Blick war finster. »Nicht gut, gar nicht gut«, brummte sie. Sie kaute nervös auf ihrem rechten Daumennagel. »Wenn Casandra hierherkommt, ist der Prinzipal auch nicht weit. Ich hatte gehofft, er wäre bei ihr in der Steinburg von Salis.«

Wie auf ihr Kommando tauchte plötzlich eine dunkle Gestalt auf der Bergspitze auf. Casandra landete geschmeidig daneben.

»Und da ist er auch schon«, raunte Zetar. In ihrer Stimme lag Hass.

Sofort ergriff der Mann Casandras Hände und hielt sie fest umschlossen. Sascha fand ihn auf den ersten Blick nicht besonders furchterregend. Er war groß und trug einen schwarzen Anzug. Seine ebenfalls schwarzen Haare waren streng nach hinten gekämmt. Alles an ihm war dunkel, nur seine Haut leuchtete weiß.

»Ich hatte mir den Schwarzen Prinzipal irgendwie gruseliger vorgestellt«, flüsterte Sascha.

Zetar sah ihn entgeistert an. »Du denkst wohl, nur weil er keine Klauen und Fangzähne hat wie ein Monster, ist er nicht schrecklich? Oh, da täuschst du dich.«

»Kann er sich denn verwandeln so wie ein Phantom?«, fragte Sascha.

»Phantom?« Zetar schnaubte verächtlich aus. »Du hast ja wirklich gar keine Ahnung!«, sagte sie mit gedämpfter Stimme.

Sascha blickte zu Boden. Was hätte er ihr auch sagen sollen?

Sacht berührte sie seinen Arm. »Entschuldige!«, murmelte sie und seufzte. »Also«, begann sie ihm im Flüsterton zu erklären, »Phantome sind zwar gefährlich, aber im Grunde auch ziemlich beschränkt und somit leicht zu durchschauen, zumal sie sich nur in Pflanzen verwandeln können. Der Prinzipal hingegen kann dir direkt in die Seele schauen und jede schöne Erinnerung für immer auslöschen.«

Unwillkürlich wurde Saschas Blick wieder zu dem ungleichen Paar gezogen – ein Mensch, der sich an einen Engel klammerte. Der Anblick hatte überhaupt nichts Furchteinflößendes.

Sascha wollte Zetar gerade eine weitere Frage stellen, da zog ein Frösteln über seine Haut. Er rieb sich die Arme, um die Kälte zu vertreiben. Ein Gefühl düsterer Beklommenheit überkam ihn, als der eisige Schauder sich in seinem Inneren wie ein tosender Schneesturm ausbreitete. Voller Entsetzen bemerkte Sascha, dass der Prinzipal zu ihnen schaute. Hatte er sie etwa entdeckt?

Sascha kniff die Augen zusammen. Ja, verdammt, sie waren in Gefahr! Er musste augenblicklich aufwachen! Panisch blickte er zu Zetar, die nichts zu bemerken schien. Allein ihretwegen musste er sofort von hier verschwinden.

Wach auf!, rief Sascha sich innerlich zu. *Verflucht noch mal, aufwachen!*

Zu seinem Erstaunen schossen tatsächlich die schwarzen Wände hoch, um ihn im gleichen Moment aus Enalis fortzubringen. Noch bevor sich der Strom der tosenden Schatten gesenkt und Sascha die Augen aufgeschlagen hatte, wusste er, dass er sich wieder in seinem Zimmer befand. Zugleich spürte er weiterhin die befremdliche Kälte. Ihm war, als breitete sie sich im ganzen Raum aus. Eine Woge der Panik überrollte ihn. Konnte der schwarze Herrscher ihm bis hierher gefolgt sein?

Hastig blickte Sascha sich um. Sein Zimmer lag im Dunkeln. Die Finsternis gab nicht mehr als graue Umrisse zu erkennen. Furcht fraß sich grimmig in ihn hinein.

Licht! Er brauchte Licht! In aller Eile tastete Sascha nach dem Schalter neben seinem Bett. Kurz darauf erhellte sich der Raum. Niemand war da. Sascha lauschte, rührte sich nicht, spürte nur der Kälte nach, die sich schleichend verzog.

Endlich erhob er sich. Barfuß und auf wackeligen Beinen ging er in Theos Zimmer. Durch die geöffnete Tür fiel ein Lichtstrahl auf das Bett, in dem sein kleiner Bruder schlief. Das vertraute Bild beruhigte Sascha. Sein Herzschlag wurde langsamer. Er setzte sich zu ihm auf die Bettkante und betrachtete ihn eine Weile. Dann sah er, dass Otto auf dem Boden lag. Sascha hob den Plüschhasen auf und schob ihn zu Theo unter die Decke.

Was sollte er jetzt tun? Es war zu früh zum Aufstehen, andererseits wollte er auf keinen Fall ein weiteres Mal einschlafen und erneut dem Blick des Prinzipals ausgeliefert sein. Vielleicht könnte er lesen oder Musik hören. Sascha erhob sich. Er machte ein paar Schritte in Richtung Tür.

»Autsch! Verdammt!«, stieß er ungewollt aus.

Er war auf einen Legostein getreten.

»Sascha?«, hörte er Theo verschlafen fragen.

Als er sich zu ihm umblickte, hatte sich sein Bruder bereits aufgesetzt.

»Was ist los? Hast du wieder schlecht geträumt?«

Theo rieb sich die Augen.

»Nein, es ist alles in Ordnung. Ich wollte dich nicht wecken, nur nach dir sehen.«

Theo betrachtete ihn. »Willst du bei mir schlafen?«

Sascha zog die Augenbrauen hoch. Wollte er das? Ja, irgendwie schon.

»Okay, ich leg mich kurz zu dir, um mich aufzuwärmen«, sagte er.

Theo rückte näher an die Wand und schob den Hasen ans äußerste Ende des Kopfkissens. »Otto macht sich auch ganz klein.«

Sascha schmunzelte und schlüpfte unter die Decke. Er spürte, wie Theo sich gegen seinen Rücken schmiegte und wie die Wärme seines Körpers langsam auf ihn überging. Sascha wünschte sich, er wäre nicht so allein.

Schwermütig lauschte er den ruhigen Atemzügen seines Bruders, beobachtete, wie die Nacht allmählich heller wurde, und sah plötzlich Zetar vor sich, die ihn mit ihren goldenen Augen anfunkelte. Ob er sie je wiedersehen würde?

Zwischen Zweifel und Angst – Räjeg

Wieso wussten sie bereits von Sascha? Beunruhigt lief Räjeg einen hügeligen Pfad entlang, der ihn aus dem Mongwald hinausführte. Es war noch frisch an diesem frühen Morgen. Fröstelnd wickelte er sich fester in seine Jacke. Seine Gedanken drehten sich im Kreis. Was, wenn sie Sascha vor ihm fänden? Die Angst um seinen Sohn brachte ihn schier um den Verstand. Er war noch nicht bereit.

»Das kann nicht sein. Das darf nicht sein«, murmelte er immer wieder vor sich hin.

Nach seinen Berechnungen waren Marie und Sascha erst im Kapitel der Worte, sodass es Sascha nicht möglich sein sollte, in die Handlung einzugreifen oder von den anderen wahrgenommen zu werden. Er sollte lediglich einige Wesen aus dieser Welt kennenlernen, bevor er …

Ob Marie ahnte, in welcher Gefahr Sascha schwebte? Verzweiflung schäumte durch Räjegs Verstand.

Die Weiße Frau hätte Sascha töten können. Die geflüsterten Worte ihres Flammenspruchs hätten ausgereicht, um ihn von innen verbrennen zu lassen. Sie war bereits in seine Gedanken eingedrungen. Warum also hatte sie es nicht getan?

Räjeg stieg zügig eine kleine Anhöhe hinauf. Das Nachdenken lenkte ihn von der Müdigkeit ab. Zwei Tage und zwei Nächte hatte er im Mongwald auf Saschas Wiederkehr gewartet, aber er war nicht erschienen. Zugleich war es Räjeg nicht mehr gelungen, zu ihm vorzudringen. Er hatte zu viel seiner Kraft verbraucht. Am Ende hatte er sich dazu durchgerungen, zum geheimen Zufluchtsort der Seher auf den Gipfel des Jatus-Gebirges zurückzukehren. Sein Bruder Rebus würde dort sein und ihm helfen Sascha zu finden.

Räjeg beschleunigte seine Schritte. Er hatte bereits die Ausläufer des Jatus-Gebirges erreicht. Nicht mehr lange und er würde beim ersten der hohen Berge ankommen. Die Dunkelheit, die ihn hier noch schützte, konnte dort zu einer ernst zu nehmenden Gefahr werden. Der Pfad, der sich kilometerweit hinaufschlängelte, war schmal und rutschig.

Immer wieder blickte er sich um. Die Häscher des Schwarzen Prinzipals lauerten hier besonders häufig auf die wenigen noch nicht getöteten freien Seher. Räjeg wäre am liebsten gerannt, aber er war zu erschöpft. Die vergangenen Tage hatten ihren Tribut gefordert. Kaum, dass er erfahren hatte, wo sich Sascha aufhielt, war Räjeg aufgebrochen. Er hatte ihn aufspüren und ihm zur Hilfe eilen können. Im letzten Moment.

Aber jetzt? Seine Pläne, Sascha in seinen Träumen zu unterstützen und ihm Zeit zu lassen, sich in Enalis zurechtzufinden, waren hinfällig. Bald würden Marie und Sascha bei der gläsernen Seite angelangt sein. Danach gab es für Sascha kein Zurück mehr. Dieser Gedanke schenkte Räjeg neue Kraft. Er durfte seinen Sohn nicht im Stich lassen.

Endlich erreichte er den Pfad, der sich wie eine gewundene Schlange um den steilen Berg zum Versteck der Seher emporwand. Konzentriert setzte er seitwärts gehend einen Fuß neben den anderen. Seinen Körper presste er dabei fest gegen die kalte Felswand. Immer wieder glitten seine Hände über die raue steinige Oberfläche, um in den versteckten Spalten und Rissen nach Halt zu suchen. Er warf einen Blick hinunter in die tiefe Schlucht. Ihm wurde etwas schwindelig, obwohl er nicht unter

Höhenangst litt. Es musste die Erschöpfung sein. Für einen Moment lehnte Räjeg sich gegen den Felsen, schloss die Augen und atmete konzentriert ein und aus. Dann zwang er sich, langsam weiterzugehen. Er würde Sascha nicht helfen können, wenn er unten in der Schlucht lag.

Nach einiger Zeit begannen seine Muskeln zu schmerzen. Räjeg spürte, wie seine Konzentration nachließ. Er musste sich zusammenreißen. Mit Bedacht stupste er einen Stein vor sich aus dem Weg, der in die Tiefe stürzte. Den nächsten jedoch übersah er. Sein Knöchel knickte um, Räjeg stolperte. Ein Schrei löste sich aus seiner Kehle. Verzweifelt suchte er mit seinen Fingern Halt, fand keinen und rutschte. Die raue Oberfläche des Felsens zerriss ihm die Haut an Armen und Händen. Seine Gedanken überschlugen sich. Er würde in den Tod stürzen, stand es ihm klar und deutlich vor Augen. Sascha und Marie nie wiedersehen.

Eine Baumwurzel ragte aus einer Felsspalte heraus. Reflexartig griff Räjeg zu und bekam sie zu fassen. Mit aller Kraft hielt er sich daran fest, bis er seinen Schock überwunden hatte. Keuchend zog er sich hoch und setzte sich mit dem Rücken an den Felsen, um zu verschnaufen. Er schielte nach oben und sah, dass er zum Glück nur zwei Meter hinuntergestürzt war. Er blieb noch einen Augenblick sitzen, bevor er sich an den Aufstieg machte. Seine Finger zitterten, als er sich über den Rand des Bergrückens schob. Am liebsten wäre er liegen geblieben und hätte geschlafen. Einzig der Gedanke an Sascha trieb ihn dazu, wieder aufzustehen und weiter zu eilen.

Räjeg wusste nicht, wie lange er gegangen war, als er endlich die alten windschiefen Hütten erreichte, hinter deren krummen Brettern sich die Seher vor der finsteren aufstrebenden Macht zu verstecken versuchten. Auf der Schwelle zur Tür brach er zusammen. Nur dumpf vernahm er die Stimme seines besten Freundes Faris.

»Räjeg, Räjeg, was ist mit dir? Bei allen Goldstreifen der Nacht.«

Andere Stimmen kamen dazu. Er spürte noch, wie er aufgehoben, hineingetragen und auf sein Bett gelegt wurde, dann nichts mehr.

Als er erwachte, war es draußen dunkel. Irgendjemand hatte ihm eine Schüssel mit Brei auf den Tisch gestellt. Gierig fiel Räjeg darüber her. Wieder bei Kräften begab er sich zum Gemeinschaftshaus, in dem er seinen Bruder vermutete. Er stieß die Holztür auf und trat ein. Sofort verstummten die Gespräche und alle Anwesenden starrten ihn an.

»Was habt ihr? Sehe ich aus wie ein Geist, der aus dem Totenreich zurückgekehrt ist?«, lachte Räjeg.

Doch im Stillen fürchtete er, sie könnten den Grund für sein Verschwinden herausbekommen haben. Wussten sie etwa über Sascha Bescheid?

Nein, woher denn?

Räjeg suchte mit den Augen nach seinem Bruder, aber er konnte ihn nirgendwo entdecken.

»Wo ist Rebus?«, fragte er in die Runde.

Faris erhob sich und kam auf ihn zu. Durch sein Gesicht glitt ein Zucken. Etwas war geschehen, erkannte Räjeg. Etwas Schreckliches. Die Anspannung lag förmlich in der Luft.

»Sie haben deinen Bruder!«, bestätigte Faris.

Räjeg wankte, sodass sein Freund ihn kurz abstützen musste. Ihm war, als würde sich der Boden unter seinen Füßen langsam auflösen.

»Wer?«, keuchte er.

»Die Armasis. Rebus wollte ins nächste Tal. Dort haben sie ihm aufgelauert. Du weißt, wie er ist, er hat es hier im Versteck nie lange ausgehalten.«

»Nein!«, flüsterte Räjeg benommen. Er durfte nicht auch noch seinen Bruder verlieren. Rebus war der Einzige, der ihm von seiner Familie geblieben war. Der Einzige, der das Ausmaß seiner Verzweiflung und Sehnsucht wirklich kannte.

»Wohin haben sie ihn gebracht?« Seine Stimme dröhnte laut durch den stillen Raum.

»Nicht nach Esramont, sondern in die Felsengänge von Akjo.«

Räjegs Beine gaben endgültig nach. Hätte Faris ihn nicht abgestützt, wäre er zu Boden geglitten. In den kalten finsteren Gängen herumirren zu müssen, war für einen Seher die schlimmste Strafe. Aber es bedeutete auch, dass Rebus noch lebte und nicht in der Steinburg von Salis zu Tode gefoltert wurde.

»Ich finde ihn«, erklärte Räjeg mit fester Stimme, doch Faris hielt ihn zurück.

»Aus den Gängen hat bisher niemand wieder herausgefunden.«

Räjeg schloss die Augen. Ihm war noch immer schwindelig.

»Ich muss ihn finden!«, blieb er dabei.

»Wir können dich nicht auch noch verlieren! Es heißt, der Schwarze Prinzipal hält sich in Akjo auf. Auch Casandra wurde dort in letzter Zeit häufig gesichtet. Geh nicht! Du wirst es nicht überleben! Auch dein Bruder würde es nicht wollen!«

Räjeg öffnete seine Lider und starrte in das flehende Gesicht seines Freundes. Faris kam ihm plötzlich fremd vor. Wütend stieß er ihn beiseite. Er wollte sich von niemandem aufhalten lassen.

»Was redest du da? Ohne meinen Bruder wäre ich längst tot. Du erinnerst dich? Ihr beide habt mich damals aus der Schattenburg von Ugra befreit. Und nun verlangst du, dass ich Rebus nicht zu Hilfe eile?« Er schüttelte heftig den Kopf. »Oh nein, ich überlasse ihn nicht dem Wahnsinn, der ihn in den finsteren Gängen heimsuchen wird.«

Faris nickte. »Natürlich erinnere ich mich an das modrige kalte Kellerloch. Du warst halb tot, als wir dich fanden. Doch die Schattenburg gehört den Armasis und nicht dem Schwarzen Prinzipal. Sie sind viel leichter zu durchschauen und zu überlisten. In Ugra gibt es ein Tor und eine Brücke, wohingegen niemand weiß, wie man in die Felsengänge von Akjo hinein-, geschweige denn wieder herausgelangt.« Er senkte seine Stimme. »Nur der dunkle Herrscher kennt das Geheimnis. Bisher ist niemand von dort zurückgekehrt.«

Räjeg schnaufte verächtlich aus. »Du bist ein Feigling!«

Sein Freund zuckte zusammen. Sein Gesicht sah kalkweiß aus, wie Räjeg bemerkte.

Da trat Uret vor. »Ich begleite dich, Räjeg. Denn auch ich habe Rebus viel zu verdanken.«

Faris schüttelte traurig den Kopf.

»Was ihr vorhabt, ist verrückt!«, murmelte er.

Aber Räjeg beachtete ihn nicht mehr. Entschlossen schritt er zu Uret und klopfte ihm dankbar auf die Schulter.

»Ich werde packen und mich noch etwas ausruhen. Lass uns mit den ersten Sonnenstrahlen aufbrechen!«, schlug er vor.

Uret nickte. »Einverstanden.«

Schnaubend drängte sich Räjeg an den umstehenden Sehern vorbei und hastete zum Ausgang. Im Türrahmen blieb er noch einmal stehen und fuhr herum. Langsam ließ er seinen Blick über die Anwesenden gleiten.

»Wir verkriechen uns hier wie die Mongs vor den Hunden der Riesen. Das Volk der Seher ist im Grunde jetzt schon tot«, sagte er mit spürbarer Verachtung.

Dann trat er hinaus und ließ krachend die Tür ins Schloss fallen. Räjeg war wütend. Auf seine Leute, auf Faris und vor allem auf sich selbst. Er hatte weder seinen Sohn noch seinen Bruder beschützen können. Routiniert schmiss er ein Messer, ein Seil, eine dünne Decke und Vorräte in seinen Rucksack. Je weniger, desto besser. Seine Armbrust wog mehr als genug und vor ihnen lag ein beschwerlicher Weg.

Räjeg glaubte nicht, dass er jetzt einschlafen könnte, aber er legte sich trotzdem auf sein Bett und schloss die Augen. Sofort sah er Sascha wieder vor sich. Er war so groß geworden und dennoch viel zu jung, um gejagt zu werden. Er musste ihn beschützen und gleichzeitig seinen Bruder retten. Wie sollte er beiden Aufgaben gerecht werden?

Bald würde Sascha die Seite aus Glas erreichen. Niemand wusste, wohin ihn das Buch dann bringen würde. Räjeg wünschte, sein Bruder wäre hier. Er hätte die richtigen Worte gefunden. Stattdessen drohte ausgerechnet ihm Schlimmeres als der Tod. Räjegs Herz zog sich zusammen. Der Schmerz begleitete ihn in einen traumlosen Schlaf.

Der letzte Traum – Sascha

Zwanzig Uhr. Sascha lauschte den Schritten, die sich seinem Zimmer näherten. Er wusste, dass seine Mutter kam. Sie öffnete die Tür, trat ein – vorsichtig, beinahe zögerlich.

»Heute lese ich dir zum letzten Mal vor«, sagte sie, nachdem sie sich zu ihm aufs Bett gesetzt hatte.

Sascha schielte zum Buch. »Aber wir sind noch nicht am Ende.«

»Ich weiß.«

»Warum willst du dann schon aufhören?«

Die Vorstellung beunruhigte ihn. Er hatte sich an das Ritual des abendlichen Vorlesens gewöhnt, an den angespannten Blick seiner Mutter, wenn ein fremdartiges Geschöpf beschrieben wurde, das er bereits aus seinen Träumen kannte.

Seine Mutter lächelte schwach. »Erinnerst du dich? Ich hatte dir am Anfang gesagt, dass ich nur bis zu einer bestimmten Stelle lesen würde.«

Sascha nickte leicht. Er begann zu ahnen, dass sie kurz davor standen, den geheimnisvollsten Teil des Buches zu erreichen.

»Ab morgen bist du dran!«, fuhr seine Mutter fort. Sie machte eine flüchtige Handbewegung, als ob sie einen lästigen Gedanken beiseiteschieben wollte. »Das bedeutet nicht, dass ich dich künftig mit dem Buch allein lasse. Du weißt ja, was ich deinem Vater versprochen habe.«

Sascha musste daran denken, wie überrascht sein Vater bei ihrem einzigen kurzen Wiedersehen gewirkt hatte. Offenbar war etwas passiert, das er sich nicht erklären konnte. Was, wenn er genauso ahnungslos war wie sie?

»Weißt du, wie es in dem Buch weitergeht?«, wollte er wissen.

Seine Mutter nickte. »Jetzt kommt die gläserne Seite. So hat es jedenfalls dein Vater genannt.«

»Komischer Begriff«, fand Sascha, obwohl er ihn bereits gehört hatte. »Was ist damit gemeint?«

Seine Mutter zog ihre Schultern hoch. »Ich weiß es nicht.«

»Hast du nie nachgesehen?«

Sie zögerte und zupfte fahrig an Saschas Bettdecke. Endlich sah sie ihn an. »Nein, ich wollte es immer mal wieder wagen, habe es dann aber doch gelassen. Dein Vater hat mich schwören lassen, es nicht zu tun.« Sie unterbrach sich. »Außerdem gibt es so eine Art Siegel, das aufgebrochen werden muss. Es hat die Form eines Auges.«

»Wirklich?«

»Mehr weiß ich nicht, du wirst es ja morgen sehen«, sagte sie und Sascha glaubte, einen leisen Vorwurf in ihrer Stimme zu hören.

Sie schlug das Buch bis zu der gesuchten Seite auf. Saschas Augen wanderten über das Papier auf der Suche nach den winzigen Zahlen. Tatsächlich entdeckte er ganz oben zwischen den Zeilen eine »Fünfundzwanzig«.

Na bitte. Lutz wird sich freuen, dachte er.

Als sie anfing zu lesen, schloss er die Augen.

Der Prinzipal liebt die Dunkelheit und Kälte, weshalb er in einem Berg lebt, dessen felsige Gänge sich zu einem undurchdringlichen Labyrinth erstrecken. Viele seiner Feinde verloren sich und ihren Verstand zwischen den engen nackten Mauern, den finsteren, nie enden wollenden Tunneln, aus denen kein Schrei nach außen dringt und kein Sonnenstrahl nach innen.

Plötzlich unterbrach sie sich. Sascha schlug die Lider auf.

»Was ist? Warum liest du nicht weiter?«

Seine Mutter zögerte. Sie sah auf ihre Uhr, als müssten sie sich beeilen.

»Bist du ihm begegnet, diesem Prinzipal?«, fragte sie beinahe flüsternd.

Ihr Gesicht war blass. Sie erschien Sascha plötzlich noch schmaler als sonst.

Diese Welt, in die er Nacht für Nacht entführt wurde, war gespenstisch und real. In ihr zu sein, bedeutete nicht mehr, nur zu träumen, sondern von anderen beobachtet und bemerkt zu werden. Und der Prinzipal hatte ihn gesehen.

»Ja.«

»War es schrecklich?«, wollte sie wissen.

»Nein«, log Sascha, »ich war ja nicht allein.«

Er konnte ihren Blick auf sich spüren, aber sie fragte nicht weiter nach und er hätte ihr sowieso nicht mehr erzählt.

Sascha lag mit offenen Augen in der Dunkelheit und grübelte über das geheimnisvolle Buch nach. Etwas in ihm fürchtete sich vor der gläsernen Seite. Was würde ihn erwarten? Vielleicht eine schwere Aufgabe oder eine Prüfung?

Er schnaufte aus. *Unsinn! Was für ein alberner Gedanke.*

Müde zog er die Bettdecke bis über die Schultern, schloss die Augen und versank in einen unruhigen Schlaf.

Sascha fand sich am Rande des Waldes nahe der Berge wieder. Neugierig sah er sich um. Blasse Sonnenstrahlen zwängten sich durch das dichte Blätterdach. Es musste noch früh am Morgen sein. Auf den Gräsern glitzerte Tau.

Plötzlich waren Schritte zu hören. Erst leise, dann immer lauter. Nervös suchte Sascha nach einem möglichen Versteck. Fürchtete, er könnte schon wieder einem gefährlichen Geschöpf begegnen. Er entdeckte einen breiten Baumstamm, hinter dem er sich verbergen konnte. Ohne zu atmen lauschte er in die Richtung, aus der die Schritte kamen. Ein Rascheln. Zweige knackten. Auf einmal trat Zetar aus dem Schatten der Baumkronen hervor, gefolgt von einem jungen, etwas größeren Seher. Wer war das? Sascha verspürte einen Stich, gleichzeitig begann sich sein Herzschlag zu beschleunigen. Er presste sich enger an den Stamm, als wollte er mit ihm verschmelzen, sich hinter seiner Rinde vergraben. Sollte er sich bemerkbar machen?

»Hier ist nichts, Zetar. Die Hütte muss dahinten sein!«, meinte der Junge. Seine Stimme klang dünn.

Zetar seufzte. »Wir finden diese Hütte nie. Die Waldhüter haben ihre Unterkünfte unsichtbar gemacht.«

»Doch, wir finden sie! Wir müssen! Wir brauchen das Ewige Licht. Die Mongs haben mir die Stelle genau beschrieben.«

Zetar lachte kurz auf. »Pah, die Mongs! Ich vertraue ihnen nicht.«

»Aber ich!«

Sie stieß einen Seufzer aus. »Gut, sehen wir dort nach.«

Langsam entfernten sie sich. Doch Sascha wollte nicht, dass die junge Seherin ging. Sein Herz hämmerte noch immer wie verrückt. Er geriet in Panik. Entschlossen trat er aus seinem Versteck hervor und rief ihren Namen. Sie wirkte erstaunt, sogar ein wenig erschrocken, als sie sich umdrehte.

Sascha holte tief Luft. »Hi, ich bin's. Du erinnerst dich?«

Zetar runzelte die Stirn und machte einige Schritte auf ihn zu. »Sag mal, verfolgst du mich etwa?«

Der Seher war ihr nachgegangen und sah Sascha scharf an.

»Wer ist das, kennst du den?«, wollte er von Zetar wissen.

Sascha biss sich auf die Unterlippe.

»Nein, ich verfolge dich nicht. Natürlich nicht. Ehrlich!«, stammelte er.

»Was machst du dann hier?«

Sascha zog die Schultern hoch. »Keine Ahnung, ich bin irgendwie hier gelandet.« Er räusperte sich. »Eigentlich bin ich hier aufgewacht, nachdem ich eingeschlafen bin.«

Der Seher machte ein ungläubiges Gesicht. »Hier aufgewacht? Was redet der da? Wer ist das überhaupt?«

Zetar öffnete den Mund und schloss ihn wieder, ohne etwas zu sagen.

»Ich bin Sascha Buchsteiner«, stellte Sascha sich dem jungen Seher vor, der ihn noch immer argwöhnisch musterte.

Zetar nickte. »Er sagt die Wahrheit. Ich konnte kurz in seine Gedanken sehen. Er trägt keine Maske.«

Ihr Weggefährte sah beeindruckt aus. »Keine Maske? So etwas gibt es noch?«

Sascha kam nicht mit. »Du hast was? Und was für eine Maske?«

Er warf die Arme hoch, um sie sofort wieder fallenzulassen. Dabei kam er sich unglaublich dämlich vor.

»Hör zu!«, begann Zetar. »Ich und mein Freund Ranar sind vom Volk der Seher. Wir können uns mithilfe unserer Gedanken verständigen. Wir besitzen sozusagen die Fähigkeit, in unser Gegenüber hineinzusehen, sobald wir uns auf ihn konzentrieren. Doch seit Krieg in Enalis herrscht, verbergen wir unser Innerstes hinter Masken. Wir nutzen sie als eine Art Schutzschild, damit man uns nicht mehr so leicht aufspüren kann.«

»Warum?«, bohrte Sascha nach.

Ein finsterer Ausdruck erschien auf ihrem Gesicht. »Weil der Schwarze Prinzipal über Kilometer jeden Gedanken ausspähen kann.«

»Und deshalb müssen wir den hier so schnell wie möglich loswerden!« Ranar zeigte auf Sascha, der unwillkürlich den Kopf einzog, wie er selbst bemerkte.

»Er kann nichts dafür, er ist nicht von hier«, verteidigte ihn Zetar.

»Woher denn dann?«, wunderte sich Ranar.

Sascha spürte seinen Blick auf sich.

»Aus meiner Welt eben«, schaffte er es einigermaßen patzig zu erwidern.

Ungläubig schüttelte der Seher den Kopf und wechselte dann einen Blick mit Zetar, die plötzlich nervös wirkte.

»Besser du verschwindest wieder! Hier ist es viel zu gefährlich für dich.«

Sie wandte sich ab und ging. Ranar folgte ihr.

Aber Sascha wollte sich nicht so leicht abwimmeln lassen.

»Ihr sucht etwas, nicht wahr?«, rief er ihnen nach.

Zetar blieb stehen und drehte sich zu ihm um. »Woher weißt du das?«.

»Ich habe euch gehört.«

»Du meinst, du hast uns belauscht.«

»Nein! Ich wusste nicht ... also ... ich wollte ...«, stotterte Sascha.

Sein Gesicht wurde heiß, als Zetar ihn mit ihren goldumrandeten Pupillen fixierte. Sascha musste woanders hinsehen. Jetzt wünschte er sich doch die schwarzen Wände herbei.

Der junge Seher grinste höhnisch. »Danke für dein Angebot«, sagte er, »aber du solltest dich lieber unverzüglich in deine Welt zurückziehen! Hier bist du viel zu leicht aufzuspüren. Es ist für uns schon gefährlich genug.« Er warf einen besorgten Blick nach oben. »Ich hoffe, du hast mit deiner ungeschützten Anwesenheit niemanden auf uns aufmerksam gemacht.«

Sascha war wie vor den Kopf gestoßen, auch wenn in Ranars Augen nicht die Spur eines Vorwurfs zu sehen war.

»Schon klar, das ist das Letzte, was ich will«, murmelte er.

Zetar sah auf ihre Füße. Als Ranar sie aufforderte, ihm zu folgen, hob sie den Blick.

»Besser, du kommst nie wieder hierher!«, warnte sie ihn.

Ihre Worte trafen Sascha wie ein Faustschlag ins Gesicht. Fassungslos starrte er sie an. Zetar trug diesmal die Haare offen. Das Sonnenlicht verfing sich in ihren Locken. Ihre Erscheinung hatte etwas Märchenhaftes. Sascha wusste nicht, was er sagen sollte.

»Pass auf dich auf!«, hörte er sie murmeln, bevor sie ihm den Rücken zukehrte.

Sascha sah Zetar und ihrem Begleiter hinterher. Das Gefühl der Einsamkeit fraß sich langsam in ihn hinein, bis er von der Dunkelheit erfasst wurde.

Am nächsten Tag konnte Sascha sich auf nichts konzentrieren. Alles fühlte sich sinnlos an, die Schule, das Mittagessen, der Nachmittagssport.

»Hey, was ist los mit dir, Sasch? Du bist schon den ganzen Tag so komisch«, fragte ihn Lutz auf dem Nachhauseweg.

Er hatte recht, aber Sascha wusste nicht, wie er es ihm erklären sollte.

Lutz seufzte. »Du benimmst dich, als wärst du gar nicht richtig hier. Ist es wegen Enalis?« Er schob seine heruntergerutschte Brille höher auf die Nase. »Wir kriegen das hin! Hundertprozentig! Ich bin diesem Zahlenrätsel so was von auf der Spur. Der Riedel hat mir heute eine neue Methode gezeigt, wie man Wörter mithilfe von Zahlen interpretieren kann. Das ist echt spannend.«

Sascha erschrak. »Sag mal, spinnst du? Du hast doch wohl nicht unserem Mathelehrer von meinem Buch erzählt?!« Er sah seinen Freund scharf an.

»Nein, natürlich nicht!«, verteidigte Lutz sich sofort und machte dabei ein empörtes Gesicht. »Was denkst du von mir? Ich habe ihn ganz allgemein gefragt.«

Sascha bereute seinen Ausbruch. »Okay, in Ordnung. Tut mir leid.«

Als sie um die Ecke bogen, fiel Sascha das kleine Bistro ins Auge. Kurzerhand lud er Lutz auf eine Tasse Heiße Schokolade ein. Vielleicht würde ihm das helfen, auf andere Gedanken zu kommen. Doch kaum, dass sie saßen, fing Lutz wieder mit diesen Zahlen an. Sascha unterdrückte ein Aufstöhnen.

»Wusstest du, dass es im griechischen und hebräischen Alphabet keine speziellen Zahlenzeichen gab? Stattdessen haben sie die Buchstaben selbst verwendet. Deshalb kann jedes Wort auch als eine Gruppe von Zahlenzeichen gelesen werden. Irre, was?«

Sascha schwirrte der Kopf. Er sah Lutz dabei zu, wie er vorsichtig an seinem Kakao nippte. Der heiße Dampf ließ seine Brille beschlagen. Er nahm sie ab und putzte sie mit dem Ärmel seiner Jacke.

»Die proportionale Struktur dieser Zahlenwerte, das heißt, die Summe ihrer Einzelwerte oder ein durch andere Rechenoperationen gewonnener Wert steht für das Wort und kann zu anderen Zahlen, Worten und Wortproportionen in Beziehung gesetzt werden. Dann ist es so was wie eine eigene Sprache. Das Ganze nennt man Gematrie. Gematrie, Sasch! Hast du davon schon mal was gehört?«

Natürlich nicht. Überhaupt verstand Sascha nicht die Bohne von dem, was Lutz ihm gerade zu erklären versuchte. Ungeduldig klopfte er mit den Fingern auf die Tischplatte und ließ das Geplapper seines Freundes über sich ergehen. Gelegentlich nickte er. Dabei wanderten seine Gedanken immer wieder zu Zetar. Sie wollte ihn nicht in Enalis haben. Die Erinnerung an ihre letzte Begegnung löste ein dumpfes Ziehen in seiner Magengegend aus.

Irgendwann hörte Lutz auf zu reden. Er schien endlich bemerkt zu haben, dass ihm niemand zuhörte. Die Enttäuschung war ihm ins Gesicht geschrieben.

»So schwer ist es doch gar nicht!«, blaffte er Sascha an.

Sascha erschrak und hob entschuldigend die Arme. »Sorry, die Nacht war wieder mal kurz. Ich kann mich kaum konzentrieren.«

Lutz runzelte die Stirn. »Wieder so ein schlimmer Traum?« In seiner Stimme lag Mitleid.

Sascha fuhr mit dem Zeigefinger den Rand der Tischplatte entlang. »Nein, diesmal war er ganz okay. Aber diese Zahlengeschichte.« Er suchte nach den richtigen Worten. »Bitte glaub mir, selbst wenn ich wollte, würde ich es nicht kapieren. Für mich ist Mathe ein Buch mit sieben Siegeln.« Kurz grinsten sie sich wegen des gelungenen Wortspiels an, bevor Sascha wieder ernst wurde.

»Kannst du mir nicht einfach die Lösung weitergeben, sobald du sie hast?«

Lutz verschränkte die Arme und runzelte die Stirn. »Hm, mal sehen.« Dann lächelte er. »Ja klar, mach ich. Kein Ding. Aber du solltest wirklich mal anfangen, dich für die kleinen Hinweise in deinem Buch zu interessieren! Ich wette, sie geben dir am Ende irgendein Geheimnis preis. Vielleicht etwas wirklich Wichtiges!«

Sie stellten die leeren Tassen zurück auf den Rand des Tresens. Das Mädchen dahinter nickte ihnen dankend zu.

»Tschau!«, rief Lutz beim Hinausgehen. »War ganz fantastisch. Bis bald!«

Die junge Bedienung lächelte. »Ja unbedingt! Bis bald!«

Sascha bemerkte ihren verträumten Blick, der sich am Hinterkopf seines besten Freundes festhielt. Stand eigentlich jedes Mädchen auf Lutz?! Sicherlich hätte Zetar ihn nicht aus Enalis weggeschickt.

Das Geheimnis der gläsernen Buchseite – Sascha

»Guter Schuss!«, hörte Sascha seine Mutter hinter sich sagen, nachdem er den Pfeil treffsicher in die Mitte der Zielscheibe gesetzt hatte. Sie kam näher und legte ihm kurz ihren rechten Arm um die Schulter. »Du wirst immer besser! Diesmal hast du selbst die Windrichtung miteinberechnet.«

Sascha freute sich. Seine Mutter vergab selten ein Lob. Wenn es nach ihm gegangen wäre, hätte er heute sogar noch weitergeübt, aber das Licht der Sonne verblasste bereits. Hellgraue Schatten bedeckten den Übungsplatz der Bogenschießschule.

Sie hatten den Nachmittag zu zweit verbracht, waren Pizza essen gegangen, durch zwei Buchläden gestreift und schließlich zum Bogenschießen gefahren. Seine Mutter hatte Sascha am Morgen von ihren Plänen berichtet und Theo erklärt, dass die Großeltern ihn abholen würden. Mittags. Direkt vom Kindergarten. Sascha hatte sich nicht so richtig freuen können. Gern hätte er noch einmal mit seinem Opa gesprochen. Und dass seine Mutter ausgerechnet an dem Tag, an dem sie mit der gläsernen Seite anfangen würden, so viel Zeit mit ihm verbringen wollte, beunruhigte ihn. Als hätte sie Sorge, ihn nicht mehr wiederzusehen.

»Der Bogen ist nicht nur ein Sportgerät. Er kann auch eine tödliche Waffe sein«, holte sie ihn in die Gegenwart zurück.

»Ich weiß.«

»Mir war das früher nie so klar. Nicht mal, nachdem ich es zu einer der besten Bogenschützinnen der Welt gebracht hatte.«

Sascha schluckte. »Ich werde niemals so gut werden wie du.«

»Du weißt genug über den Bogen. Und wer sagt, dass man sich in einem Wettstreit mit anderen messen muss? Das war mein Weg. Du bist anders.«

Sie hatte ihr Gesicht der untergehenden Sonne zugewandt und blinzelte in den orangen Streifen, der quer über den Dächern hing. Schweigend standen sie nebeneinander.

»Also los, gehen wir es an«, sagte seine Mutter dann und legte erneut den Arm um seine Schultern.

Sascha brauchte nicht zu fragen, was sie damit meinte, er wusste es.

Zögerlich streckte seine Mutter Sascha das Buch entgegen und setzte sich anschließend auf den Schreibtischstuhl.

»Ich bleibe die ganze Zeit hier«, versprach sie ihm.

Saschas Hände zitterten vor Aufregung. Er atmete tief durch, nickte ihr zu und schlug das Buch auf. Konzentriert blätterte er weiter bis zu dem Abschnitt, den sie zuletzt gelesen hatten. Danach hatte er von Zetar geträumt. Bei dem Gedanken an sie fegte wieder dieses Kribbeln durch seinen Magen.

Auch diese Seite schlug er um und dann verstand er, warum sein Vater sie als *gläsern* bezeichnet hatte. Die Seite bestand vollständig aus Glas. Schimmernd, im allerzartesten Silber. Verblüfft schielte er zu seiner Mutter, die ihn gespannt beobachtete.

Ein geschlossenes, rotes Auge war darauf gemalt. Es musste das Siegel sein. Sascha ließ seinen Blick von oben nach unten über die ganze Seite wandern. So etwas hatte er wirklich noch nie gesehen. Unten rechts fehlte eine kleine Ecke, sodass ein scharfer Rand entstanden war.

Unschlüssig sah er abermals zu seiner Mutter. »Was soll ich jetzt machen? Hier steht kein Text, den ich lesen könnte. Es gibt nur dieses Auge, von dem du mir erzählt hast.«

Sie zuckte mit den Schultern. »Keine Ahnung. Vielleicht musst du es einfach berühren?«

Sascha zögerte und betrachtete es erneut. Ihm war mulmig zumute. Was würde passieren? Vielleicht sollte er das Buch geradewegs zuklappen und seiner Mutter zurückgeben. Ihr sagen, dass er es sich anders überlegt hatte, und nie wieder davon sprechen. Andererseits wollte er seinen Vater wiedersehen, mit ihm reden, ihm Fragen stellen. Er musste einfach. Und dann war da noch Zetar. Er stellte sich vor, wie es wäre sie wiederzusehen.

Langsam streckte er die Hand nach der Seite aus. Ganz vorsichtig, als könnte das Glas unter seiner Berührung zerbrechen. Kaum hatte er seinen Zeigefinger darauf aufgesetzt, öffnete sich das Auge und blickte ihn an. Sascha zuckte zurück. Ihm war, als würde es direkt in ihn hineinsehen, um sein ganzes Wesen zu ergründen. Er wollte die Lider schließen und es aussperren, aber es ging nicht. Sein Gesicht begann zu glühen und ihm wurde heiß. Schweißperlen bildeten sich auf seiner Oberlippe.

»Sascha, was ist passiert?«, fragte ihn seine Mutter mit Panik in der Stimme.

»Das Auge hat sich geöffnet«, sagte Sascha, ohne den Blick abwenden zu können.

Mit einem Mal zerflossen die Konturen des Auges. Es sah aus, als ob es rote Tränen weinte. Es verschwamm immer mehr, bis nur noch ein Fleck übrig war. Ganz allmählich sickerte die Farbe wie Tinte in die Seite hinein, als wäre die Oberfläche nicht aus Glas, sondern durchlässig. Sascha stockte der Atem. Der rote Fleck war nun hinter dem Glas wie bei einem Fenster oder einem Bilderrahmen. Sascha wartete eine Weile, aber es geschah nichts.

Erneut berührte er die Seite. Die Kühle der Oberfläche zog in seine Hand und kroch weiter an seinem Arm hinauf. Dann sprossen lebhafte Linien aus dem Fleck hervor, die sich zu einem großen Halbkreis formten. Die Kälte grub sich tiefer in Sascha hinein. Er begann zu zittern. Aus dem Augenwinkel nahm er eine Bewegung wahr. Seine Mutter war aufgesprungen.

»Du siehst nicht gut aus, Sascha. Sollen wir aufhören? Komm, mach das Buch zu!«

Sascha schaffte es, den Kopf zu schütteln. Er versuchte ein Lächeln.

»Nein, es geht schon. Das Auge hat sich aufgelöst.«

Seine Mutter stöhnte. »Okay«, sagte sie, blieb jedoch stehen.

Sascha starrte auf die gläserne Buchseite. Aus dem Bogen floss das Rot wie Blut nach unten, bis er vollständig ausgefüllt war. Dann erschienen schmale Striche und Schatten darin. Sascha war, als sähe er einem unsichtbaren Künstler bei seiner Arbeit zu. Immer deutlicher trat das Gebilde hervor, bis Sascha es erkannte. Es war ein Tor.

Plötzlich wurde ihm schwindlig. Klirrende Kälte umklammerte Sascha. Seine Zähne fingen an zu klappern. Er schlang die Arme um seinen Oberkörper. Kalt, ihm war auf einmal so kalt. Er wandte den Blick zur Seite und beobachtete wie durch einen Eisblock, wie seine Mutter in Zeitlupe zu ihm rannte. Sie rief seinen Namen. Ihr Gesicht war vor Angst verzerrt.

Ihre Stimme hallte durch Saschas Kopf. Ihm wurde schwarz vor Augen. Etwas riss an ihm, trug ihn fort, hinein in Kühle und Finsternis.

Weltenreise – Sascha

Sascha öffnete die Augen. Goldene Streifen suchten sich einen Weg durch einen hellgrau verhangenen Himmel. Gleich würde die Sonne aufgehen.

Mit steifen Gliedern erhob er sich. Eine feuchte Kühle zog vom Gras an seinen nackten Füßen herauf und ließ ihn frösteln. Er war eindeutig in Enalis, aber irgendetwas war anders als sonst. Es fühlte sich echter an, wirklicher. War das hier etwa kein Traum, sondern Realität?

Sascha sah sich um und stellte fest, dass er sich auf einer Lichtung befand, umgeben von hohen Bäumen mit unterschiedlich grünfarbigen Blättern, zwischen denen rapsgelbe Blüten zu ihm herableuchteten. Das musste der Mongwald sein.

Mit geschlossenen Augen sog er die Morgenluft ein. Sie war klar und lebendig, vor allem aber kühl. Zum ersten Mal nahm Sascha in Enalis so etwas wie Kälte wahr. Er sah an sich hinunter und stellte fest, dass er seine Schlafsachen trug – ein T-Shirt und eine kurze Jogginghose.

Mist!

Daraufhin bibberte er nur noch mehr. Zudem fragte er sich, ob er auch so ausgesehen hatte, als er Zetar begegnet war. Mit

Sicherheit. Kein Wunder, dass sie ihn so komisch angesehen hatte. Ihm wurde allein bei dem Gedanken daran schlecht.

Plötzlich vernahm er ein fernes Bellen. Er fuhr zusammen. Was war das? Etwa ein Hund? Sascha spitzte die Ohren. Er hatte nie einen Hund besessen, sich auch nie einen gewünscht. Eigentlich hatte er sogar immer einen Bogen um diese Tiere gemacht. Und hier in Enalis sollte es übergroße Hunde geben. Riesenhunde. Wieder hörte er ein Kläffen. Diesmal etwas lauter. Ein Zittern durchfuhr seinen Körper.

Sascha begann zu rennen. Das feuchte Gras klebte an seinen nackten Füßen. Er jagte über die Lichtung, tiefer in den Wald hinein. Das Bellen folgte ihm wie ein Schatten, wurde lauter, bedrohlicher. Der Hund musste seine Fährte aufgenommen haben. Sascha raste weiter und wandte dabei immer wieder seinen Kopf zurück. Noch konnte er das Tier nicht sehen. Seine Lungen fingen an zu brennen. Zudem erkannte er, dass seine Kräfte nachließen. Hektisch schaute Sascha sich nach einem Baum um, auf den er klettern konnte, oder nach einer Kuhle, in der er sich verstecken konnte.

Abermals vernahm er dieses Bellen, diesmal viel zu nah. Er drehte sich ein weiteres Mal um, krümmte sich und drückte die Faust in seinen Bauch. Seitenstiche. Hinter ihm tauchte eine hünenhafte vierbeinige Gestalt auf, groß wie ein Pferd. Sascha spürte, wie sich ihm die Nackenhaare aufstellten. Er starrte auf die spitz zulaufende Schnauze des Hundes, aus der zu beiden Seiten scharfkantige Zähne ragten. Das Tier war stehen geblieben und beobachtete ihn, als hätte es eine Beute im Visier.

Saschas Verstand suchte fieberhaft nach einem Ausweg, während er versuchte, nicht in Panik zu verfallen. Er spähte zu den Baumkronen hoch, aber diesmal kam kein Mong, um ihn zu retten. Er war allein.

Der Hund setzte sich langsam in Bewegung. Vergeblich suchte Sascha den Boden nach einem Ast ab. Er war verloren. Noch einmal holte er Luft, drehte sich um und rannte los, so schnell wie er nie zuvor in seinem Leben gerannt war. Obwohl er wusste, dass er keine Chance hatte.

Plötzlich stieg ihm Rauch in die Nase. Eine Sekunde später sah er ihn auch. Er schwebte träge aus dem Schornstein einer kleinen Holzhütte zum Himmel hinauf. Das war seine einzige Rettung, wenn er nicht als Hundefraß enden wollte. Sascha beschleunigte erneut und preschte verbissen auf dieses Ziel zu. Er fegte wie durch einen Tunnel an seiner Umgebung vorbei. Hinter sich vernahm er ein Hecheln, aber er wagte es nicht, sich noch einmal umzusehen. Er fixierte den Blick einzig auf das kleine Haus, das tatsächlich schnell näherkam.

Schreiend und mit seiner ganzen Kraft schmiss er sich gegen die Tür, die sich im gleichen Moment öffnete und sofort wieder zugeschlagen wurde. Sascha fiel zu Boden und hörte, wie erneut etwas gegen die Tür krachte, dann ein Wimmern und ein Knurren. Endlich nichts mehr.

Für einen Moment schloss Sascha die Augen und versuchte zu Atem zu kommen. Er konnte fühlen, wie sein Herz rasend schnell hinter seinem Brustkorb schlug. Egal, er lebte. Aber wo war er gelandet?

Als er die Lider öffnete, sah er einen großen kräftigen Mann mit weißen Haaren und einem absonderlich aussehenden Gesicht, der ihn voller Neugier, aber nicht feindselig betrachtete.

Der Fremde beugte sich zu Sascha hinab und legte ihm sanft die Hand auf den Oberarm. »Alles in Ordnung! Du bist entkommen. Der Hund ist fort. Hier bist du in Sicherheit.«

Bei diesen Worten entfuhr Sascha ein Schluchzen. Noch immer bekam er keine Erklärung heraus.

Sein Retter entfernte sich aus seinem Sichtfeld. Sascha hörte ihn im Nebenraum mit Töpfen und Geschirr klappern. Kurze Zeit später brachte er ihm etwas zu trinken.

»Komm, setzt dich hier auf meine Liege! Der Tee wird dir

guttun«, meinte er. Seine Stimme klang freundlich, beinahe sanft.

»Danke.«

Saschas Hand zitterte, als er die Tasse nahm, aus der Dampf waberte. Er pustete, bevor er einen Schluck trank. Die Wärme lief seinen Hals hinab und breitete sich in seinem ganzen Körper aus.

»Danke«, sagte er noch einmal und betrachtete sein Gegenüber genauer.

Die Haut des Mannes war blass, fast bleich. Hellblaue Linien schlängelten sich kreuz und quer durch sein Gesicht bis hinauf zu seinem weißen Haaransatz. Von dort wanden sie sich gleich schmalen ungehinderten Bachläufen bis tief hinunter zum Hals.

Der Fremde nahm an einem Schreibtisch Platz. Hinter ihm türmte sich ein Regal voller Bücher auf, deren Einbände aus verschiedenfarbiger Baumrinde gefertigt waren. Sie erinnerten Sascha an das Schwarze Buch. Egal wie schauerlich der Mann aussah, er musste gebildet sein.

Du nimmst Anstoß an meinem Äußeren, nicht wahr?, fragte er, ohne seinen Mund zu öffnen.

Sascha erschrak. »Was? Nein, natürlich nicht.«

Indessen tröstet es dich, dass ich so viele Bücher besitze, hörte Sascha erneut die Stimme in seinem Kopf.

Sascha sah ihn verständnislos an.

»W-wie?«, stotterte er und brachte dann kein weiteres Wort mehr heraus.

Er schielte zur Tür. Sollte er lieber abhauen? Aber vielleicht war der Riesenhund noch in der Nähe. Verflucht, gewiss kannte der Fremde jetzt auch seine Erwägung zu fliehen.

Denk an nichts, Sascha!, sagte er sich. *Summ ein Lied vor dich hin, so wie Theo immer!*

Der Kopf des Mannes ruckte interessiert vor. Einen Augenblick lang ruhten seine meerwasserblauen Augen auf Sascha, als könnte er durch ihn hindurchsehen. Dann huschte ein Lächeln über sein Gesicht.

»Du brauchst keine Angst zu haben. Ich bin Eisew, ein Seher.«

Sascha nickte, blieb aber skeptisch. Die Seher, die er bisher kennengelernt hatte, sahen anders aus.

Der Fremde blickte ihn amüsiert an. »Die blauen Linien kennzeichnen uns Seher. Wir alle tragen sie an den unterschiedlichsten Stellen. Wir werden damit geboren. Ich bin stolz darauf, dass sie bei mir jeder sehen kann.«

Jetzt erinnerte sich Sascha, ähnliche blaue Linien auf dem Rücken seines Vaters gesehen zu haben. Er hatte immer gedacht, es wären Tattoos.

»Mein Vater ist auch ein Seher. Er heißt Räjeg. Ich bin auf der Suche nach ihm«, stieß Sascha aufgeregt hervor.

Die Sehnsucht, die er plötzlich fühlte, drohte ihn zu überwältigen.

Der Mann erhob sich. »Ich kenne deinen Vater. Er lebt hoch oben zwischen den Berggipfeln im Gebirge von Jatus. Er und viele andere Seher verstecken sich dort vor den skrupellosen Gefolgsmännern des Schwarzen Prinzipals.«

Sascha merkte, wie sich in ihm eine Woge der Erleichterung ergoss. Es war ein erster Anhaltspunkt, eine Spur, ein Funken Hoffnung. Endlich.

Er sprang auf. »Im Gebirge von Jatus? Wo ist das? Ich muss dort hin! Unbedingt! Können Sie mir helfen?«

»Das ist viel zu gefährlich.«

Sascha sank enttäuscht auf die Liege zurück. Mit dieser Antwort hatte er nicht gerechnet.

»Bitte!«, flehte er.

Das Gesicht seines Gegenübers wurde hart. »Dein Geist ist nackt. Du bist viel zu leicht aufzuspüren. Vermutlich würdest du nicht einmal fünfhundert Schritte weit kommen, bis dich die Armasis, Casandra oder der Schwarze Prinzipal entdeckt hätten.« Er lachte bitter auf. »Nein, Sascha, diese Welt ist grausam, viel zu grausam für einen so unerfahrenen Jungen wie dich.«

Sascha atmete schnaubend aus. »Was wissen Sie schon über mich?«

»Dein Innerstes steht dir geradezu auf die Stirn geschrieben.«

Sascha fasste sich unwillkürlich an den Kopf. Der Mann, der sich Eisew nannte, schmunzelte und trat zu ihm. Sascha schaffte es, nicht vor ihm zurückzuweichen, als er ihm vorsichtig die Tasse aus der Hand nahm.

»Du solltest vorerst bei mir bleiben. Ich kann dir zeigen, wie man sich eine schützende Maske zulegt und sich im Mongwald zurechtfindet.«

Saschas Herz stolperte. Auch Zetar hatte davon gesprochen, dass er ohne diese Maske viel zu ungeschützt sei.

»Und wenn ich eine Maske habe? Helfen Sie mir dann, meinen Vater zu finden?«, fragte er und hörte selber, wie verzweifelt es klang.

Ein Seufzer entfuhr Eisew. Er drehte nachdenklich die leere Tasse zwischen seinen Händen hin und her.

»Einverstanden«, sagte er schließlich. »Aber so lange tust du genau das, was ich dir sage! Außerdem versuchst du nicht, auf eigene Faust deinen Vater aufzuspüren. Du hast heute gesehen, wie gefährlich es ist, schutzlos den Wald zu durchstreifen. Der Riesenhund hätte dich beinahe zu fassen bekommen. Ich sage dir, wann du so weit bist. Hast du gehört!?« In seiner Stimme schwang etwas Unerbittliches mit.

Sascha zögerte. Er hatte den Eindruck, dass er gleich in eine Falle tappen würde.

»In Ordnung. Ich bleibe und tue, was Sie sagen«, versprach er. Was hätte er sonst tun sollen?

Der Fremde lächelte. »Komm! Ich schenke dir noch einmal Tee nach. Sicherlich hast du auch Hunger. Meine Küche ist gleich dort drüben.«

Sascha stand auf und folgte ihm.

Während er an dem kleinen, grobgeschnitzten Küchentisch

einen klebrig-süßen Brei mit stecknadelgroßen Beeren in sich hineinschaufelte, schluckte er auch die Sehnsucht nach seinem Vater und seinem Zuhause hinunter. Er wollte versuchen, nicht an sie zu denken, aber vermutlich wusste Eisew längst, woher er kam und dass das Buch ihn hierhergebracht hatte. Auch seinen Namen hatte der Fremde gekannt, ohne dass Sascha sich ihm vorgestellt hätte. So oder so, er war ihm ausgeliefert.

Die Ohnmacht – Marie

»Bitte, Sascha ... bitte wach auf! Sascha!« Abwechselnd schüttelte Marie ihren Sohn und strich ihm über die Stirn. Sie wusste nicht, was sie tun sollte. Ihr Blick fiel auf das Buch. Sascha hatte es, während er zitternd zusammengebrochen war, auf den Boden fallen gelassen. Jetzt beförderte Marie es mit dem Fuß unter sein Bett. Am liebsten hätte sie es zerrissen oder verbrannt, aber das durfte sie nicht. Jedenfalls nicht, bis sie wusste, was mit Sascha los war.

»Oh Räjeg«, schluchzte sie laut in das stille Haus hinein.

Hemmungslos liefen Tränen über ihre Wangen. Schniefend strich sie sich mit dem Arm über das nasse Gesicht. Sie wusste nicht, was sie tun sollte. Für Marie fühlte sich alles dumpf an. Eine Welt wie in Watte gepackt. Sie brauchte dringend Hilfe, bevor sie zusammenbrechen würde.

Marie versuchte sich daran zu erinnern, wo sie ihr Handy gelassen hatte. Vermutlich in ihrem Schlafzimmer. Doch sie konnte sich nicht dazu durchringen, Sascha allein zu lassen. Deshalb nahm sie sein Smartphone, das auf dem Nachtschrank lag, und entsperrte es an seinem Zeigefinger. Dann scrollte sie nach unten, bis sie zum Eintrag *Oma und Opa* kam. Schon nach dem ersten Klingeln meldete sich ihre Mutter, als hätte sie auf ihren Anruf gewartet.

»Mama ...« Die Stimme kippte ihr weg.

»Kind, was ist passiert? Ist mit Sascha alles in Ordnung?«

Marie musste tief Luft holen, um weiterreden zu können. »Nein ... er«, sie schluchzte auf, »er hat in das Buch gesehen und ist in Ohnmacht gefallen.«

Ein neuer Heulkrampf schüttelte Marie. Eine der Kontaktlinsen verrutschte in ihrem Auge.

»Kind, atmet er? Hat er einen normalen Puls?«

Marie schniefte. »Ich weiß es nicht.« Sie legte ihr Gesicht nah an Saschas Nase und umfasste sein Handgelenk.

»Ja, er atmet und sein Herz schlägt.«

»Gut. Pass auf, ich schicke deinen Papa vorbei. Dann könnt ihr abwechselnd an Saschas Bett Wache halten.«

Marie begriff nicht. »Wache halten? Ich sollte einen Arzt rufen oder ihn lieber gleich ins Krankenhaus bringen.«

Ein kurzes Schweigen herrschte auf der anderen Seite. Eine unangenehme, angespannte Stille.

»Marie, ich bitte dich. Das kannst du nicht erst meinen«, sagte ihre Mutter dann. »Was willst du den Ärzten erzählen? Etwa, dass Sascha in ein magisches Buch aus einer fremden Welt gesehen hat? Du weißt genauso gut wie ich, dass er jetzt in Enalis ist!«

»Aber er liegt hier, hier in seinem Zimmer. Bei mir!«, widersprach Marie heftig.

»Sein Geist ist fort, mein Kind!«

Wieder war da dieses Schweigen. Marie lauschte auf die Atemzüge ihrer Mutter und sehnte sich danach, von ihr getröstet zu werden.

»Hast du es dir denn nicht denken können?«, hörte sie ihre Mutter nach einer Weile leise sagen. Eine Frage, scharf wie ein Messer, das sich einem schmerzvoll in die Haut bohrte, dachte Marie und spürte tatsächlich einen heftigen Stich in ihrer Brust.

»Nein«, antwortete sie mit belegter Stimme. »Ich habe mir gar nichts gedacht. Ich habe es immer nur verdrängt.«

Ihre Mutter seufzte. »Alles wird gut. Sascha ist jetzt bei Räjeg. Das musst du dir immer wieder sagen!«

Da waren sie endlich, die ersehnten Worte, die Marie trotzdem nicht trösten konnten. Sie reichten ihr nicht.

»Was haben wir nur getan, Mama?« Maries Stimme klang belegt. »Er wird doch wiederkommen, oder?«

»Aber ja«, erwiderte ihre Mutter besänftigend. »Ich schicke deinen Vater jetzt los. Theo bleibt besser vorerst bei mir, oder?«

Theo! Oh Gott, Marie hatte ihn ganz vergessen. Wie sollte sie ihm das bloß alles erklären?

»Ja. Danke, Mama.«

Sie legte auf, bevor sie weinend neben Sascha zusammenbrach.

Bei Eisew – Sascha

Nach dem Essen begleitete Sascha Eisew nach draußen. Mittlerweile stand die Sonne hoch am Himmel und ihre Strahlen fielen auf die ungewöhnliche Hütte. Sascha lief staunend einmal um sie herum, während Eisew einen kleinen Tisch und zwei Stühle neben den Eingang stellte. Der Grundriss des Hauses bestand aus fünf ungleichmäßig verteilten Ecken, die durch windschiefe, mit Moos bedeckte Wände miteinander verbunden waren. Unter einem spitz zulaufenden Giebel erhob sich ein leicht gewölbtes braun-grün gesprenkeltes Dach, das Sascha an einen Pilz erinnerte. Alle Fenster waren halbrund und sahen aus wie kleine Tore. Das wunderliche Häuschen passte sich ausgezeichnet seiner Umgebung an, als gehörte es genau hierher. Es hatte etwas Geheimnisvolles an sich.

»Ich bin nicht nur ein Seher, sondern auch der Sohn einer Waldhüterin«, begann Eisew zu erzählen. »Das ist das Haus meiner Kindheit. Ich bin hier aufgewachsen. Es war eine schöne, friedliche Zeit.« Er schloss die Augen und wog lächelnd den Kopf hin und her.

Sascha versuchte vergeblich, sich Eisew als Kind vorzustellen.

»Was ist geschehen?«, wollte er wissen.

»Das Böse kam in unsere Welt.« Eisew öffnete die Augen wieder. »Irgendwann tauchte der Schwarze Prinzipal in Enalis auf und scharte eine Armee um sich. Die meisten Armasis folgten ihm sofort. Die Waldhüterinnen und Waldhüter waren die Ersten, auf die sie Jagd machten, danach waren die Seher dran. Es war eine finstere Zeit und die dunklen Wolken hängen noch immer schwer über uns.« Seine Stimme erstarb.

Sascha überlegte, ob er weiter nachfragen sollte, aber irgendetwas hielt ihn davon ab. Sie schwiegen für eine Weile.

»Und jetzt bist du dran!«, sagte Eisew dann. »Erzähl mir, wie du hierhergekommen bist!«

Saschas Oberkörper versteifte sich. Er war auf der Hut.

»Ich bin vor einem Riesenhund geflüchtet«, erklärte er ausweichend.

Eisew verzog das Gesicht. »Das meine ich nicht und das weißt du genau!«

Sascha dachte nach. Vermutlich hatte es keinen Sinn, dem alten Seher irgendeine Lüge aufzutischen.

»Es klingt vielleicht ein bisschen verrückt«, hob er an, »aber ich habe eine Buchseite aus Glas berührt und bin hier im Mongwald aufgewacht.«

»Wie sieht das Buch aus?«, fragte Eisew ernst.

Sascha wunderte sich, er schien ihm zu glauben.

»Es ähnelt Ihren Büchern, es hat ebenfalls einen Einband aus Rinde. Er ist schwarz und vorn sind drei goldene Halbkreise drauf.«

Eisew nickte, als hätte er Saschas Antwort erwartet.

»Das Buch, das du beschreibst, ist keineswegs wie die in meinem Regal. Es ist viel mächtiger. Man nennt es das Schwarze Schöpferbuch.«

»Das was?«, platzte es aus Sascha heraus.

»Das Schöpferbuch. Und du ... bist sein Träger.«

»Wie jetzt? Sein Träger? Was bedeutet das?«

Eisew lächelte. »Jeder Träger sieht etwas anderes in dem Buch. Eine andere Geschichte. Seine Geschichte, wenn du so willst.«

Sascha verstand noch immer nicht. »Aber darin wurden nur Wesen aus dieser Welt beschrieben.«

»Vermutlich, weil du sie kennenlernen solltest. Der Inhalt des Buches ist einzig für dich bestimmt, Sascha!«

»Woher weiß das Buch, was es mir zeigen muss?«

»Weil es dich kennt. Es sieht in dich hinein, genauso wie du in es hineinsiehst.«

Sascha musste schlucken. »Echt? Es ist tatsächlich irgendwie lebendig?«

Wobei, wenn er ehrlich war, überraschte es ihn nicht. Er hatte immer mal wieder das Gefühl gehabt, von dem Buch beobachtet und gesehen zu werden.

»Genau. Es ist nicht nur irgendein Buch, sondern das Schöpferbuch! Und du solltest auf der Hut sein, Sascha! Hier in Enalis gibt es viele, die seine Macht begehren.«

Saschas Mund wurde trocken. Vorsichtig sah er sich um, als würde man ihm bereits auflauern.

»Sind wir hier denn sicher? Immerhin hat dieses Haus einmal einer Waldhüterin gehört.«

Ein seltsames Grinsen stahl sich auf Eisews Gesicht. »Die Waldhüterinnen und Waldhüter sind fort. Deshalb macht sich heute niemand mehr die Mühe, ihre Häuser zu durchsuchen, zumal sich diese hervorragend vor der Außenwelt verbergen können.«

»Wie denn?«, bohrte Sascha nach, aber Eisew antwortete nicht.

»Ein andermal!«, wich er aus. »Wir haben viel zu tun.«

Sascha runzelte die Stirn. »Okay.«

»Beherrschst du eine Waffe?«, fragte Eisew streng.

»Ich kann Bogenschießen.«

»Und wo ist dein Bogen?«

»In meiner Welt. Wo sonst?«

Sascha konnte sehen, dass Eisew diese Antwort nicht gefiel. Er schüttelte unzufrieden den Kopf. »Dann beginnen wir mit der Übung, die Maske des anderen zu erkennen.«

»Okay«, wiederholte Sascha, als könnte er keine längeren Sätze mehr bilden. Er musste das alles erst einmal verdauen.

»Die Maske ist wie ein zweites, transparentes Gesicht. Sie bildet nur dein Äußeres ab und verschließt dein Inneres. So werden deine Gefühle und Gedanken vor den Blicken anderer geschützt. Alle Seher tragen eine Maske. Man braucht sie in diesen Tagen, um zu überleben.«

Eisews Blick verfinsterte sich. Wieder schwieg er. Sascha wippte unruhig auf seinem Stuhl hin und her. Wann würde es denn jetzt endlich mit dem Unterricht losgehen? Das Warten wurde ihm langweilig. Er spähte in den Himmel. Die Sonne schimmerte durch die dichten Laubkronen. Es war ein herrlicher Tag. Alles um sie herum wirkte friedlich.

Eisew schmunzelte. »Ich weiß, was dir gerade durch den Kopf geht. Du findest, es sieht hier nicht nach einem Krieg aus. Eigentlich scheint das Grausame keinesfalls hierher zu gehören und doch ist es da.«

Sascha nickte halb zustimmend. Es behagte ihm nicht, dass der Mann ihn mühelos durchschauen konnte.

»Können Sie alles erkunden, was ich denke?«, fragte er.

Der alte Seher lachte kurz auf. »Bei dir ist es ganz leicht, die Tür zu deiner Seele steht weit offen.« Er wurde wieder ernst. »Und das ist gefährlich. Ich kann lediglich in dir lesen und sehen, was dich bewegt und erfreut. Der Schwarze Prinzipal hingegen ist in der Lage, dir deine Gedanken, all deine schönen Erinnerungen wegzunehmen.« Er sah Sascha durchdringend an, bevor er fortfuhr: »Schwieriger ist es, in die Gedanken von jemandem einzudringen, der sich nicht am gleichen Ort aufhält! Dies gelingt nur erfahrenen Sehern und nur bei Personen, die ihnen sehr nahestehen.«

Sascha dachte sofort an seinen Vater, den er in Enalis zunächst gehört und dann sogar getroffen hatte. Er erzählte Eisew davon.

»War er real oder war es nur ein Traum?«, wollte Sascha wissen.

Sein Gegenüber beugte sich etwas zu ihm vor. »Auf der Schwelle zwischen den Welten, an den Übergängen, verschwimmen zuweilen die Ebenen zwischen Traum und Wirklichkeit«, sagte er flüsternd.

»Was soll das heißen?«, fragte Sascha.

Eisew ließ sich wieder nach hinten gegen die Stuhllehne fallen. »Fest steht«, sprach er weiter, »dass dein Vater dich in deinen Träumen und Gedanken finden und zu dir sprechen kann – zumindest, wenn du in Enalis bist –, aber er könnte nie wahrhaftig vor dir stehen.«

»Doch! Ich habe ihn nicht nur gehört und gesehen. Ich habe ihn auch berührt«, hielt Sascha dagegen.

Eisew verschränkte die Arme vor der Brust. Sein Gesicht wirkte geistesabwesend.

»So, so«, murmelte er.

»Und ich glaube, es war hier im Mongwald, wenn ich jetzt so darüber nachdenke. Er könnte hier ganz in der Nähe sein!« Sascha sprang auf. »Wir könnten ihn suchen gehen!«

»Nein!« Eisews Ausruf ließ ihn zusammenfahren.

»Warum nicht?«

»Weil dein Vater nicht mehr hier ist. Ich sagte es dir doch schon. Er befindet sich im Versteck der Seher im Jatus-Gebirge.«

»Woher wollen Sie das wissen?«

»Ich weiß es eben.«

»Woher?« Sascha verschränkte ebenfalls die Arme und starrte Eisew trotzig an.

Eisews Augen verengten sich zu Schlitzen. »Aus sicherer Quelle. Mehr musst du nicht wissen!«

Sascha öffnete den Mund, ohne ein Wort herauszubekommen. Nur mit Mühe widerstand er dem Impuls, einfach loszurennen und seinen Vater allein zu suchen.

Der Seher seufzte. »Es ist ein weiter und gefährlicher Weg bis in das Jatus-Gebirge. Gedulde dich, Sascha! Du bist noch nicht so weit.« Er stand auf und legte ihm vorsichtig eine Hand auf die Schulter. »Ich koche uns einen neuen Tee und dann beginnen wir mit dem Training«, sagte er.

Sascha fand endlich seine Stimme wieder. »Wie lange wird es dauern, bis ich eine Maske habe?«, fragte er leise.

»Das kommt ganz auf dich an.«

»Eine Stunde, zwei Stunden oder gar Tage?«, ließ er nicht locker.

»Wie gesagt, es liegt bei dir.«

Sascha nickte, auch wenn ihm die Antwort nicht gefiel. Er nahm sich vor, auf der Hut zu bleiben. Was wusste er schon über diesen alten Seher?

Die nächsten Stunden verbrachten sie damit, dass Sascha sich eine Maske vorstellte, die er um seine Gedanken legte, und Eisew sie umging und seine Gedanken las. Sascha verstand nicht, wie er es bewerkstelligen sollte, an nichts zu denken. Jeder Moment schien von drängenden Bildern und Gedanken durchzogen, die sich in seinen Kopf brannten, als ob sein Verstand nie wirklich frei sein könnte.

Am Abend war er erschöpft und frustriert. Eisew bereitete ihm ein Lager, auf dem sich Sascha müde ausstreckte. Als er die Augen schloss, sah er seine Mutter und Theo vor sich und wünschte, er wäre wieder zu Hause.

Die Rückkehr – Sascha

Irgendjemand strich ihm sacht über die Stirn und Sascha hörte leises Gemurmel. Ein Mann und eine Frau. Wo war er? Er versuchte, die Augen zu öffnen, aber die Dunkelheit hielt ihn weiter umfangen. Er konzentrierte sich auf die Stimmen.

»Mama«, flüsterte er, als er erkannte, wem eine der Stimmen gehörte, und zwang seine Lider nach oben.

Ungläubig starrte ihn seine Mutter an. Hinter ihr stand Saschas Opa. Er sah blass aus.

»Oh, Gott sei Dank! Sascha, wie fühlst du dich?«, fragte er.

Sascha horchte kurz in sich hinein. »Ein bisschen müde, aber sonst gut.«

Durch den Körper seiner Mutter fuhr ein Schluchzen. »Du bist gestern Abend in Ohnmacht gefallen. Ich habe dich nicht mehr wach bekommen.«

»Echt?«

Zitternd nahm sie seine Hand und hielt sie so fest, dass Sascha den Druck ihrer Finger spürte.

»Du bist zurück«, flüsterte sie.

Sascha nickte. »Ja.«

Er war erleichtert wieder zu Hause zu sein, aber gleichzeitig beunruhigt, dass er nicht geschlafen hatte, sondern in Ohnmacht gefallen war.

Auch sein Opa setzte sich mit aufs Bett und nahm seine andere Hand. »Willkommen zurück, Sascha!«

Kapitel 5

Im Zeichen der Maske

Im Visier – Sascha

»Was hast du in dem Buch gesehen?«, fragte Saschas Mutter, während sie sich zu ihm an den Frühstückstisch setzte. Ein Lächeln lag auf ihrem Gesicht. Sie sah erleichtert aus.

»Ein Tor.«

»Ein Tor, das in eine andere Welt führt«, murmelte sie. Sie stocherte mit der Gabel in ihrem Essen herum. Der Geruch von gebratenen Eiern und Speck hing in der Luft. »Und dann warst du in Enalis, nicht wahr?«

Sascha nickte und schlang gleichzeitig seinen Bissen hinunter.

»Und du hast Papa getroffen?«

Er hatte geahnt, dass sie ihm diese Frage stellen würde.

»Nein, leider nicht«, gestand er leise.

Seine Mutter sah ihn besorgt an. »Nicht? Sascha, das finde ich nicht gut. Ich habe gedacht, dass er dort auf dich aufpassen würde.« Wütend legte sie die Gabel beiseite.

In diesem Augenblick trat Saschas Opa in die Küche. »Mmh! Es riecht wunderbar«, verkündete er und ließ sich auf einen Stuhl fallen. »Ich habe mit eurer Oma telefoniert. Frieda und Theo nehmen den Zug um zehn. Wenn nichts dazwischenkommt, sind sie um die Mittagszeit hier.«

Saschas Mutter schenkte ihm ein lahmes Nicken und wandte

sich wieder an Sascha: »Habe ich das richtig verstanden? Dein Vater hat dich nicht beschützt?«

»Nein, wie sollte er. Dafür müssen wir uns doch erst einmal finden«, gab Sascha zu bedenken und erzählte von Eisew, der ihm dabei helfen wollte.

Vorsorglich verschwieg er seine Flucht vor dem Riesenhund, aber auch so war die gute Laune seiner Mutter wie weggeblasen.

»So war das nicht abgemacht«, knurrte sie.

Saschas Opa räusperte sich. »Aber Marie, Sascha war doch kaum einen Tag dort.«

Sie stand auf und stellte ihren Teller neben die Spüle. »Und dabei bleibt es auch!«

Sascha starrte seine Mutter verblüfft an. »Was meinst du damit?«

»Ich will nicht, dass du noch mal nach Enalis gehst.«

Sascha wusste selbst nicht, ob er das wollte, aber seine Mutter konnte ihm das nicht einfach verbieten. Er trank sein Glas aus und erhob sich ebenfalls.

»Ich gehe in mein Zimmer.«

Im Treppenflur hörte er, wie sein Opa auf seine Mutter einredete. Er war sich sicher, dass sich die zwei jetzt ausgiebig über Enalis und die dort lauernden Gefahren unterhalten würden. Aber er wollte nicht wissen, was sie sagten.

Oben schmiss er sich aufs Bett und schrieb Lutz eine Nachricht:

Hey, war in Enalis. Diesmal wirklich. Es war krass. Wir müssen unbedingt reden.

Lutz musste sein Handy auf Vibrieren gestellt haben, denn sofort kam die Antwort:

Klingt nach einem Notfall. Ich hau gleich nach Chemie ab und schwänze den Rest. Kommst du rüber? Ich habe sturmfrei.

Sascha antwortete und starrte dann nachdenklich zum Fenster. Ein graues Wolkenband zog dahinter vorbei. Er dachte daran, dass in Enalis die Sonne durch das Blätterdach geschienen hatte. Sommer dort und Herbst hier.

»Ich bin kurz weg«, rief er in Richtung Küche.

Sofort erschien der Kopf seiner Mutter in der Tür. »Wo willst du hin?«, fragte sie und schaute ihn verständnislos an.

»Zu Lutz.«

»Unsinn! Der ist in der Schule.«

»Musik ist ausgefallen und der Sportlehrer ist auch krank.« Die Lüge kam Sascha leicht über die Lippen.

Er sah ihr an, dass sie es ihm verbieten wollte.

»Bitte, es ist doch nur ein paar Häuser die Straße runter«, setzte er deshalb hinzu.

Der Kopf seiner Mutter wog hin und her. »Na schön. Aber bleib nicht so lange und pass auf, dass dich keiner sieht! Offiziell liegst du mit einer schweren Grippe im Bett.«

Sascha vergrub die Hände tief in den Hosentaschen. Ein eisiger Wind pfiff ihm um die Ohren. Der Herbst zeigte sich an diesem Vormittag von seiner rauen Seite. Im Laufschritt steuerte er auf Lutz' Haus zu.

»Du siehst ja scheiße aus, Sasch! Als hättest du heute Nacht eine wilde Party geschmissen«, sagte er verblüfft, als er die Tür öffnete.

Sascha grinste matt. »Besser! Ich habe mir einen Wettlauf mit einem Riesenhund gegönnt, der mich zum Fressen gern hatte«, erklärte er und hörte selber, wie durchgeknallt das klang.

Lutz starrte ihn entsetzt an. »Wow!«, stieß er hervor. »Und natürlich hast du gewonnen, du bist ja schließlich der Typ mit dem krassen Zauberbuch!«

Sascha lächelte gequält. »Allerdings!«

Oben in Lutz' Zimmer erzählte er ihm in allen Einzelheiten, was er in Enalis erlebt hatte. Das Reden tat Sascha gut. Als er geendet hatte, klappte Lutz seinen Laptop auf und trug den Namen *Eisew* in die Spalte *Seher* ein. Dann erweiterte er die Tabelle um eine neue Zeile: *Waldhüter, wohnen in gut getarnten Waldhütten, nicht mehr in Enalis.* Auch hier fügte er anschließend den Namen *Eisew* ein.

»Warum ist er nicht mit den anderen Waldhüterinnen und Waldhütern abgehauen?«, wunderte sich Lutz.

Sascha zog die Schultern hoch. »Keine Ahnung. Vielleicht durfte er nicht, weil er zur Hälfte ein Seher ist.«

Sein Freund runzelte die Stirn und nickte. »Möglich.« Er pulte an seiner Unterlippe. »Meinst du, du kannst ihm vertrauen?«

Sascha zuckte mit den Achseln. »Keine Ahnung, vielleicht.« Er überlegte. »Zumindest gebe ich ihm einen kleinen Vertrauensvorschuss. Bis ich einen Anlass sehe, dass er ein falsches Spiel spielt.«

»Willst du wieder dorthin?«

Auch auf diese Frage antwortete Sascha nicht sofort. Er schielte nachdenklich auf den Computerbildschirm. Dabei fiel ihm auf, dass Lutz in jedes Kästchen zusätzlich eine Zahl geschrieben hatte, und er erinnerte sich daran, dass er auf der letzten Buchseite aus Papier eine weitere Zahl gefunden hatte. Er erzählte es seinem Freund.

»Fünfundzwanzig. Sie kommt in dem Buch zweimal vor. Das ist doch komisch, oder?«

Lutz trommelte grübelnd mit dem Zeigefinger gegen seine Stirn. »Ja, das ist wirklich interessant«, murmelte er und löschte dabei die Zahlen aus ihren Kästchen. »Diesen Denkansatz kann ich dann allerdings begraben. Die Zahlen haben ganz offensichtlich nichts mit dem Inhalt ihrer Textfundstellen zu tun.«

Sascha kapierte wieder einmal gar nichts. »Wenn du es sagst!«

Lutz blickte ihn aufmerksam an. Auf seinem Gesicht erschien ein aufmunterndes Lächeln. »Ich werde mir die Lösung schon irgendwie aus meinem Verstand rausprügeln! Du wirst sehen, ich knacke den Code!«

»Wenn es jemand schafft, dann du«, versicherte ihm Sascha, obwohl er daran zweifelte, dass es tatsächlich so etwas wie einen Code gab.

Sie schwiegen kurz.

»Wie geht es jetzt mit dir und dem Buch weiter? Was wirst du tun?«, wiederholte Lutz seine Frage von vorhin.

In diesem Moment hörten sie von unten ein polterndes Geräusch.

»Scheiße, mein Vater. Offenbar hat er heute früher Schluss gemacht«, fluchte Lutz leise.

»Hallo?«, tönte es bereits zu ihnen herauf. »Lutz, bist du schon zu Hause?«

»Hi, Paps! Wir hatten heute ziemlich viel Ausfall. Die Erkältungswelle. Du weißt schon. Total viele Lehrer sind krank«, flunkerte Lutz.

Die Treppenstufen knarrten unter dem Gewicht seines Vaters. Schwer atmend stand er in der Tür. Er war groß und kräftig, beinahe beleibt. In seinen Haaren und auf seiner Kleidung lag eine dünne Staubschicht.

»Hallo, Sascha, du bist ja auch hier«, sagte er lächelnd. »Habt ihr Jungs euch etwas zu trinken genommen?«

Sascha schüttelte den Kopf. »Nein, alles gut. Ich muss sowieso gleich weiter.«

Lutz' Vater rieb sich die Hände. »Himmel ist das draußen kalt. Deshalb sind wir heute auch früher vom Bau weg. Bei dem Wetter mag niemand irgendwelche Fenster einbauen.« Kopfschüttelnd wandte er sich zum Gehen um, blieb dann aber stehen. »Ihr glaubt nicht, was für einen schrägen Vogel ich gerade gesehen habe. Einen großen Raben mit einem leuchtend blauen Schnabel.« Er lachte kurz auf. »Es ist der Wahnsinn, was die Natur für Verrücktheiten hervorbringt.« Seine Augen wanderten zu Sascha. »Das Vieh saß direkt vor eurem Haus auf der alten Kastanie. Wenn du dich beeilst, ist er vielleicht noch da.«

Sascha und Lutz wechselten einen vielsagenden Blick.

»Scheiße auch«, zischte Lutz leise, als sein Vater verschwunden war. »Ist das derselbe Rabe?«

»Sieht so aus.«

»Hast du eine Erklärung dafür?«

»Nicht im Entferntesten.«

Sascha war plötzlich kalt. Er bibberte, als stünde er draußen im eisigen Wind. Instinktiv wusste er, dass das Tier nach ihm suchte.

»Besser ich schleiche mich durch die Hintertür rein«, murmelte er mit kratziger Stimme.

Lutz sah ihn besorgt an. »Melde dich!«

»Klar, mache ich. Versprochen.«

Seine Mutter kam ihm entgegen, kaum, dass er den Flur betreten hatte.

»Gut, dass du wieder da bist. Hat dich jemand gesehen?«

»Nein.«

Sascha bemerkte, wie sie erleichtert aufatmete.

»Theo und Oma sind auch gleich da. Dein Opa holt sie gerade vom Bahnhof ab.«

Sascha nickte, dann hängte er seine Jacke in die Garderobe zurück und eilte nach oben in sein Zimmer. Auf Zehenspitzen schlich er näher an das Fenster heran, um im sicheren Abstand nach draußen zu spähen. Tatsächlich. Regungslos saß er auf dem Ast wie in ein düsteres Bild hineingemalt. Auf Saschas Armen breitete sich Gänsehaut aus. Er flüchtete sich ins Wohnzimmer zu seiner Mutter.

»Ich muss dir etwas sagen«, begann er.

Die Maske – Sascha

Das gemeinsame Mittagessen fiel schweigsam aus.
»Sascha, dein Opa hat recht, du musst zurück«, sagte Marie
nach einer Weile in die Stille hinein.

Durch Sascha rann sofort ein Frösteln.

Theo ließ scheppernd seinen Löffel fallen. »Hä? Wieso? Was
heißt zurück?«

Seine Mutter presste die Lippen zusammen, als fürchtete sie,
noch etwas Unüberlegtes zu sagen. Offenbar hatte sie Theos Anwesenheit nicht bedacht.

»Marie, musste das jetzt sein!?«, schimpfte Saschas Oma.

»Wohin zurück?«, ließ Theo nicht locker. Er sah zu seinem Bruder. »Sascha, gehst du weg?«

Sascha wusste nicht, was er sagen sollte. »Nein ... nicht richtig
jedenfalls ... Vielleicht ...« Er schielte zu seiner Mutter. »Wäre das
nicht der Moment, um Theo über alles aufzuklären!?«

Wütend funkelte sie ihn an. »Das entscheide immer noch ich.
Verstanden?!«

»Hä?«, presste Theo hervor.

Marie warf Sascha einen warnenden Blick zu.

Er sprang auf. »Dann eben nicht!«

Sogleich fühlte er die Hand seines Opas, die kurz seinen Arm
drückte. »Junge, jetzt beruhige dich wieder! Wir können doch
über alles reden.«

Aber er wollte sich nicht beruhigen. »Es ist nicht richtig und
das wisst ihr!«, stieß er schnaubend aus.

»Was ist nicht richtig?« Theos Waden wippten unruhig auf und
ab. Man konnte seine Füße gegen die Stuhlbeine poltern hören.

»Es reicht, Sascha!«, sagte seine Mutter sehr leise.

Sascha fühlte, dass sie um ihre Selbstbeherrschung rang. Auch seine Oma musste es bemerkt haben. Eilig fuhr sie von ihrem Platz auf.

»Wer hat Lust auf Schokoplätzchen? Theo und ich haben gestern gebacken.«

Niemand antwortete.

Auffordernd streckte sie Theo ihren Arm entgegen. »Komm, lass uns den anderen zeigen, wie köstlich sie sind.«

Theo zögerte. Doch dann rutschte er von seinem Stuhl.

Es kostete Sascha viel Überwindung, sich wieder hinzusetzten, mehr als er gedacht hätte.

»Wirklich klasse!«, lobte er Theo, obwohl er kein bisschen Appetit verspürte.

Sascha lag mit angewinkelten Beinen auf seinem Bett und warf einen Blick auf die Uhr. In der letzten Stunde war niemand in sein Zimmer gekommen. Auch der schreckliche Rabe war fort.

Das Wort Koma spukte durch seinen Kopf. Es gab Menschen, die wachten nie wieder auf. Ob er abermals bei dem alten Seher zu sich kommen würde? Was, wenn es ihn diesmal in einen anderen Winkel von Enalis verschlug? Etwa zu den Eisriesen oder in die Burg der Armasis? Ein Zittern durchfuhr ihn und seine Glieder verkrampften sich. Bange Furcht fraß sich immer tiefer in ihn hinein. Er beschwor das Bild seines Vaters herauf. Er war der Grund, warum er nach Enalis zurückkehren würde. Er musste ihn finden. Doch dann schob sich jemand anderes in seine Gedanken. Zetar und ihre bernsteinfarbenen Augen. Sascha spürte wieder dieses Kribbeln in seiner Bauchgegend. Es fühlte sich wunderbar an.

Wann sie ihm wohl das Buch bringen würden? Vermutlich sollte er es wie immer nach dem Abendessen bekommen.

Ein Klopfen ließ ihn zusammenfahren.

»Ja!«

Der Kopf seines Opas erschien im Türspalt.

»Darf ich reinkommen?« Er lächelte.

Sascha setzte sich auf.

»Na klar!«

»Wie geht es dir?«, wollte sein Opa wissen.

»Geht so.«

»Verstehe. Es ist alles ein bisschen viel, nicht wahr?«

»Das kann man wohl sagen.«

Saschas Opa nahm neben ihm auf dem Bett Platz.

»Es ist auch nicht leicht für deine Mutter. Sie ist sehr nervös. Ständig macht sie sich Sorgen um dich.«

Sascha schnaubte entrüstet. »Es wäre hilfreich gewesen, mich eher über Papa und seine Welt aufzuklären. Dann käme mir diese Sache mit dem Buch vielleicht nicht ganz so durchgeknallt vor. Aber sie lernt ja nicht dazu.«

»Du meinst wegen Theo?«

»Ja, na klar.«

Sein Opa zog die Augenbrauen hoch. »Aha. Du glaubst also, Theo wäre damit geholfen, wenn er die Wahrheit über seinen Vater erfahren würde?«

Sascha wunderte sich. »Allerdings! Ich finde, er hat ein Recht darauf, es zu erfahren.«

»Ausgerechnet jetzt. Heute.« Er schüttelte den Kopf. »Nein, mein Junge. Ich glaube, er wird genug daran zu knabbern haben, seinen Bruder ohnmächtig im Bett liegen zu sehen. Und auch deine Mutter kann sich im Moment nicht richtig um ihn kümmern. Sie hat genug mit dir zu tun.«

Sascha schluckte. Daran hatte er nicht gedacht. Vorsichtig strich er mit der Hand eine Bettfalte glatt.

»Das verstehst du doch, oder?«, hakte sein Opa nach.

»Ja, schon«, wisperte er.

»Na dann ...« Sein Opa erhob sich. »Dann solltest du deiner Bärenhöhle hier den Rücken kehren und zu uns runterkommen. Ich habe deinem Bruder versprochen, mit ihm UNO zu spielen.

Vielleicht hast du ja auch Lust?«

Sascha nickte. »Einverstanden.«

Beim Abendbrot bekam er kaum einen Bissen hinunter. Er war wie unter einer Traumglocke. Gleich würde er aufwachen und alles wäre vorbei. Es würde kein Gruselbuch und kein Enalis geben und sein Vater wäre nur der, der seine Familie im Stich gelassen hatte. Aber so einfach war es nicht.

Als er vorsichtig sein Besteck auf den Tellerrand legte, runzelte seine Oma unzufrieden die Stirn. »Aber du hast ja kaum etwas gegessen!«

»Schon gut, ich bin satt«, winkte Sascha ab.

Auch Saschas Mutter rührte ihr Essen kaum an.

Wieder in seinem Zimmer zog Sascha sich anstatt seiner üblichen Schlafklamotten eine Hose, einen Pullover und seine wetterfeste Outdoor-Jacke an, als würde er sich für eine Wanderung fertigmachen.

Kurze Zeit später trat seine Mutter mit dem Schöpferbuch zur Tür herein. Mit zusammengekniffenen Augen musterte sie ihn.

»Ich sehe, du hast Vorbereitungen für deine Reise nach Enalis getroffen.« Sie sah weg. »Und du glaubst, dass es klappt?«

»Na klar, warum nicht.«

»Dann solltest du auch ein Messer und ein bisschen zu Essen und zu Trinken mitnehmen. Ich könnte dir alles in eine Gürteltasche packen.«

Sie hielt ihren Blick starr auf Saschas Fenster gerichtet, als würde sie hinter dem zugezogenen Vorhang etwas sehen.

»Und ein Bogen wäre wichtig«, sagte sie leise.

Endlich wandte sie ihren Kopf wieder zu Sascha. Auf ihrem Gesicht zeigten sich verschiedene Regungen – Sorge und Schwermut aber auch Eifer und Zuversicht. Behutsam legte sie das Buch auf Saschas Schreibtisch ab.

»Bitte warte hier!«, verlangte sie dann, als ob er heimlich

verschwinden würde.

Sascha hörte ihre leichten Schritte auf der Treppe. Er schielte zu dem Buch.

»Schöpferbuch«, murmelte er.

Und ausgerechnet er sollte sein Träger sein. Da war es wieder, dieses Frösteln. Na super! Er fragte sich, warum sein Vater ihm etwas derart Mächtiges hinterlassen hatte. Damit er ihm folgen, ihn retten, ihn zurückholen konnte?

Seine Mutter trat wieder ein. Sie hatte ihren roten Bogen mit dem dazugehörigen Köcher bei sich.

»Hör zu«, sagte sie. »Ich möchte, dass du meinen alten Bogen und die passenden Pfeile mitnimmst! Er ähnelt dem, den dir dein Opa zum Geburtstag geschenkt hat. Ich bin mir sicher, dass du mit ihm gut zurechtkommst.«

»Warum soll ich nicht meinen Bogen nehmen?«, wunderte sich Sascha.

Er konnte sehen, dass sie seinem fragenden Blick auswich.

»Na, weil ...«, begann sie stockend. Sie seufzte tief und zog flüchtig die Schultern hoch. »Ich weiß auch nicht«, fuhr sie fort, »aber irgendwie habe ich das Gefühl, dass dich dadurch ein kleiner Teil von mir nach Enalis begleiten würde.«

»Okay, wenn es dir wichtig ist. Warum nicht. Kein Problem.«

Seine Mutter senkte die Lider und lachte leise. »Ich weiß, es ist albern.«

»Nein, es ist okay. Schon überredet.« Sascha lächelte sie aufmunternd an.

»Also gut. Ich schmiere dir schnell noch ein paar Brote, dann starten wir. Du kannst ja in der Zwischenzeit schon mal nach deiner Gürteltasche suchen!«

»Ja, klar.«

Es war ein komisches Gefühl, zur Schlafenszeit eingekleidet in einer Outdoor-Jacke und mit festem Schuhwerk neben dem Bett zu stehen, fand Sascha. Noch eigenartiger fühlte es sich an, als seine Mutter ihm mit fahrigen Handbewegungen den Köcher umband und ihren Bogen über seine Schulter legte.

»Pass gut auf ihn auf! Er wird dich beschützen«, sagte sie, wobei ihre Stimme leicht zitterte.

Sie ging zum Tisch hinüber, um ihm das Buch zu bringen.

»Wir sehen uns morgen früh! Deine Großeltern und ich werden die ganze Nacht über dich wachen. Pass gut auf dich auf!«

Mit angespanntem Gesicht zog sie sich wieder auf Saschas Schreibtischstuhl zurück. Sascha blieb aufrecht vor seinem Bett stehen. Innerlich flehte er darum, diesmal erneut bei Eisew oder noch besser bei seinem Vater oder Zetar zu landen. Sein Blick glitt zu seiner Mutter. Sie lächelte ihm verkrampft zu, bevor sie die Augen schloss, als wollte sie nicht sehen, was gleich geschehen würde. Es war an der Zeit.

Mit zitternden Händen schlug Sascha das Buch auf und blätterte bis zur gläsernen Seite um. Er spähte erneut zu seiner Mutter, die noch immer die Augen geschlossen hielt.

Sascha holte tief Luft. Dann starrte er entschlossen auf das Glas. Hinter seiner transparenten Oberfläche haftete ein einzelnes Wort im gleichen satten Rot: *Maske*. Sobald er es gelesen hatte, zerflossen die Linien der großen Buchstaben zu einem blutähnlichen Klecks, der sich langsam über die gesamte Fläche der gläsernen Buchseite ausbreitete. Seine gezackten Konturen wurden gerade und bildeten innerhalb kurzer Zeit ein eindrückliches Oval. In seinem oberen Drittel erschienen mandelförmige Gebilde. Als Sascha erkannte, dass es sich um Augen handelte, zeichneten sich auch schon die Nase und der Mund ab. Sascha wusste auf einmal, was das Buch ihm zeigte. Ein Schauder durchlief seinen Körper. Die vertraute Kälte nistete sich abermals in ihm ein und nagte an seinen Knochen. Sascha zitterte.

Er warf einen letzten Blick auf seine Mutter und fuhr erschrocken zusammen. Das blanke Entsetzen packte ihn, ließ ihn laut aufschreien und aufs Bett sinken, bevor er mit der schwarzen Strömung in die andere Welt gerissen wurde.

Eine düstere Ahnung – Sascha

Als Sascha die Augen aufschlug, sah er Eisews besorgtes Gesicht über sich.

»Was hast du gesehen?«, wollte er wissen. »Was hat dir das Buch gezeigt?«

Doch noch ehe Sascha antworten konnte, wandte Eisew sich seufzend von ihm ab.

»Ich weiß es schon«, murmelte er.

Mit gebeugtem Rücken schlurfte er zum Ausgang der kleinen Kammer, in die er Sascha am Abend zuvor geführt hatte. Auf der Türschwelle drehte er sich noch einmal zu ihm um.

»Diesmal bist du besser vorbereitet«, sagte Eisew, zeigte auf den Bogen und ging hinaus.

Schwerfällig stand Sascha auf. Der Köcher drückte ihm unangenehm in den Rücken. Quälend langsam legte sich das Zittern. Der Anblick, der sich ihm kurz vor seinem Übergang geboten hatte, blieb in seinen Gedanken haften und verdunkelte seinen Geist. Zudem bohrte sich ein heftiger Schmerz in Saschas Kopf. Er schloss die Augen.

Erst nachdem Eisew ihm einen Tee gebracht hatte, beruhigte sich das Pochen hinter seiner Stirn. Sascha verstaute den Bogen und den Köcher unter dem Bett. Die Gürteltasche mit dem Proviant hatte er nicht dabei. Er konnte sich auch nicht daran erinnern, sie sich umgebunden zu haben. Vermutlich hatten er und seine Mutter es in der Aufregung vergessen. Sascha stöhnte leise in sich hinein, dann richtete er sich auf. Sicherlich würde

Eisew ihn gut mit Essen und Trinken versorgen.

Er ging ihn suchen und fand ihn draußen, an dem kleinen runden Tisch sitzen. Die Luft war nasskalt. Saschas Glieder fühlten sich steif an. Fröstelnd presste er die Arme gegen seine Brust.

»Sollen wir lieber reingehen?«, bot Eisew an.

»Nein, draußen ist es schöner.« Sascha schielte zu den Baumkronen hinauf. »Und gleich steigt die Sonne höher. Wir könnten mit der Übung von gestern weitermachen. Mit diesem Maskending. Am besten sofort! Damit ich endlich zu meinem Vater kann.«

Der alte Seher sah ihn stirnrunzelnd an. »Du solltest dich ein wenig in der Tugend der Geduld üben. Es wird nicht so schnell gehen, wie du es dir wünschst.« Er deutete auf den Stuhl ihm gegenüber. »Nimm erst einmal Platz!«

Sascha schluckte seine Enttäuschung nur mühsam herunter. Er hätte gern etwas Gegenteiliges behauptet, wusste aber, dass es sinnlos war.

»Also, legen wir endlich los?«, drängte er stattdessen, kaum, dass er saß.

Doch Eisew ging nicht darauf ein. Vielmehr kam er darauf zurück, was Sascha zuletzt in dem Schöpferbuch erblickt hatte.

»Es war eine rote Maske, nicht wahr?«

Sascha nickte. Ihn schauderte bei der Erinnerung. »Sie sah aus, als wäre sie aus Blut«, flüsterte er heiser.

»Aber du hast noch mehr gesehen, habe ich recht?«

Eisew beugte sich weiter über den Tisch zu Sascha vor. Sein Blick war nicht leicht zu deuten. Vermutlich weil Seher ihre Gedanken und Gefühle zu verbergen versuchten. Und doch meinte Sascha eine gewisse Anspannung darin zu erkennen.

»Ich habe die Maske auf dem Gesicht meiner Mutter gesehen«, antwortete er zögernd.

Er war noch immer wie betäubt. Zu gerne hätte er das Bild, dass sich ihm vor dem Übergang in seiner ganzen Entsetzlichkeit gezeigt hatte, ein für alle Mal aus seinen Erinnerungen gelöscht.

Doch das war unmöglich. Nie würde er die blutrote leere Fratze vergessen, die sich über das schmale Gesicht seiner Mutter gelegt hatte.

Eisew umklammerte den Rand des Tisches und schloss für einen Augenblick die Augen. Seine Reaktion beunruhige Sascha noch mehr.

»Was hat das zu bedeuten?«, fragte er.

»Ich weiß es nicht«, gab Eisew achselzuckend zu. »Bei uns Sehern wirken Masken wie eine Art Schutzschild. Vielleicht verbirgt auch deine Mutter in ihrem Innersten etwas, was sie vor der Außenwelt nicht preisgeben will, und das Buch hat dir das gezeigt. Unter Umständen hast du aber auch ...« Er unterbrach sich und schüttelte entschieden den Kopf. »Nein, ausgeschlossen«, murmelte er.

»Was? Ich will es wissen!«, verlangte Sascha.

Der alte Seher ließ sich Zeit mit seiner Antwort. »Es wäre vorstellbar«, begann er endlich, »dass das ein Hinweis auf ein künftiges Ereignis war. Allerdings würde das bedeuten, du könntest kommende Dinge sehen. Und das ist so gut wie unmöglich.«

»Warum ist es unmöglich?«

Ein spöttisches Lächeln huschte über Eisews Gesicht. »Diese Gabe besitzen nur die mächtigsten Kräfte in unserer Welt und du, mein junger Sascha, kannst dir ja noch nicht mal eine einfache Maske zulegen!«

Voll hilfloser Wut starrte Sascha den Fremden an. Er wollte ihm etwas Passendes erwidern, aber ihm fiel nichts ein. Eisew hatte ja recht. Warum war er hier in Enalis? Er hatte keine Kräfte, er hatte seinen Vater nicht gefunden und selbst wenn, wie sollte er ihn nach Hause bringen? Es fühlte sich alles wie ein gewaltiger Fehler an.

»Was bedeutet die rote Maske?«, stieß Sascha hinter zusammengepressten Zähnen zornig hervor.

Eisews Gesicht war wie versteinert. Er schüttelte den Kopf.

»Das musst du nicht wissen«, sagte er gereizt.

»Ich will es aber wissen.«

Für eine endlos lange Zeit starrten sie sich schweigend an. Sascha konnte noch immer die Wut in sich fühlen. So viel Wut. Sie richtete sich gegen Eisew, der ihn mit Andeutungen abzuspeisen versuchte, und gegen sich selbst, seine Unwissenheit und Hilflosigkeit. Nein, diesmal würde er nicht lockerlassen. Sascha war fest entschlossen, mehr aus dem alten Seher herauszubekommen. Mit aller Kraft konzentrierte er sich auf Eisews Augen, auf das Schwarz seiner Pupillen, eingerahmt von wässrigem Blau.

Und da endlich sah Sascha es. Anders als in dem grausigen Rot, zeichneten sich die Umrisse eines hellen, fast durchsichtig schimmernden identischen Gesichts ab. Die Maske lag auf Eisew wie eine zweite Haut.

»Du erkennst meine Maske. Das ist gut«, freute sich dieser.

Sascha versuchte, dahinter zu blicken, konnte aber weder Eisews Gedanken noch dessen Gefühle ergründen.

»Wofür steht die rote Maske?«, wiederholte er stur seine Frage.

Eisew stieß einen tiefen Seufzer aus. »Ich sehe, es hat keinen Sinn. Du gibst ja doch keine Ruhe.« Müde fuhr er sich mit der Hand über die Augen. »Also gut ... Die Maske steht für den Tod.«

»Für den Tod?« Sascha musste die Worte wieder und wieder durch seine Gedanken fließen lassen, bis er ihre entsetzliche Bedeutung begriff. »Was heißt das?«, schrie er. Seine Stimme kippte. »Etwa, dass meine Mutter sterben wird? Das ist Schwachsinn! Kompletter Unsinn! Was hat sie mit Enalis und eurem beschissenen Krieg zu tun?« In Saschas Hals brannte ein dicker Kloß. »Unmöglich!«, krächzte er.

Eisew lächelte ihn mitleidig an. »Jetzt fasse dich, Sascha! Wie ich schon sagte, ich glaube nicht, dass du die Fähigkeiten eines Propheten besitzt. Also häng dein Herz nicht an so eine törichte Vorstellung! Vermutlich hat dir deine Fantasie einen Streich gespielt. Und die Maske aus dem Buch hat sich über deine Augen und nicht über das Gesicht deiner Mutter gelegt.«

Sascha sah ihn zweifelnd an.

»Vertrau mir!«

Er wollte so gern.

»Okay«, hauchte Sascha leise und schluckte mühsam die aufsteigenden Tränen herunter.

Aber wie sollte er dieses Gespräch je vergessen können? Von nun an würde er in ständiger Angst um seine Mutter leben. Er hatte plötzlich Heimweh. Es kam so unerwartet heftig, dass ihm ein bisschen schwindelig wurde.

Der alte Seher berührte sacht seine Hand. »Du musst Hunger haben. Komm, ich mache uns Frühstück und danach setzen wir unsere Übungen fort. Es wird dich auf andere Gedanken bringen.«

Kaum hatten sie gegessen, saßen sie einander wieder gegenüber und starrten sich schweigend an. Irgendwann hielt Sascha es nicht mehr aus. Eine Überlegung spukte durch seinen Kopf.

»Nun stell schon deine Frage!«, forderte Eisew ihn auf.

»Warum sprechen hier alle meine Sprache?«

»Sie sprechen nicht deine Sprache, du sprichst vielmehr ihre. Wir kennen keine unterschiedlichen Verständigungsformen. Hier gibt es die ausgesprochenen Worte und die Gefühle, die wir in unserer Seele tragen. In Enalis existiert nur eine Sprache. Wir werden mit ihr geboren. Du beherrscht sie, weil dein Vater ein Seher ist.«

»Nur eine Sprache?«, wunderte sich Sascha.

Kein Französisch- oder Englischunterricht, wie cool.

»Nur eine Sprache und trotzdem Krieg! Dabei fiele es uns so leicht, miteinander zu reden, einander zu verstehen«, sinnierte Eisew. Er sah traurig aus. »Der erste Krieg seit tausend Jahren.« Ein tiefer Seufzer durchfuhr ihn. »Möglicherweise haben wir vergessen, wie scheußlich Krieg ist. Nun können wir nur noch zwischen Unterwerfung, dem Sich-Verstecken oder der Flucht in andere Welten wählen.«

»Zum Beispiel unsere Welt«, schlug Sascha vor.

Eisew lachte spöttisch auf. »In der es mehr todbringende Waffen gibt, als man für ihre völlige Zerstörung bräuchte? Eure Welt läuft doch über vor Krieg! Ihr zerstört die Welt mit eurem Drang nach immer mehr unbrauchbarem Zeug, nach hohen Häusern, zugepflasterten Straßen oder komischen Maschinen, die euch vergessen lassen, wozu man Beine, Arme und einen Kopf hat. Ist es nicht eher so, dass viele von euch hierherkommen wollten, um all dem zu entfliehen?«

Sascha dachte über Eisews Worte nach. Warum wusste er so viel über die Welt der Menschen? Wieso wussten die Bewohner von Enalis von ihnen, aber nicht umgekehrt?

Am Nachmittag gingen Sascha und Eisew in den Wald. Sascha hatte seinen Bogen dabei und Eisew einen langen, faustdicken Stab aus Holz mit einem elfenbeinähnlichen glatten Griff. Auf den ersten Blick wirkte er wie ein gewöhnlicher Wanderstock, dessen einzige Seltsamkeit in einem kunstvoll verzierten Eisenhebel bestand. Er lugte etwa zwei Handbreit unterhalb des Griffs aus dem Holz heraus. Darüber spannte sich eine lange dünne Sehne.

»Erzähl mir mehr über das Buch und deine Träume!«, sagte Eisew zu Sascha.

Sascha stutzte. »Wieso?«

»Weil ich ein neugieriger alter Seher bin, der sich für dich und dein Schicksal interessiert.«

»Also gut«, hob Sascha an.

Er hatte sich die ganze Zeit einen halben Schritt hinter Eisew gehalten. Auch jetzt folgte er ihm wie ein Schatten.

»Kurz nachdem ich das Buch bekam, träumte ich von Enalis«, erklärte er. »Seltsamerweise immer von Dingen, über die ich erst am nächsten Tag aus dem Buch erfuhr.«

Mit einem Mal blieb Eisew stehen, sodass Sascha beinahe in ihn hineingelaufen wäre.

»Erst am nächsten Tag?«, fragte er irritiert.

Sascha nickte. »Hat das was zu bedeuten?«

Eisew starrte ihn aus seinen meerwasserblauen Augen stirnrunzelnd an, dann schüttelte er den Kopf. »Nein, ich glaube nicht. Auch wenn es merkwürdig ist. Wirklich merkwürdig.«

Der Schmerz der Erkenntnis – Räjeg

Seit Stunden stiegen sie die holprigen, unwegsamen Pfade hinab, die aus den Bergen von Jatus führten. Sie kletterten über Felsbrocken oder zwängten sich durch enge Spalten, dabei mussten sie immer wieder aufpassen, nicht auf den losen Steinen auszurutschen und die steilen Hänge hinabzuschlittern. Die Tasche mit der Armbrust und den Pfeilen drückte sich unangenehm in Räjegs rechte Schulter. Mithilfe eines langen Stocks aus festem Holz versuchten er und Uret den Untergrund auf seine Beschaffenheit zu überprüfen, bevor sie ihn beschritten. Besonders gefährlich wurde es an den steilen Felsvorsprüngen, unter denen sich schwindelerregend tiefe Schluchten auftaten. Uret erwies sich hierbei als ein zäher sowie umsichtiger Partner. Er war gewandt und muskulös.

Einfacher wäre es gewesen, den flacher abfallenden Bergrücken etwas weiter westlich des Gebirges zu nehmen, doch dort lauerten zu viele Armasis. Sie wagten sich auf der Suche nach den Feinden ihres Herrschers immer höher ins Bergmassiv.

Ohnehin machten Räjeg diese Strapazen nichts aus. Im Gegenteil, sie lenkten ihn vom Nachdenken ab.

»Wir sollten auf der Hut sein! Es ist noch nicht allzu lange her, da hat Rebus eine kleine Gruppe Armasis nahe der alten Felsenstadt gesichtet. Und wir sind nicht weit von ihr entfernt«, fuhr

Uret in die erdrückende Stille hinein.

Seine Stimme klang kratzig, fast so, als wäre sie eingerostet. Tatsächlich hatte er seit ihrem Aufbruch aus dem Lager der Seher zum ersten Mal gesprochen.

»Ja, du hast recht«, erwiderte Räjeg. »Besser wir bleiben aufmerksam.«

Er verspürte einen stechenden Schmerz beim Gedanken an seinen Bruder. Die Angst um ihn ließ seine Beine weich werden. Er wankte kurz. Hielt sich an irgendetwas fest.

Nur nicht nachdenken! Einatmen und ausatmen!, befahl er sich.

»Geht es dir gut?« Uret sah ihn besorgt an.

»Ja, es ist nur wegen Rebus.« Räjeg schluckte schwer.

»Wir werden ihn finden und retten. Versprochen«, versicherte ihm Uret.

Räjeg betete sich seine Worte im Stillen immer wieder vor, bis sie sich machbar anfühlten.

Finden und Retten! Finden und Retten!

Wieder liefen sie schweigend nebeneinanderher, bis sie die Steilhänge hinter sich gelassen und die sanfter zulaufenden Bergausläufer erreicht hatten.

»Sieh nur!«, sagte Uret und zeigte auf einen Bergwaldhang, durch den vor einiger Zeit ein Sturm durchgezogen sein musste.

Trümmer von Ästen und Wurzeln bedeckten das gesamte Gelände. Räjeg kannte diese Gegend.

»Das ist der Friedhofswald«, murmelte er.

Ihm schauderte bei seinem Anblick.

»Wir sollten uns dort ausruhen und erst im Schutz der Dunkelheit weiterlaufen!«, schlug Uret vor.

Kaum angekommen, blickte er sich suchend um. Dann zeigte er auf zwei große umgefallene Bäume, die fast parallel zueinander lagen.

»Dort zwischen den beiden Baumkronen könnten wir rasten!«

Räjeg nickte.

Erschöpft breiteten sie hinter den sperrigen dichten Zweigen der toten Bäume ihre dünnen Decken aus. Räjegs Knochen schmerzten. Dankbar nahm er ein Stück getrockneten Fleischs von Uret entgegen.

»Ist das der Rest?«, fragte er.

Uret nickte. »Ich habe noch etwas Brot, das wir uns teilen können.« Er spähte nachdenklich in die Ferne. »Wir sind ganz in der Nähe des Mongwalds. Mit etwas Glück helfen sie uns.«

Räjeg schnaufte verächtlich aus. »Die Mongs? Die helfen nur sich selbst.«

»Dann sollten wir gleich morgen nach Tagesanbruch auf die Jagd gehen, bevor wir Jatus verlassen und die ersten Bergausläufer von Akjo erreichen.«

Schweigend aßen und tranken sie. Uret gähnte.

»Komm, leg dich hin und schlafe! Ich werde so lange Wache halten. Nach ein paar Stunden wecke ich dich«, schlug Räjeg ihm freundlich vor.

Uret lächelte, nickte und streckte sich auf seiner Decke aus. Es dauerte nicht lange, bis seine Atemzüge gleichmäßig wurden.

Auf diesen Moment hatte Räjeg gewartet. Vorsichtig kroch er aus dem Versteck. In gebeugter Haltung kletterte er über das tote Gehölz bis zu der kleinen Lichtung, die ihm schon bei ihrer Ankunft aufgefallen war. An ihrem Rand wuchsen dicht gedrängte Büsche. Erschöpft ließ Räjeg sich im Schatten ihres Dickichts fallen. Hier fühlte er sich einigermaßen geborgen und von hier aus hatte er einen guten Blick über die Ebene. Wo er hinblickte, lagen umgefallene Bäume. Sie sahen aus wie niedergemetzelte Krieger. Fröstelnd rieb sich Räjeg mit den Händen über seine Oberarme. Immerhin, es war ein guter Ort für das, was er vorhatte. Trotzdem zögerte er. Er hatte versprochen Wache zu halten und jetzt wollte er sich davonstehlen. Aber er würde nicht lange brauchen. Nur zwei, höchstens drei Minuten, redete er sich zu. Unwahrscheinlich, dass in genau diesem Moment jemand käme.

Räjeg holte tief Luft. Er brauchte jetzt gleichmütige friedliche Gedanken. Ihn durften keine Zweifel quälen – vor allem nicht die, dass er mit seiner Suche nach Sascha nicht nur sich, sondern auch Uret in Gefahr brachte. Ein Seher, der seinen Körper verließ, war leicht aufzuspüren und im Augenblick seiner Seelenreise allen äußeren Einflüssen schutzlos ausgeliefert. Zudem war diese Prozedur äußerst kräftezehrend. Räjeg würde sich vermutlich erst nach zwei bis drei Tagen vollständig davon erholen. Andererseits war es seine letzte Chance. Schon morgen würden sie das Jatus-Gebirge verlassen. Dann wäre es nicht mehr weit bis nach Akjo. Die Armasis lauerten dort überall. Ihr Herrscher zahlte gut für einen getöteten und noch besser für einen gefangen genommenen Seher.

Denk nicht an die Gefahr!, ermahnte er sich.

Aufregung und Sorgen waren ein schlechter Begleiter für so eine Reise. Mit aller Kraft versuchte Räjeg sich auf etwas Schönes zu konzentrieren. Seine Gedanken wanderten zu Marie. Er sah sie vor sich, am Strand stehend, Sascha an ihrer Hand haltend. Er hatte den Geruch ihrer Haut in der Nase. Ihr Lachen, nachdem er beim Klettern über die Mole ins Wasser gefallen war. Auch Sascha hatte gelacht, sich krümmend den Bauch gehalten. Räjeg rief sich jede Regung, jede Bewegung, jedes Detail ins Gedächtnis. Bis sich alles in ihm einzig auf seinen Sohn konzentrierte. Auf sein Gekicher, den Klang seiner Stimme, sein heiteres Gesicht.

Eine warme Welle des Glücks durchfuhr ihn und trug Räjeg langsam aus sich heraus, bis alles um ihn herum ins Nichts zerfiel. Einen Augenblick später spürte er Sascha endlich auf. Ein Strom der Erleichterung umschloss ihn. Sein Kind war wohlauf. Es sah gesund und unverletzt aus.

Doch wer war bei ihm? Sascha saß an einem kleinen runden Holztisch, der vor dem Haus eines Waldhüters stand. Räjeg wunderte sich, denn es hieß, sie wären alle getötet worden oder längst fortgegangen.

»Sascha!«, flüsterte er leise.

Der Junge horchte auf. Eine weitere Person trat an den Tisch.

»Sascha, was ist mit dir?«, fragte sie besorgt.

Räjeg erschrak. Er kannte diese Stimme. Er wusste, wem sie gehörte.

Nein, nicht er! Räjeg taumelte. *Warum ist Sascha bei Eisew? Ausgerechnet Eisew!* Die Frage packte ihn, bis ein neuer Gedanke die Oberhand gewann: *Ich muss fort! Auf der Stelle! Bevor er meine Anwesenheit spürt.*

Die Rückkehr in seinen Körper verlief so schnell, dass Räjeg eine Weile brauchte, um sich zu orientieren. Er zwang sich gleichmäßig zu atmen, um nicht zu schreien. Wenn er sich seinen Gefühlen jetzt hingab, würde er durchdrehen und keine vernünftigen Entscheidungen mehr treffen können. Räjeg schloss die Augen. Im selben Moment vernahm er ein Knacken. Sofort schlug er sie wieder auf und blickte sich hastig um. Uret stand aufrecht inmitten des Friedhofswaldes zwischen den toten Bäumen.

»Räjeg! Räjeg!«, rief er flüsternd seinen Namen.

Jetzt hatte er ihn entdeckt. Er kam angerannt und warf sich vor ihm auf die Knie.

»Geht es dir gut? Wurdest du verfolgt? Bist du verletzt?«

»Nein«, wisperte Räjeg. Seine Stimme klang papierdünn.

»Beim Schöpfer, was ist denn geschehen?« Uret starrte seinen Freund zweifelnd an. »Aber irgendetwas muss doch passiert sein! Du siehst halb tot aus.«

Räjeg schwieg noch immer. Doch er sah, wie es in Uret arbeitete. Wie er versuchte, sich selber einen Reim auf all seine Fragen zu machen. Langsam schien Uret zu begreifen. Tiefe Falten gruben sich in seine Stirn. Er schnappte nach Luft.

»Sag nicht, du hast eine Seelenreise unternommen«, zischte er.

»Ich musste«, gab Räjeg tonlos zu.

»Sie könnten dich dabei entdeckt haben. Möglicherweise wissen sie jetzt sogar, wo wir sind.« Uret schnaufte wütend aus.

»Es war ein Fehler, dich zu begleiten!«

Räjeg vergrub kurz den Kopf zwischen seinen verschränkten Armen. Er hatte das Gefühl, als flösse das Leben träge aus ihm hinaus.

»Ich musste«, wiederholte er. »Ich musste nach meinem Sohn sehen.«

Uret brachte keinen Ton heraus. Er sah verstört aus.

»Du hast einen Sohn? Warum weiß ich nichts davon?«, fragte er schließlich sehr leise, sehr vorsichtig.

»Niemand weiß davon, außer Rebus und ...« Er unterbrach sich.

Der Gedanke an Eisew trieb die Wut in ihm hoch. Räjeg biss in seine Faust, um nicht laut aufzuschreien.

»Mein Sohn ist bei Eisew. Dabei sollte er jetzt bei mir sein.«

Uret runzelte die Stirn. »Aber wenn er bei Eisew ist, dann ist er wenigstens in Sicherheit. Eisew ist stark und weise. Er hat uns in das sichere Versteck in die Berge von Jatus geführt und damit vor den Armasis gerettet.«

»Ja, der kluge Eisew«, lachte Räjeg spöttisch auf. »Als Sohn einer Waldhüterin kennt er in der Tat die verborgensten Orte in der Natur besser als jeder andere Seher. Niemand durchschaut sein falsches Spiel. Selbst den Rat der Weisen führt er an der Nase herum. Glaub mir, Uret.«

Uret sah ihn zweifelnd an. »Der Rat schätzt Eisews Meinung und hört auf ihn.«

»Der Rat ist ihm hörig, meinst du wohl.« Räjeg fuhr sich mit der Hand schlaff über die Augen »Nein, Uret! Jetzt, wo ich weiß, dass Eisew meinen Sohn hat, fürchte ich ihn nur noch mehr. Vergiss nicht! Er ist auch ein Formwandler, ein Geschöpf mit zwei Gesichtern.«

Uret sah nachdenklich aus.

»Wie heißt dein Sohn?«, wollte er nach einer Weile wissen.

»Sascha.«

»Und wer ist seine Mutter?«

Räjeg zögerte. Doch dann erzählte er Uret die ganze Wahrheit. Es war das zweite Mal, dass er sich jemandem in Enalis anvertraute.

»Was glaubst du, wie Eisew deinen Sohn finden konnte?«, überlegte Uret, nachdem er ihm schweigend zugehört hatte.

Räjeg zog unschlüssig die Schultern hoch. »Wer weiß. Als Formwandler und Sohn einer Waldhüterin verfügt er über Kräfte, die unsere bei Weitem übersteigen.«

Wütend stieß er mit seinem Fuß gegen einen kleinen abgebrochenen Ast. Er hatte längst geahnt, dass etwas nicht stimmte und es dennoch nicht glauben wollen.

»Warum hat Eisew das Haus nicht mit dem Verschleierungsschutz belegt?«, fragte Uret weiter. »Die Hütten der Waldhüterinnen und Waldhüter eignen sich doch bestens dafür. Eisew muss doch klar sein, dass du immer wieder nach Sascha suchst.«

Räjeg dachte über seine Worte nach. Die rot geränderte Bisswunde an seiner Hand, die er sich selbst zugefügt hatte, schmerzte. Aber das Pochen half ihm, seine Gedanken zu ordnen. Wie Puzzlestückchen fügten sich plötzlich die jüngsten Ereignisse zusammen: Saschas Ankunft in Enalis, das Verschwinden seines Bruders, Eisews Unterschlupf im Wald der Mongs. Blitzartig bahnte sich eine ungeheuerliche, kaum vorstellbare Einsicht wie das Gift einer Schlange ihren Weg in Räjegs Verstand.

»Sie haben Rebus verraten, damit ich abgelenkt bin«, stieß er hervor. Ihm wurde Übel. »Sie haben gewusst, dass ich mich sofort auf die Suche nach ihm machen würde und es außerhalb unseres Verstecks zu gefährlich ist für die Seelenreise. Sie haben nicht damit gerechnet, dass ich es trotzdem tun würde.«

Uret war blass geworden. Er schwieg, aber nickte. Räjeg musste sich an dem Ast eines nahen Busches festhalten. Ihm war schwindlig, obwohl er nach wie vor saß. Der Schrei, den er vorhin noch knapp unterdrücken konnte, löste sich jetzt ungebremst aus seiner Kehle.

Die Brute – Sascha

Eisews Schritte waren lang und kraftvoll. Jedes Mal, wenn er einen Fuß vor den anderen setzte, stieß er seinen seltsamen hölzernen Stock fest in den Waldboden hinein. Er lief so schnell, dass Sascha Mühe hatte, mitzuhalten.

Endlich hielt er inne.

»Hast du die Grünlingsmongs gesehen, die uns eine Zeit lang verfolgt haben?«, wollte er wissen.

Sascha schüttelte den Kopf. »Wie? Nein.«

Er spähte zu den Baumkronen hinauf und wunderte sich, dass er sie nicht bemerkt hatte.

»Mongs sind vortrefflich darin, sich lautlos zu bewegen. Sie wollen unentdeckt bleiben. Halte immer die Augen und Ohren offen, wenn du durch ihren Wald gehst!«

Sascha dachte an Nürg, der auf ihn einen völlig harmlosen Eindruck gemacht hatte.

»Warum? Sind sie gefährlich?«, fragte er.

»Im Grunde nicht. Es sei denn, sie fühlen sich bedroht. Aber auch dann greifen sie nur als Gruppe an. Trotzdem solltest du sie nie unterschätzen.«

Sascha blieb skeptisch. Offenbar hielt der alte Seher nicht sonderlich viel von Mongs.

»Sie haben den Ruf, feige, selbstsüchtig und unfreundlich zu sein«, erklärte ihm Eisew weiter. Er lachte leise in sich hinein. »Ich kenne sie aber auch als treue und zuverlässige Freunde.«

Sascha verlangsamte seine Schritte und spähte abermals hinauf zu dem sanft raschelnden Blätterdach. Es war niemand zu sehen.

»Komm!«, rief ihn Eisew.

Er war bereits ein Stück vorausgegangen. Sascha beeilte sich, zu ihm aufzuschließen. Gemeinsam hasteten sie tiefer in den

Wald. Erst dort, wo sich die Bäume wie in Saschas Traum dicht und in immer gleichen Abständen perfekt aneinanderreihten, verlangsamte Eisew seine Schritte. Hier wirkte er ruhiger, zufriedener – annähernd glücklich. Summend strich er bisweilen liebevoll über einen Baumstamm oder eine Blume. Manchmal hielt er Sascha dazu an, mit ihm ein bestimmtes Blatt genauer zu betrachten. Sascha war jedes Mal von Neuem von den vier bis fünf verschiedenartigen Blättern fasziniert, die an einem Baum wuchsen. Sie waren gezackt, länglich, gewellt oder glatt, mal dunkel und mal hell, fast durchsichtig schimmernd und dann wieder so dick wie ein Daumen. Von Eisew erfuhr er, dass sie alle Heilkräfte besaßen.

»Sieh nur, das hier ist ein Solok-Blatt. Es beruhigt die Nerven«, erklärte Eisew und zeigte dabei auf ein fächerartiges Blatt mit dunkelgrünen Punkten. »Und das da ist ein Figt-Blatt. Derjenige, der davon isst, kann sich für einige Augenblicke nicht mehr bewegen.«

»Aha, verstehe!«

»Dort hinten wachsen die Musuk-Blätter. Sie ...«

Sascha hatte aufgehört zuzuhören. Die Flut an Informationen drohte sein Gehirn zum Explodieren zu bringen. Aber Eisew blieb unnachgiebig.

»Kannst du dieses Blatt von dem Musuk-Blatt unterscheiden? Ich habe es dir vorhin bei der Lichtung gezeigt!«

Sascha erinnerte sich nicht. Doch er nickte nur stumm und wünschte sich, endlich eine Maske zu besitzen. Eisew sah ihn ungläubig an. Dann schob er das olivgrün schimmernde, scharf gezackte Blatt mit einem Seufzer in seine Gürteltasche.

»Wir werden es zu Hause noch mal in Ruhe durchgehen!« Er schenkte Sascha ein aufmunterndes Lächeln. »Du wirst es schon noch lernen!«

Sascha lief es kalt den Rücken hinunter. Sein Zuhause war nicht bei Eisew in dieser komischen Hütte. Es war bei Theo und seiner

Mutter, seinen Großeltern und Lutz. In Zukunft vielleicht sogar bei seinem Vater im Versteck der Seher. Allerhöchstens.

Er blinzelte zum Himmel hinauf. Die Sonne hatte ihren höchsten Punkt überschritten. Der Nachmittag brach an. Danach würde der Abend kommen und dann ... Bis zum Einschlafen müsste er sich noch gedulden. Bald dürfte er wirklich wieder zu Hause sein.

Sascha spürte Eisews Blick auf sich. »Du siehst traurig aus. Aber schau dich doch um, wie schön es hier ist!«

»Ja, echt schön«, murmelte Sascha.

»Wollen wir also fortfahren?«

Sascha nickte. Dabei war er es leid, sich immerzu irgendwelche Pflanzen ansehen und sich ihre komplizierten Namen merken zu müssen. Dagegen kam ihm das Trainieren mit dem Bogen wie die allerschönste Sache der Welt vor. Deshalb rang er sich zur Frage durch, wann sie endlich mit den Schießübungen beginnen wollten.

Eisew musterte ihn streng. »Ich dachte, du bist geschickt genug im Bogenschießen und brauchst keine Extrastunden mehr.«

Sascha war enttäuscht. Wie konnte Eisew sich sicher sein, dass er ein guter Schütze war, ohne sich je davon überzeugt zu haben?

Vielleicht steht es mir ja auf der Stirn geschrieben, äffte er den alten Seher in Gedanken nach.

Plötzlich hielt Eisew ihn dazu an, stehen zu bleiben und mucksmäuschenstill zu sein.

»Wir werden beobachtet«, flüsterte er. »Stell dich dicht hinter mich!«

Sascha tat, was er verlangte. Verwundert spähte er an seinem Begleiter vorbei, ohne etwas Sonderbares hören, geschweige denn sehen zu können.

»Ich verstehe nicht?«, raunte er Eisew ins Ohr.

»Pst!«

Im Schutz eines breiten mit Moos bedeckten Baumstammes lauschten sie angespannt in den Wald hinein. Nach einer Weile schob Eisew langsam den kleinen eisenbeschlagenen Riegel seines Stocks nach hinten, sodass sich die dünne Sehne straffte. War das eine Waffe?

Auch Sascha legte, ohne auf eine entsprechende Anweisung zu warten, einen Pfeil auf und spannte konzentriert seinen Bogen. Der Wind, der sanft über die Baumwipfel strich, ließ ein leichtes Knacken verlauten, das Sascha wie eine flüchtige Warnung erschien. Er war aufgeregt.

»Da vorn.«

Eisew wies mit dem Finger in die Richtung eines kleinen Waldhügels, der sich keine hundert Meter nördlich von ihnen erstreckte.

»Dort ist etwas! Ich kann es spüren«, wisperte er.

Er sah besorgt aus. Sascha schluckte. Mit Schaudern erinnerte er sich an das Phantom aus seinem Traum. Was, wenn es ihnen auflauerte?

Eisews Rücken versperrte Sascha den Blick, sodass er sich seitlich an ihm vorbei vorbeugen musste. Mit zusammengekniffenen Augen spähte er zu der Anhöhe, auf die ihn Eisew aufmerksam gemacht hatte. Hohe Bäume warfen gewaltige Schatten über den mit grünen und weißen Blumen gesprenkelten Waldboden. Saschas Herz pochte spürbar in seiner Brust. Er konnte nichts Auffallendes erkennen und allmählich schmerzte sein lang ausgestreckter Arm. Lange würde er es in dieser Haltung nicht mehr aushalten. Eisew wandte kurz seinen Kopf zu ihm um. In seinem Blick lag etwas Verschwörerisches.

»Was?«, wisperte Sascha.

»Pst!«

Eisew senkte seinen Stock und löste den Haken. Dann lehnte er ihn gegen den Baum und schob vorsichtig die rechte Hand sowie seine Stirn auf den mit Moos überwucherten Stamm. Mit geschlossenen Augen begann er leise ein Lied zu singen. Sascha wunderte sich. Wieso tat Eisew etwas Derartiges angesichts der lauernden Gefahr? Zugleich faszinierte ihn seine Stimme. Einen so bezaubernden Gesang hatte Sascha noch nie gehört.

Bald stahl sich ein leises Rascheln, das eindeutig von den umliegenden Bäumen kam, in Eisews glockenklare Töne. Je länger er sang, desto lauter rauschten die Blätter über ihnen, als stimmten sie in sein Lied ein. Immer weiter wurde es getragen – von Baum zu Baum. Wie bei einem Chor schwoll die Geräuschkulisse stetig an. Es kostete Sascha große Überwindung, abschussbereit stehen zu bleiben und sich nicht die Hände schützend über seine Ohren zu legen. Sogleich vermochte er nicht mehr zu sagen, ob Eisew noch sang oder ein Sturm durch die hohen Baumkronen fegte. Er hatte das Gefühl, der alte Seher würde ihm etwas zurufen. Sascha wollte sich schon näher zu ihm beugen, da sah er aus dem Augenwinkel einen schwarzen Punkt über den seichten Hügelwald hinauffahren.

»Schieß! Jetzt!«, hörte er Eisew in seinem Kopf.

Sascha zielte und schoss. Zischend fuhr der Pfeil durch die vom Lärm erfüllte Luft. Kurz darauf wurde das laute Rauschen von einem hellen Schrei überdeckt. Es war der Schrei einer Frau. Mit ihm verstummte der Gesang der Bäume.

Die Ruhe, die sich daraufhin schlagartig über den Wald legte, hatte etwas Gespenstisches. Sascha taumelte. Verdammt, was hatte er getan? Erschrocken spähte er zu Eisew. Dieser hockte auf seinen Knien gegen den Baumstamm gelehnt. Die Erschöpfung war ihm anzusehen.

»Ich hatte recht, wir wurden beobachtet«, schnaufte er.

»Aber der Schrei.« Saschas Stimme klang brüchig. »Wer war das?«

Über Eisews Stirn legte sich eine tiefe Falte, die wie ein Riss zwischen den blauen Linien seiner Haut wirkte. Seine Antwort traf Sascha bis ins Mark.

»Das war Casandras Seele. Du hast eine ihrer Bruten getötet, die für sie spionieren.«

Im Schutz des Waldhüterhauses – Sascha

Sascha bekam nur am Rande mit, wie ihn Eisew zum raschen Aufbruch drängte. Bisher hatte er immer nur auf Zielscheiben geschossen.

»Ist sie wirklich tot, diese Brute?«, fragte er.

Eisew nickte. »Ja!«

»Wie sieht sie aus?«, wollte Sascha wissen.

»Du wirst nichts vorfinden, höchstens eine Feder«, erwiderte Eisew.

»Wieso eine Feder?«

»Weil Bruten aus Federn gemacht sind. Genauer gesagt aus den Federn von Casandras Flügeln.«

»Echt? Wie geht das denn?«

»Ich erkläre es dir nachher!«

»Ich will sie sehen«, sagte Sascha und machte eine unbestimmte Handbewegung in Richtung des Waldabschnitts, in dem er die Feder vermutete.

»Warum?«

Sascha zog unschlüssig die Schultern hoch. »Ich glaube, es würde mir helfen.« Er suchte nach den richtigen Worten. »Es fühlt sich schrecklich an, ein lebendiges Geschöpf getötet zu haben.«

Der alte Seher schüttelte den Kopf. »Du bist ein Dickkopf. Genauso wie dein Vater. Also gut, steigen wir den kleinen Waldhügel hinauf. Aber nur, damit du Ruhe gibst.« Er räusperte sich. »Und weil diese Federn besonders kostbar sind.«

»Kostbar?«, hakte Sascha nach.

Aber Eisew winkte nur ab. »Jetzt nicht. Ich erkläre es dir später!« Er umfasste seinen Stock fester. »Besser wir beeilen uns! Casandra lebt auf der Steinburg von Salis. Sie sieht, was ihre Bruten sehen. Es zeigt sich ihr im Wasser eines Brunnens, der in ihrem

Turmzimmer steht. Bete, dass sie nicht gerade jetzt dort hineingesehen hat. Sie könnte binnen eines halben Tages hier im Mongwald sein.«

Sascha schauderte. »Okay. Wir machen schnell.«

Eilig durchkämmten sie die dichtbewaldete Erhebung. Die eng beieinanderstehenden Bäume mit ihren tiefhängenden Ästen ließen nur wenig Licht bis zum Erdboden hindurchsickern. Gleichwohl meinte Sascha, sich gut an die Stelle erinnern zu können, an der das Geschöpf kreischend zu Boden gesunken war.

Er sollte recht behalten. Schon nach kurzer Zeit hatten sie die Feder gefunden. Staunend beugte Sascha sich über sie, ohne sie zu berühren. Verstohlen betrachtete er ihre dunkelblauen samtigen Fasern, an deren Enden kleine Goldtupfer schimmerten. Wie schön sie aussah. So schön wie Casandra. Eisew hob die Feder hastig auf und verstaute sie in seiner Gürteltasche.

»Nun komm!«, forderte er ungeduldig. »Ich sagte dir bereits, Casandra könnte binnen weniger Stunden hier sein. Wir müssen uns beeilen!«

Sascha fuhr ruckartig hoch. »Alles klar. Ich komme.«

Mit langen Schritten rannte er hinter der großen Gestalt des alten Sehers her. Aus dem Hügelwald kommend durchquerten sie einen hellen Hochwald, dann eine Lichtung und immer wieder bewaldete Senken und Erhebungen. Sascha hatte längst die Orientierung verloren.

Nach einem gefühlt endlosen Marsch erkannte er schließlich in der Ferne die kleine unverwechselbare Hütte. Sie hatten es geschafft. Rasch schob Eisew ihn durch die Eingangstür in den behaglichen Wohnraum.

»Setz dich in den Sessel und verhalte dich still!«, verlangte er.

»Wieso? Ich verstehe nicht –«

Aber da hatte sich Eisew bereits wieder zum Rausgehen umgewandt. Erschöpft ließ Sascha sich in das schwere Möbelstück fallen. Kurz schloss er die Augen. Doch die Neugier trieb ihn erneut hoch. Er trat zum Fenster, um nach Eisew zu sehen.

Der alte Seher stand keine fünf Schritte von der Hütte entfernt. Das Gesicht zum Himmel gehoben, hielt er die Arme verschränkt vor seiner Brust. Es sah aus, als würde er beten oder meditierten. Erwartungsvoll presste Sascha sein Ohr gegen die schmutzige Glasscheibe, ohne etwas hören zu können.

Ob er wieder singt?, fragte er sich.

Auf einmal nahm Sascha eine flüchtige Bewegung wahr. Irgendetwas erhob sich zu Eisews Füßen. Regungslos starrte er auf das Geschehen, das sich da draußen vor seinen Augen abspielte. Um Eisew herum tauchten dicke Ranken mit silbrigblauen Blättern auf. Sie kamen schwerfällig aus dem Waldboden geklettert, um immer höher und höher zu wachsen. Sascha staunte. Er kam sich vor wie im Märchen von den Bohnenranken, die bis in den Himmel wuchsen.

Eisews Ranken hatten bereits seine Höhe erreicht und drohten ihn einzuschließen. Sascha gefiel das nicht. Irgendetwas Unheimliches ging da draußen vor. Er lief zur Tür und drückte den Griff nach unten. Nichts. Er rüttelte am Griff, aber die Tür ging nicht auf.

Eingeschlossen. Was soll das?

»Verdammter Mist!«, fluchte er laut.

Beunruhigt eilte Sascha zum Fenster zurück. Das Gewächs war jetzt so dicht und hoch, dass er Eisew dahinter kaum erkennen konnte. Er rief seinen Namen und hämmerte mit der Faust scheppernd gegen die Scheibe.

»Eisew! Eisew! Hörst du mich? Eisew!«

Mittlerweile waren die Pflanzen zu einer Mauer aus dichten Blättern und Zweigen geworden, die einen unheilvollen Schatten auf das Haus warf. Im Raum wurde es immer dunkler. Sascha sah sich um. Womöglich gab es noch einen zweiten Ausgang. Gerade wollte er aus dem Zimmer eilen, um alle anderen Räume zu durchsuchen, als es wieder hell wurde. Sascha kniff die Augen zusammen und kehrte zum Fenster zurück. Die silbrig-blauen Ranken waren verschwunden. Die Tür öffnete sich und Eisew schob sich müde durch den schmalen Eingang.

»Was war das da draußen?«, fragte Sascha, kaum dass Eisew im Zimmer stand. »Und wo sind diese Schlingpflanzen hin, unter denen du begraben warst? Der totale Horror.« In seiner Aufregung hatte er Eisew einfach geduzt.

Eisew wirkte überrascht. »Hattest du Angst um mich?«

Sascha lachte. »Nein, Unsinn.«

Er konnte Eisews aufmerksamen Blick auf sich spüren. »Es wird schwerer, in deinen Gedanken zu lesen. Dir wächst bereits eine Maske. Ich kann es sehen und du wirst sie bald spüren können.«

Sascha berührte unwillkürlich sein Gesicht.

»Du wirst sie innerlich wahrnehmen, nicht äußerlich«, spottete Eisew.

Mit einem innigen Seufzer ließ er sich in seinen Sessel fallen. »Ich bin müde. Der Gesang mit den Bäumen und der Rankenzauber haben mich angestrengt.«

Sascha sah ihn fragend an.

»Ja, mein junger Freund, ich bin der Sohn einer Waldhüterin. Ich kann mit den Bäumen sprechen. Wenn ich singe, stimmen sie in den Klang meiner Stimme mit ein. Sie singen gerne laut.« Er lachte. »Stürmisch könnte man auch sagen. Dadurch ließ sich heute die Brute aus ihrem Versteck aufscheuchen.«

Sascha nahm auf der Liege, die neben dem Sessel stand, Platz.

»Wow. Mit Bäumen reden. Das klingt ziemlich verrückt«, staunte er.

»Dir mag es sonderbar vorkommen. In Enalis allerdings weiß jeder, dass die Waldhüter und Waldhüterinnen dergleichen beherrschen. Sie sind ein Teil dieses Waldes.« Er blickte sehnsüchtig zum Fenster. »Oder waren es zumindest.«

Erneut lag es Sascha auf der Zunge, ihn nach dem Verbleib

seiner Mutter zu fragen, doch er wagte es auch diesmal nicht.

»Was hat es mit dem Rankenzauber auf sich?«, fragte er stattdessen.

»Die Ranken umschließen dieses Gehöft. Auch wenn du sie nicht mehr siehst, sind sie da. Sie machen unser Haus gewissermaßen unsichtbar. Niemand, der jetzt in seine Nähe kommt, kann es sehen.«

»Auch Casandra nicht?«

»Auch sie nicht.«

»Und ihre Bruten? Ich verstehe noch immer nicht, warum sie aus Federn gemacht sind.«

Eisew stieß hörbar den Atem aus. »Die Bruten«, erklärte er, »sind Geschöpfe Casandras. Sie werden erst durch sie lebendig.«

Sascha spähte zur Gürteltasche, die der alte Seher noch immer um seinen Bauch trug. Kurz fragte er sich, ob es nicht doch besser gewesen wäre, die Feder einfach im Wald liegen zu lassen.

»Wie krass. Sie kann tatsächlich Lebendiges erschaffen?«, murmelte er.

Es war gruselig.

»Oh ja, sie ist mächtig. Du willst ihr nicht begegnen, Sascha!«

Eisews Worte klangen wie eine düstere Vorahnung. Fröstelnd rieb Sascha seine Hände aneinander.

»Okay, ist abgespeichert.«

Eisew lächelte sanft. »Man sagt«, fuhr er fort, »Casandra hätte in ihrem Burgturm einen Brunnen, in dem das Wasser wie der nächtliche Himmel leuchtet – dunkelblau mit goldschimmernden Streifen. Immer dann, wenn sie eine ihrer Federn opfert und eintaucht, entstehe aus ihr ein handflächengroßes dunkelblauschwarzes Geschöpf mit langen Flügeln und goldenen Augen – die Brute.«

Sascha fuhr zusammen. Hatte er so eine Kreatur nicht schon einmal gesehen? Ein schrecklicher Verdacht drängte sich ihm auf. Er musste an den Tag denken, an dem er seinen kleinen Bruder in den Kindergarten begleitet hatte. Theo hatte das unheimliche Wesen seinen Freund genannt. Eine Brute in der Welt der Menschen? War das möglich?

Eisew schien seine Befürchtung zu bemerken. »Was hast du, Sascha?«

Er zögerte. »Ich glaube, ich habe so eine Brute schon einmal in meiner Welt gesehen.«

Eisews Augen weiteten sich. »Du musst dich irren! Das ist unmöglich!« Seine Stimme klang dröhnend.

Er erhob sich, ging zum Fenster und klappte den Griff herunter, um die Scheibe zu öffnen. Ein kühler Luftzug fuhr angenehm ins Zimmer.

»Kann das wirklich sein?«, wisperte Eisew und kehrte zu seinem Platz zurück.

Sascha schluckte. »Vielleicht täusche ich mich auch.« Er biss sich auf die Lippen. »Aber falls ich mich nicht irre, was hätte das zu bedeuten?«

Eisew fuhr sich mit der Handfläche über das Gesicht und lachte bitter auf. »Das hieße, dass Casandra dich schon länger im Visier hat. Sie registriert alles, was ihre Bruten sehen.« Er presste seinen Kopf nach hinten gegen die hohe Sessellehne. »Wir müssen auf der Hut sein, mein junger Freund!«

Sascha zog die Beine an. Kälte rann in seine Zehenspitzen. »Aber was will Casandra von mir?«

Eisew wich seinem Blick aus. »Ich weiß es nicht«, antwortete er leise. »Aber wir wären dumm, uns nicht vor ihr zu fürchten.«

Saschas Gedanken wanderten zu Theo. Die Brute hatte vor allem ihn beobachtet. Die Vorstellung verursachte ihm Übelkeit. Er überlegte, ob er Eisew von seinem kleinen Bruder erzählen sollte, als dieser unerwartet aufstand. Gähnend hielt er sich die Hand vor den Mund.

»Ich will mich kurz hinlegen. Mein Verstand ist benebelt und meine Überlegungen sind langsam.«

Er ging zum Regal und zog ein Buch heraus. Triumphierend hielt er es in die Höhe.

»Darin sind die Wesenheiten der Laubarten aufgelistet. Du wirst auf den Seiten auch die Blätter finden, die ich dir heute im Wald gezeigt habe. Studiere sie!«

Sascha verzog das Gesicht. »Um ehrlich zu sein, ich bin auch ziemlich platt«, murrte er.

»Aber, aber! Du bist zu jung, um jetzt schon müde zu sein«, widersprach Eisew.

Die ersten goldenen Fäden zogen bereits durch einen dunkler werdenden Himmel. Eisew hatte ihnen ein schlichtes, aber schmackhaftes Abendessen zubereitet, das aus bohnenähnlichem Gemüse, einer Art Fladenbrot und etwas Käse bestand. Nach dem Essen führte er Sascha zum zweiten Mal in die karge dunkle Kammer vom Vorabend. Casandras Feder lag auf seinem Bett. Eisew musste sie dort hingelegt haben. Sascha betrachtete sie. Er hatte vergessen, Eisew danach zu fragen, was an ihr so kostbar sei. Jetzt wunderte er sich, wie aus etwas so Makellosem und Sanftem Unheilvolles entstehen konnte.

Kurz zögerte er, dann schob er sie unter sein Kopfkissen. Erschöpft streckte Sascha sich auf der weichen Matratze aus. Er war schrecklich müde. Vor dem Einschlafen hängten sich seine Gedanken abermals an Theo und seine Mutter. Gleich würde er bei ihnen sein. Ihm wurde warm ums Herz.

Beim Erwachen nahm Sascha zuallererst das grelle Morgenlicht im Raum wahr, das unsanft in seinen Augen brannte.

Das Licht müsste rötlicher sein, bemerkte er irritiert.

Er sah sich um. Da war der Hocker in der Ecke, auf dem eine Wasserkaraffe stand. Daneben die große Truhe, über die er gestern Abend achtlos seine Klamotten geworfen hatte, die niedrige Holztür, die kieselgrauen Wände. Sascha schnellte hoch, als er begriff, dass er sich nicht in seinem Zimmer, sondern noch immer in Eisews Schlafkammer befand. Ein Schmerz raste durch seinen ganzen Körper. Für eine Weile konnte er nichts anderes tun, als dazusitzen und die Enttäuschung zu verarbeiten. Die Angst, nie mehr nach Hause zu können, fraß sich in ihn hinein.

»Scheiße auch!«, ächzte er.

Wieso war er nicht zu seiner Mutter und Theo zurückgekehrt?

Sascha starrte zur Tür, bis er endlich die Kraft fand, aufzustehen. Eisew erwartete ihn schon draußen am Frühstückstisch für die nächsten Gedankenübungen. Sascha bekam eine Vorstellung davon, wie es reichen Kindern ging, die von einem Privatlehrer unterrichtet wurden. Dann doch lieber Schule.

Der Lauf – Marie

Die Luft brannte in Maries Kehle. Sie hielt an, als sie vor lauter Tränen nichts mehr sehen konnte. Dann wischte sie sich energisch das Gesicht am Ärmel ab und rannte weiter. Schneller, sie musste schneller laufen. Verbissen steigerte sie ihr Tempo. Bald hörte sie ihren Pulsschlag in den Ohren. Gleich würde sie an nichts mehr denken müssen. Sie lief noch schneller.

Es fing an zu regnen. Sanft rannen Wassertropfen über ihre Stirn, ihre Wangen und vermischten sich mit den Tränen. Es half nichts, sie konnte ihrem Kummer nicht entfliehen. Als sie Seitenstechen bekam, blieb sie abermals stehen. Der Regen wurde heftiger. Er trommelte auf die Blätter der Bäume, klatschte auf Maries nackte Arme und Beine. Sie sah sich um. Der Park war menschenleer. Marie hielt ihr Gesicht hoch und schrie mit ihrem ganzen Körper all ihren Schmerz zum Himmel hinauf. Dann ging sie langsam zurück, um nach Sascha zu sehen.

Schon vor der Haustür hörte sie ihre Mutter in der Küche klappern. Dabei war Hunger das Letzte, was sie hatte.

»Er schläft noch immer«, sagte ihre Mutter, ohne den Kopf von den Herdplatten zu heben.

Wie harmlos das klang. Doch er schlief nun schon seit mehr als zwei Tagen. Konnte man das überhaupt noch so nennen?

Marie nickte und wollte nach oben gehen, um zu duschen. Sie war schon fast aus der Küche, als ihre Mutter sich doch noch zu ihr umdrehte.

»Du siehst nicht gut aus, mein Kind. Warum gehst du joggen? Du bist jetzt schon viel zu dünn. Ein richtiges Klappergestell.«

Marie kniff den Mund zusammen. Wie sollte sie ihrer Mutter klar machen, dass sie versuchte, ihren Gedanken und der darin enthaltenen Dunkelheit zu entfliehen?

»Was ist, wenn Sascha nicht mehr aufwacht?«, flüsterte sie stattdessen.

»Daran darfst du nicht denken.«

»Aber ich denke nun einmal daran.«

Ihre Mutter schwieg.

»Ich kann Sascha nicht verlieren. Das würde ich nicht überleben.«

Marie traute sich nicht, ihre Mutter anzusehen. Ein falsches Wort von ihr und sie würde zusammenbrechen.

»Du bist stärker, als du glaubst, mein Kind«, sagte ihre Mutter. »Und jetzt mach, dass du aus den nassen Sachen rauskommst. Sonst erkältest du dich noch. Außerdem tropfst du die ganze Küche voll.« Sie wandte sich um und hantierte weiter. »Danach kannst du mit Theo zum Essen kommen. Wenn du schon unbedingt joggen willst, dann musst du auch essen.«

Marie antwortete nicht. Es hätte eh nichts gebracht.

Nachdem Marie geduscht hatte, ging sie in Saschas Zimmer. Ihr Vater war auf dem Sessel neben Saschas Bett eingeschlafen. Sein

Kopf hing schlaff auf seiner Brust.

Wie alt er auf einmal aussieht.

Sie hatten sich darauf verständigt, abwechselnd bei Sascha Wache zu halten. Falls sein Atem unregelmäßig gehen oder sich eine Verletzung zeigen würde, wollten sie ihn umgehend ins Krankenhaus bringen. Sanft berührte Marie die Schulter ihres Vaters. Sofort schnellte sein Kopf hoch.

»Entschuldige!«, murmelte er.

Marie versuchte ein Lächeln. »Schlaf ist ansteckend. Leg dich hin, ich passe jetzt auf ihn auf!«, bot sie ihm an.

Ihr Vater nickte und erhob sich schwerfällig. Wortlos nahm er sie in die Arme. Mit geschlossenen Augen sog Marie den vertrauten Geruch seiner Kleidung ein und fühlte sich zum ersten Mal an diesem Tag etwas besser.

»Der Junge kommt bald zurück, du wirst sehen!«, flüsterte er ihr tröstend ins Ohr.

Marie schmiegte sich fester an ihn, sie konnte nicht antworten, sonst hätte sie erneut angefangen zu weinen.

Als die Tür geschlossen war, legte sie sich neben Sascha aufs Bett. Vorsichtig strich sie ihm eine Strähne aus der Stirn und bettete dann ihren Kopf leicht auf seine Brust. Marie lauschte seinem regelmäßigen Herzschlag und hoffte, dass er in Sicherheit war.

Die Flucht – Sascha

Sascha wachte auf, weil ihn jemand unsanft an der Schulter rüttelte.

»Komm hoch, Junge! Los, steh auf!«

Träge öffnete Sascha die Augen. Kurz hoffte er, seinen Opa zu erblicken, aber es war das blau gemaserte Gesicht des alten Sehers, das über ihm hing und sorgenvoll auf ihn herabblickte.

»Schnell! Wir sind hier nicht mehr sicher«, trieb dieser ihn zu Eile an.

»Was? Ich dachte, der Schutzzauber ...«

Eisew winkte ab. »Die Mongs waren hier. Sie haben beobachtet, wie uns gestern eine zweite Brute durch den Wald bis hierher gefolgt ist. Ziemlich sicher weiß Casandra nun, wo wir sind.« Er schüttelte unzufrieden den Kopf. »Ich hätte das Haus sofort umranken müssen und wir wären besser in der Nähe geblieben.«

Sascha bekam eine Gänsehaut.

»Okay, ich beeile mich«, versprach er und zog sich rasch seine Kleidung über.

Die Vorstellung, er könnte in Kürze der leibhaftigen Casandra gegenüberstehen, befeuerte seine Bewegungen. Da fiel ihm ihre Feder ein, die er am vorletzten Abend unter das Kopfkissen gelegt hatte. Sofort schob er sie in die große Innentasche seiner Jacke und hastete aus dem Zimmer in die finstere Nacht.

Eisew wartete vor der Hütte auf ihn. Ungeduldig hielt er Sascha seinen Bogen und den Köcher hin.

»Hier! Und jetzt komm! Mach schnell!«

Der Wald um sie herum war pechschwarz. Der alte Seher führte ihn zur Rückseite der Hütte, wo sich ein niedriger Anbau befand. Sascha wunderte sich, er hatte diesen zuvor nie bemerkt. Mit einem Ruck stieß Eisew eine schmale Holztür auf.

»Los! Rein hier!«, drängte er.

Sascha musste sich ducken, um durch den niedrigen Eingang zu passen. Er führte in einen kleinen dunklen Raum, in dem Eisews schwarze Konturen wie die eines Riesen wirkten. Widerwillig sog Sascha die muffige Luft ein. Ihm war, als hätten sie sich in eine Gruft begeben.

»Wo sind wir hier?«

Eisew tastete nach seiner Hand. »Dies ist die Öffnung zu einem unterirdischen Gang. Die wenigsten kennen ihn. Beeilung!«

Er zog Sascha mit sich. Die Aushöhlung war schmal und niedrig.

»Wohin führt der Gang?«

»Fort von der Hütte. Komm, du wirst es gleich sehen!«

Sascha war nicht wohl bei dem Gedanken, durch ein tiefes tunnelartiges Erdloch krabbeln zu müssen, aber Eisew zog ihn unbeirrt hinter sich her.

Nach einiger Zeit wurde der Durchbruch höher und breiter, sodass sie aufrecht weiterlaufen konnten. Eisew ließ Saschas Hand los. Er nahm eine der Fackeln von der Wand und zündete sie an. In dem flackernden Licht bildeten sich die Schatten ihrer Körper auf den grauen Mauern ab – wie ruhelose Gespenster. Auf einmal hatte Sascha das Gefühl, keine Luft mehr zu bekommen. Panik stieg in ihm auf. Er atmete hastig ein und wieder aus. Die Finsternis drohte, ihn unter sich zu begraben.

»Entspann dich, Sascha!«, sagte Eisew. »Alles wird gut. Seher hassen es, sich in dunklen Gängen unter der Erde aufzuhalten. Sie ertragen es nicht. Du hast diesen Wesenszug von deinem Vater geerbt. Aber es wird nicht lange dauern, bis wir beim Ausgang sind. Versprochen.«

Sascha schwieg. Jeder seiner Atemzüge war als Schnaufen zu hören. Bisweilen glaubte er zu ersticken. Dann endete der Gang. Vor ihnen ragte eine erdige Wand auf. Eine Sackgasse!

»Und jetzt? Hier kommen wir nicht weiter«, rief Sascha. »Wir müssen umdrehen, ich kriege keine Luft!«

Eisew schüttelte den Kopf und hielt Sascha am Arm fest. »Nein, das müssen wir nicht. Schau!«

Eisew steuerte auf das Ende des Ganges zu. Sascha beobachtete, wie er seine Fackel an die Wand hielt und seltsame Bewegungen vollführte. Wie aus dem Nichts tauchten plötzlich helle Lichtpunkte auf. Gleich winzigen Glühwürmchen hüpften sie durch die Dunkelheit. Nach und nach formierten sie sich zu einem großen Kreis. Er sah aus wie ein strahlender Vollmond am nachtschwarzen Himmel.

»Schnell hindurch mit dir! Beeilung!«, drängte Eisew.

Mit klopfendem Herzen schritt Sascha auf das leuchtende Gebilde zu. Grelles Licht umfing ihn. Einen Atemzug später fand er sich auf einer kleinen Lichtung wieder, über die sich hohe Nebelschwaden gelegt hatten. Die feuchtkalte Luft kroch unbarmherzig unter seine Outdoor-Jacke. Sascha atmete tief durch. Hinter sich hörte er Eisew.

Sascha wandte sich zu ihm um. »Was nun? Wohin gehen wir?«

»Ich werde jetzt jemanden rufen, der uns hilft.« Es hörte sich traurig an, so wie Eisew es sagte.

»Wen denn?«

Als keine Antwort kam, wiederholte er seine Frage: »Wen willst du rufen?«

»Du musst geduldiger werden, mein junger Freund! Warte ab!«

Eisew schloss die Augen, legte seine rechte Hand auf sein Herz und begann leise zu singen. Seine Stimme, die Sascha schon beim letzten Mal bewundert hatte, erhob sich anmutig über den morgendlichen Wald. Sascha fürchtete, Casandra könnte ihn hören. Andererseits wünschte er sich, diese Klänge würden nie verstummen. Es war wie in der Sage von Orpheus, der mit seinem Gesang die Tiere verzaubern konnte. Doch anstatt gezähmter Tiere oder rauschender Bäume breitete sich ein bezaubernder Duft über der Lichtung aus. Er nahm Sascha einen Moment lang völlig gefangen. Es roch nach Wiesenblumen und Vanille.

Und dann sah er sie. Ihre Gestalt löste sich aus dem dichten Nebel. Sie trug ein langes helles Gewand, in das kleine grau-silberne Blumenblüten gestickt waren. Ihr Gesicht wirkte bleich und zerbrechlich, als bestünde es aus Porzellan. Über ihre schmalen Schultern ergoss sich üppiges silbrig-hellblaues Haar, das wie ein Wasserfall bis zu ihren Kniekehlen hinabfiel.

»Eisew, mein Sohn, warum hast du mich gerufen? Es ist

gefährlich für uns hierherzukommen«, sprach sie, ohne dabei ihre Lippen zu bewegen.

»Mutter!« Eisews Stimme klang unendlich warm und gleichzeitig demütig. »Ich brauche dich! Du musst diesen Jungen hier zu Nürg bringen!«

Sascha wunderte sich. »Zu Nürg? Warum?« Er spähte automatisch zu den Baumkronen hoch.

Die Fremde wandte sich langsam zu ihm um. Mit ihren hellgrauen Augen betrachtete sie Sascha aufmerksam, als würde sie ihm bis auf den Grund seiner Seele blicken können.

Diese Augen kenne ich, dachte Sascha.

Es war scheinbar das Einzige, was sie Eisew vermacht hatte.

Ein leichtes Lächeln zeigte sich kurz auf ihrem alterslosen Gesicht. »Ein Kind aus der anderen Welt. Wie kann das gut gehen?«, fragte sie an Eisew gewandt.

»Er ist ein ganz besonderer Junge.«

Sascha bemerkte, wie ihm die Röte in die Wangen schoss.

»Quatsch!«, brummte er und sah dabei seine Schuhe an.

»Du und der Rat der Weisen riskiert viel für eine vage Hoffnung«, meinte Eisews Mutter. »Und ich nehme an, ihr verlangt viel – auch von anderen«, fuhr sie fort.

Sie schaute versonnen über die Lichtung hinweg zum Wald, durch den sich jetzt träge die ersten morgendlichen Sonnenstrahlen ergossen. Dann schritt sie auf ihren Sohn zu und legte ihm ihre bleiche Hand auf das Gesicht. Sascha beobachtete die beiden.

»Eisew, komm mit mir!«, hörte er sie zärtlich sagen. »Es existieren noch andere Orte. Gib diese Welt hier auf!«

»Nein!« Eisews Stimme klang fest. »Ich kann nicht, ich bin auch ein Seher und …« Er unterbrach sich, bevor er weitersprach. »Du weißt, warum ich es tun muss.«

Sie ließ ihre Hand fallen.

»Also gut«, sagte sie bitter, »ich werde dir helfen! Aber ruf mich nicht noch einmal! Ich mag euer Vorgehen nicht!«

Daraufhin drehte sie sich zu Sascha um und hielt ihm ihre Hand entgegen. »Komm, wir müssen gehen!«

Saschas Herz klopfte, als er ihre ausgestreckten schmalen Finger betrachtete. Er stand einfach da. Bewegungslos.

»Und was ist mit Eisew? Kommt er nicht mit?«

Eisew sah ihn bekümmert an. »Nein, Sascha, ich kann dich nicht begleiten. Esaji wird dich in Sicherheit bringen.«

»Wieso nicht?«

»Casandra und der Schwarze Prinzipal suchen schon lange nach mir. Es ist zu gefährlich für dich, wenn du in meiner Nähe bleibst! Verstehst du?«

Sascha schüttelte den Kopf. »Wir könnten doch in eine andere Waldhüterhütte gehen.«

»Sie würden mich auch dort suchen!«

»Oder ich könnte in meine Welt zurückkehren. Vielleicht geht es mit irgendeinem Zauberspruch oder so.«

Eisew lächelte ihn schmerzvoll an. »Auch das geht nicht. Das Buch allein bestimmt, wann es so weit ist.«

Sascha schluckte. »Du hast versprochen, mich zu meinem Vater zu bringen.«

Eisew schwieg. Aus dem Augenwinkel sah Sascha, wie sich Esajis Hand langsam weiter zu ihm hinbewegte, die Finger steif abgespreizt.

»Komm, es wird Zeit!«

Aber Sascha zögerte noch immer. »Sehen wir uns wieder?«, fragte er, den Blick auf Eisew geheftet.

Dieser nickte vage. »Du bist ein ganz besonderer Junge, Sascha, vergiss das nie!«

Für einen Moment sah es so aus, als wollte Eisew ihn in die Arme schließen, doch dann legte er ihm zum Abschied nur die Hand auf die Schulter.

»Alles wird gut. Du und dein Vater, ihr werdet euch finden«, sagte er, wandte sich um und schritt davon.

»Eisew«, rief Sascha ihm laut hinterher. »Danke!«

Da ergriff die Waldhüterin seine Hand und in der nächsten Sekunde verlor sich die Welt hinter einem weißen Schleier, der sie beide zu verschlingen schien. Minuten vergingen. Oder waren es Stunden? Ein leichtes Kribbeln durchfuhr Sascha.

»Ich bin total müde«, flüsterte er.

Aber niemand antwortete ihm. Noch immer hielt ihn die Waldhüterin fest an der Hand. Für einen quälend langen Augenblick glaubte Sascha, sich nie wieder aus ihrem Griff und der weißen Umarmung des kalten Nebels befreien zu können, als er endlich ein Licht erblickte. Erschöpft trat er in eine bewaldete Landschaft, durch die ein kleiner Bach führte.

Eisews Mutter ließ ihn los. »Wir sind angekommen.«

Sascha blickte sich um. »Wo sind wir?«

Doch er erhielt keine Antwort.

Fasziniert sah er zu, wie sich in dem Moment, in dem die Waldhüterin den Boden betrat, die Farbe ihres Kleides in ein sattes Grün verwandelte und ihre Haut in ein tiefes Braun. Nur ihre Haare und die Augen schimmerten unverändert in dem bleichen Blau. Erneut vernahm Sascha diesen betörenden Duft.

Esaji schritt zum nächsten Baum. Sascha kam es vor, als würde sie schweben. Sanft legte sie ihre dunkle Hand an den Stamm.

Kaum eine Sekunde später ertönte eine helle freche Stimme: »Na, da bist du ja wieder, du wunderlicher Halbseher!«

Zu spät! – Räjeg

Räjeg ging zügig. Obwohl er den Wald der Mongs hasste, durchschritt er ihn bis in seine schattigsten Tiefen. Ihm war klar, dass er dabei beobachtet wurde. Die Mongs bemerkten, hinter dem Laub ihrer Baumkronen verborgen, jeden noch so leisen Eindringling. Und man wusste nie, wem sie ihr Wissen anvertrauten.

Unweit der Anhöhen zum Gebirge von Esramont befand sich das Haus, in dem Eisew Sascha versteckt hielt. Räjeg blieb auf der Hut vor den Hunden der Riesen, Bruten und sonstigen Gefahren. Nur einmal gönnte er sich etwas Schlaf, um nicht zusammenzubrechen. Es war ein oberflächlicher, angespannter Schlaf, aus dem er zu wenig Kraft schöpfte.

Normalerweise hätte er längere Pausen einlegen müssen, aber im Moment erschien ihm nichts wichtiger, als seinen Sohn zu finden. Um keinen Preis wollte er ihn dem Rat der Weisen überlassen. Sie sahen in Sascha nur einen möglichen Retter, den es zu gegebener Zeit zu opfern galt.

Räjeg zwang sich, nicht mehr darüber nachzudenken. Stattdessen ging er noch einmal das letzte Gespräch mit Uret durch. Sie hatten nach hastigem Abwägen beschlossen, sich vorerst zu trennen. Räjeg würde Sascha suchen und Uret nach Akjo weiterziehen, um Rebus zur Hilfe zu eilen. So bald wie möglich, wollte Räjeg mit Sascha nachkommen.

Für einen Moment musste er innehalten, um sich zu orientieren. Er kannte das Haus der Waldhüterin, doch wenn Eisew es mit dem Rankenzauber belegt hatte, wäre es auch für ihn schwierig, es zu finden.

Nein, hier ist es nicht!, stellte Räjeg enttäuscht fest.

Noch einmal zählte er die ihn umgebenden Bäume durch. Es hätten zwölf Trakenbäume anstatt dieser neun sein müssen. Zudem fehlte der Midabaum, der nah an der kleinen Hütte wuchs. Midabäume waren vor allem für ihre schwarzen Früchte bekannt, die ein gefährliches Gift enthielten. Nur eine ihrer ovalen Beerenfrüchte reichte aus, um einen Seher zu töten.

Er musste weiter. Allmählich begannen die ersten, noch kraftlosen Sonnenstrahlen den morgendlichen Hochnebel zu durchziehen. Das hellere Licht half Räjeg, sich besser zurechtzufinden. Wachsam spähte er in alle Richtungen und schritt dann aufmerksam den Waldabschnitt um sich herum ab. Endlich entdeckte er den Baum. Gleich dahinter würde sich die unsichtbare Mauer aus Ranken befinden.

Mit ausgestreckten Armen tastete er sich langsam voran, als unvermittelt ein lauter Ausruf die gedämpfte Stille des müden Waldes durchschnitt. Räjeg fuhr erschrocken zusammen. Jemand hatte Eisews Namen gerufen. Er kannte diese Stimme. Sie gehörte seinem Sohn. Rasend schnell stoben hundert Überlegungen durch seinen Kopf. Suchte er etwa an der falschen Stelle? War Sascha in Gefahr? Rasch spürte Räjeg der unsichtbaren Wand nach und entdeckte sie sofort. Nein, die Hütte war hier! Er hatte sich nicht getäuscht. Sascha musste fortgebracht worden sein. Sein Ruf kam aus der Ferne. Die Erkenntnis grub sich stählern in Räjegs Bewusstsein.

Mit einem Ruck setzte er sich in Bewegung und rannte los. Entschlossen durchquerte er den seicht abfallenden Waldhügel. Er lief durch das unebene Gelände, nicht darauf achtend, dass ihm die tieferhängenden Äste brennende Striemen ins Gesicht peitschten. Die Tasche mit der Armbrust wog schwer. Aber Räjeg nahm weder ihr Gewicht noch den Schmerz oder die Erschöpfung wahr.

Endlich konnte er Sascha sehen. Er hielt die Hand einer Waldhüterin fest, die mit ihm in einen dichten Dunstschleier trat.

Räjeg schrie: »Nein! Warte! Bleib stehen!«

Doch Sascha war bereits hinter den weißen Wänden verschwunden. In aller Eile hastete Räjeg auf die vom Nebel durchzogene Lichtung zu. Er hatte den Platz fast erreicht, als sich die trüben Schwaden wie durch einen Zauber auflösten.

Keuchend blieb er stehen. Sie waren fort. Aber wohin? Fieberhaft suchte Räjeg mit seinen Augen das Gelände ab, ohne irgendjemanden zu entdecken. Stattdessen erhob sich ein glänzend schwarzer Rabe in die Luft. Räjegs Puls raste.

»Eisew!«, brüllte er dem krächzenden Vogel mit der Wut seines kaum zu ertragenden Unglücks hinterher.

Er war zu spät gekommen. Eisew hatte ihn bei seiner Suche nach Sascha offenbar doch bemerkt. Vermutlich war er seitdem auf der Hut gewesen und hatte die Mongs als Spitzel benutzt. Gewiss hatten sie ihn rechtzeitig gewarnt und ihm Räjegs baldige Ankunft verraten. Noch einmal schrie er all seinen Zorn zu den mächtigen Baumkronen hinauf. Er würde sie alle dafür bezahlen lassen.

Grollend zog Räjeg sich die Kapuze bis tief über seine Stirn. Dann wandte er sich zum Gehen um. Es war ein langer Weg bis zum Nahi – dem alten Beratungsort der Seher, den nur die Mitglieder des Weisen Rats betreten durften. Doch er wollte geradewegs dorthin. Er wollte in das dahinsiechende Herz seines Stammes vorstoßen, um seinem Treiben ein Ende zu setzen.

Kapitel 6

Täuschung und Offenbarung

Im Aussichtsnest – Sascha

Nürg kletterte flink vom Baum. Auf dem Waldboden angekommen, verbeugte er sich tief vor der Waldhüterin. »So eine Ehre, dass ihr mich besucht. Oh je, ich hätte mich heute Morgen waschen und mir eine neue Jacke anziehen sollen. Aber, hm, so geht es wohl auch, was?«

»Eisew schickt dir den Jungen, achte gut auf ihn!«, ermahnte ihn Esaji streng, ohne auf Nürgs Äußerungen einzugehen.

Nürg sah zu Sascha. Ein freudiges Lächeln zeigte sich auf seinem grünen Gesicht. »Hallo, Sascha, wie geht's? Mein Baum ist dein Baum. Mein Seil soll dein Seil sein. Meine Karelablätter gehören selbstverständlich dir. Meine gelbe …«

»Genug jetzt!«, unterbrach ihn die Hüterin ungeduldig.

Sie wandte sich zu Sascha um und schaute ihn einen Augenblick lang an. Ihre meerwasser grauen Augen leuchteten unnatürlich hell in dem dunklen Gesicht. Sie fraßen sich neugierig in Saschas Innerstes hinein. Genau so hatte Eisew ihn auch immer angesehen.

»Bleib wachsam und nur dir selbst treu, Sascha!«, flüsterte sie leise, ohne dabei ihre Lippen zu bewegen. Sascha wusste nicht, was sie damit meinte.

»Wie soll ich das verstehen?«, fragte er.

Doch sie hatte sich bereits zum Gehen gewandt. Ihr grünes Kleid verlor sich zwischen zwei bemoosten Baumstämmen. Ihr betörender Duft hing wie eine zarte Verabschiedung in der Luft. Für einen Moment schloss Sascha die Augen.

»Hm, die riechen immer gut, was?«, plapperte Nürg schonungslos in den sinnlichen Augenblick hinein. »Du kannst die Augen wieder aufmachen, sie ist weg!«

Suchend blickte Sascha sich nach ihr um. Esaji war wie vom Erdboden verschluckt. Auch der herrliche Duft verflüchtigte sich, sodass ihm ihre Anwesenheit fast wie ein Traum erschien.

»Hast du eine Ahnung, was sie damit gemeint hat, ich soll mir treu bleiben?«

Nürg starrte ihn aus seinen großen gelben Augen entgeistert an. »Hä, wovon sprichst du? Sie hat doch gar nix zu dir gesagt. Die reden nicht mit jedem, musst du wissen.«

Sascha öffnete den Mund, um ihm zu widersprechen, beließ es dann aber dabei. Er hatte keine Lust, sich so kurz nach seiner Ankunft mit Nürg zu streiten.

»Komm!«, forderte dieser ihn auf. »Ich zeige dir mein neues Nest. Es ist wunderbar behaglich. Du wirst sehen.«

Er lief zu dem Seil, das von einem nahen Baum bis knapp über den Boden herabhing.

»Verflucht! Soll ich schon wieder klettern?«, rief Sascha und schüttelte heftig den Kopf. Er schaffte ja noch nicht einmal acht dämliche Liegestütze. »Vergiss es! Nicht in hundert Jahren!«

Nürg sah ihn erstaunt an. »Bist wohl heute ein bisschen faul, was?« Er kräuselte angewidert seine grüne Nase. »Los, los! Hinauf mit dir, Sascha! Oben hab ich auch was zu essen.«

Sascha schüttelte immer noch den Kopf. »Ich kann das nicht. Echt jetzt. Ich bin ein ganz mieser Kletterer.«

»Aber hör mal, jetzt hast du doch mich, der dir dabei hilft.«

Nürg ließ seinen Blick kurz in alle Richtungen schweifen. »Außerdem ist es hier unten viel zu gefährlich. Es könnten

Armasis oder Phantome durch diesen Waldabschnitt stiefeln. Du erinnerst dich? Phan-to-me!«

»Na schön, ich versuch's«, gab Sascha sich geschlagen.

Nürg rieb ihm die Handinnenflächen und die Füße mit einer braunen Paste ein, die scharf roch. Sie sollte Saschas Haut schützen.

Zentimeter für Zentimeter kämpfte Sascha sich nach oben. Immer wieder bot Nürg ihm seinen Kopf oder eine seiner Schultern als Aufstiegshilfe an. Dabei trieb er ihn ständig an, einfach mal richtig zu klettern. Sascha kam sich vor wie der unsportlichste Junge aller Welten.

Als er endlich oben war, ließ er sich auf das weiche Moos fallen, das Nürg sorgfältig über dem Boden seiner neuen Bleibe ausgebreitet hatte.

»Gemütlich hier, was?« Der Mong lachte. Er schien Sascha überhaupt nicht mehr böse zu sein. »Mein Nest soll von nun an auch dein Nest sein!«

Sascha musste grinsen. »Prima, danke.«

Nürgs Bleibe Nest zu nennen, war ohne jeden Zweifel passend. Es sah wahrhaftig aus wie ein riesiger Vogelbau, in dem sich zu Saschas Erleichterung selbst ein erwachsener Mensch ausstrecken konnte. An den Seiten der aus zahllosen Stöcken aufgestapelten Wände lagen kleinere und größere Holzkisten, in denen die Mongs vermutlich ihren Besitz verwahrten. Es wirkte reichlich sonderbar, die zum Teil aufwendig geschnitzten Kästchen in einer so primitiv anmutenden Bleibe zu sehen.

»Kein Dach!«, bemerkte Sascha nüchtern und zeigte dabei mit dem Zeigefinger nach oben.

Nürg atmete geräuschvoll aus. »Na hör mal, Dächer sind hässlich. Sie versperren einem den Blick in den nächtlichen Goldfadenhimmel und ins herrliche Blätterdach. Hast wohl noch nie hochgeguckt, was?«

Sascha sah zum Himmel hinauf. »Und wenn es regnet?«

Nürg schüttelte fassungslos den Kopf. »Du weißt wohl wieder mal gar nichts, was? Im Mongwald regnet es nicht.«

»Echt jetzt? Nie?«

»Nein, nie!«

Diese Behauptung kam Sascha reichlich übertrieben vor.

»Und woher kommt das Wasser für die Bäume und die Bäche?«, hielt er seinem Freund entgegen.

»Na, von da hinten!« Nürg zeigte mit seinem grünen Ärmchen zu den steilen Hängen, die sich in einiger Entfernung von ihnen auftaten. »Dort oben regnet es immerzu. Fließt dann alles hierher. Gut, was?«

Saschas Augen wanderten zu den hohen Felswänden hinauf, deren Spitzen hinter einer grauen Wolkenwand verborgen lagen.

»Was ist das für ein Gebirge?«

»Weißt du das denn nicht?«

»Woher denn?«

Nürg schien über seine Unkenntnis abermals erschüttert zu sein. »Muss Nürg dir denn alles erklären? Das sind die Berge von Akjo. Erkennt man doch problemlos an dem dunklen Nebel da oben. Warst wohl noch nie dort, was?«

Ein leichter Schauer lief Sascha langsam den Rücken hinab. *Doch, in einem meiner Träume.*

Vor seinem geistigen Auge sah er abermals Casandra und den Schwarzen Prinzipal in ihrer innigen Umarmung auf dem Hochplateau stehen. Ein trügerisch schönes Bild. Bis Sascha der eisige Blick traf, mit dem ihn der dunkle Herrscher fixiert hatte. Sascha war schlagartig kalt gewesen, auch jetzt glitt ein Frösteln durch seinen Körper.

»Hast du Hunger?«, riss Nürg ihn aus seinen Gedanken.

»Ja, total!«

Sie ließen sich auf das weiche Moosbett nieder. Die Sonnenstrahlen fielen sanft durch das grüne Blätterdach. Nürg reichte

Sascha eine gurkenähnliche Frucht, die ein bisschen nach Banane schmeckte. Die bitteren Blätter, die der Mong offenbar täglich aß, lehnte Sascha dankend ab.

»Sorry, ich bin schon satt. Echt schade«, log er.

Sascha spähte abermals zu den dunklen Wolken, die sich um die höheren Berglagen schmiegten.

»Warum bist du jetzt hier und nicht auf der anderen Seite des Waldes, bei den Bergen der Eisriesen?«, fragte er Nürg.

»Ich bin sozusagen auf einem Außenposten. Spannend, was?«, erwiderte Nürg mit vollem Mund.

»Auf einem Außenposten?«

»Jawohl. Gleich nach unserem zweiten Treffen wurde ich abgeholt. Stell dir vor, ich bin wieder auf diesem riesigen Greif Harpargonis geflogen.« Nürg strahlte Sascha mit seinen leuchtendgelben Augen glücklich an. »Die Seher glauben, dass der Schwarze P. Verbündete sucht und zu sich ruft.«

»Der Schwarze P.?«

»Genau, der Schwarze P.! Er verdient keinen richtigen Namen. Er ist durch und durch böse. Deshalb. Wer will schon zu diesem hässlichen Finsterling in die dunklen Gänge? Igitt! Aber mir gefällt mein Aufpassernest – groß und bequem, mit einem tollen Ausblick.« Er blinzelte zu den Felsen. »Na ja, wenn man nicht gerade auf diese Seite guckt.« Dann zuckte er gleichgültig mit den Schultern. »Aber weißt du, was, Sascha, wir schauen einfach immer in die andere Richtung!«

Nach diesen Worten setzte sich Nürg demonstrativ mit dem Rücken zu den Bergen. Auch wenn Sascha unter einem Wachposten etwas anderes verstand, widersprach er ihm nicht, sondern tat es ihm gleich. Die Aussicht war herrlich. Das satte Grün mit seinen unzähligen Schattierungen, den vielen Blättern unterbrochen von den großen sonnengelben Blüten wirkte beruhigend auf ihn.

»Weißt du, was ich am allerliebsten mag?«, fuhr Nürg ihm in

seine Gedanken.

»Nein.«

»Klettern.«

»Im Ernst? Ich hasse klettern«, sagte Sascha so schnell und so nachdrücklich wie möglich.

Auf keinen Fall wollte er die Tage hier damit verbringen. Aber seine Wünsche schienen in Enalis ohnehin niemanden zu interessieren.

»Eisew will bestimmt, dass ich dir alles beibringe, was ich kann.«

»Und ich schätze, du kannst nichts besser als klettern?«

Nürgs Kopf bewegte sich eifrig auf und ab. »Jawohl! Kletterweltmeister-Daumen und nicht nur einen, gleich zwei Daumen, gut was?« Er lächelte breit.

»Daumen?«

»Ja, Daumen!«

Sascha nahm an, dass Daumen eine ähnliche Bedeutung hatte, wie in seiner Welt eine Medaille oder ein Pokal.

»Echt super, herzlichen Glückwunsch. Aber vergiss es, Nürg! Ich klettere nicht!«, stellte er klar.

Allerdings war Nürg nicht mehr davon abzubringen. Er konnte genauso hartnäckig sein wie Theo.

»Na schön, aber wehe du beschimpfst mich wieder«, gab Sascha am Ende nach.

Sie starteten am Nachmittag mit den ersten Übungen. Nürg hatte Sascha abermals die scharfriechende Salbe auf seine Hand- und Fußflächen gestrichen. Nach einigen Tagen würde er sie nicht mehr benötigen, dann hätte er genug Hornhaut, versicherte ihm der Mong. Zwar half die seltsame Paste gegen die grässlichen Hautabschürfungen, davon abgesehen blieb das Erklimmen eines Seils für Sascha aber ein schweißtreibendes Unterfangen.

»Verdammt, Nürg, was tust du mir an?!«, schimpfte er.

Doch zu seiner eigenen Überraschung gelang ihm schon nach drei Tagen unendlich kräftezehrenden Trainings ein erster halbwegs gelungener Aufstieg. Über den Stolz darüber vergaß Sascha selbst seine schmerzenden Muskeln. Zudem lenkte ihn das Klettern vom Nachdenken ab. Er vermisste sein Zuhause, seine Familie und Lutz. Manchmal versuchte er sogar, Kontakt zu ihnen aufzunehmen. Aber Nürg bestätigte Eisews Worte, dass es unmöglich sei, mit jemandem außerhalb von Enalis in Verbindung zu treten. Am Ende hoffte Sascha, wenigstens seinen Vater zu finden. Doch all seine Versuche, ihn geistig aufzuspüren, scheiterten kläglich.

»Ich will in die Berge nach Jatus zum Versteck der Seher«, vertraute er eines Abends seinem kleinen Freund an.

Nürg machte ein entsetztes Gesicht. »Du willst was? Das geht nicht! Nein, nein, ganz und gar nicht! Du weißt schon, dass das ziemlich weit weg ist und dazu noch gefährlich? Unfassbar GEFÄHRLICH sogar!« Seine Stirn war in Falten gelegt. »Außerdem weiß kaum jemand, wo sich dieses Versteck überhaupt befindet.«

»Eisew weiß es.«

»Aber der ist nicht da!«

»Er ist ein Freund der Mongs. Vielleicht hat er ihnen irgendwas über das Versteck erzählt. Wir könnten uns umhören!«

Nürg winkte sogleich ab. »Ausgeschlossen. Nicht einmal mit mir hat er darüber geredet und mich mag er von allen Mongs am allerliebsten.«

Etwas in seinem Gesicht veränderte sich, aber es ging sofort wieder vorbei. Vielleicht war es Sehnsucht oder Ergebenheit.

Nürg schüttelte den Kopf. »Nein, Sascha, du musst bei mir bleiben und Geduld haben!«

Sascha schaute nach oben. Der Himmel war ganz leer, wolkenlos, beinahe langweilig.

»Ich kann nicht ewig nur in diesem Nest hocken und warten. Verstehst du?«

»Außenposten-Aufpassernest, wohlgemerkt!«, stellte Nürg klar. »Es ist doch schön hier. Hier bei mir! Oder was?«

Sascha nickte. »Das schon, aber dafür bin ich nicht nach Enalis gekommen.«

»Vielleicht gibt es ja noch andere Gründe, die dich hierhergetrieben haben. Niemand weiß, was der Schöpfer mit einem vorhat.«

Sascha holte tief Luft. »Bitte, Nürg! Ich muss zu meinem Vater. Irgendwie. Verstehst du? Mit oder ohne deine Hilfe.«

Nürg rückte näher an ihn heran und legte ihm die Hand auf seine Nase.

»Eisew kommt bestimmt bald, um dich zu deinem Vater zu bringen«, versprach er.

Es fühlte sich so seltsam an, dass Sascha lachen musste.

Nürg wich zurück. »Was hast du? Riecht meine Hand etwa ranzig?«

Er schnüffelte daran.

»Ach Quatsch, es ist alles gut«, erwiderte Sascha grinsend.

Als sie sich etwas später unter ihren Decken ausgestreckt hatten, blieben Saschas Gedanken für eine Weile bei Eisew hängen.

Ob er wirklich bald kommt und mich zu meinem Vater bringt?

Die Sorge, für immer hierbleiben zu müssen, schlang sich um Saschas Brustkorb wie ein eisiges Band, bis ihn die Müdigkeit packte und er einschlief.

Sascha sah sich bewegungslos in seinem Bett liegen. Neben ihm schlief seine Mutter, den Kopf auf ihren angewinkelten Arm gebettet. Selbst im Schlaf hatte sie ihre Stirn in Falten gelegt. Gern hätte er sie berührt. Aber er konnte seine Arme nicht anheben. Sie fühlten sich an, als wären sie aus Blei.

Mit den Augen durchkämmte er das Zimmer. Alles wie immer. Warum hatte er dann so ein komisches Gefühl, dass irgendetwas nicht stimmte? Sein Blick fiel auf den Stuhl, der neben seinem Bett stand. Darauf lag das Schwarze Buch. Etwas lugte daraus hervor. Sascha drehte den Kopf weiter in die Richtung, um es besser sehen zu können. Es war eine rote Feder. So eine, wie sie seine Mutter bei den Großeltern im Haar getragen hatte. Was machte sie dort? Hatte sie es etwa aufgeschlagen?

»Was wolltest du mit dem Buch?«, fragte Sascha. Er war noch immer wie festgenagelt.

Doch seine Mutter rührte sich nicht. Sascha wurde nervös.

»Was macht deine Feder in meinem Buch?«, setzte er brüllend hinterher.

Sie blieb regungslos. Wie erstarrt.

»Was schreist du so? Was für eine Feder?«, schimpfte Nürg stattdessen neben ihm.

Sascha war plötzlich hellwach. Sein Herz schlug aufgeregt in seiner Brust.

»Ich habe meine Mutter gesehen. Sie hat geschlafen. Oder war sie vielleicht …« Er schüttelte den Kopf, »… nein, das kann nicht sein.«

»Was meinst du?«

Sascha schluckte. »Vielleicht war sie … tot?«

Nürg atmete schnaubend aus. »Was? Das glaub ich nicht. Den Unterschied hättest du doch wohl bemerkt. Wie kommst du nur darauf?«

»Es war ihre Feder. Die Feder und das Buch dürfen nicht zusammenkommen! Ich weiß es, ich konnte es spüren.«

Nürg betrachtete ihn verblüfft, sagte aber nichts mehr, sondern legte ihm nur wieder die Hand auf die Nase. Sascha wäre es lieber gewesen, er hätte irgendetwas vor sich hingeplappert. Wenn der Mong mal schwieg, stimmte eindeutig etwas nicht. Sascha wartet, bis sich sein holpriger Herzschlag beruhigt hatte.

»Schon gut. War ja nur ein Traum«, sagte er dann und legte sich wieder hin.

Eine Weile starrte er schweigend zu den Blättern und Zweigen hinauf. Er spürte Nürgs Blick auf sich.

»Was ist?«, fragte Sascha und sah ihn an.

Im Halbdunkel erkannte er, wie der Mong den Kopf hin und her wog, als würde er mit sich ringen.

»Nürg, was ist los? Jetzt sag schon!«

Sein Schweigen erschien Sascha endlos.

»Nun spuck es schon aus! Bitte!«

Endlich antwortete Nürg: »Seher träumen nicht, Sascha, sie sehen!«

Der Brief – Marie

Marie zuckte zusammen. Hatte sie Saschas Stimme gehört? Sie beugte sich über ihren Sohn.

»Sascha, bist du wach?«, flüsterte sie. »Bitte! Sei wach!«

Aber er bewegte sich nicht. Wie schon seit Tagen lag er da – reglos, gleich einem Toten. Marie musste gegen das Ohnmachtsgefühl ankämpfen, das sie immer wieder in den Abgrund zu reißen drohte.

»Alles wird gut!«, sagte sie sich laut. »Er ist gesund, er atmet, er ist nur bei seinem Vater!«

Quälend langsam kehrte die Ruhe in ihren Körper zurück. Maries Puls hatte sich wieder beruhigt, als sie die Kraft fand, endlich aufzustehen. Gleich würde sie – wie an jedem Morgen – ins Bad taumeln, um die dort bereitstehende Schüssel mit warmem Wasser zu füllen. Daraufhin würde sie ihrem Sohn das Gesicht und die Hände waschen. Dieses morgendliche Ritual half ihr, sich dem Anschein einer gewissen Normalität hinzugeben, so zerbrechlich sie auch war.

Marie grübelte, was sie der Schule künftig für eine Ausrede auftischen könnte, sollte Sascha noch länger ohnmächtig bleiben. Der Vorwand einer Erkältung, mit der sie ihn bisher entschuldigt hatte, würde bald nicht mehr ausreichen. Sie dachte an die Eltern, deren Kinder sie unterrichtete, während sie mit dem Waschlappen behutsam über Saschas geschlossene Augen fuhr. Mindestens fünf von ihnen waren als Ärztin oder Arzt beschäftigt. Wem könnte sie sich anvertrauen? Wer würde ihr womöglich helfen?

Marie nahm die Schüssel mit dem Wasser, um sie ins Bad zurückzutragen. Anschließend trat sie noch einmal an Saschas Bett.

»Guten Morgen, du Schlafmütze«, flüsterte sie. »Gleich kommt dein Opa und passt auf dich auf.«

Erst beim Hinausgehen fiel ihr wieder das Buch ein. Sie hatte es auf dem Stuhl liegen gelassen. Rasch machte sie kehrt, um es an sich zu nehmen. Marie wollte nicht, dass ihr Vater es hier fand. Er hätte sofort geahnt, wie nah sie abermals der Versuchung gewesen war, es aufzuschlagen, und sie hatte keine Lust, sich ein weiteres Mal seine Warnungen anzuhören.

Aus dem Flur hinter der Wand drangen Theos kurze Schritte. Gleich würde er ins Zimmer stürmen, um nach seinem Bruder zu sehen.

»Guten Morgen, mein Schatz!« Sie fing Theo vor der Tür ab.

»Ist Sascha wach?«

Marie musste den Blick abwenden. Sie ertrug es nicht, die Enttäuschung auf seinem entzückenden kleinen Gesicht zu sehen.

»Nein, noch nicht. Aber es wird nicht mehr lange dauern. Ganz bestimmt.«

Sie sah ihn jetzt doch an. Sein Mund war nach unten gebogen, wie ein bleicher Sichelmond. Unter seinen Augen zuckten die Muskeln, als müsste er gegen die aufsteigenden Tränen ankämpfen.

»Aber was hat er denn? Warum schläft er so lange?«, jammerte Theo.

Marie fuhr ihm tröstend über sein strubbliges blondes Haar. Es war das Einzige, was Räjeg ihm wenigstens äußerlich vermacht hatte.

»Er träumt von einer anderen Welt, die so spannend ist, dass er nicht mehr aufwachen möchte.«

Theo schniefte. »Ist es die Welt aus dem komischen Buch?«

Seine Augen hefteten sich auf das Schwarze Buch, das Marie in der Hand hielt. Sie schwieg.

»Ja, vielleicht«, würgte sie nach einer Weile widerstrebend heraus und nahm sich insgeheim vor, es künftig gut zu verstecken.

»Kann ich es mal sehen?«

»Nein, auf keinen Fall!«

»Warum nicht?«

Das Klingeln ihres Handys rettete Marie.

»Tut mir leid Theo, ich muss da ran. Geh ruhig schon zu Sascha und erzähl ihm was. Dein Opa kommt auch gleich.« Sie versuchte, ein Lächeln zustande zu bringen. »Und wer weiß, vielleicht kann dein Bruder dich sogar hören.«

Dann stürzte sie zum Telefon. Sie hatte es gestern Abend in ihrem Schlafzimmer auf dem Nachttisch liegen gelassen.

»Ja, hier Buchsteiner!«

»Ist er wach?«, erkundigte sich Lutz, ohne Zeit für irgendeine Begrüßungsfloskel zu verschwenden. Seine Stimme klang ein bisschen verschlafen.

»Nein, noch nicht.«

»Verdammter Mist!«, hörte sie ihn leise fluchen.

Marie spürte die Kraft aus sich weichen, als wäre sie ein Luftballon mit einem kleinen Loch. Sie konnte jetzt nicht auch noch Saschas besten Freund trösten.

»Ich melde mich bei dir, sobald sich etwas ändert, okay? Wirklich. Versprochen.«

Langsam schleppte sie sich zur Dusche, zog sich um und verließ das Haus, ohne mit Theo und ihren Eltern gefrühstückt zu haben. Bald würde sie ihren Kummer nicht mehr verbergen können. Bald würde sie wahrhaftig dieses Klappergestell sein, das ihre Mutter in ihr sah.

Mit einem kräftigen Ruck zog Marie die Haustür hinter sich zu. Sofort fiel ihr Blick auf einen hellblauen Briefumschlag, der auf der obersten Stufe der Steintreppe lag. Warum war er nicht im Briefkasten? Staunend hob sie ihn auf. Er schien nicht mit der Post gekommen zu sein, denn es stand weder ein Straßenname noch eine Hausnummer und erst recht kein Absender darauf. Einzig ihr Name stach krakelig hervor: *MARIE BUCHSTEINER*

Hastig öffnete Marie den Umschlag und entnahm ihm ein eng beschriebenes Blatt Papier. Die Handschrift wirkte fahrig wie der Umstand der Briefübermittlung selbst. Auf einmal fühlte sie sich unbehaglich. Der Verfasser der Nachricht könnte ganz in der Nähe sein und sie in diesem Augenblick beobachten. Vorsichtig schielte Marie zu den Vorgärten der Nachbarhäuser. Nein, besser sie las den Brief nicht hier.

Erst als sie ihr Auto drei Straßenzüge weiter eingeparkt hatte, nahm sie das Schreiben abermals zur Hand.

Sehr geehrte Frau Buchsteiner!

Ich weiß aus sicherer Quelle, dass Sie im Besitz eines mysteriösen Buches sind. Es kann seinen Leser in eine fremde Welt entführen. Ich kannte einst einen Jungen, der ebenfalls so ein Buch sein Eigen nannte. Dieser Junge fühlte sich immer mehr von der rätselhaften Welt angezogen, die ihm das Buch zeigte. Sie nennt sich Enalis. In ihr leben die Seelenseher. Der Junge war bald wie besessen von ihnen. Er gab alles für sie hin. Doch sie sind böse. Am Ende sollte er an ihnen zugrunde gehen. In der Erinnerung währte sein junges Leben kaum länger als zwei Jahrzehnte. Die Zeit rennt viel zu schnell. Doch für seine Mutter überdauerte der Schmerz.

Er hörte nie auf. Sie hatte verloren, was ihr das Liebste und Teuerste war. Was für ein Kummer.

Sie, Frau Buchsteiner, werden ebenso alles opfern müssen. Zuletzt vor allem Ihren Sohn. Tun Sie es nicht! Laufen Sie fort! Vernichten Sie das Buch, bevor es zu spät ist! Ich bitte Sie!

Ich nehme bald Abschied von dieser Welt. In der Hoffnung, Gott möge mir vergeben, das Unheil nicht rechtzeitig gesehen und abgewendet zu haben. Ihnen wünsche ich ein heilvolleres Schicksal. Beschützen Sie ihren Sohn!

Hochachtungsvoll
Ihr Paul Wittgenstein

Marie musste sich am Lenkrad festhalten. Wer war dieser Paul Wittgenstein? Woher wusste er von dem Buch? Woher kannte er die Seher und warum dachte er, sie seien böse?

War sie zu leichtgläubig gewesen? Hätte sie Räjeg nicht vertrauen dürfen? Tränen stiegen ihr in die Augen und kullerten ihre Wangen hinunter. Sie tropften auf den Brief, der auf ihrem Schoß lag.

Mit einer schnellen Bewegung wischte Marie sie weg und schüttelte den Kopf. Nein, sie kannte Räjeg. Er würde Sascha niemals in Gefahr bringen. Paul Wittgenstein dagegen kannte sie nicht.

Anstatt zur Arbeit, fuhr sie zum Einwohnermeldeamt. Vielleicht konnte sie dort mehr über den ominösen Briefeschreiber herausbekommen. So lange müssten ihre Schüler eben mit Kai vorliebnehmen. Entschlossen startete sie den Motor. Als sie verstand, was der Brief sonst noch bedeutete, wäre sie beinahe über eine rote Ampel gefahren. Gerade noch rechtzeitig trat sie auf die Bremse und wurde in den Gurt gedrückt. Marie keuchte.

Jemand wusste, dass sie im Besitz des geheimnisvollen Buches waren. Sie wurden beobachtet.

Die ersten Verbündeten – Sascha

Fröstelnd zog sich Sascha die grob gestrickte Decke fester um die Schultern. Helle Rauchwölkchen stiegen geisterhaft bei jedem seiner Atemzüge auf. Seit wann war es im Mongwald so winterlich? Einen Augenblick später hörte er entferntes Donnern, als braute sich irgendwo am anderen Ende des weitläufigen Waldes ein kräftiges Gewitter zusammen.

Von Wegen im Mongwald regnet es nicht!

Vorwurfsvoll schielte Sascha zu seinem schlafenden Freund hinüber, dem scheinbar weder die Kälte noch das entlegene Dröhnen etwas ausmachten.

Toller Außenpostenwachmann, dachte er mürrisch und versuchte ebenfalls wieder einzuschlafen.

Doch kaum, dass er die Augen geschlossen hatte, ließen ihn finstere Bilder von eisblauen Riesen aufschrecken, die zu Hunderten die steilen Felswände hinaufstiegen. In Sekundenschnelle war Sascha hellwach.

»Nürg!«, rief er aufgeregt. »Nürg, wach auf!« Er packte die Schulter des Mongs und schüttelte sie. »Verflucht, Nürg! Jetzt wach schon auf!«

Endlich reckte sich der Mong, legte schläfrig eine Hand über seinen Mund und gähnte. »Kannst du einen erschöpften Grünlingsmong nicht einfach ausschlafen lassen? Warum weckst du mich? Hast du Hunger oder willst du klettern oder musst du mal pullern oder –«

»Nürg!«, fiel Sascha ihm ins Wort. »Spitz mal deine Ohren! Hier stimmt was nicht! Dieses Donnern wird immer lauter. Hattet ihr hier schon mal ein Gewitter?«

Nürg setzte sich kerzengerade auf. Angespannt lauschte er in den schattenverhangenen Wald, in dem sich allmählich das blasse Licht des nahenden Morgens ankündigte. Er wirkte konzentriert, sogar ein bisschen ängstlich.

»Hörst du es? Was kann das sein?«

Statt einer Antwort fischte der Mong eifrig einen kleinen krummen Stock aus einer der größeren Truhen. Er sah fast wie ein Zauberstab aus. Anders als es Sascha erwartet hätte, schwenkte Nürg ihn jedoch nicht geheimnisvoll durch die Luft, sondern klopfte mit dessen Spitze leicht auf den Stamm des Baumes. »Poch, poch – poch, poch, poch – poch, poch – poch, poch, poch …«

»Was machst du da?«, wunderte sich Sascha.

»Ich rufe meine Sippschaft an, ob sie etwas Ungewöhnliches gehört oder gesehen haben!«

»Wie jetzt? Ich dachte, die wären ganz am anderen Ende des Waldes? Von dort können sie doch unmöglich deine komischen Klopflaute bemerken.«

Nürg hob die Augenbrauen. »Klar können sie das.«

»Das ist ein Scherz, oder?«

Der Mong grinste. »Kein Scherz. Die Bäume sind echt super im Weitererzählen.«

Sascha verstand nicht.

»Also«, begann Nürg und wies dabei mit dem Stock zum Baumstamm, »unser Freund hier trägt meine Nachricht zu dem da drüben, der wiederum erzählt es seinem Nachbarn und so weiter.«

Sascha wehrte ab. »Unmöglich!«

Fassungslos starrte er auf das rissige, grobe Gehölz, das kaum anders aussah als die Außenrinde der Bäume im Wald hinter dem Haus seiner Großeltern.

»Diese Kälte«, murmelte Nürg, »macht mir Sorgen. Sie kommt normalerweise nur hoch oben in den Bergen vor.«

Er seufzte tief, dann wiederholte er die Klopfzeichenabfolge von vorhin. Anschließend kauerte er sich neben Sascha. Frierend rückten sie so nah wie möglich aneinander.

»Jetzt hätte ich dich gern etwas größer und am liebsten mit Fell!«, scherzte Sascha.

Seine Zähne schlugen hörbar aufeinander. Nürg wickelte zur Antwort die groben Decken fester um ihre bibbernden Schultern, doch der eisige Wind kroch erbarmungslos durch sie hindurch.

Das gespenstische Donnern wurde immer lauter. Sascha stellte sich eine riesige Maschine vor, die mit schweren Hämmern Löcher in Eisenplatten stanzte.

»Habt ihr hier Maschinen?«, fragte er Nürg hoffnungsvoll, doch dieser schüttelte nur verständnislos den Kopf.

»Komisches Wort«, wunderte er sich. »Was soll das überhaupt sein?«

Sascha wollte gerade zu einer Erklärung ansetzen, als der Baum plötzlich laute Knackgeräusche von sich gab, ohne dass sich seine Äste bewegt hätten. Der kleine Mong horchte aufmerksam zu. Sascha bemerkte, wie sich seine Augen vor Schreck weiteten und sich sein Mund zu einem stummen Schrei öffnete.

»Was ist los? Nürg, jetzt sag schon!«

Nürg holte tief Luft. Fast so, als wollte er ins Wasser abtauchen.

»Eisriesen! Die Eisriesen sind in unseren Wald gekommen«, schnaubte er.

Ein stromartiges Beben durchfuhr Sascha. Er hätte es sich denken können, nein, müssen. Immerhin hatte Nürg ihm erklärt, dass sich Sehern in ihren Träumen die Wahrheit und keine Fantasiebilder zeigten. In seinen Gedanken sah er ihre hünenhaften Gestalten, ihre mitleidlosen weißen Gesichter, aus denen die aquamarin-hellblauen Augen verächtlich auf ihr Gegenüber stierten. Furcht überkam ihn. Sie ließ Sascha für einen Moment sogar die Kälte vergessen.

»Sind sie etwa auf dem Weg hierher?«, fragte er Nürg bestürzt.

Der Mong schob schlaff die Schultern hoch. »Es sieht so aus, aber ganz genau wissen wir es nicht.«

Mit flinken Bewegungen packte er eine kleine, aufwendig geschnitzte Truhe sowie einige Lebensmittel und eine dünne Decke in seinen Rucksack. Im Anschluss daran schob er ein kurzes Messer in seine Gürtelschnalle, das Sascha schon bei ihrer ersten Begegnung gesehen hatte.

»Nimm deinen Bogen und komm! Schnell!«, drängte er.

Sascha blieb unschlüssig stehen. Wohin sollten sie so überstürzt fliehen, wenn sie noch nicht einmal das genaue Ziel der Riesen kannten?

»Ich vermute, sie wollen dort hoch, zu den Felsen von Akjo!«, brach es laut aus Sascha heraus. Er überlegte kurz. »Ja, genauso hat es in meinem Traum ausgesehen.«

»In deinem Traum?« Nürg wirkte überrascht.

»Ich hab die Eisriesen gesehen. Sie waren dabei, einen Berghang hinaufzuklettern. Hunderte von ihnen! Ich könnte schwören, dass es die Hänge da drüben waren!«

Sascha wies mit der Hand in Richtung des nebelverhangenen Bergkamms. Nürg folgte seinem Blick. Ungläubig schüttelte er den Kopf.

»Wann hast du das gesehen?«, wollte er wissen. Seine Stimme klang seltsam angespannt.

»Vorhin, kurz bevor ich aufgewacht bin. Es sah beängstigend aus.«

Sascha verstand nicht, was es für eine Rolle spielte, zu welchem Zeitpunkt er die Eisriesen im Traum gesehen hatte.

»Und sie sind hochgeklettert? Bist du dir sicher? Nicht runter?«

»Absolut, sie waren beim Aufstieg. Das kann ich beschwören.«

Nürg betrachtete ihn einen Moment lang nachdenklich. »Tja, wenn die Riesen tatsächlich hierherkommen und in das Akjo-Gebirge hoch marschieren, wissen wir, dass du ein wahrsagender Seher bist.« Er verzog den Mund, als hätte man ihm einen schimmligen Kuchen vorgesetzt. »Das macht dich schon ein bisschen gruselig. Ich meine, du siehst nicht gerade angsteinflößend aus, aber ihr Seher tragt ja auch immer so eine doofe Maske vor dem Gesicht.«

»Was redest du da? Ich bin kein wahrsagender Seher. Und gruselig bin ich erst recht nicht«, protestierte Sascha.

Nürg machte ein unglückliches Gesicht. »Ich hoffe, du hast recht.«

Sein Blick glitt an den Wipfeln der umstehenden Bäume entlang, über ihre Zweige und Blätter hinweg, durch die der eisige Wind pfiff.

»Tschüss, geliebtes Aufpassernest«, seufzte er. Dann gab er sich einen Ruck. »Komm! Es wird kälter und lauter. Wir sollten zusehen, dass wir von hier verschwinden.« Er deutete mit dem Finger zum Boden. »Besser du läufst unten, während ich denselben Weg über die Baumwipfel nehme.«

Sascha zögerte. »Wohin wollen wir?«, fragte er.

Nürg stieß sich schwungvoll vom Rand seines Nestes ab. »Einfach nur weg von hier. Weit weg.«

Während Sascha so schnell er konnte über den feuchten Waldboden jagte, sprang Nürg gleich einem Eichhörnchen von Ast zu Ast. Nach einer Weile machten sie an einer großen Lichtung halt. Sascha zog hörbar die Luft ein, stockte und blies sie gedehnt wieder aus. Er war außer Puste.

»Sieh nur! Dort, hinter der Wiese«, wies Nürg ihn auf eine riesige weißgraue Wolke in der Ferne hin.

Sascha ahnte, dass sie nichts Gutes verhieß.

»Was ist das?«, erkundigte er sich und spähte zu seinem Freund nach oben.

Nürg war hinter dem dichten Blätterdach kaum auszumachen.

»Die Eisriesen«, hörte Sascha ihn inbrünstig aufstöhnen. »Beten wir zum Schöpfer, dass wir ihnen nicht begegnen.«

Sie eilten weiter. Bald wurde das donnernde Getöse der hart aufstampfenden Füße immer lauter. Der klirrend kalte Wind pfiff

Sascha peitschend um die Ohren.

»Wir sind zu langsam, die Eisriesen kommen näher«, hörte er Nürg undeutlich über sich rufen, die Stimme vom Wind zerfetzt.

Sascha sah zu ihm hoch. Auf den Kronen der Bäume hatte sich schon eine dünne Eisschicht gebildet.

»Besser du läufst hier unten weiter, sonst rutschst du noch auf dem glatten Holz aus«, rief er ihm mahnend zu.

Aber Nürg wollte davon nichts wissen.

»Auf keinen Fall. Ein Mong gehört auf die Bäume!«, schrie er zurück.

Auch diesmal ging seine helle Stimme in dem furchterregenden Getöse nahezu unter. Wie betäubt stoben sie durch den Wald.

»Sie sind gleich hier!«, hauchte der Wind Sascha ins Ohr.

Und dann sah er sie. Zwischen dicken Baumstämmen leuchteten ihre blauen Mäntel in der Ferne in dem zu Eis erstarrten Wald majestätisch auf. Es war unmöglich ihren langen Schritten zu entkommen, begriff Sascha bestürzt.

In diesem Moment fiel direkt vor ihm ein Seil zu Boden. Sascha packte es und kletterte zügig daran hoch. Oben angekommen machte Nürg ihm ein Zeichen, dass er so nah wie möglich an den Baumstamm heranrutschen solle. Sascha tastete sich vorsichtig auf dem spiegelglatten Ast voran, während Nürg das Seil wieder hinaufzog. Dicht beim Stamm war der Ast so breit, dass Sascha bequem darauf sitzen konnte. Er schlang seine Beine fest um das Holz.

Das Stampfen unzähliger Füße schwoll zu einem unerträglich lauten Donnern an. Der tosende Sturm fegte zwischen den Baumkronen hindurch. Seine Berührung ließ alles Lebendige ersterben.

Sascha schloss die Augen. Sein Herz stolperte in seiner Brust. Klappernd schlugen seine Zähne aufeinander. Er presste seine Kiefer zusammen, aus Angst, die Riesen könnten ihn hören. Im Stillen betete er darum, dass keiner von ihnen nach oben schauen möge. Ihm fiel das Märchen von der Schneekönigin ein. Hier waren es die Eisriesen, die den Winter in die Baumreihen des sommerlichen Waldes trugen.

Immer näher rückten sie heran. Wie an einer Perlenschnur aufgezogen schritten sie in Reih und Glied. Sie waren bestimmt drei Meter groß, stellte Sascha schaudernd fest. Bis auf den Vorausgehenden, der die anderen Hünen noch um einen Kopf überragte. Er mochte wohl ihr Anführer sein. Keiner von ihnen sprach oder wandte sein Gesicht zu seinem Hintermann. Geradezu traumwandlerisch marschierten sie hintereinander unter dem schaukelnden Baum her, auf den die Freunde sich geflüchtet hatten. Ihre Anzahl kam Sascha unendlich vor.

Bald schliefen ihm die Füße ein und seine Hände klebten steifgefroren an dem kalten Holz. Besorgt spähte er zu dem Mong, dessen Kopf schlaff gegen den Baumstamm gelehnt war. Nürg hielt die Augen geschlossen. Für einen schauerlichen Moment fürchtete Sascha, sein Freund könnte tot sein, doch dann hob dieser kurz die Lider und schenkte ihm ein dünnes Lächeln. Sascha musste schlucken. Er sah aus wie ein kleines verletztes Vögelchen. Schmerzlich lächelte Sascha zurück und schloss ebenfalls die Augen.

Wenn er wenigstens nicht so frieren würde. Sascha stellte sich vor, in der Badewanne zu liegen. Bis zum Kinn im warmen Wasser. Meist hatte es nicht lange gedauert, bis Theo zu ihm ins Bad gekommen war und ihn mit einem »Bist du bald fertig, ich will auch baden« genervt hatte. Jetzt sehnte sich Sascha nach seinem kleinen Bruder. Er konzentrierte sich so lange auf Theos rundes Gesicht, seine silberhelle Stimme und sein Lachen, bis er seine vor Kälte zusammengezogenen Muskeln vergaß.

Nach einiger Zeit überkam ihn bleierne Müdigkeit. Sein Körper drohte nach vorn zu kippen, als ein schriller Aufschrei das monotone Getrampel zerriss. Erschrocken spähte Sascha zu den kraftstrotzenden Giganten unter ihm und dann zu Nürg, der ihm einen fragenden Blick zuwarf.

Sascha schüttelte ratlos den Kopf. Aus dem Augenwinkel bemerkte er einen Riesen, der von der Seite zur Marschreihe seiner Artgenossen aufschloss. Offenbar war er aus einer anderen Richtung gekommen und jetzt erst dazugestoßen. Er trug etwas Zappelndes über seiner rechten Schulter, das unter dem Griff des Riesen wie eine lebendige Puppe erschien.

Vorsichtig beugte Sascha sich ein wenig vor, um besser sehen zu können. Da erkannte er, wen der Riese bei sich hatte. Fast hätte Sascha geschrien. Eilig legte er sich eine Hand auf den Mund. Denn die sich windende zerbrechlich wirkende Gestalt war niemand anderes als das Mädchen mit den bernsteinfarbenen Augen. Zetar.

Die Insel Nahi – Räjeg

Schon aus der Ferne erkannte Räjeg den grauen Nebel, der sich gespenstisch über dem schwarzen Bergsee erhob. Dieser Ort war zauberhaft und unheimlich zugleich. Nur wenige kannten sein Geheimnis. Selbst unter den Sehern war die Zahl der Wissenden auf die Ratsmitglieder und einige ausgesuchte Familienangehörige beschränkt. Zweimal hatte Räjeg seinen Vater hierher begleiten dürfen, denn dieser war ebenfalls ein Mitglied des Großen Rats gewesen. Damals sollten die Besuche der Vorbereitung auf Räjegs zukünftige Aufnahme dienen. Wie stolz er gewesen war, diese Stätte ihrer vertraulichen Treffen zu kennen und wie froh, seinen Vater nicht enttäuscht zu haben. Als Zeichen seiner Freude schenkte dieser ihm einen kleinen Prisma-Anhänger, den Räjeg seither stets bei sich trug. Es war das Einzige, das ihm von seiner Familie geblieben war.

Hatte er sich dereinst tatsächlich nichts sehnlicher gewünscht, als in die Gemeinschaft des Weisen Rats aufgenommen zu werden? Bei dieser Erinnerung schüttelte Räjeg ungläubig den Kopf. Wie naiv er gewesen war. Und wie erbärmlich der Weise Rat vorging: Weglaufen, sich verstecken und auf ein Kind hoffen. Auf sein Kind!

Räjeg beschleunigte seine Schritte. Der Gedanke an Sascha ließ ihn weitergehen, obwohl er dringend eine Pause gebraucht hätte. Vor allem das Klettern bis hinauf zum Hochplateau des dritthöchsten Berges von Jatus hatte ihn geschwächt. Er blickte zum See hinüber. Über seinem Wasser erstreckte sich der Nebel wie ein weißer Schleier. Räjeg zwang sich, einen Fuß vor den anderen zu setzen und nicht darüber nachzudenken, dass all dies sinnlos sein könnte.

Vermutlich rechneten sie bereits mit seinem Kommen. Allerdings wusste Räjeg nicht, wo er sonst nach Sascha hätte suchen sollen. Deshalb blieb der heilige Ort der Seher seine ganze Hoffnung – eine schreckliche und womöglich unerfüllbare Hoffnung. Endlich stand er am Ufer des schwarzen Wassers. Hinter der undurchdringlichen Nebelwand lag die kleine Insel Nahi, auf der sich die Halle der Weisheit befand. Ein bis zwei Seher waren immer dort, um das Archiv der alten Schöpfer zu bewachen. Räjeg wünschte sich, dass er Eisew antreffen würde; mit ihm hatte er noch eine Rechnung offen.

Vorsichtig schaute er sich nach allen Seiten um. Konzentriert wanderte sein Blick zu den hohen Bäumen und über die großen Felsbrocken, die sich wie achtlos hingeworfen um den See säumten. Nicht weit von hier hatte einst Smorka, die prachtvolle Felsenstadt der Seher, gestanden. Zwar waren nach ihrer Zerstörung hier keine Armasis mehr gesichtet worden, dennoch tauchten sie in letzter Zeit wieder häufiger in den Hochebenen von Jatus auf. Sie suchten nach dem Versteck der überlebenden Seher, das kaum zehn Kilometer entfernt lag. An diesem Morgen jedoch schien niemand hier zu sein. Es herrschte eine unheimliche Stille.

Räjeg spähte in den trüben Dunst, der diesig über dem See lag. Wo waren sie nur? Für einen flüchtigen Moment befürchtete er, die im Wasser liegenden Baumstämme nicht mehr zu finden. Doch dann sah er sie. Wie tote Schlangen lagen sie eng beieinander und dümpelten am flachen Rand des Sees hin und her. Er lief dorthin und sprang mit einem kräftigen Satz darauf.

Beschwörend rief er im Geist dem Floß zu:

»Tote Bäume tragt mich sacht
Durch den Nebel, er bewacht –
Einen Ort, der ungesehen
Undenkbares lässt geschehen.
Ich gehör zum engen Kreis,
der von dem Geheimnis weiß.
Bin ein Seher, stark und weise,
Bäume, bringt mich auf die Reise!«

Schaukelnd setzte sich das Floß daraufhin in Bewegung. Um Gleichgewicht ringend, ließ Räjeg sich auf die Knie nieder und lauschte dem leichten Dahinplätschern. Bald war er von dichten Nebelwolken umschlossen. Als sich auf der anderen Seite der graue Dunstschleier aufzulösen begann, erkannte Räjeg die aus dem Wasser herausragende Felsenspitze sofort.

Er war schon fast beim Ufer angelangt, als er glaubte, ein flatterndes Geräusch wahrzunehmen. Sofort legte Räjeg den Kopf in den Nacken und sah zum Himmel hinauf. Über ihm hing eine dichte Dunstdecke, hinter der kaum etwas zu erkennen war. Trotzdem hielt Räjeg den Blick starr nach oben gerichtete. Er wartete und lauschte. Nichts. Dann schüttelte er den Kopf. Sicherlich hatte er sich nur verhört.

Ein wahrer Freund – Sascha

Saschas Hände hatten wie von selbst zu Pfeil und Bogen gegriffen, bevor er anfing nachzudenken. Erstens war der Riese, der Zetar trug, zwar ein großes Ziel, aber bestimmt würde er ihn nicht mit einem Pfeil töten können. Und wenn er nur verletzt wurde, könnte er allen anderen Riesen Bescheid geben und sie auf Nürg und ihn hetzen. Zweitens bestand die Möglichkeit, dass sich Zetar verletzte, wenn der Riese strauchelte und sie fallen ließ. Als ihm Nürg dann auch noch die Hand auf die Schulter legte und den Kopf schüttelte, senkte Sascha widerwillig seinen Bogen.

Aber sollte er wirklich tatenlos hier oben sitzen bleiben, während die junge Seherin von den Eisriesen verschleppt wurde? Hilflos schaute er ihnen nach. Es war zwecklos, sich einer ganzen Armee von diesen Kolossen entgegenzustellen. Unglücklich schloss Sascha die Augen. Er ertrug den Anblick des Hünen mit dem zappelnden und schreienden Mädchen nicht mehr. Erst als nach einer gefühlten Ewigkeit das Beben unter ihnen abgeklungen war, wagte er es wieder aufzusehen. Sie waren fort. Kahle, tote Bäume säumten den Weg, den sie genommen hatten. Es war gespenstisch.

»Wir müssen hinterher, um zu sehen, wohin sie sie bringen!«, beschwor er Nürg.

Doch dieser schüttelte heftig den Kopf. »Sie bringen sie zum Schwarzen P. Und was bitte sollen ein Grünlingsmong und ein kleiner Halbseher dagegen ausrichten?«

Sascha ballte wütend seine Hände zu Fäusten. »Verflucht, Nürg! Irgendwas müssen wir doch tun!«

Der Zorn vertrieb die Kälte in ihm.

Er holte tief Luft, um deutlich gelassener fortzufahren: »Ich kann Zetar nicht so einfach im Stich lassen. Sie wollte doch nur ihren Vater retten.«

Nürg war verwirrt. »Du kennst sie?«

»Ja, ich bin ihr zum ersten Mal bei den Felsgängen begegnet.«

»Bei den Felsgängen?« Nürgs Stimme überschlug sich. »Du warst dort oben in den Bergen von Akjo beim Schwarzen P.? Hast du den Verstand verloren? Beim Schöpfer, Sascha, da darf man nicht hin! Eigentlich sollte man noch nicht mal hier an der Grenze des Waldes zu diesem Gebirge sein! Eigentlich –«

»Es geschah in einem meiner Träume über Enalis. Ich konnte nichts dagegen tun«, unterbrach Sascha den Mong.

Nürg blickte ihn stirnrunzelnd an.

»Was ist jetzt, kommst du mit?«, fragte Sascha. Es klang schroffer, als er es beabsichtigt hatte.

Nürg wirkte unentschlossen. »Es wäre besser, nach den Sehern zu suchen. Sie wissen eher, was zu tun ist. Ich habe außerdem die Verantwortung für dich. Die Waldhüterin persönlich hat es mir aufgetragen und Eisew –«

»Jetzt plötzlich willst du in die Berge von Jatus zum Versteck der Seher, obwohl du keine Ahnung hast, wo es ist?«

Nürg zuckte mit den Achseln. »Tja. Es kommt vor, dass ein Seher durch unseren schönen Mongwald streift. Wir könnten ihn nach dem Weg fragen.«

Sascha blickte der weißen Wolke hinterher, die sich auf das felsige Akjo-Gebirge zubewegte. Die Eisriesen kamen schnell voran. Ein nervöses Kribbeln trieb durch ihn hindurch. Er wurde ungeduldig.

»Ich muss los, Nürg«, sagte er und tastete sich konzentriert zum Seil vor, das Nürg im Moment der Gefahr in aller Eile heraufgezogen hatte.

»Ich dachte, du wolltest unbedingt zu den Sehern, um endlich deinen Vater zu finden«, vernahm er die Stimme des Mongs im Rücken.

Die Worte versetzten Sascha einen Stich. Er hielt inne und wandte sich um. Die Hoffnung stand Nürg ins Gesicht geschrieben. Kurz schwankte Sascha. Es war töricht, was er vorhatte. Angst nistete sich in seiner Brust ein. Es überraschte ihn selbst, dass diese Angst allein Zetar galt.

»Ich kann nicht tatenlos zusehen, wie jemand verschleppt wird. Verstehst du das denn nicht? Man muss doch helfen«, wendete er ein und ärgerte sich, dass er die Gründe nicht besser erläutert hatte.

Egal, die Zeit drängte. Jeder Augenblick, der verstrich, bedeutete Zetars Verschwinden in eine immer größer werdende Entfernung.

»Mach's gut, Nürg!«, sagte er und glitt an dem Seil hinunter.

»Nein, nein, Sascha, so geht das nicht! Ich habe die Verantwortung! Halt! Bleib stehen! Oder besser noch, komm zurück! Ja, komm sofort zurück!«, polterte der kleine Mong aufgeregt hinter ihm her.

Sascha ignorierte Nürg und lief einfach los. Seine Füße trugen ihn über den weichen Waldboden bis zu einem schmalen Bachlauf. Dort blieb er stehen und hielt Ausschau. Über ihm knarzten die kahlen Zweige im Wind. Er hatte keinen Plan, was er tun sollte. Schlimmer noch, er kannte sich überhaupt nicht in Enalis aus. Vielleicht hätte er doch auf Nürg hören sollen. Er war wirklich ein Idiot.

Da hörte Sascha etwas über sich in den Wipfeln knacken. Er erschrak und riss den Kopf hoch. Zwischen zwei Ästen glaubte er eine Bewegung zu erfassen. Dann erkannte er Nürg in seiner honiggelben Jacke. Er musste ihm gefolgt sein. Erleichterung schwappte durch Sascha hindurch.

»Hey, ich hab dich gesehen. Du hältst es wohl nicht aus ohne mich, was?«

»Pah, von wegen. Ich erfülle nur mein Versprechen, das ich der Waldhüterin und Eisew gegeben habe. Aber das ist das letzte Mal, dass ich auf so einen ungezogenen Halbseher aufpasse. Hörst du? Das letzte Mal!«

Allmählich zog sich die Kälte zurück und eine wärmende Luft entfaltete sich tröstend über dem aufgeschreckten Wald. Sie waren schon eine Zeitlang unterwegs.

»Pause?«, rief Sascha zu den Baumkronen hoch.

»Oh ja, Pause klingt gut. Unbedingt! Aber nur hier oben!«, erwiderte Nürg.

Sascha stöhnte auf. »Okay, meinetwegen. Ich schätze, das bin ich dir schuldig.«

Die Aussicht vom Dach der Bäume war berauschend. Schweigend sahen sie auf die schroffen Berge von Akjo, an deren Felswänden sich das Licht der Sonne spiegelte. Sie stand bereits tiefer. Nicht mehr lange und sie würden den Wald hinter sich gelassen haben.

»Wir sollten uns ausruhen und hier übernachten!«, schlug Nürg vor. Er strich liebevoll mit der Hand über den rauen Baumstamm. »Unser starker Freund hat viele breite Seitenarme, die dicht beieinanderstehen. Da kann man es sich richtig schön bequem machen.«

Saschas Augen wanderten zweifelnd über die dicken Äste. »Ein Nest wäre mir lieber, um ehrlich zu sein.« Er seufzte und zog gleichzeitig die Schultern hoch. »Aber was soll's? Es wird auch so gehen.«

Nürg legte den Kopf schief und musterte ihn kritisch. »Hm, besser wir sichern dich mit einem Seil, was? Nicht, dass du mir mitten in der Nacht noch vom Baum plumpst.«

»Quatsch, ich komme schon klar!«, protestierte Sascha sofort.

Doch der Mong winkte ab. »Keine Widerrede! Ich habe schließlich die Verantwortung für dich.«

»Ja, das sagtest du bereits. Ich passe schon auf mich auf.«

»Ich passe besser auf dich auf!«

Sascha atmete tief durch. Ihm fehlte die Kraft für einen Streit. »Na gut, wenn es dich glücklich macht.« Er schenkte Nürg ein freundliches Lächeln. »Danke, dass du mitgekommen bist«, sagte er dann.

»Kein Problem. Allerdings wüsste ich gern, wie du die junge Seherin retten willst. Wie ist dein Plan?« Der Mong hielt die Arme vor der Brust verschränkt und sah Sascha erwartungsvoll an.

Sascha schluckte. »Tja, zuallererst die Verfolgung aufnehmen«, begann er. »Und dann die Eisriesen beobachten und anschließend ...« Er stockte. »Um ehrlich zu sein, hab ich keinen Schimmer. Aber irgendwas wird sich schon ergeben.«

Nürg schnappte nach Luft. »Irgendwas wird sich ergeben?«

»Was weiß ich. Ich bin schließlich kein Wahrsager«, erwiderte Sascha trotzig und bemerkte selbst, wie dämlich es sich anhörte.

»Na ja, so etwas wie ein Hellseher scheinst du ja sehr wohl zu sein«, gab Nürg zu bedenken. Er schwieg, als ob er darauf wartete, dass Sascha noch etwas sagen würde. Dann meinte er endlich: »Egal, uns fällt schon was ein.«

Kaum, dass die Sonne hinter dem dunklen Horizont verschwunden war, kramte Nürg das krumme Stöckchen aus seinem Rucksack hervor. Wie schon am Morgen schlug er damit rhythmisch Klopfzeichen auf die Rinde. Sie hörten sich in der Dunkelheit gespenstisch laut an.

»Was hast du dem Baum erzählt?«, wollte Sascha hinterher wissen.

Nürg drehte sich zu ihm um. »Dass die Riesen auf dem Weg zum Schwarzen P. sind. Und dass einer meiner Brüder doch bitte dem Weisen Rat der Seher Bescheid geben soll.« Ein Seufzer fuhr durch ihn hindurch. »Ich wette, es traut sich wieder keiner aus dem Wald hinaus, um in die Berge von Jatus zu gehen. Alles Feiglinge, sage ich dir!«

Sascha packte sofort das schlechte Gewissen, da ihm die

Verfolgung der Riesen wichtiger gewesen war, als zu den Sehern aufzubrechen. Aber diese glühende Sorge um Zetar wog stärker als die Sehnsucht nach seinem Vater.

Besorgt spähte er zu den kahlen Bäumen hinüber, deren Blätter durch die Kälte, die die Riesen in den Wald gebracht hatten, abgestorben waren. Sie sahen im fahlen Dämmerlicht wie tote Gerippe aus. Schaudernd zog sich Sascha die Jacke enger um die Schultern.

»Es wird sich schon irgendwer finden, der den Sehern die Nachricht übermittelt«, sagte er.

Nürg schwieg. Er hatte sein Ohr fest an den Stamm gepresst. Offenbar wartete er darauf, dass ihm das leblos anmutende Holz gleich etwas erzählen würde.

»Da!«, verkündete er nach einer Weile. »Der Baum spricht!«

Tatsächlich vernahm Sascha beinahe im selben Moment ein leises Knacken, das allmählich lauter wurde. Es klang, als würde ein aufkommender Wind ungeduldig in die nackte Baumkrone fahren. Bald begannen auch die benachbarten Bäume und deren Nachbarn ihr Astwerk geräuschvoll auf- und ab zu bewegen. Ein wildes Getöse erhob sich.

Wahrhaftig! Der Wald ist lebendig, schoss es Sascha durch den Kopf. *Die Bäume atmen und sprechen – nein, sie schreien.*

»Was sagen sie?«, rief er gegen den ohrenbetäubenden Lärm an.

Langsam wandte Nürg ihm sein entsetztes Gesicht zu. Seine Stimme klang heiser. »Ich verstehe sie nicht. Sie reden alle durcheinander.«

»Aber warum?«

Der kleine Mong kroch nah an Sascha heran. Vorsichtig legte er seinen Mund an sein Ohr. »Weil sie wütend sind. Und wütende Bäume können gefährlich sein, Sascha!«

Der Angriff – Sascha

Die Nacht kroch schwerfällig dahin. Immer wieder schreckte Sascha aus dem Schlaf auf. In seinen kurzen Träumen zeigten sich ihm flüchtige Bilder, die nicht zusammenpassen wollten. Er sah seinen Vater und Eisew, den Hinterkopf eines schwarzhaarigen Mannes, der ein weißes, in Holzrinde gebundenes Buch in den Händen hielt. Zwischendurch tauchte ein dunkler Rabe auf, der scheinbar ziellos über eine vom Nebel umschlossene Landschaft flog.

Endlich wurde es hell. Sascha knotete mit steifen Fingern das Seil auf, mit dem Nürg ihn am Stamm gesichert hatte. Dann richtete er sich auf. Seine Muskeln fühlten sich hölzern an. Er spähte zu dem Mong, der wie ein Luchs wohlig ausgestreckt auf einem etwas höher liegenden Ast lag und leise schnarchte.

Vorsichtig kletterte Sascha hinunter, um sich die Beine zu vertreten. Der feste Boden unter seinen Füßen fühlte sich herrlich an. Aus irgendeinem Grund begann er zu laufen. Immer schneller trieb es ihn durch den kahlen Wald, als wäre jemand hinter ihm her. Erst nach einiger Zeit begriff Sascha, dass er auf der Suche war. Auf der Suche nach den Farben – dem frischen Grün, dem leuchtenden Gelb und dem satten Braun. Noch vor Kurzem hatten die verschiedenartigen Blätter lebendig und erhaben in den hohen Baumkronen gehangen. Jetzt lagen sie tot und grau auf dem Waldboden verstreut.

Endlich kam er zu einem Teil des Waldes, durch den die Riesen offenbar nicht gezogen waren. Sascha blieb stehen und sah sich um. Die heraufziehende Sonne verfing sich im prächtig schimmernden Blätterdach. Etwas weiter hinten erkannte er eine Lichtung. Ein dichter Nebel lag über ihr. Als er auf sie zuging, meinte er die Waldhüterin zu erkennen. Sie löste sich langsam aus dem weißen Dunst. Doch seine Augen hatten ihm einen Streich gespielt. Es war nur ein Trugbild. Eine Erinnerung. Plötzlich fuhr ihm ein leichter Windstoß in den Rücken.

»Lauf, Sascha, lauf weiter!«, schien der Wind ihm zuzuflüstern.

Sascha sah sich um. Er konnte niemanden erkennen, doch das ungute Gefühl blieb. Rasch überquerte er die feuchte Wiese, bis ihn ein knackendes Geräusch innehalten ließ. Nervös spähte er abermals zurück. Schon schnellte ein Pfeil wie aus dem Nichts auf ihn zu, der ihn nur knapp verfehlte. Für den Bruchteil einer Sekunde stand Sascha wie angewurzelt da und starrte in die Richtung, aus der er gekommen war. Er verstand nicht.

Erst als er ein leises Zischen hörte, verflog die Lähmung. Sofort warf er sich auf die Erde. Gerade noch rechtzeitig, um dem zweiten Pfeil zu entgehen. Bibbernde Angst schlug über Sascha zusammen, gleichzeitig rann ihm der Schweiß von der Stirn. Er spürte, wie Panik in ihm aufstieg.

Hektisch sah er sich nach einem Fluchtweg um. Die nächsten Bäume standen rund zwanzig Schritte weit entfernt.

»Verdammt!«, wisperte er.

Auf dem Bauch kroch er über die Wiese. Ein dritter Pfeil flog über ihn hinweg. Er preschte in den Nebel, der noch immer bauschig über dem Boden hing. So gut es ging, versteckte Sascha sich in diesem Dunst wie unter einer Schicht aus Schnee. An seinen Händen klebte das Gras. Nässe kroch in seine Kleidung.

Als er bei den Bäumen angekommen war, rappelte er sich auf und rannte los. Wie durch einen Tunnel jagte er tiefer in den Wald. Jetzt nur nicht ausrutschen, nicht fallen! Doch wohin sollte er überhaupt fliehen? Egal, Hauptsache fort!

Er hörte schwere Schritte hinter sich und begriff, dass ihm sein Verfolger dicht auf den Fersen war. Schutzsuchend stürzte Sascha sich hinter den nächstbesten Stamm. Dann riss er sich seinen Bogen vom Rücken. Gekonnt legte er einen der Pfeile auf und spannte die Sehne. Er lauschte und wartete. Jede Faser seines Körpers war angespannt.

Wieder hörte er ein Knacken, diesmal rechts von ihm. Sofort zielte er in die entsprechende Richtung. Eine Bewegung. Sascha erkannte einen grauen kahlen Kopf. Ein Armasi. Er war sich sicher. Der Armasi reckte sich seitlich hinter einem Baumstamm vor. In seinen Händen hielt er einen gespannten Bogen.

Er oder ich, stand es Sascha klar und deutlich vor Augen.

Ihm war, als würde er am Rand einer Klippe stehen. Da glaubte er plötzlich, die Stimme seiner Mutter zu hören.

Mahnend flüsterte sie ihm zu: »Rückenspannung aufbauen, langsam und gleichmäßig ausatmen, halten, ohne Angst zielen, beiläufig, nicht zu lange warten!«

Genau so hatten sie es unzählige Male geübt.

Jetzt!, hörte er sie in seinen Gedanken sagen.

Er ließ die Sehne los. Der Pfeil löste sich. Surrend durchschnitt er die kühle Morgenluft und bohrte sich in die rechte Schulter des anderen. Krachend fiel der Armasi rückwärts zu Boden. Er stieß einen kurzen Schmerzensschrei aus, der in der Stille des Waldes viel zu laut klang.

Sascha erschrak. Was hatte er getan? Ihm wurde übel. Zitternd verharrte er einen Augenblick lang in seinem Versteck. Nach einer Weile fasste er sich. Seine Augen wanderten zu dem Armasi. Er lag noch immer an derselben Stelle. Der Pfeil mit den leuchtend roten Federn ragte aus ihm heraus wie eine Markierung. Sein Brustkorb hob und senkte sich leicht. Er lebte.

Ganz langsam, den Bogen abermals abschussbereit, schlich Sascha sich zu dem verwundeten Angreifer. Er musste nachsehen, wie es ihm ging, auch wenn er sich vor seinem Anblick fürchtete.

Sascha trat näher an ihn heran. Der Armasi atmete schwer. Seine linke Hand umschloss fest das Holz des Pfeils, so als wollte er ihn sich geradewegs herausziehen.

»Nicht!«, rief Sascha unweigerlich aus.

Mit fahrig zuckenden Augen betrachtete ihn der Verletzte. Seine Haut wirkte ledrig. Ein bösartiges Lächeln stahl sich auf sein aschfahles, grau schimmerndes Gesicht, das spitze gelbgraue Zähne entblößte. Dieses Grinsen machte Sascha nervös. Konzentriert versuchte er dem Blick seiner furchterregenden dunklen Augen standzuhalten.

Was ging in dem Armasi vor? Das Schwarz der Pupillen, die in einer blutroten Iris schwammen, verlor sich in Bildern. Der Armasi zuckte bebend unter dem Angriff zusammen. Instinktiv schloss er die Lider, doch es war zu spät. Sascha war bereits in seine Gedanken eingedrungen. Die Leichtigkeit, mit der ihm dies gelungen war, überraschte ihn selbst. Er hasste die Seher, konnte Sascha erkennen. Nein, mehr noch, er fürchtete sie, fast so sehr, wie er den Schwarzen Prinzipal und Casandra fürchtete. Sie hatten über ihn geherrscht, ihn für sich arbeiten lassen.

Die Betrachtung seiner Seele schwächte Sascha enorm. Er musste das Innerste des Armasis schnellstmöglich wieder verlassen. Doch in dem Moment, in dem er sich von ihm losreißen wollte, zeigte sich ihm eine Szene. Er sah undeutlich das Profil eines dunkelhaarigen jungen Mannes, der bunt glitzernde Steine auf den Erdboden warf. Er war kein Seher, wusste der Armasi, dem die Gier nach den funkelnden Kostbarkeiten in der Seele brannte. Aber wer war es dann? Schlagartig wurde es Sascha klar: Es war ein Mensch!

Schwer atmend kappte er die Verbindung. Der Armasi hielt noch immer die Augen geschlossen. Mit zitternden Beinen fiel Sascha auf die Knie. Was hatte er gesehen?

In diesem Augenblick hörte er eine helle, aufgeregte Stimme seinen Namen rufen.

»Sascha!«, hallte es durch den Wald. »Saaaascha!«

»Hey! Ich bin hier!«, antwortete er, so laut er konnte, aus Angst, Nürg könnte ihn nicht hören und wieder fortgehen.

Die Erleichterung über sein Kommen trieb ihm Tränen in die

Augen. Der Armasi spähte in die Richtung, aus der der Ruf gekommen war. Mit aller Kraft richtete er seinen schweren Oberkörper auf, wobei er schmerzverzerrt aufstöhnte. Sofort reichte Sascha ihm helfend seine Hand, aber der andere stieß nur einen wütenden Grunzlaut aus. In seinem Blick lag grenzenloser Hass.

Endlich war Nürg bei ihnen. Mit weit aufgerissenen Augen starrte er auf den Verletzten.

»Sascha, was ist passiert? Warst du das?« Er wies mit dem Kopf auf den Armasi.

»Er hat mich verfolgt und wollte mich töten.«

Nürg sog hörbar die klare Waldluft ein. »Natürlich hat er dich angegriffen. Er ist ein Armasi. Armasis jagen nun mal Seher wie dich.« Er schielte zu Saschas Bogen. »Der ist aber noch nicht tot, das weißt du hoffentlich, oder?«

»Echt jetzt? Natürlich weiß ich das.«

Der Mong musterte Sascha unzufrieden. »Dafür siehst du so aus, als würdest du gleich abkratzen! Hat er dich verletzt, dieser Handlanger des Schwarzen P.? Noch so einer, der kein richtiges Wort verdient hat. Ein A. – der ist nur ein A.«, schimpfte Nürg und stieß dabei dem finster dreinblickenden Armasi gegen den Oberschenkel.

»Lass das!«

Nürg verdrehte die Augen. »Und was machen wir nun mit diesem A. hier?«

»Keine Ahnung. Vielleicht sollten wir erst mal die Pfeilspitze entfernen!«

»Wir sollten was? Hab ich dich gerade richtig verstanden?« Nürgs Stimme überschlug sich. »Und ihn am besten auch noch mit meinen Karelablättern behandeln, damit er schnell wieder gesund wird und zu den anderen A.s laufen kann. Dann können sie alle zusammen noch mehr Seher und Mongs töten, oder was?«

Sascha fühlte sich schuldig.

Er setzte erneut an: »Du hast diese Blätter bei dir? Damit sollten wir ihn behandeln!«

Nürg schnaubte entrüstet. »Als ob!«

»Mensch, Nürg! Wir können ihn doch nicht einfach hier liegen lassen!«

»Warum nicht?« Der Mong verschränkte trotzig die Arme vor seiner Brust.

Sascha überlegte.

»Er hat genauso viel Angst vor dem Schwarzen Prinzipal wie wir«, trug er schließlich das erstbeste Argument vor, das ihm einfiel.

»Ich habe keine Angst vor dem Schwarzen P. Na ja, vielleicht ein klitzekleines Bisschen. Aber woher weißt du das überhaupt?«

Im gleichen Moment schien es Nürg aufzugehen. Er schnappte nach Luft.

»Du warst doch nicht etwa in seiner finsteren Seele? Es ist gefährlich, in böse Seelen einzudringen! Hat dir das dein Vater denn nicht …?« Er schlug sich erschrocken die Hand auf den Mund, bevor er fortfuhr: »Äh nein, dann eben Eisew. Hat dir das Eisew nicht gesagt? Du bist wirklich –«

»Nürg!«, unterbrach Sascha ihn. »Das war keine Absicht. Ich habe in seine Augen gesehen und war plötzlich in seinen Gedanken. Es war ganz leicht.«

»Natürlich war es leicht. Du bist ein Seelenseher und A.s besitzen keine Maske.«

»Komm schon! Tu es für mich! Ich will nicht, dass er stirbt«, versuchte Sascha ihn zu überzeugen.

Der Mong streckte beschwörend seine Hände zum Himmel hinauf. »Beim Schöpfer, du bist wirklich der nervigste Seher, den ich kenne.« Er ließ seine Arme fallen. »Na schön, weil du es bist.«

Seufzend beugte er sich über die Schulter des verletzten Armasis.

»Du hast recht, der Pfeil muss raus!«

Mit einem einzigen kräftigen Ruck riss er ihn aus dem Körper des Verwundeten. Dieser stieß einen wutverzerrten Schmerzensschrei aus, der eine Schaar ruhender Vögel kreischend in die Luft jagte. Schnell nahm Sascha ihm seinen Bogen ab. Er hatte die ganze Zeit unbeachtet neben dem Armasi gelegen. Doch dieser bemerkte kaum etwas davon. Erschöpft sackte er wieder nach hinten.

Nürg kramte die heilenden Blätter aus seiner Jackentasche hervor und zerkaute sie. Anschließend legte er sie auf die blutende Wunde.

»Du weißt schon, dass es total gefährlich ist, diese Blätter zu sammeln, was? Ich sage nur Riesenhunde! Und jetzt muss ich sie für diesen A. hier opfern«, grummelte er, wobei seine Bewegungen feinfühlig und vorsichtig waren.

Der Armasi hielt die Augen geschlossen, während Nürg ihm behutsam etwas Moos auf das schmerzende Schulterblatt presste.

»Fertig!«, meinte er dann. Auf seinem Gesicht zeigte sich ein zufriedenes Grinsen. »Aber den nehmen wir auf keinen Fall mit! Hörst du, Sascha! Ich schleppe DEN nicht. Und du auch nicht! Niemals.«

»Keine Sorge, das gehört nicht unbedingt zu meinem Plan«, beeilte Sascha sich den Mong zu beruhigen. »Wird er überleben?«, fragte er dann.

»Er kommt durch!«

»Gut.«

Sie machten sich zum Aufbruch bereit. Sascha fischte die Pfeile des Verletzten aus dessen Köcher und schob sie geradewegs in seinen. Nürg legte dem Armasi zum Abschied zwei der großen Karelablätter in die Hand.

Als sie sich bereits zum Gehen umgewandt hatten, setzte der Armasi doch noch zum Sprechen an: »Danke! Aber ihr habt keine Chance gegen ihn! Bei ihm darf man nicht schwach sein.«

Das höhnische Lachen, das seinen unheilvollen Worten folgte, begleitete sie auf dem Weg in den dichter werdenden Wald. Es klang Sascha noch Stunden später in den Ohren. Ein schaler Geschmack hatte sich auf seine Zunge gelegt.

So schmeckt Angst, dachte er fröstelnd.

Eine Figur auf dem Spielbrett – Räjeg

Das Floß stieß dumpf gegen das Ufer. Räjeg erhob sich ungeduldig und sprang auf die kleine Insel, die wie eine Iris inmitten des zeitlosen Nebelauges lag.

Wann immer er hierherkam, wurde er vom Zauber dieser mystischen Welt überwältigt. Hinter dem seicht abfallenden Hügel zu seinen Füßen konnte er das silbrige Schimmern des gewaltigen hohlen Baumstumpfs erkennen. Er thronte am Rande einer kleinen Schlucht, in die sich seine gigantischen Wurzeln eingegraben hatten.

Entschlossen rannte Räjeg darauf zu. Eine abgetretene Steintreppe führte direkt unterhalb des hohlen Baumstumpfs in die Erde hinab. Dort stand eine hohe Steinwand, die von den kräftigen freiliegenden Wurzeln des alten Baums überwuchert war. Sie sahen aus wie die langen Arme eines Kraken, die sich am Mauerwerk festkrallten. Zwischen zwei Wurzelarmen verbarg sich der Eingang zum unterirdischen Tempel der Seher.

Räjeg fröstelte. Der Ort schien verlassen. Ihn beschlich ein beklemmendes Gefühl beim Anblick der Tür. Bei seinem letzten Aufenthalt auf der Insel waren ihm zahlreiche Seher begegnet. Sie hatten sich in ihren langen blassgrünen Gewändern rastlos voranbewegt, manchmal in ein hitziges Gespräch vertieft oder in ihre eigenen geheimnisvollen Gedanken. Wo waren sie alle?

Vorsichtig legte er seine Stirn auf das kalte Metall der verborgenen kunstvoll verzierten Tür. Durch sie konnten nur wenige

Mitglieder aus dem inneren Kreis gelangen. Glücklicherweise war Räjeg als künftiges Ratsmitglied unlängst in die Geheimnisse eingeweiht worden. Mit einem lauten Krachen schwang die Tür auf. Dahinter erhob sich ein gleißend warmes Licht, das den riesigen Schatten eines Auges auf den hellen Marmorboden warf. Das Zeichen der Seher!

Unweigerlich spähte Räjeg nach oben. Er befand sich fast unterhalb des hohlen Baums. In ihn hatten die Erbauer des Tempels einst ein imposantes gelbes Glasfenster mit einem schwarzen Auge eingesetzt. Der Effekt war beeindruckend.

Räjeg blickte sich suchend um. »Hallo?«, rief er laut in die ovale Tempelhalle hinein.

An einer ihrer Längsseiten zeigten sich drei Türen. Hinter der mittleren lagen die Räumlichkeiten der wertvollen Bibliothek verborgen. Räjeg wusste, dass Eisew sich am liebsten dort aufhielt.

»Ist hier jemand?«, rief er abermals.

Kaum, dass das Echo seines neuerlichen Rufes verhallt war, trat Eisew aus dem Eingang der Bibliothek. Er sah müde und sichtbar gealtert aus.

»Willkommen, Räjeg, ich habe schon auf dich gewartet!«, begrüßte er ihn freundlich.

Räjeg presste seine Kieferknochen fest aufeinander.

»Ist Sascha hier?«, stieß er zornig aus.

»Nein, er ist in Sicherheit«, antwortete ihm Eisew gelassen. Wie selbstsicher er klang.

»Vor wem? Vor mir? Meinst du das etwa?«, schrie Räjeg den alten Seher an und ärgerte sich sofort über seinen Ausbruch. Er atmete tief durch. »Was habt ihr mit ihm vor? Er ist ein Kind, ein unbedarfter Junge aus einer anderen Welt, der nur durch einen elenden Zufall in eure lächerlichen Prophezeiungspläne hineingeraten ist.«

Ein spöttisches Grinsen stahl sich auf Eisews reizloses Gesicht.

»Zufall?« Er klang belustigt. »Nichts, mein lieber Räjeg, ist hier zufällig geschehen. Alles war von Anfang an genau so geplant.«

Räjeg brauchte einen Augenblick, um den Inhalt dieser Aussage zu begreifen. Innerlich taumelnd richtete er sich kerzengerade auf und wünschte sich, seine Maske wäre undurchdringlich. Er wollte für die kommende Erklärung so gut es ging gewappnet sein.

»Geplant? Was meinst du damit?«, fragte er unsicher.

»Der Anfang unseres Plans, mein lieber Räjeg, warst du!«, antwortete ihm Eisew sanft. »Ein starker, schöner Seher, der leicht ein Menschenherz verzaubern kann.«

Räjeg dachte an Marie.

Nein, das kann nicht sein!

Sie waren sich doch nur zufällig begegnet. Oder etwa nicht? Ihm fiel wieder der Pfeil ein, dieser Gegenstand aus der Menschenwelt. Mit ihm hatte alles begonnen. Auf einem seiner Kletterausflüge hatte Räjeg ihn gefunden. Seine leuchtend roten Federn waren schon von Weitem zu sehen gewesen. In dem Moment, in dem er ihn aufgehoben hatte, war zum ersten Mal das Bild von dem zarten Mädchen mit den langen dunklen Haaren und den großen braunen Augen in seinen Gedanken erschienen. Danach tauchte sie in jedem seiner Träume auf.

Auch jetzt sah er sie vor sich. Sah sie mit einer Klarheit, die ihm den Atem nahm.

»Marie!«, flüsterte er.

Der Mund des alten Sehers verzog sich zu einem mitleidigen Lächeln.

»Sehnsucht und Liebe sind ein starkes Band. Vielleicht das stärkste überhaupt«, behauptete er.

Räjeg ballte schnaubend seine Hände zu Fäusten.

»Spar dir deine falsche Anteilnahme! Was weißt du schon von Liebe und Sehnsucht.«

Bei Räjeg war die Sehnsucht irgendwann zum Schmerz geworden. Auf einmal hatte er nur noch bei ihr sein wollen. Das war der Grund, warum er sich dazu entschlossen hatte, das Schwarze Schöpferbuch an sich zu nehmen. Es wurde zu einem unerhörten Gedanken, ja, zu einer Hoffnung, die etwas scheinbar Unmögliches wahr werden lassen konnte.

»Wann wusstet ihr, wer euch bestohlen hat?«, fragte er.

»Bestohlen?«

»Ja, ganz richtig. Ich spreche vom Schwarzen Schöpferbuch.«

Eisew lachte spöttisch auf. »Du hast es uns nicht gestohlen, mein lieber Räjeg. Wir haben es dir praktisch bereitgelegt. Was glaubst du, warum du so früh in unsere Mitte aufgenommen werden solltest? Damit du leichten Zugang zu unserem Tempel erhältst. Nur deshalb haben wir dir alles über die Macht der Schöpferbücher erzählt – Geheimnisse, die sonst nur den Ältesten und Weisesten unter uns vorbehalten sind.«

In Räjegs Kopf zersprangen die Gedanken in tausend Scherben. Sein Leben glich dem einer Figur auf dem Spielbrett der Seher.

»Ihr falschen Hunde!«, stieß er keuchend aus.

Zornig eilte er auf Eisew zu und packte ihn am Ausschnitt seines Gewands.

»Wir sind nicht länger Teil eures arglistigen Plans«, brüllte er.

Seine Stimme tobte durch die hohe Halle. Doch Eisew schüttelte nur unbeeindruckt den Kopf.

»Wir haben es zum Wohl aller getan. Dein Vater war so unglaublich stolz darauf, dass ausgerechnet sein ältester Sohn auserwählt worden war.«

Räjeg verspürte einen Stich.

»Mein Vater?«, raunte er.

»Versteh doch! Es gab bei Weitem noch nie eine so große Gefahr! Du kennst die Prophezeiung. Nur ein Kind aus der anderen Welt kann den Krieg beenden. Dein Sohn ist dieses Kind.«

Das Ausmaß des Geständnisses traf Räjeg wie ein Schlag ins Gesicht. Taumelnd ließ er sein Gegenüber los. Auch sein Vater hatte es gewusst. War sein ganzes Leben eine Lüge, seine

Entscheidungen niemals wahrhaftig seine eigenen gewesen? Kraftlos sank er auf die Knie.

»Ihr glaubt wirklich, das Richtige zu tun – ihr Narren!«, flüsterte er müde.

Eisew trat jetzt dicht hinter ihn und legte ihm eine Hand auf die Schulter. »Du warst fürwahr der beste Seher, den wir hätten auswählen können.«

Räjeg schüttelte Eisews Hand ab und erhob sich wieder.

»Gut gemacht!«, spottete er. »Kaum zwei Jahre später hattet ihr das Kind. Warum habt ihr mich nicht eher zurückgeholt?«

»Die Jahre mit der Frau und deinem Sohn waren unser Dank an dich.«

Räjeg drehte sich fassungslos zu ihm um.

»Und die Albträume, die waren mein Rückrufsignal, nicht wahr?«

Voller Hass starrte er in das blaugemaserte Gesicht.

Eisew senkte die Augen. »Es ging nicht anders. Die Kräfte der dunklen Mächte wuchsen unaufhörlich. Nach deinem Verschwinden sogar noch schneller als in den Jahren zuvor. Wir wurden überall gejagt und unserer Städte und Häuser beraubt. Du hast es selbst gesehen. Und der Krieg tobt weiter. Wir brauchen den Jungen!«

»Und was habt ihr mit ihm vor?«, fragte Räjeg scharf. »Wollt ihr ihn tatsächlich zum Schwarzen Prinzipal schicken? Was soll er dort für euch tun? Ihn mit einem Pfeil bedrohen oder mit Worten verjagen? Sascha würde keine zwei Minuten überleben.«

»Er ist stärker, als du denkst!«, widersprach ihm Eisew. »Das Buch hat ihm die Gabe des Voraussehens geschenkt. Ich bin mir sicher, dies geschah nicht grundlos.«

Entsetzt wich Räjeg einen Schritt zurück.

»Nein!«, rief er qualvoll aus.

Das Wort brach sich an den kalten Marmorwänden zu einem schmerzverzerrten Aufschrei. Räjeg wusste, dass diese Gabe für die Betroffenen fürchterlich war. Sie konnten den Tod ihrer Lieben voraussehen, ja sogar ihren eigenen. Einzig, dass sie den Zeitpunkt nicht kannten. Manche trieb es direkt in den Wahnsinn.

Nur mit Mühe konnte Räjeg sich zurückhalten, Eisew nicht an die Gurgel zu gehen.

Doch dieser blickte ihn gelassen an und fragte schneidend: »Warst nicht du es, der ihm das Buch überließ?«

Der Satz brannte in Räjegs Seele wie ein glühendes Brenneisen. Ja, auch er hatte seinen Sohn nicht einfach zurücklassen wollen. Stattdessen hatte er ihm den Schlüssel nach Enalis anvertraut, obwohl er die Gefahren gekannt hatte. War es ihm dabei wirklich einzig um den Schutz seines Kindes gegangen oder um das Verlangen, es eines Tages wiederzusehen? Ein unangenehmes Pochen trommelte quälend hinter Räjegs Stirn. Auf einmal fühlte er sich grenzenlos müde.

»Wo ist er?«, fragte er Eisew zum zweiten Mal. »Warum kann ich ihn nicht mehr mit meinen Gedanken aufspüren?«

Räjeg musste die Augen schließen. Die Schmerzen in seinem Kopf wurden immer schlimmer. In seine dunkle Welt drangen Eisews Worte wie durch einen Nebelschleier.

»Er ist bei Nürg, einem Grünlingsmong«, hörte er ihn sagen. »Niemand wird den Jungen dort vermuten, nicht wahr? Zumal ihm durch mich eine Maske gewachsen ist. Du weißt, wir Waldhüter können dies. Ich habe versucht, deinem Sohn möglichst viel darüber beizubringen. So kann er sich besser schützen und vor unseren Feinden verbergen.«

Räjeg überlegte, ob er Eisew entgegnen sollte, dass dies wohl nicht zum Schutz vor dem Schwarzen Prinzipal, sondern vor ihm, seinem eigenen Vater geschehen war. Aber er unterließ es. Er brauchte Eisew noch, um Sascha zu finden. Besser, er unterbrach ihn jetzt nicht.

»Sascha hat schnell gelernt«, fuhr Eisew fort. »Vielleicht, weil Menschen es gewohnt sind, ihre Gefühle zu verbergen. Du hingegen, mein Lieber, kannst deine Empfindungen nur noch schlecht verschleiern. Deine Maske ist schwach geworden. Jähzorn und Hass sind keine guten Begleiter, Räjeg!«

»Wo genau?«, fragte Räjeg, ohne auf das Gesagte einzugehen.

Er hatte die Augen wieder geöffnet. Eisews Blick ruhte aufmerksam auf ihm.

»Im Grunde brauchen wir ihn doch alle, nicht wahr? – Den Sohn und Retter unseres Stammes! Und am Ende zahlt jeder seinen Preis!«

Kapitel 7
Wo das Böse wacht

Die Verfolgung – Sascha

Die schroffen Felswände, die sich in schwindelerregender Höhe vor Sascha und Nürg auftaten, rückten immer näher. Finsternis umschloss die Gipfel, als herrschte dort immerwährende Nacht. Der Anblick beunruhigte Sascha. Dahinter verbarg sich gewiss nichts Gutes, sondern ewige Kälte und Grausamkeit, aber auch – so hoffte er zumindest – das Mädchen mit den bernsteinfarbenen Augen.

Die größten Abschnitte ihrer Strecke legten sie in den frühen Morgen- und Abendstunden zurück, wenn das Licht fahl und matt auf die Landschaft fiel. Sie fürchteten sich davor, von den Armasis überfallen oder von einer Brute gesichtet zu werden. Immer wieder verbargen sie sich hinter felsigem Geröll und dornigen Büschen. Bei jedem noch so kleinen Geräusch schreckten sie auf und sahen sich besorgt um.

Die Spur der Riesen ließ sich leicht verfolgen – sogar in den höherliegenden Bergabschnitten. Überall entlang ihres Weges hatte ihre Kälte eine karge, tote Landschaft hinterlassen.

»Ich hasse diese gefrosteten Kraftprotze«, schimpfte Nürg. »Nur ihretwegen gibt es hier keine hohen grünen wunderbaren Bäume mehr. Mongs brauchen ihre geliebten Bäume!«

»Schon klar. Wenn wir das hier überstanden haben, wirst du

deine Bäume hoffentlich nie wieder verlassen müssen.«

»Und wo ist eigentlich die Sonne?«, beschwerte er sich weiter. »Ist doch nicht auszuhalten ohne Sonne, was? Kein Wunder, dass hier alle so gehässig sind. Ich werde auch gleich oberfies, wenn ich keine wohlige helle hoffnungsvolle Wärme bekomme!«

»Nürg, das ist nicht unbedingt hilfreich!«

»Stimmt. Hilfreich wäre ein Plan!«, hielt der Mong dagegen. »Hast du einen?«

Sascha biss sich auf die Lippen. »Wir verfolgen die Spur der Eisriesen, dann wissen wir, wo Zetar ist.«

»Und dann?«

»Dann sehen wir weiter!«

Sascha merkte selbst, wie lahm das klang. Aber ihn störte die Fragerei.

Er fuchtelte mit den Armen. »Ach, was weiß ich. Wir beobachten, was passiert, und entscheiden dann! Ganz spontan eben.«

»Das ist kein Plan, das ist leichtsinnige Blödheit!«

Durch Saschas Kopf glitt das Bild der jungen Seherin. Wie sie hilflos schrie und zappelte. Er atmete tief durch.

»Je eher wir sie finden, desto wahrscheinlicher ist es, dass sie noch lebt.«

Das hoffte er zumindest. Er musste es darauf ankommen lassen.

»Uns wird schon was einfallen. Wir holen sie da raus. Ganz sicher. Irgendwie!«

Sascha spürte Nürgs Blick auf sich.

»Du magst sie, was?«, fragte er und grinste dabei verschmitzt.

Ein Ausdruck, den Sascha noch nie an ihm bemerkt hatte. Sein Herzschlag beschleunigte sich.

»Ja, sehr sogar«, gab er offen zu.

Das Erklimmen der stetig steiler werdenden Berge erschöpfte sie. Zu hoch, zu felsig und zu senkrecht erschienen ihnen die kantigen Gesteinswände.

»Flügel wären jetzt nicht schlecht«, seufzte Nürg verträumt, nachdem sie sich auf einen großen Stein gesetzt hatten, um kurz auszuruhen.

Sascha war froh, Bogen und Köcher für eine Weile ablegen zu können. Erschöpft rieb er sich über die Druckstellen im Nacken.

»Oder ein Greif!«, fuhr Nürg schwärmerisch fort. »Eisew hat einen. Aber wir durften ja nicht zu den Sehern, wir mussten ja schnurstracks auf Klettertour gehen.« Er zog die Beine an und schlang seine dünnen Ärmchen darum. »Ich hasse Berge!«

So langsam nervte Sascha das ewige Gemecker seines Freundes.

»Wenn wir nach Jatus zu den Sehern gegangen wären, hätte uns der Weg doch auch ins Hochgebirge geführt. Oder etwa nicht? Ist es da weniger gefährlich?«

»Pah, nicht halb so gemeingefährlich wie hier.« Um Nürgs Lippen kräusele sich ein winziges Lächeln. »Aber was tut man nicht alles für die Liebe.«

Sascha wollte ihm etwas Passendes erwidern, da schrie Nürg entsetzt auf: »Sascha, in Deckung!«

Zuerst verstand er nicht, was der Mong meinte, doch dann hörte er das holprige Getöse, das von der Bergspitze über ihnen kam. Als Sascha nach oben blickte, sah er eine Steinlawine auf sie zu donnern. Krachend schlugen die Steinbrocken auf die Felswände, zerbarsten und jagten weiter den Hang hinab. Direkt auf sie zu!

Hektisch sahen sie sich nach einem schützenden Versteck um. Doch da war nichts. Keine im Felsen verborgene Spalte, kein Vorsprung, nichts, was ihnen hätte Deckung geben können. In Panik pressten sie sich gegen die Wand des kargen Berges. Kälte kroch in Saschas Körper. Er zitterte. Plötzlich spürte er Nürgs kleine warme Hand, die sich behutsam in seine schob.

Das Grollen wurde immer lauter. Gleich würden sie unter all dem Gestein begraben werden.

Das war's also, dachte Sascha.

Er wollte noch etwas sagen, aber er war wie gelähmt. Ihm

fehlten die Worte. Stattdessen drückte er seine Stirn fester gegen den Felsen. Tränen brannten in seinen Augen, liefen über seine Wangen und tropften auf die kalte Wand. Hinter ihm schlugen die ersten Steine auf.

Jetzt ist alles vorbei!

Mit einem Mal rüttelte Nürg heftig an seiner Hand. Sascha sah zu ihm. Er rief etwas. Doch das Lärmen war mittlerweile so laut, dass Sascha ihn nicht verstehen konnte. Er schüttelte hilflos den Kopf. Daraufhin zeigte Nürg auf die Stelle, an der Saschas Tränen als dunkle Punkte auf dem Stein zu erkennen waren, und streckte seine Hand danach aus. Zu Saschas größtem Erstaunen verschwand sie in dem harten Stein. Eilig schob der Mong nun auch seinen Arm, die Schulter, den Kopf, den Oberkörper und die Beine hinterher. Ohne weiter darüber nachzudenken, folgte Sascha Nürg und zwängte sich in den finsteren Schlund des Bergmassivs. Er war fast in Sicherheit, als ihn ein heftiger Schmerz durchfuhr. Ein Stein musste seinen Fuß getroffen haben. Er schrie auf. Mit aller Kraft tat er den letzten Schritt ins Innere, aber sein verletzter Knöchel konnte sein Gewicht nicht halten und er schlug hart auf dem kalten Boden auf. Erneut stieß er einen Fluch aus, als sich der schroffe Untergrund in seine Hände bohrte. Die steinerne Wand hatte sich wieder geschlossen. Um sie herum herrschte vollständige Dunkelheit.

»Sascha, was ist mit dir?«, rief Nürg besorgt in das Schwarz hinein.

Seine Stimme klang nah. Tastend berührte er Sascha an der Schulter. Das dumpfe Pochen in seinem Fuß verhieß nichts Gutes.

»Mist! Mein Knöchel.«

»Lass mal sehen!«

»Nicht dein Ernst! Wie denn?«

An einem anderen Tag, einem anderen Ort hätte Sascha über Nürgs unpassenden Satz gelacht. Doch jetzt fühlte er nur noch den Schmerz und die Verzweiflung. Das lärmende Krachen war selbst im Berginneren zu hören. Nürg tastete sich langsam von Saschas Schulter abwärts zu seinem Fuß. Vorsichtig strich er über die Verletzung. Sascha biss die Zähne zusammen.

»Ich glaube, du blutest«, stellte er fest. »Und dann ist da so ein Knubbel.«

»Aua! Verdammt«, stöhnte Sascha auf. »Das ist mein Knöchel.«

»Ist ein bisschen dick, glaube ich. Wobei ich gar nicht weiß, wie sich normale Halbseherknöchel anfühlen. Besser, ich verarzte dich trotzdem mal mit meinen Karelablättern. Zieh mal deine Socke aus!«

Sascha hörte, wie Nürg in seiner Tasche kramte.

»Wo sind sie denn nur?«, murmelte er.

Endlich schien er sie gefunden zu haben.

Sascha hatte sich den Schuh und die Socke abgestreift. Kurze Zeit später nahm er etwas Feuchtes an seinem schmerzenden Knöchel wahr.

»Nürg«, rief er hastig aus, »hattest du die etwa im Mund?«

»Na klar, sonst wirken sie nicht so gut.«

»Igitt!«

Sascha versuchte das Bild von den mit Spucke vermengten Blättern aus seinem Kopf zu verbannen. Immerhin ließ der pochende Schmerz ein wenig nach.

»Danke, Nürg. Du bist echt super«, flüsterte er matt und zog sich seine Socke und den Schuh wieder an.

»Kein Problem, ich helfe doch gern. Dir sogar am allerliebsten.«

Mittlerweile war das dumpfe Poltern von draußen verstummt. Die Stille, die ihm folgte, hatte aber nichts Beruhigendes an sich. Sascha sog die abgestandene Luft ein. Er fror in dieser modrigen Dunkelheit.

»Ich denke, wir sollten schnellstmöglich von hier verschwinden«, schlug er ungeduldig vor.

Nürg sagte nichts, aber Sascha konnte hören, dass er sich bewegte und kurz darauf mit der Hand gegen den Stein haute.

»Ich finde den Ausgang nicht mehr«, hörte er ihn sagen. Bestürzung lag in Nürgs Stimme.

Sascha schluckte. »Warte, ich helfe dir.«

Er schleppte sich bis zu der Stelle an der Wand, an der er den unsichtbaren Durchgang vermutete. Dabei stieß er an Nürg.

»Autsch! Du willst einen kleinen Grünlingsmong doch hoffentlich nicht zerquetschen!«

»Sorry!«

Tastend fuhren sie die Steinmauer entlang. Aber aus irgendeinem Grund wollte sie sich diesmal nicht öffnen. Immer fieberhafter untersuchten sie Zentimeter für Zentimeter des kalten Gesteins. Hier irgendwo musste es doch gewesen sein.

»Verdammt, Nürg, wo ist der Ausgang?«, jammerte Sascha. Er merkte selbst, wie verzweifelt es klang. »Was, wenn wir hier nicht mehr rauskommen? Wenn wir hier für immer eingeschlossen sind? Nürg, was dann?« Seine Stimme zitterte.

Auf einmal hatte er das Gefühl, keine Luft mehr zu bekommen. Kalte Angst durchströmte ihn.

Hastig riss er seinen Mund auf. »Nürg, wir ersticken!«

Etwas streifte seinen Ellbogen. Sascha zog hektisch seinen Arm weg.

»Verdammt, hier ist was!«

»Ich bin es nur, Sascha!«, vernahm er Nürgs Stimme.

Zugleich spürte er, wie sich die Finger des Mongs um sein Handgelenk schlossen.

»Hör mir gut zu, wir ersticken nicht«, redete Nürg beruhigend auf ihn ein. »Alles wird gut! Denk an die großen schönen Bäume, die im Mongwald stehen! Kannst du sie vor dir sehen?«

»Nein.«

»Stell dir ihre herrlichen Kronen mit den unzähligen verschiedenen Blättern vor!«

Sascha versuchte es, doch die Bilder wollten das tiefe Schwarz, das sie umgab, nicht durchdringen.

»Es funktioniert nicht, Nürg.«

Die feuchte Luft kratzte in seinem Hals. Sie breitete sich in ihm aus und schnürte ihm die Luftröhre zu. Sascha röchelte. Nürgs Händedruck wurde fester.

»Tief durchatmen, Sascha! Na schön, wenn du nicht an die Bäume denken magst, meinetwegen. Dann stell dir vor, wie es wäre dieses kreischende Mädchen zu küssen. Na, wie fühlt es sich an? Gut, was?«

»Nürg bitte!«, presste Sascha hervor. Obwohl ihm der Gedanke an Zetar half, einen ersten tiefen Luftzug zu nehmen.

»Nebenbei bemerkt«, plapperte Nürg weiter, »befinden wir uns mit ziemlicher Sicherheit in den Felsgängen von Akjo. Kein Wunder also, dass du die Nerven verlierst. Denn die Finsternis in ihnen soll vor allem für euch Seher unerträglich sein. Nicht umsonst ist euer Zeichen das Auge.«

»Das ist nicht hilfreich, Nürg!«, keuchte Sascha.

»Oh ja, richtig. Aber du bist ja nur ein Halbseher, wenn ich dich daran erinnern darf. Was ist mit deiner anderen Hälfte?«

Sascha dachte über Nürgs Worte nach.

»Ich bin auch ein Mensch«, murmelte er.

»Was kann ein Mensch denn so? Verliert er auch den Verstand in der Dunkelheit?«

Zum ersten Mal seit seiner Ankunft in Enalis besann Sascha sich auf diesen Teil seines Erbes. Er war in den letzten Tagen und Wochen so damit beschäftigt gewesen, zum Seher heranzureifen, dass er sein Menschsein zumeist verdrängt hatte.

»Es gibt auch blinde Menschen«, murmelte er. »Sie nutzen ihre anderen Sinne. Hören, Riechen, Tasten.«

Nürg schnüffelte geräuschvoll in alle Richtungen. »Riecht irgendwie nach Schimmel, was? Ich glaube, die Möglichkeit lass ich lieber weg! Probieren wir mal das mit dem Tasten aus!«

Quälend langsam schoben Nürg und Sascha sich durch den grob in den Stein geschlagenen Tunnel. Wenigstens war der

Felsengang hoch genug, sodass sich Sascha darin aufrecht bewegen konnte. Innerlich suchte er fieberhaft nach einem Ausweg. Wieso hatte der Berg sie hereingelassen? Und womit oder wodurch könnte er sie wieder freigeben? Immer dann, wenn ihn das bebende Gefühl der Verzweiflung zu übermannen drohte, stellte Sascha sich diese Fragen.

Wir leben noch!, machte er sich unaufhörlich klar.

Auch wenn er fürchtete, dass sie bereits ihr Grab betreten hatten.

Die Nachricht – Räjeg

Widerstrebend ging Räjeg auf das Angebot ein, sich in einem der Gästezimmer auszuruhen. Eisew musste es geahnt haben, schloss er beim Betreten des Raumes grimmig, denn es war schon alles für ihn vorbereitet. So fand er in der schlicht gehaltenen Kammer ein frisch bezogenes Bett und einen üppig gedeckten Tisch vor. Gierig fiel Räjeg über das Essen her. Er hatte zuvor kaum bemerkt, wie hungrig er gewesen war. Im Anschluss daran streckte er sich müde auf der weichen Matratze aus, ohne seine Kleidung abzulegen. Lange wollte er hier nicht verweilen. Er musste sich nur kurz ausruhen, um besser nachdenken und besonnener handeln zu können. Hinter seiner Stirn tobte noch immer der Schmerz wie ein Orkan. Dennoch sank Räjeg nahezu sofort in einen tiefen traumlosen Schlaf.

Ein Poltern ließ ihn hochschrecken. Er brauchte einen Moment, um zu realisieren, wo er sich befand. Draußen war es bereits dunkel. Aufmerksam sah Räjeg sich in dem kleinen Zimmer um. Nach und nach gewöhnten sich seine Augen an die Finsternis, sodass er die Konturen der Gegenstände erkannte. Jemand hatte den Tisch abgeräumt, stellte er verstimmt fest. Die Vorstellung, dass ein Fremder oder womöglich sogar Eisew hier gewesen war, während er geschlafen hatte, behagte ihm nicht. Ein weiteres Mal würde er sich nicht so unbedarft zur Ruhe begeben.

Konzentriert glitt sein Blick an den niedrigen Wänden der kleinen Kammer entlang.

Jemand ist hier! Der Gedanke schoss ihm plötzlich durch den Kopf.

Jetzt konnte er es ganz deutlich spüren. Aber wo? Und wer?

Seine Augen blieben bei dem zierlichen Schränkchen hängen, das direkt neben der Tür stand. Räjeg zuckte zusammen. Eine Brute saß regungslos darauf und beobachtete ihn. Für einen Moment vergaß er, Luft zu holen. Sein Verstand weigerte sich, ihre Gegenwart zu begreifen. Bruten gehörten nicht hierher, nicht an diesen heiligen geheimen Ort seines Volkes. Aber sie war hier. Ganz eindeutig. Das bedeutete, der Nebelsee hatte sein Geheimnis preisgegeben.

Räjeg sprang aus dem Bett und griff nach der Tasche mit der Armbrust, die direkt neben ihm lag. Er musste sofort Eisew und die anderen warnen. Die Brute bewegte sich noch immer nicht. Erst als Räjeg auf Höhe der Tür war, erhob sie sich kreischend. So schnell er konnte, schlüpfte Räjeg aus dem Raum und verriegelte den Ausgang. Der dumpfe Aufprall, der aus dem Zimmer zu hören war, bestätigte Räjegs Verdacht, dass die Brute ihm zu folgen versucht hatte. Rasch rannte er den engen Gang entlang, bis er zur schmucklosen Holztür kam, die direkt in den Tempelraum führte.

Er wollte schon die Klinke nach unten drücken, als er aufgeregte Stimmen vernahm. Wussten sie bereits von der Gefahr? Neugierig legte Räjeg sein Ohr gegen das Holz, um der Unterhaltung folgen zu können. Eine der Stimmen gehörte eindeutig Eisew. Er versuchte offenbar, sein Gegenüber zu beruhigen. Wer mochte der andere sein? Räjeg spitzte die Ohren.

Leider verstand er nur einige wenige Wortfetzen. Einmal meinte er etwas von Gefahr und Kälte zu hören. Kurz darauf fiel der Name seines Sohnes. Ein eisiger Griff umklammerte sein Herz. Was wurde da über sein Kind besprochen? Er hielt die Ungewissheit nicht aus und riss mit einem Ruck die Tür auf. Eisew lächelte, als hätte er gewusst, dass Räjeg hinter dem Eingang gestanden hatte. Einzig der junge Seher sah erschrocken zu ihm herüber.

»Komm doch zu uns!«, sagte Eisew freundlich. »Beunruhigende Neuigkeiten sind mir soeben zugetragen worden. Ich hätte dich selbstverständlich in Kürze darüber informiert.«

Wie höflich und wohlmeinend seine Worte klangen. Räjeg hasste diesen alten Seher, der ihm heuchelnd etwas vormachte. Mühsam schluckte er seinen Groll hinunter.

»Was ist mit Sascha?«, fragte er scharf.

Eisew sah ihn einen Moment lang prüfend an.

»Die Riesen sind durch den Mongwald gezogen«, erklärte er dann, »Nürg, der Grünlingsmong, und Sascha wurden anscheinend nicht von ihnen entdeckt. Aus irgendeinem Grund folgen sie ihnen jedoch in die Berge von Akjo.«

»Was?«, entfuhr es Räjeg.

Er taumelte. Warum taten sie so etwas Verrücktes? Wieso begaben sie sich in diese Gefahr?

»Du siehst, ich habe dich nicht belogen. Dein Sohn war bei Nürg im Wald der Mongs«, sagte Eisew.

Auf seinem Gesicht zeigte sich ein selbstgefälliges Lächeln. Doch Räjeg machte sich nicht die Mühe, darauf einzugehen.

»Stammen diese Neuigkeiten von ihm?«, fragte er stattdessen barsch und wies dabei auf den schmalen Seher, der kaum mehr als ein Junge war und unter seinem scharfen Blick zusammenzuckte.

»Ich weiß es von den Mongs«, flüsterte er fahrig. »Die Bäume haben es ihnen erzählt.«

Das Gefühl der Verzweiflung breitete sich blitzschnell in Räjegs

Seele aus. Wie hatte es so weit kommen können?

»Bist du nun zufrieden?«, schrie er Eisew an. »Genau da wolltest du ihn doch haben! Er läuft dem Schwarzen Prinzipal direkt in die Arme.«

Eisew wandte sich bekümmert ab.

»Du Unglücklicher!«, murmelte er.

Eine Woge unbändiger Wut stieg in Räjeg auf. Er machte einen Satz auf Eisew zu und packte ihn unsanft an der Schulter. Der junge Seher stieß einen spitzen Schrei aus.

»Ich habe für dich auch eine Neuigkeit«, spuckte Räjeg dem Alten die Worte in den Nacken. Seine Stimme klang hart. »Casandras Blick folgt euch bis hierher nach Nahi – in euer heiligstes Heiligtum.«

Damit hatte Eisew offenbar nicht gerechnet. Erschrocken wandte er sich zu Räjeg um.

»Was redest du?«

Räjeg lächelte kalt. »Eine Brute saß in meinem Zimmer.«

Die blauen Linien in Eisews Gesicht schienen eine Spur heller zu werden. Er wirkte bestürzt.

»Ich wollte dich selbstverständlich sofort darüber informieren«, setze Räjeg bissig hinzu.

Es tat ihm gut, den überheblichen Seher und Tonangeber des Weisen Rats so betroffen zu sehen.

»Es ist auch dein Heiligtum, Räjeg!«, sagte dieser mahnend.

»Nein, ich gehöre nicht mehr zu euch. Ich bin nur noch mir selbst verpflichtet.«

»Ach ja?«, wandte Eisew daraufhin verächtlich ein. Er sprach jetzt ohne hörbare Worte zu Räjeg: *Dann willst du mich auch nicht nach Akjo begleiten, und zwar auf dem schnellsten Weg, den es gibt?*

Räjeg nahm an, dass er von Harpargonis sprach. Auf den Schwingen des riesigen Greifs könnten sie in der Tat einen Großteil der Strecke in weniger als vierundzwanzig Stunden schaffen.

»Was willst du?«, presste Räjeg wütend hervor.

Eisew ließ sich Zeit mit seiner Antwort.

»Im Grunde wollen wir doch beide, dass dem Jungen nichts geschieht«, meinte er dann in versöhnlichem Ton.

Räjeg traute ihm nicht, aber er hatte kaum eine andere Wahl.

»Wann brechen wir auf?«, fragte er deshalb finster.

»Kommt mit! Schnell!«, bat Eisew Räjeg und den Jungen statt einer Erwiderung.

Eilig durchschritten sie die geheimnisvollen Räume der Bibliothek. Erst im Letzten der verwinkelten Zimmer, in denen sich Regale mit unzähligen Büchern bis zur Decke erstreckten, hieß Eisew den jungen Seher Platz zu nehmen. Daraufhin führte er Räjeg zu einer kleinen unscheinbaren Tür. Konzentriert legte er für einige Sekunden die Stirn gegen das Holz, so wie es Räjeg bei seinem Eintreffen an der Tempeltür getan hatte. Schon sprang das Schloss mit einem vernehmlichen Klicken auf. Rasch betraten sie den Raum dahinter.

Räjeg sah sich um. Er ahnte, dass sie sich im Herzen des Tempels befanden. An dem Ort, an dem der Rat die wichtigsten Aufzeichnungen und die geheimnisvollsten Gegenstände seines Volkes verwahrte.

»Nicht gerade prächtig«, fand Räjeg.

Denn anstatt marmorierter Böden und kunstvoll verzierter Wände präsentierte sich der schlichte Raum in alten Dielen und schmucklosen Holzvertäfelungen. Einzig die Darstellung eines riesigen Auges, das von einem zum anderen Ende des Fußbodens reichte, erinnerte Räjeg an die herrschaftliche Eingangshalle des Tempels. Es war aus verschiedenfarbigen Hölzern gefertigt.

»Hinter einer unscheinbaren Fassade verbergen sich oft die größten Geheimnisse«, erwiderte Eisew.

Er stellte sich in die Mitte des Auges, direkt auf die schwarze Pupille. Konzentriert legte er die Hände über Kreuz an seine Schultern und schloss die Lider. Ein leichter, fast unhörbarer

Gesang erhob sich allmählich in dem kleinen Saal. Räjeg vermochte nicht zu sagen, ob er von Eisew stammte.

»Was tust du?«, wunderte er sich.

Doch der alte Seher antwortete nicht. Das kreisrunde Holz unter Eisews Füßen begann leicht zu zittern, dann setzte es sich in Bewegung. Langsam drehte es sich wie eine Spirale abwärts und nahm Eisew mit sich in die Tiefe. Voller Neugier trat Räjeg an den Rand des im Boden aufklaffenden Lochs. Aber er sah nichts, außer allumfassende Dunkelheit. Wie nur sollte sich Eisew in dieser Finsternis zurechtfinden?

In diesem Moment vernahm er abermals den anmutigen weichen Gesang. Bald darauf tauchte Eisew wieder aus der Tiefe auf. In seinen Händen hielt er zwei feste dunkelbraune Rollen, in denen, so vermutete Räjeg, die Prophezeiungen aufbewahrt wurden, und eine kleine schwarze Schachtel. Verstohlen schaute Räjeg zu dem faustgroßen Kästchen. Auf seinem Deckelrand waren drei goldene Halbkreise zu erkennen, überdies gingen von dem äußersten zwei zarte Schlangenlinien ab. Die Abbildung erinnerte ihn an das Schwarze Buch.

»Was ist das für ein Kästchen?«, fragte Räjeg.

»Jetzt nicht!«, wich Eisew ihm aus. Ungeduld lag in seiner Stimme. »Wir müssen sofort von hier verschwinden! Wenn die Bruten diesen Ort kennen, werden die Armasis oder sogar Casandra selbst und ihr schwarzer Gefährte binnen weniger Stunden hier sein!«

Er stopfte die Rollen und das geheimnisvolle Kästchen in seine große Umhängetasche. Dann rannten sie los. Der junge Seher saß noch immer im Nebenraum.

Kaum, dass er die anderen heraneilen sah, rief er: »Ist etwas passiert?«

Eisew blieb vor ihm stehen und legte beschwichtigend die Hand auf seinen Oberarm. »Hör zu! Ich vermute, die Feinde sind auf dem Weg hierher. Uns bleibt nicht viel Zeit!«

Dem schmalen Jungen wich die Farbe aus dem Gesicht. Seine leuchtend blauen Linien, die sich über die Handgelenke bis hinauf zu den Schultern schlängelten, verblassten.

Noch so ein Angsthase aus dem Volk der Seher, urteilte Räjeg voller Verachtung.

Ob sein Sohn auch so reagiert hätte? Erst bei dem Gedanken an Sascha schämte er sich für sein strenges Urteil. Wortlos nahm er dem Jungen seinen schweren Rucksack ab. Das eigene Gepäck hatte er in dem Zimmer zurückgelassen. Er würde ohne das Seil, die wenigen Wechselsachen und die letzten Heilblätter, die er noch besaß, auskommen müssen. Hauptsache, er hatte an seine Armbrust gedacht.

Eisew schritt eilig voraus, der junge Seher und Räjeg folgten ihm. Hastig flohen sie aus den Räumen der Bibliothek, durch die prunkvolle Halle hindurch bis zum Uferrand des trüben schwarzen Sees. Dort begaben sie sich auf das schaukelnde Floß.

Im Labyrinth der Dunkelheit – Sascha

Sie irrten schon seit Stunden durch die finsteren Gänge, ohne auf einen Ausgang gestoßen zu sein. Oder waren es Tage? Sascha hatte längst jedes Zeitgefühl verloren. In seinem Knöchel pochte unaufhörlich ein dumpfer Schmerz.

»Nürg, ich kann nicht mehr!«, stöhnte er müde auf und ließ sich erschöpft auf dem harten Steinboden nieder.

Schon konnte er die kleine Hand seines Freundes spüren, die sich ungeschickt von seiner Schulter abwärts bis zum rechten Fuß vortastete.

»Oh je, ziemlich dick!«, stellte Nürg besorgt fest.

Ein geschäftiges Rascheln war zu vernehmen. Abgekämpft

schloss Sascha seine Augen, als würde es in dieser Finsternis noch eine Rolle spielen. Gerade in dem Moment, in dem er in ein traumloses Nichts abzugleiten drohte, hörte er Nürg fluchen.

»Bei allen geistlosen Phantomstümpern, die Blätter sind alle!«

Diese Tatsache hätte Sascha im Grunde genommen in Panik versetzen sollen, doch seltsamerweise machte es ihm nichts aus. Vielleicht würde es so schneller vorbei sein, dachte er ungerührt.

Der kleine Mong hingegen tobte. »Na toll, alle kostbaren Blätter aufgebraucht. Das hätte gar nicht sein müssen, wenn unser Freund hier« – Sascha war sich sicher, dass Nürg in diesem Moment auf ihn zeigte – »nicht unbedingt einen elenden A. hätte retten müssen. Was hast du dir nur dabei gedacht?«

»Schon gut, Nürg. Ist ja nur eine Schürfwunde am Knöchel. Halb so schlimm.«

»Halb so schlimm?« Nürg schniefte. »Von wegen.«

Sascha fielen die Augen zu. Die Müdigkeit, die ihn übermannte, war beängstigend und wohltuend zugleich. Er wollte nur noch schlafen und wenn es sein letzter Schlaf wäre.

Aber Nürg ließ ihn nicht.

»Sascha!«, rief er immer wieder in seine verhangene Schattenwelt. »Du fieberst.«

Behutsam versuchte Nürg ihm etwas von ihrem wenigen Wasservorrat einzuflößen. Sascha merkte, wie ihm die Flüssigkeit am Kinn herablief. Dabei konnten sie es sich nicht leisten, Wasser zu verschwenden.

»Trink doch bitte! Es ist wichtig, du bist ganz heiß!«, beschwor ihn Nürg.

Sascha stieß einen leisen Seufzer aus. Mit Mühe richtete er sich ein wenig auf und nahm einen großen Schluck.

»Jetzt du!«, verlangte er und sank wieder nach hinten auf den kalten Boden zurück.

»Ich habe keinen Durst«, behauptete Nürg.

Schläfrig schloss Sascha die Augen. Sofort tauchte eine Flut konfuser Bilder auf. Nürgs Stimme drang kaum mehr zu ihm durch. Er war fort, herausgehoben aus der Schwärze der lichtlosen Gänge.

Sterben ist ja ganz leicht, dachte er.

Vielleicht war es nichts weiter als eine Reise in eine neue fremde Welt. Andererseits war das, was sich ihm nach und nach in Bildern zeigte, nah und vertraut. Sascha sah das Mädchen mit den bernsteinfarbenen Augen auf einem steinigen Boden liegen.

Zetar!

Um sie herum war es finster und doch konnte er sie klar und deutlich erkennen. Ihr Körper ruhte vor einem Gitter. Lag sie im Gefängnis? Sie hielt etwas in der Hand, eine Art bläulich schimmernde Lichtquelle. Ja! So etwas brauchte man in diesem Berg. Ihr Gesicht sah schmutzig aus.

Sascha konnte Schritte hören. Gespenstisch laut hallten sie durch die finsteren Gänge. Unbeirrt verfolgten sie ihr Ziel. Sie stammten gewiss nicht von einem Gefangenen. Niemand, der die pechschwarze Finsternis fürchtete, könnte sich so entschlossen und zielsicher in ihr bewegen. Aufmerksam lauschte Sascha dem gleichmäßig aufschlagenden Takt der heraneilenden Füße. Es waren ohne jeden Zweifel die Schritte von nur einer Person. Plötzlich wusste er, dass Gefahr drohte! Er fühlte es ganz deutlich.

»Du musst aufwachen!«, rief er Zetar warnend zu. »Aufwachen! Aufwachen!«

»Wach auf!« Jemand rüttelte ungnädig an seiner Schulter. »Sascha, bitte! Tu es für mich – für deinen kleinen Grünlingsmong Nürg!«

Schwerfällig öffnete Sascha die Augen und blickte sich verwundert um. Dunkelheit, nichts als Dunkelheit umschloss ihn. Hätte es nicht umgekehrt sein müssen? Die Bilder waren fort. Er hatte geträumt.

Oder gesehen!

Bei diesem Gedanken war Sascha sofort hellwach.

»Nürg, wir müssen weiter!«, sagte er hastig.

Sein Herz hämmerte wie verrückt.

»Kannst du das denn?«, fragte Nürg verwirrt.

»Zetar ist hier! Ich habe sie in meinem Traum gesehen. Jemand ist auf dem Weg zu ihr. Keine Ahnung, wer. Aber ich hab ein ziemlich mieses Gefühl.«

Nürg schwieg für einen Moment, als müsste er die Information erst verarbeiten.

»Wie? Du willst im Dunkeln diese Seherin suchen?«

»Sie heißt Zetar. Und, ja!«

»Du weißt schon, dass das ziemlich verrückt ist, oder? Die Gänge hier sollen unendlich lang und verschlungen sein. Wie sollen wir sie da finden?«

Nürg stieß einen tiefen Seufzer aus. »Außerdem wissen Vorausseher nie, wann etwas geschieht. Dieser Jemand, der zu deiner Zetar will, könnte erst morgen oder sogar erst in ein paar Wochen kommen. Echt blöd, was?«

Sein Einwurf war berechtigt. Aber Sascha konnte das Gesehene doch nicht einfach ignorieren.

»Wie auch immer. Lass es uns wenigstens versuchen!«, meinte er deshalb entschieden.

Nürg atmete geräuschvoll aus. »Diese Zetar muss es dir ja ganz schön angetan haben, was? Aber wehe, du fällst mir noch mal um und schläfst ein!«

»Nein. Auf keinen Fall. Es geht mir schon besser. Ehrenwort!«

Ungeachtet seiner Beteuerung gelang es Sascha nur unter Anstrengung, sich wieder aufzurichten. Nürg versuchte ihm etwas Halt zu geben, aber sein kleiner Körper wankte bedenklich unter Saschas schwerer Last. Humpelnd schleppten sie sich voran, immer die Hand an der Wand, die ihre einzige Orientierung war.

»Die Seherin hatte ein Licht bei sich!«, erzählte Sascha. »Das heißt, wir müssen nach einer Lichtquelle Ausschau halten! In dieser Dunkelheit eine Kleinigkeit, wenn du mich fragst.«

»Wie herrlich, ein Licht!«, schwärmte Nürg. »Ich würde morden für ein bisschen Licht. Sogar eine komische Seherin suchen! Damit dürfte sie sich uns sogar anschließen. Was sagst du? Das fändest du doch auch prima, was?« Er kicherte.

»Ja ... echt ... prima«, keuchte Sascha.

Er hatte mehr und mehr das Gefühl zu verglühen, obwohl er fror. Das Zittern, das seine Schultern schüttelte, wollte sich nicht abstellen lassen. Dann gab sein Körper plötzlich nach und er sank neben seinem Freund zusammen. Fast wäre Nürg über ihn gestolpert.

»Sascha!«, schrie er erschrocken auf. »Was hast du? Was ist mit dir?«

»Nur ein wenig ausruhen«, murmelte Sascha.

Er spürte Nürgs Hand auf seinem Bein und hörte seine betroffene Stimme, die immer wieder seinen Namen rief. Die Finsternis fraß sich in ihn hinein, riss ihn fort in die Einsamkeit und Stille. Sascha war, als würde er wie ein Stein auf den Grund eines tiefen Brunnens hinabgleiten.

Das Fieber – Marie

Marie schlug ihren Laptop zu.
Wieder nichts, dachte sie wütend.

Weder beim Einwohnermeldeamt noch in den Adressbüchern oder in irgendeiner Personensuchmaschine war sie fündig geworden. Offenbar gab es nirgendwo in Deutschland einen Menschen, der Paul Wittgenstein hieß. Wie sollte sie jemals diesen ominösen Briefeschreiber identifizieren?

Und wenn er sich den Namen nur ausgedacht hat und in Wahrheit ganz anders heißt?, überlegte sie beunruhigt.

Unter Umständen war einzig der Nachname richtig und der Vorname falsch oder umgekehrt.

»Verdammt!«, stieß sie wütend aus.

Sie sollte den Brief auf der Stelle wegschmeißen und diesen Wittgenstein vergessen. Aber so einfach war das nicht. Sie hob erneut den Laptopdeckel und gab den Nachnamen in das Online-Telefonbuch ein. Achtzig Personen waren mit diesem Namen in Deutschland gemeldet, die in achtzehn verschiedenen Städten und Landkreisen lebten. Die meisten von ihnen wohnten in München. Das war immerhin ein erster Anhaltspunkt, wenn auch ein kläglicher. Denn wie man es drehte und wendete, einen Paul Wittgenstein fand sie nicht.

Für einen Moment schloss Marie die Augen. Theos helle Stimme klang munter aus der Küche in ihr Zimmer herauf. Früher hatte es sie getröstet, jetzt war es ihr fast unerträglich, ihn so ausgelassen zu hören. Wie konnte er angesichts dieser unheilvollen Tage lachen? Marie wusste, dass es falsch war, so zu denken, sie tat es dennoch.

Erschöpft richtete sie sich auf. Sie musste nach Sascha sehen. Ihr Vater war gewiss schon müde. Er brauchte mehr denn je seinen Mittagsschlaf. Die Abläufe, mithilfe derer sie sich alle um Sascha kümmerten, fühlten sich bereits vertraut an. Sie gaben dem Alltag Struktur. Das machte Marie am meisten Angst. Es hatte etwas Endgültiges.

Behutsam öffnete sie die Tür. Auch dies war zu einer Gewohnheit geworden, die dem trügerischen Anschein geschuldet war, Sascha würde nur schlafen. Sofort drehte sich ihr Vater zu ihr um. Ein mattes Lächeln stahl sich auf sein abgespanntes Gesicht.

»Er schläft!«, flüsterte er.

Im Grunde machen wir uns alle etwas vor, dachte Marie unglücklich.

Doch anstatt etwas darauf zu erwidern, nickte sie nur. Gebeugt ging der sonst so große und unerschrockene Mann aus dem Raum.

Marie blieb mit Sascha allein zurück. Traurig strich sie ihm über die Stirn. Sie hielt inne. Es dauerte einen Moment, bis sie begriff, was hier nicht stimmte.

»Oh mein Gott!«, rief sie.

Ihr Aufschrei fuhr rau in die Stille hinein und riss das Haus aus seiner Trägheit heraus. Ihr Vater kehrte augenblicklich ins Zimmer zurück.

»Was ist? Was hast du?«, wollte er wissen.

In seinem Blick lagen Hoffnung und Furcht nah beieinander.

»Er fiebert!«, schluchzte Marie. Die Stimme drohte ihr wegzukippen, im Hals breitete sich ein furchtbares Brennen aus. »Es muss ihm in Enalis etwas zugestoßen sein. Verstehst du? Er ist krank.«

Auch ihr Vater brauchte eine Weile, bis er das Gesagte begriff. Dann endlich lief er los, um seine Frau zu holen.

»Frieda!«, hörte Marie ihn rufen. »Frieda! Komm schnell!«

Marie hielt sich wankend an der Stuhllehne fest. Sie hatten Sascha in seinem derzeitigen komaähnlichen Zustand nie zu essen oder trinken gegeben. Er schien immer gut versorgt zu sein. Wie würde es mit Medizin aussehen?

Bleib ruhig, Marie!, befahl sie sich. *Du musst zuerst nach den Ursachen suchen!*

Vorsichtig tastete sie seine Mandeln ab. Sie waren nicht geschwollen. War er verletzt? Eilig zog sie die Decke zurück. Sein ganzer Körper glühte. Und dann sah sie es. Eine hässliche rote Schwellung zog sich über seinen linken Knöchel. Marie starrte wie versteinert auf die Verletzung. Was war ihm nur zugestoßen? In dieser Sekunde betrat ihre Mutter den Raum. Sofort trat sie zu Marie und betrachtete den Knöchel.

»Die Wunde hat sich entzündet«, meinte sie fachmännisch. »Hast du Antibiotika im Haus?«

Marie schüttelte den Kopf. »Nein. Bis jetzt hat er darauf immer allergisch reagiert.«

»Dann muss es so gehen. Wir können ja schlecht einen Arzt hierherbestellen.«

In Marie fühlte sich alles dumpf an. »Aber er braucht einen Arzt, Mama!« Sie hob die Hände wie zum Gebet. »Bitte«, flehte sie, »irgendjemand muss ihm doch helfen!«

Ihre Mutter blickte sie aufmerksam an. Ihr rundes freundliches Gesicht mit den unzähligen Fältchen um die haselnussbraunen Augen zuckte kurz.

»Wir werden ihm helfen. Du bist stärker, als du glaubst! Hör auf, dir selbst leidzutun! Er ist nicht tot, sie sind beide nicht tot!«, sagte sie leise.

Die Worte kränkten Marie. War es ihr nicht einmal vergönnt, traurig und verzweifelt zu sein? Sie wollte etwas Abwehrendes erwidern, ließ es dann aber bleiben. Für einen Streit hatte sie im Moment keine Kraft.

»Wer weiß, ob unsere Schulmedizin an dem Ort, an dem er jetzt ist, überhaupt wirkt«, sagte ihre Mutter endlich besänftigend.

Geschäftig machten sie sich daran, Sascha so gut es ging zu verarzten. Marie umwickelte seine Waden mit nassen Leinentüchern, die sie alle fünf Minuten in ein Teewasser aus Eichenrinde, Wollkraut, Malvenblättern, Silbermantel und Goldrute tauchte. Währenddessen bereitete ihre Mutter eine Salbe aus verschiedenen Kräutern zu. Ihre Versuche, Sascha etwas Flüssigkeit einzuflößen, scheiterten kläglich, sodass sie am Ende aufgaben. Nach einigen zähen Stunden schafften sie es schließlich, die Entzündung zu stoppen. Das Fieber ging allmählich zurück.

Mittlerweile war es fast Mitternacht. Maries Eltern und Theo waren längst zu Bett gegangen. Ein letztes Mal noch wollte Marie die Wadenwickel austauschen. Vorsichtig hob sie Saschas rechtes Bein an. Da sah sie es! Ein unangenehmes Kribbeln zog sich langsam über ihre Arme bis in die Fingerspitzen. Aufmerksam betrachtete sie die schlanken blassblauen Linien, die sich wie Schlingpflanzen über Saschas Oberschenkel zogen – genauso wie auf Räjegs Rücken.

Was um alles in der Welt geschah nur mit ihrem Kind? Marie rang nach Atem. Ein Schluchzen entfuhr ihr. Hastig legte sie sich die Hand auf den Mund, als könne sie damit die aufkommende Panik ersticken. Sie hätte das Buch vernichten sollen, solange sie es noch gekonnt hatte. Sie hätte Räjeg zwingen müssen, ihr mehr zu erzählen. Sie hätte ihn zum Bleiben überreden müssen. Tränen liefen ihr über die Wangen.

Sascha veränderte sich, begriff Marie bebend. Wer würde er sein, wenn er aufwachte? Und ausgerechnet diese Linien, die sie einst an ihrem Mann so geliebt hatte, zeigten ihr jetzt, wie die fremde Welt gierig nach ihrer Familie griff. In diesem Augenblick schwor sie sich, Sascha nie wieder dorthin zurückkehren zu lassen, wenn er nur den Weg nach Hause fände.

Zetars Licht – Sascha

Sascha erwachte. Zunächst wusste er nicht, wo er war. Die Finsternis machte ihn orientierungslos.

»Nürg!«, rief er unruhig in die faulige kühle Luft.

»Ich bin hier, Sascha! Hier!«, hörte er ihn augenblicklich antworten.

Er spürte Nürgs kleine Hände auf seiner Schulter. Sie zitterten leicht.

»Geht es dir besser?«, fragte er.

»Ja. Ich denke schon.«

Aus Nürgs Kehle kam ein wimmernder Laut.

»Ich hatte solche Angst um dich. So eine riesengroße Angst«, schniefte er.

»Wie lange habe ich geschlafen?«

»Ich glaube ziemlich lange«, erwiderte Nürg vage.

So etwas wie ein Zeitgefühl existierte in dieser Dunkelheit nicht.

»Okay. Lass uns weitergehen!«, drängte Sascha seinen Freund.

Vorsichtig tasteten sie sich voran. Saschas Knöchel schmerzte noch immer, aber es war auszuhalten.

Auf einmal schreckte Nürgs zwitschernde Stimme ihn auf: »Sieh mal Sascha, dort drüben wird es heller!«

Sascha spähte aufmerksam in den Gang hinein.

»Tatsächlich«, staunte er.

Seine Augen verfingen sich in dem blassen Schimmer, der weit hinten zu erkennen war. Sascha glaubte fast, noch nie etwas Schöneres gesehen zu haben.

Immer mehr verlor die Dunkelheit um sie herum ihre allumfassende Schwärze. Hoffnung keimte in Sascha auf.

Vielleicht sehe ich Zetar gleich wieder.

Innerlich bangte er, dass sie nicht zu spät kämen. Hin- und hergerissen zwischen dem Gefühl der Zuversicht und der Furcht eilten er und Nürg dem Lichtstrahl entgegen. Saschas Puls beschleunigte sich mit jedem Meter. Seine Schmerzen spürte er kaum mehr. Da schreckte sie unerwartet der harte Klang entfernter Schritte auf.

»Was war das?«, fragte Nürg flüsternd.

Er war stehen geblieben.

»Verflucht, genauso hat es sich auch in meinem Traum angehört«, murmelte Sascha.

Unwillkürlich griff er sich an die Schulter, um nach seinem Bogen zu tasten. Erst in diesem Moment wurde ihm klar, dass er ihn vor der Bergwand zurückgelassen hatte.

Wir sind wehrlos, begriff Sascha bestürzt.

»Schnell, Nürg, wir müssen uns beeilen!«

Verbissen folgten sie dem zarten Schein des Lichts. Noch klangen die fremden Schritte verhalten und fern, doch wie viel Zeit würde ihnen bleiben?

»Wer ist das?«, schnaubte Nürg.

»Keine Ahnung. Aber ich habe ein ziemlich mieses Gefühl«, gab Sascha zurück.

Das blass schimmernde Licht rückte näher. Immer deutlicher traten die Konturen der steinigen Schachtwände um sie herum hervor.

»Sieh mal! Gleich da vorne muss es um die Ecke gehen!« Nürg zeigte auf die vor ihnen liegende Wand.

»Ja, sieht so aus.«

»Ich wette, dort finden wir endlich deine Freundin.«

»Sie ist nicht meine Freundin!«

Hinter der Abbiegung befand sich ein kleiner viereckiger Raum. An seinem gegenüberliegenden Ende erkannte Sascha die Gitterstäbe und davor lag Zetar. Nicht dahinter, wie Sascha befürchtet hatte, eingeschlossen in einem düsteren Gefängnis. Er zögerte, stürzte dann aber auf sie zu.

»Zetar! Was ist mit dir? Zetar!«

In ihrer Hand ruhte ein ovaler Lichtflakon, der flackernde Schatten an die Wände warf. Die ungewohnte Helligkeit brannte ein wenig in Saschas Augen.

»Zetar!«, wiederholt er.

»Vielleicht ist sie ja tot?«, erwog Nürg.

»Red doch nicht so einen Quatsch!«, fuhr Sascha ihn an, als das Mädchen seine Augen öffnete.

Unter Stöhnen richtete sie sich auf. Verwirrt starrte sie Sascha ins Gesicht.

»Ich kenne dich! Was machst du hier?«

Er überlegte.

»Also«, stammelte er, »wir haben gesehen, dass du von den Eisriesen entführt wurdest. Deshalb sind wir ihnen gefolgt.«

Die Seherin lächelte leicht. »Wolltest du mich etwa retten?«

Sascha spürte, wie ihm die Röte ins Gesicht stieg.

»Wir müssen so schnell wie möglich weg hier!«, drängte er sie, ohne ihr die Umstände näher zu erklären.

Doch anstatt sich zu erheben, wies Zetar traurig auf das geschmiedete Gittertor.

»Er ist da drin!«, flüsterte sie.

Tränen schimmerten silbrig in ihren Augen und tropften auf ihre schmutzigen Wangen. Aufmerksam sah Sascha in die Richtung, in die sie gezeigt hatte, aber er erkannte nichts als dahinterliegende Dunkelheit. Wortlos drückte sie ihm den kleinen Gegenstand in die Hand, von dem aus sich das Licht hell über die Schwärze ergoss. Staunend betrachtete Sascha dieses eigentümliche Objekt. Es war ein zierlicher Flakon aus geschliffenem Kristall, in dem sich eine lichtdurchtränkte bläuliche Flüssigkeit befand. Zu Saschas Erstaunen besaß er keine Öffnung, durch die das flüssige Licht ins Innere gelangt sein konnte.

»Nun leuchte doch endlich dort hinein!«, forderte die junge Seherin ihn auf.

»Was ist das?«, wollte Sascha stattdessen wissen.

Er konnte seinen Blick nicht von dem Fläschchen abwenden.

»Das ist das Ewige Licht.«

»Klingt schön.«

»Der Name täuscht. Es ist auch eine Waffe. Eine gefährliche Waffe sogar.«

»Echt jetzt? Eine Waffe? Nicht zu glauben!«

In diesem Moment fuhr Nürg dazwischen: »Ich will eure nette Unterhaltung ja nicht stören, aber er, sie oder es kommt immer näher!«

Er tippelte unruhig von einem Bein auf das andere. Das Mädchen sah Nürg mit großen Augen an. Offenbar hatte sie erst jetzt seine Anwesenheit bemerkt.

»Du hast einen Grünlingsmong bei dir?«, fragte sie Sascha verwundert. »Du weißt, dass die eigentlich nicht zahm sind?«

Ihre Worte verwirrten Sascha. Nürg war nun wirklich kein

Haustier. Dieser verschränkte sofort seine Arme vor der Brust. Es war ihm anzusehen, dass er beleidigt war.

»Jetzt siehst du, warum wir lieber auf den Bäumen hocken und unter uns bleiben. Dann muss man nicht diese eingebildeten Seher ertragen.«

Sascha ignorierte ihn. Neugierig trat er zu dem breiten Eisentor, um vorsichtig den zarten Lichtflakon zwischen den Stäben hindurchzuschieben. Helligkeit strömte über die steinigen Wände und gab ein Bild des Schreckens preis. Der magere Körper eines großen Mannes lag auf dem Boden, wie achtlos fortgeworfen. Er war eindeutig tot. Sascha zuckte zusammen. Statt Augen gab es nur noch schwarze leere Augenhöhlen in seinem Gesicht.

»Oh Gott«, entfuhr es ihm.

Wankend hielt er sich an den kalten Gitterstäben fest. Hinter seinem Rücken hörte er das Mädchen schluchzen. Schaudernd zog Sascha das helle Fläschchen aus dem fürchterlichen Kerker heraus. Er ertrug den Anblick nicht länger.

»Mein Vater«, weinte Zetar.

»Er ist tot.« Saschas Stimme war kaum mehr als ein Krächzen.

»Tot?«, keuchte Nürg.

Sascha rührte sich nicht, blickte nur voller Mitgefühl Zetar an. Keine Reaktion erschien ihm passend.

»Es tut mir leid«, würgte er schließlich leise hervor.

»Mir auch«, pflichtete Nürg ihm bei.

Zetar wischte sich schniefend die Tränen aus dem Gesicht. »Dafür lasse ich den Schwarzen Prinzipal bezahlen. Ich werde ihn vernichten. Das schwöre ich euch!«

Nürg machte eine abwehrende Handbewegung. »Ja, ja, schon gut. Aber vorher sollten wir zusehen, dass wir endlich von hier verschwinden. Hört doch mal!«

Die Schritte wurden immer lauter. Zetar hob fragend die Augenbrauen. Offenbar hatte sie bis zu dieser Minute nichts bemerkt.

»Wer ist das?«, fragte sie.

»Wenn sich mein Gefühl nicht täuscht, kein Freund«, antwortete Sascha.

Hilfesuchend sah er sich um. Sie befanden sich in einer Art Sackgasse. Es gab nur den Weg zurück zum Gang, aus dem sie gekommen waren.

»Mist! Wir müssen umkehren!«, erkannte er.

Er wollte schon lospreschen, als ihn Zetars Stimme zurückhielt. »Warte!«

Sascha blieb stehen. »Was ist?«

Ihr Blick wanderte zu dem Verlies.

»Er ist tot!«, erinnerte Nürg sie an den Zustand ihres Vaters.

»Das weiß ich selbst!«, fuhr sie ihn an.

Trotzdem. Etwas ließ sie wanken. Ihre Unterlippe zitterte leicht.

»Aber ich könnte ihn wieder zurückholen.«

Nürg schnappte hörbar nach Luft. »Wie zurückholen? Wieder zum Leben erwecken? Lebendig machen, oder so?«

Sie nickte. Sascha wich, ohne es zu wollen, einen winzig kleinen Schritt vor ihr zurück und stieß dabei gegen die Gitterstäbe.

»Im Ernst? Können Seher so was?«

Nürg schüttelte heftig den Kopf. »Unsinn, das kann niemand. Nicht mal Casandra oder der Schwarze Prinzipal oder die Waldhüterinnen und Waldhüter oder ...«

»Aber das Ewige Licht!«, schnitt Zetar ihm das Wort ab.

Sascha starrte zweifelnd auf das zarte Gefäß, das noch immer in seiner Hand ruhte.

»Echt jetzt? Ich glaub's nicht«, schnaufte er.

Sein Blick glitt zu Zetar, die mit dem Zeigefinger kleine Kreise auf den Steinfußboden malte.

»Was hast du? Das ist doch eine gute Nachricht«, sagte er.

Sie schüttelte den Kopf. Aus ihrem Mund kam ein ruckartiges Schluchzen.

»Früher gab es mehrere dieser Lichter. Heute nur noch dieses eine. Mein Vater hat mir als Kind davon erzählt. Damals habe ich nicht geahnt, dass sie wirklich existierten und mein Vater in alten Schriften und Büchern danach suchte. Für mich war es immer nur ein Märchen, eine Sage. Aber dann ...« Sie unterbrach sich. »Ich habe in den Aufzeichnungen meines Vaters einen Hinweis gefunden, der zu einem Gerücht passte, das Ranar von den Mongs aufgeschnappt hat.«

»Von den Mongs?«, schniefte Nürg. »Ausgeschlossen. Die reden nicht mit euch.«

Zetar ignorierte ihn. »Wir machten uns gemeinsam auf die Suche nach der verborgenen Waldhütte, wo sich das letzte Licht verbergen sollte.« Sie sah zu Sascha. »Du hast uns dort getroffen. Erinnerst du dich?«

Sascha nickte.

»Das Ewige Licht schenkt oder nimmt einem das Leben. Es kann jemanden von den Toten zurückholen oder ihn geradewegs dorthin schicken.«

Sie nahm einen tiefen Atemzug. Zwischen ihren Wimpern hingen noch immer silbrige Tränen. Am liebsten hätte sich Sascha zu ihr auf den feuchten Steinboden gesetzt und sie in den Arm genommen.

»Schön und gut. Tolle Geschichte, die ein glückliches Ende verspricht. Es wäre nur nicht schlecht, wenn der tote Seher da hinten möglichst schnell ins Leben zurückgeholt werden könnte«, drängte Nürg und fuchtelte dabei mit seinen Armen in Richtung der Gitterstäbe. Er schielte zum Eingang. »Ich möchte euch nur daran erinnern, dass jemand geradewegs auf dem Weg hierher ist.«

»Ein glückliches Ende?«, stieß Zetar bitter aus. »Keineswegs, denn das Licht lässt sich nur ein einziges Mal verwenden. Versteht ihr?! Wenn ich damit meinen Vater zurückhole, kann ich den Schwarzen Prinzipal nicht mehr besiegen.«

Sascha wurde schlagartig kalt. Plötzlich verstand er Zetars schwierige Lage.

»Verflucht!«, murmelte er.

Niemand sagte etwas. Um so hörbarer drangen die schweren Tritte gespenstisch laut bis zu ihnen vor.

»Ich hab jetzt wirklich gleich einen Herzstillstand! Ich hoffe, ihr nutzt dieses Lichtding dann für mich!«, fiepste Nürg.

»Zetar!«, sagte Sascha sehr sanft, »Hol deinen Vater zurück! Diese Entscheidung würde jeder verstehen.«

Sie krümmte sich und schlug die Hände vors Gesicht. »Nein, mein Vater nicht. Er würde wollen, dass ich diesen grausamen Krieg beende und der Herrschaft des Schwarzen Prinzipals endlich ein Ende setze. Nur deshalb hat er selbst jahrelang nach dem Ewigen Licht gesucht.«

Sie sah unsagbar traurig, beinahe zerbrechlich aus. Ein schmerzliches Lächeln lag auf ihrem Gesicht.

»Verstehst du mich?«

Sascha biss sich auf die Lippen. Er wusste nicht, ob er die Kraft für so eine Entscheidung gehabt hätte. Wohl eher nicht.

»Das ist echt krass von dir. Wirklich, wahnsinnig mutig«, sagte er mitfühlend.

Zetar sprang auf. »Lass uns abhauen. Ich fürchte, irgendein Handlanger des Schwarzen Prinzipals ist auf dem Weg hierher, um nach mir zu sehen.«

Schon eilte sie los. Rasch rannten Nürg und Sascha über den nasskalten Steinfußboden hinter ihr her. Das kleine Fläschchen hielt Sascha noch immer in seiner Hand. Es spendete ihnen genügend Licht. Sie folgten dem Weg, auf dem sie gekommen waren, bis der Gang sich in zwei Richtungen verzweigte.

»Wohin jetzt?«, rief Zetar, während sie weiterlief.

Sascha spitzte die Ohren. »Nach rechts!«, entschied er, da er glaubte, ihren Verfolger links von sich zu hören.

Es schien die richtige Wahl gewesen zu sein. Dumpf nahmen sie die hastenden Geräusche in ihrem Rücken wahr.

Sie kamen gut voran. Doch die Gänge erschienen Sascha endlos.

Ihre Schritte hallten darin überlaut wider. Zudem quälte ihn sein schmerzender Knöchel. Nach einiger Zeit fragte er sich, ob überhaupt noch jemand hinter ihnen war. Er blieb stehen. Auch Nürg und die junge Seherin hielten an.

»Was hast du?«, wunderte sich Zetar.

»Ich weiß nicht.«

Sascha lauschte aufmerksam in den Felsengang hinein, als er schlagartig die Gegenwart des Schwarzen Prinzipals spürte. Er versuchte ruhig zu bleiben, aber das Grauen hatte ihn längst erfasst. Eine eiskalte Welle der Angst rauschte durch seinen Körper. Instinktiv ballte er die Hände zu Fäusten. Die kleine Flasche drückte sich schmerzhaft in seine Haut.

»Er ist hier!«, raunte er den anderen zu.

Seine Stimme bebte. Sascha zwang sich, das Licht herumzureißen und in den hinter ihm liegenden Gang zu halten. Und tatsächlich, an seinem Ende zeichnete sich der Umriss eines Mannes ab. Im gleichen Moment hörten sie Wasser spritzen, als er durch eine Pfütze auf sie zuging – langsam und unerbittlich.

Der Schwarze Prinzipal hatte sie gefunden.

Sascha regte sich nicht, nur mit seinen Augen verfolgte er die Bewegungen seines Gegenübers. Dabei spürte er, wie sich ihm die Nackenhaare aufstellten.

Endlich schnellte er einen Schritt zurück. Seine Füße stießen gegen Nürg. Sascha strauchelte kurz und fing sich. Die Angst drückte ihm die Kehle zu. Er riss den Mund auf, um zu atmen.

»Das Licht!«, schrie Zetar. »Gib mir das Licht!«

Aber er konnte nicht. Er vernahm nur noch die heisere Stimme des dunklen Herrschers in seinem Kopf.

Sascha!, zischte dieser ihm zu wie eine Schlange. *Lauf nicht fort, es nützt ja doch nichts. Es schadet nur deinem Fuß!*

Woher weiß er das?

»Her mit dem Flakon!«, verlangte Zetar erneut. »Sascha, bitte!«

Aus dem Augenwinkel sah Sascha, wie sie sich hastig auf ihn

zubewegte, doch der Schwarze Prinzipal war schneller. Grob stieß er Zetar beiseite, sodass sie hart auf den Boden aufschlug.

»Oh nein!«, kreischte Nürg und stürzte zu ihr.

Die junge Seherin stöhnte.

»Du Schwein, rühr sie nicht an!«, fuhr Sascha endlich aus seiner Starre auf.

Der andere lachte.

»Du magst sie? Wie niedlich«, höhnte er.

»Sascha, das Licht!«, rief ihm Zetar abermals zu.

Sascha fuhr zu ihr herum. Sie lag noch immer auf dem steinigen Boden. Nürg hockte neben ihr.

»Hier, Nürg! Schnell!«, wisperte Sascha seinem Freund zu und hielt ihm den geschliffenen Flakon entgegen.

Doch noch bevor der Mong zugreifen konnte, trat ihm der Schwarze Prinzipal hart in die Brust. Nürg jaulte auf und krachte gegen die Wand. Sein kleiner Körper rührte sich nicht mehr. Zetar kroch sofort zu ihm.

Sascha taumelte.

»Lass ihn in Ruhe, lass sie beide in Ruhe!«, brüllte er.

»Ihr habt also ein Licht dabei. Macht es ruhig aus! Ich kann genauso gut im Dunklen sehen, ihr Narren«, spottete der Schwarze Prinzipal.

Sascha schielte zu seinen Freunden. Zetar, die noch immer über Nürg gebeugt war, wandte sich zu ihm um.

»Sascha, du musst es tun! Du musst es mit deiner Seele berühren! Glaube daran! Dann passiert es!«

Sascha wog den Flakon in seiner zitternden Hand. Er verstand nicht, was sie damit meinte. Durch seinen Kopf pochten ihre Worte. Das hier war doch alles nicht wahr. Das war doch verrückt. Er konzentrierte sich auf das Licht, verlor sich darin, als hätte es seinen Blick magisch angezogen. Er hörte ein Tuscheln. Die kleine blaue Flamme tanzte, flackerte in der Dunkelheit, als wollte sie Sascha etwas erzählen.

Plötzlich war Kälte in ihm – schmerzende Kälte, die er kaum ertrug. Die Stimme des Schwarzen Prinzipals hallte durch seine Gedanken. Tat weh.

Ich weiß, wer du bist. Ich habe schon einmal in deine Seele gesehen, du armer Menschenjunge!

Sascha fror. Er bekam mit, dass Zetar ihn rief. Aber es klang fern, wie durch Watte.

Wie lieb von dir, dass du mich besuchen kommst, hauchte der Schwarze Prinzipal ihm in gespielter Freundlichkeit zu.

Reglos starrte Sascha auf seine Umrisse. Das bläulich schimmernde Licht in seiner schlaff nach unten hängenden Hand beschien den Boden. Das Gesicht seines Gegenübers lag im Schatten. Wieder lachte der Schwarze Prinzipal. Es klang blechern, dröhnend.

In was für eine Welt hat dich dein unseliger Vater da nur hineingestoßen? Deine Mutter muss viel durchmachen! Du hast gesehen, was mit ihr geschehen wird?

Sascha wurde übel.

»Lass meine Mutter aus dem Spiel!«, presste er unter größten Anstrengungen hervor. Seine Stimme klang papierdünn.

Der Schwarze Prinzipal schnalzte mit der Zunge. *Oh, ich habe nichts gegen Mütter. Väter sind da viel komplizierter. Hat deiner dich nicht eiskalt im Stich gelassen?*

Sascha schluckte. »Nein«, flüsterte er.

Mehr Worte brachte er nicht heraus. Die Anwesenheit des dunklen Herrschers lähmte ihn. Er war in seinem Kopf, in seinen Gedanken.

Fürchtest du dich, Sascha? Niemand kann dir jetzt helfen. Du bist allein.

Sascha schwieg und schloss die Augen. Er versuchte, an das Lachen seines Bruders zu denken, an Lutz' grinsenden Blick über den Rand seiner Brille, an die letzte Umarmung seiner Mutter, an die Sonne im Herbstgras und an das Rascheln heruntergefallener

Blätter beim Spaziergang durch den Wald. Eine kalte Hand legte sich auf seine Wange. Allein durch die Berührung zerfielen alle schönen Bilder. Sie waren fort. Der Schwarze Prinzipal hatte recht, er war allein.

Gleich würde der Moment kommen, in dem er sich in sein Schicksal fügen musste. Da spürte er unerwartet den leichten, fast schon vertrauten Wirbel, der ihn in immer schneller werdender Geschwindigkeit mit sich zu reißen drohte. Die eisige Anwesenheit des Schwarzen Prinzipals wurde aus seinen Gedanken verdrängt. Der stieß einen wütenden Schrei aus und packte Sascha am Arm.

»Ich finde dich! Ich finde dich überall«, raunte er ihm ins Ohr.

Sein warmer Atem strich Sascha übers Gesicht. Mit einer kräftigen Bewegung riss er sich von ihm los. Er wollte zu Zetar und Nürg, aber die Welt um ihn herum zerfiel. Nur das widerwärtige Lachen des Schwarzen Prinzipals jagte Sascha hinterher.

»Du fliehst? Dann nehme ich mir jetzt erst einmal deine Freunde vor!«, hörte er ihn rufen.

Saschas Magen krampfte sich zusammen. Im selben Moment schossen die schwarzen Wände blitzartig zu allen Seiten hoch und trugen ihn aus der Finsternis zurück nach Hause.

Noch mit geschlossenen Augen wusste er, dass er wieder in seinem Zimmer war. Der vertraute Geruch seiner Mutter hing in der Luft. Sascha nahm wahr, dass jemand neben seinem Bett saß. Mühsam schlug er die Lider auf.

»Opa!«, murmelte er tonlos.

Die Augen seines Opas glitten langsam zu ihm. Sein Blick wirkte zweifelnd, als ob er sich nicht sicher sei, richtig gehört zu haben. Vorsichtig umfasste er Saschas Hand.

»Mein Junge«, flüsterte er brüchig.

Sascha konnte das Ausmaß seiner Traurigkeit und Sorge spüren. Der Kummer war kaum auszuhalten. Schnell musste er woanders hinsehen. Die aufgebrachte Stimme seines Opas hallte hoffnungsvoll durch den abgedunkelten Raum.

»Marie«, rief er. »Marie, unser Junge ist wieder da!«

Das geheimnisvolle Kästchen – Räjeg

Räjeg sah sich nach der Insel um, die unlängst hinter den dichten Nebelschleiern verschwunden war. Wie friedlich der See in dieser frühen Morgenstunde aussah. Genau dieses Bild wollte er als letzte Erinnerung an den Rat der Weisen in seinem Gedächtnis aufbewahren. Denn er wusste, dass der geheime Ort womöglich für immer verloren war und dass auch er nie wieder hierher zurückkehren würde. Ein unbequemer Gedanke durchfuhr ihn. War er es etwa gewesen, der das Versteck in seiner Unbesonnenheit verraten hatte? Immerhin hatte er töricht genug gehandelt, den Nebelsee nicht bei Nacht zu überqueren. Räjeg verbot sich, weiter darüber nachzudenken. Hastig wandte er sich ab und heftete erneut seinen Blick auf das nahende Ufer.

»Möglicherweise bleibt uns nicht mehr viel Zeit! Casandra bräuchte kaum mehr als einen halben Tag, um von ihrer Burg bis hierher zu gelangen«, sagte er.

»Sie könnte auch in Akjo beim Schwarzen Prinzipal sein«, erwog der junge Seher.

Räjeg musterte den schlaksigen Jungen.

»Wie heißt du?«, wollte er wissen.

»Ranar.«

»Schön, wenn dem so wäre, Ranar. Dann wäre sie nicht nur weiter weg, sondern auch ohne ihren Brunnen.«

Mit einem großen Satz sprang er in das flache Wasser. Eisew und Ranar folgten ihm, um eilig unter dem Blätterdach der nahen Bäume Schutz zu suchen.

»Ich will versuchen herauszubekommen, ob wir in Gefahr sind«, sagte Eisew.

Er legte seine Arme um einen der Stämme und presste sein Ohr gegen das unebene Holz. Räjeg wusste, dass Eisew als Sohn einer Waldhüterin mit den Bäumen reden konnte. Gebannt starrten er und Ranar zu ihm hinüber, bis sich der alte Seher aus seiner steifen Umarmung gelöst hatte.

Eisews Blick glitt besorgt zum Himmel hinauf.

»Was ist?«, fragte Räjeg.

Er mochte die gelassene Art des Älteren nicht, die immer auch etwas Überhebliches hatte.

Eisew lächelte ihn milde an. »Sie werden kommen! Casandra und die vierflügeligen Drachen der Weißen Frau.«

Räjeg hörte den jungen Seher nach Luft schnappen. »Wo sind sie jetzt und welche Route nehmen sie?«

»Den direkten Weg von Salis hierher. Sie fliegen über die Berge von Jatus«, antwortete Eisew ungerührt.

Räjeg lachte bitter auf. »Dann überqueren sie womöglich auch den letzten Zufluchtsort der Seher. Was, wenn sie ihn entdecken?«

Eisew schüttelte gleichmütig seinen grauen Kopf.

»Nein«, meinte er, »die Hütten liegen im Verborgenen, niemand kann sie vom Himmel aus sehen.«

»In der Tat!«, entgegnete ihm Räjeg scharf. »Wir hausen dort wie die Würmer im Loch.«

Eisew wandte sich ab, ohne darauf einzugehen. »Wir müssen uns beeilen! In der zerstörten Arena der alten Felsenstadt werde ich Harpargonis rufen.«

Schweigend eilten sie durch das unebene wenig bewaldete Gelände. Dabei sahen sie immer wieder zum Himmel hinauf. Dann endlich erspähten sie in der Ferne die ersten Ruinen der einstmals stolzen Metropole.

Räjeg beschlich sofort ein unbehagliches Gefühl. Wann immer er diese Geisterstadt durchquerte, glaubte er die Schatten der verstorbenen Seher zwischen den vom Feuer geschwärzten Steinen zu erblicken. Auch Ranar bebte beim Anblick der zerstörten Häuser.

»Die tote Stadt Smorka«, murmelte er traurig.

Mitleidig nahm Räjeg ihm abermals seinen Rucksack ab. »Komm, bringen wir es hinter uns!«

Sie liefen zur großen Arena, in der sich protzige, von Ranken überwucherte, umgestürzte Steine aufeinandertürmten, die früher die Säulen eines glanzvollen Daches gebildet hatten. Eisew stellte sich in die Mitte des Platzes. Mit geschlossenen Augen legte er seinen Kopf in den Nacken und kreuzte die Arme über der Brust. Räjeg und Ranar beobachteten wortlos Eisews stillen Ruf, während er mit seiner Seele nach dem Greif suchte. Im Augenblick der Seelenreise waren Seher schutzlos, wusste Räjeg. Sollte er versuchen, an das schwarze Kästchen zu kommen?

Er näherte sich unbemerkt Eisews brauner Ledertasche, die dieser eng über seine Schulter geschlungen trug. Nur ein Griff und dann …

Jemand hielt seinen Arm fest. Räjeg zuckte zusammen und wandte sich um. Es war Ranar, der ihn aus seinen kleinen nervös zuckenden Augen flehend ansah.

Räjeg zögerte. Für einen Moment wusste er nicht, was er tun sollte. Sein erster Impuls gebot ihm, den jungen Seher fortzustoßen, sich das Kästchen zu nehmen und davonzueilen. Warum tat er es nicht?

Ein langer Atemzug entwich Räjegs Brustkorb. Sein Verstand gewann die Oberhand. Er brauchte Eisew, ob es ihm gefiel oder nicht. Ohne ihn würde er niemals so rasch zu Sascha gelangen können.

Ohnehin war die Chance vertan. Eisews Arme lösten sich aus ihrer angespannten Haltung. Müde öffnete er die Augen. Die Reise hatte ihn geschwächt. Er wird alt, erkannte Räjeg mit Genugtuung, als Eisew sich hinsetzte, um neue Kraft zu schöpfen.

Räjeg und Ranar wechselten einen Blick und er wusste, der andere würde ihn nicht verraten.

Der alte Seher legte für einen Moment erschöpft den Kopf in seine Hände. Dann sah er auf und lächelte.

»Harpargonis wird kommen. Vielleicht ist er schon in wenigen Stunden da. Wir sollten hier in der Nähe gut versteckt auf ihn warten.«

Räjeg zog seine Stirn in Falten. Tatenlos auszuharren, würde für ihn unerträglich werden. Er wollte endlich zu Sascha.

Eisew wandte sich an Ranar: »Geh und such etwas Wasser und ein gutes Versteck für uns!«

Der junge Seher gehorchte. Kaum, dass er fort war, wies Eisew Räjeg an, sich neben ihn zu setzen.

»Ich weiß, dass du das Wissen über die Schatulle begehrst!«, hob er übergangslos an. »Aber ihr Inhalt ist nur mit mir verbunden. Ich gebiete über den winzigen Gegenstand darin, so wie dieser auch mich beherrscht. Es ist das Einzige, was ich von dem Schwarzen Schöpferbuch noch besitze.«

Für einen Moment hielt Räjeg den Atem an. »Du bist tatsächlich im Besitz eines Objekts aus dem allsehenden Buch?«, fragte er ungläubig.

»Ja, ich habe ein Stück der gläsernen Seite herausgebrochen, bevor es dir in die Hände gespielt wurde. Ich wusste, dass es zukünftig untrennbar mit jemand anderem verbunden sein würde. Verstehst du? Es war die einzige Möglichkeit, wenigstens einen kleinen Teil seiner Macht für unser wichtiges Ziel zurückzuhalten.«

Räjeg lachte verächtlich. »Fürwahr, nur so konntet ihr weiterhin den Gott des Schicksals mimen.«

Eisew nickte gedankenverloren. »Anfänglich gelang es uns sogar recht gut. Ich habe Sascha im Mongwald vor dem Haus meiner Mutter ankommen lassen, ihn dann wieder für eine kurze Zeit in seine Welt geschickt und erneut zurückgeholt. Jedoch schwindet mein Einfluss. Verstehst du, Räjeg?« Seine hellgrauen Augen schweiften sehnsüchtig in die Ferne. »Jetzt gehört das Buch fast nur noch Sascha – und er dem Buch.«

Räjeg strich sich nervös über seine narbigen Handgelenke. »Ihr habt mich benutzt, um Sascha an dieses Buch zu binden, dabei wusstet ihr, dass es gefährlich ist. Auch Sascha hätte von seiner Macht zerstört werden können. Immerhin ist er nur zur Hälfte ein Wesen aus Enalis.«

»Doch er hat die Probe bestanden. Er ist als ein Seher erkannt und akzeptiert worden. Wir mussten es tun! Verstehst du das denn nicht? Nur mithilfe des Schöpferbuchs kann man von der einen in die andere Welt reisen. Sascha musste einfach hierherfinden. Er ist vielleicht das Kind, auf das wir schon so lange warten. Das Buch hat ihm eine besondere Gabe geschenkt«, wandte Eisew ein. Er klang ungeduldig.

»Genug!«, fuhr ihm Räjeg barsch dazwischen. Seine Hände ballten sich zu Fäusten. »Er ist nur ein fünfzehnjähriger Junge, den ihr in einen längst verlorenen Krieg gestoßen habt!«

Verbissen zwang Räjeg sich, wieder ruhiger zu werden. Er musste jetzt besonnen handeln und argumentieren. Denn er brauchte Eisew und sein Wissen noch.

»Wie habt ihr mich mithilfe des Buches zu Marie geschickt?«, fragte er in gefassterem Ton.

Eisew ließ sich mit seiner Antwort Zeit, so, als müsste er darüber nachdenken.

»Ich weiß, warum du mir diese Frage stellst. Aber du irrst dich, wir haben dich nicht dirigiert, das warst du ganz allein. Das Buch ist beeinflussbar. Du wolltest offensichtlich nichts lieber, als zu dieser Frau aus der Welt der Menschen gelangen. Das Buch erkennt die innersten Sehnsüchte seines Nutzers.« Auf Eisews Gesicht erschien ein eigentümliches verträumtes Lächeln. »Es wäre interessant gewesen, welche Gabe das Buch für dich vorgesehen hätte.«

Der alte Seher nickte geistesabwesend.

»Vielleicht …«, fuhr er, als Räjeg schon gedacht hatte, er würde nichts mehr sagen, fort. Doch dann schüttelte er den Kopf. »Nein, für dich war es nichts weiter als ein Werkzeug, mit dessen Hilfe du in die fremde Welt zu kommen hofftest. Und nun gehört das Buch nahezu uneingeschränkt deinem Sohn. Selbst ich verfüge, wie du jetzt weißt, über kaum mehr als einen kleinen Überrest seiner Macht.«

»Aber du besitzt immerhin noch dieses Stück aus seinem Inneren!«

Räjeg versuchte verzweifelt sich an diese Hoffnung zu klammern.

»Bitte Eisew!«, sagte er so sanft wie möglich. »Ich kann zwar nicht mehr zu Sascha vordringen, aber ich kann fühlen, dass er in Gefahr ist. Vielleicht hat mich die Zeit bei den Menschen verändert, denn auch sie spüren manchmal Dinge, die mit ihren Liebsten zu tun haben, ohne in ihre Seelen blicken zu können. Sascha muss schnellstmöglich in Sicherheit gebracht werden! Wenn du willst, dass er am Leben bleibt, schick ihn nach Hause! Wenigstens für einige Stunden!«

Wieder herrschte Schweigen zwischen ihnen. Räjeg fürchtete schon die Geduld zu verlieren, als Eisew endlich zu reden begann.

»Auch ich will, dass der Junge überlebt. Es dürfte in der Tat zu früh für eine Begegnung mit dem Schwarzen Prinzipal sein. Wird seine Mutter ihn wieder hierherkommen lassen? Wenn sie das Buch zerstört, bleibt der Rückweg für immer versperrt und der Junge könnte Schaden nehmen.«

»Das ist ausgeschlossen! Marie vertraut mir. Und sie gab mir einst ihr Versprechen«, beeilte Räjeg sich Eisews Bedenken zu zerstreuen.

»Also gut, ich will es versuchen.«

In Räjeg ergoss sich eine Woge der Erleichterung. »Danke!«

Langsam kramte Eisew die kleine Schatulle aus seiner Tasche

hervor. Fast liebevoll strich er über die zu drei Halbkreisen hervorbrechenden Linien, bis er endlich den dunklen leicht gewölbten Deckel aufschlug. Mit einer geschickten Bewegung entnahm er seinem Inhalt eine schimmernde fingernagelgroße Glasscherbe, die er ehrfürchtig vor sich auf dem Fußboden ablegte. In ihr ruhten winzige Pünktchen der roten Flüssigkeit aus dem Schwarzen Buch. Nach und nach verbanden sich diese zu einem kleinen bluttropfenähnlichen Klecks. Wortlos führte Eisew das Glas an seine Stirn, wo er es mit geschlossenen Augen andächtig ruhen ließ.

Räjeg beobachtete ihn regungslos. Er musste daran denken, dass er es gewagt hatte, eine Widmung für seinen Sohn in dem Buch zu hinterlassen. Was, wenn er Sascha damit geschadet hatte? Nervös rieb Räjeg sich erneut über seine Handgelenke.

Nach einiger Zeit löste Eisew sich aus seiner Position. Er sah müde aus. Schweigend legte er den unscheinbaren Gegenstand in die kleine Schatulle zurück.

»Hat es geklappt?«

Eisew hob unschlüssig die Schultern. »Ich weiß es nicht. Ich habe mich auf Saschas Zuhause konzentriert. Vielleicht ist er tatsächlich dort angekommen.«

Diese vage Hoffnung musste fürs Erste genügen.

»Danke«, flüsterte Räjeg abermals matt, auch wenn er sich mehr erhofft hatte.

Schweigend spähten sie zu den brüchigen Steinen, aus denen die Seher einst ihre herrschaftliche Stadt errichtet hatten.

»Ich mag deinen Sohn«, sagte Eisew unvermittelt. »Und wenn es nicht um unser aller Überleben ginge, hätte ich ihm niemals diese Bürde auferlegt.«

Räjeg wandte sich langsam Eisews blaugemasertem Gesicht zu. »Du und die anderen aus dem sogenannten Weisen Rat baut auf die wirren Sätze uralter Schriftrollen, die ihr für die Wahrheit haltet, als würde nicht jeder Tag das Schicksal neu schreiben. Was glaubst du, kann ein fünfzehnjähriger Junge gegen das Böse ausrichten? Der Schwarze Prinzipal wird vorbereitet sein. Sollten sie sich tatsächlich begegnen, wird Sascha kein noch so mächtiges Buch aus dieser oder irgendeiner anderen Welt schützen können.«

»Der Schwarze Prinzipal weiß nichts von deinem Sohn«, hielt ihm Eisew seufzend entgegen.

»Was macht dich da so sicher?«

In diesem Augenblick kehrte Ranar zurück. Er sah bestürzt aus. »Seht!«, rief er und zeigte zum Horizont.

Eine riesige finstere Wolke bewegte sich in scheinbar gemächlicher Geschwindigkeit auf sie zu. In der Sonne funkelte das Gold in Casandras dunkelblauem Gefieder übernatürlich hell. Dem schillernden Punkt folgten viele dunkle Flecken. Dies mussten die vierflügeligen Drachen der Weißen Frau sein. Sie waren gekommen, um das Herz der Seher, ihren letzten Wirkungsort, für immer zu zerstören.

»Sie werden alle Bücher, unser ganzes Wissen, alle geschriebenen und gezeichneten Dokumente vernichten. Danach sind wir endgültig blind«, stöhnte Eisew bekümmert auf.

Der junge Seher fuchtelte aufgeregt mit den Armen. »Kommt schnell, ich habe ein Versteck gefunden!«

Gemeinsam durchquerten sie die zerstörte Arena. Räjeg hatte das Gefühl, dass der Kampf aussichtsloser denn je war und dass sich für ihn und seine Familie nichts mehr zum Guten wenden würde. Er musste an seinen Bruder denken, den er im Stich gelassen hatte, und an Marie, die womöglich kaum etwas von der Gefahr ahnte, in der ihr Kind schwebte.

Das Dröhnen der vielen Flügelschläge war jetzt deutlich zu hören. Vereinzelt drangen sogar die wilden Schreie ungeduldiger Drachen bis zu ihnen herüber. Ranar führte sie zu einem der nahezu vollständig zertrümmerten Häuser.

Was sollen wir hier?, fragte sich Räjeg.

Hier gab es doch nur Geröll und Schutt. Aber dann entdeckte

er die versteckte Falltür, die sich hinter einem der gewaltigen Fundamentsteine verbarg.

»Dort unten kann man sich verstecken! Ich habe nachgesehen. Es ist nicht einsturzgefährdet«, erklärte Ranar aufgeregt.

Eisew nickte ihm lächelnd zu. »Das hast du gut gemacht.«

Sie kletterten die wenigen schmalen Treppenstufen hinab, die in einen kleinen Kellerraum führten. Als Räjeg noch einmal umkehrte, um die Luke zu verschließen, wandte Eisew sich unter Zuhilfenahme seiner Gedanken an ihn.

Bitte nicht. Lass sie einen Spalt offen! Sonst fühle ich mich, als säßen wir in einer Gruft.

Räjeg nickte und holte sein Messer hervor. Geschickt schob er dessen schweren Holzgriff in die Öffnung. Dann begab er sich zu den anderen. Abwartend hockten sie sich auf den nackten Boden, den Rücken gegen die kalte Wand gelehnt. Durch den schmalen Schlitz konnten sie sehen, wie sich der Himmel verfinsterte. Das Lärmen war jetzt unerträglich geworden. Räjeg nahm die Angst des jungen Sehers wahr. Unbeholfen berührte er kurz dessen Arm.

»Denk an etwas Schönes! Verschließe deinen Geist! Sonst spürt Casandra deine Furcht«, flüsterte er ihm zu.

Endlich verklangen die tosenden Schreie. Die sich entfernenden Geräusche hinterließen eine unbehagliche Ruhe. Sie wollten gerade ihr Versteck verlassen, als ein dumpfer Aufprall sie augenblicklich innehalten ließ.

Ranar!, dachte Räjeg resigniert.

Das würde ihr Ende sein.

Kapitel 8

Der lange Schatten von Enalis

In der falschen Welt – Sascha

Ich muss zurück! Sofort!
Sascha hielt den Flakon mit dem Ewigen Licht in seiner Hand. Er wünschte, er hätte ihn nie genommen. Die letzten Worte des Schwarzen Prinzipals klangen ihm noch immer in den Ohren. In genau diesem Moment würden seine Freunde ihm schutzlos ausgeliefert sein. In seinem Hals steckte ein dicker Kloß, der sich in einem jämmerlichen Klageton aus seiner Kehle löste. Zetars großes Opfer – es war umsonst gewesen und ihn allein traf die Schuld.

Noch während er an sie dachte, blickte er sich in seinem Zimmer um. Wie fremd ihm sein Zuhause auf einmal erschien. Und das lag nicht nur an dem Stuhl, der sonst nicht neben seinem Bett stand, oder an dem ungewöhnlichen Geruch von Kräutern, sondern an der dumpfen Ahnung, nicht mehr vollständig hierherzugehören.

Sascha richtete sich auf und schob das Licht unter sein Kopfkissen. Unruhe durchströmte ihn. Es fühlte sich an, als würde ein reißender Fluss durch seine Adern schießen.

Im nächsten Moment stürzte seine Mutter zur Tür herein und eilte an sein Bett. Sie drückte ihn fest an sich. Sascha klammerte sich an sie wie an einen Rettungsring in einem schwarzen Ozean aus Schuld, in dem er zu ertrinken drohte. Er hatte sie vermisst, mehr als es ihm bis eben bewusst gewesen war.

»Du bist wieder da«, flüsterte sie mit erstickter Stimme.

Sascha konnte sehen, dass ihr unzählige Fragen auf der Seele brannten und dass sie sie nur mit Rücksicht auf ihn geduldig zurückhielt. Sie wollte wissen, ob er Räjeg gesehen hatte, ob er noch an sie dachte und sie liebte. Wie es in Enalis aussah und was ihm dort widerfahren war. Er musste die Augen schließen, um sich vor dieser Flut an Gedanken zu schützen. Wie hatte sein Vater das nur ausgehalten? Ein leiser Seufzer entfuhr ihm. Seine Antworten würden ihr nicht gefallen.

Sie schien zu ahnen, was mit ihm geschehen war.

»Du hast dich verändert«, sagte sie traurig. »Der Seher in dir ist erwacht!« Wortlos hob sie die Bettdecke hoch. »Ich habe es schon bemerkt! Bei Räjeg war es der Rücken, bei dir sind es die Beine.«

Sascha öffnete die Augen und blickte erstaunt in ihr schmales Gesicht.

»Die Beine?«

Er zog die Knie an seine Brust und beugte sich vor. Konzentriert musterte er seine Haut. Zuerst konnte er es kaum erkennen, doch dann sah er die schlanken blauen Linien, die sich von seinen beiden Kniekehlen ausgehend hinaufschlängelten. Erschrocken riss Sascha sein rechtes Bein weiter hoch. Auf der Rückseite seiner Oberschenkel bildeten grazile Striche ein sonderbares Muster.

Das bin ich nicht!, hämmerte es in seinem Kopf.

»Es sieht hübsch aus!«, murmelte seine Mutter.

»Seit wann habe ich das?«

Sie seufzte. »Seit dem Fieber.«

In ihrem Blick standen Mitleid und ein kaum zu ertragender Kummer.

Unvermittelt kehrten in Saschas Kopf die Bilder aus den dunklen Gängen zurück und quälten ihn. Er dachte an das hässliche Lachen des Schwarzen Prinzipals, an Zetars flehende Stimme, an

Nürgs Aufschrei beim harten Aufprall gegen die steinige Wand.

»Ich muss wieder nach Enalis«, sagte er mit fester Stimme.

Die Augen seiner Mutter blitzten wütend auf. Sofort drückte sie ihre Schultern nach hinten und streckte ihren Rücken.

»Nein, das lasse ich nicht zu!«

Sascha hob die Hände zu einer flehenden Geste. »Versteh doch, ich muss! Meine Freunde brauchen mich. Sie sind in Gefahr.«

»Und was ist mit mir?« Sie tippte wild auf ihre Brust. »Und mit dir? Du warst krank, Sascha! Ich bin fast durchgedreht vor lauter Sorge um dich. Noch einmal stehe ich das nicht durch. Du gehst nie wieder nach Enalis zurück! Hörst du, nie wieder!« Ihr Blick zeigte eine Entschlossenheit, die Sascha beunruhigte. Er konnte fühlen, dass sie sich durch nichts umstimmen lassen würde.

Sascha sprang auf, taumelte, weil ihm schwarz vor Augen wurde. Sofort spürte er den Arm seiner Mutter um seine Schulter.

»Leg dich wieder hin, Sascha! Du bist noch zu schwach.«

Aber er wollte sich nicht hinlegen, er wollte zurück. Er musste zurück!

»Wo ist das Buch?«, presste er zwischen zusammengebissenen Zähnen hervor.

»Nicht hier!«

»Wo?«

Sie schwieg.

Mit einem Ruck befreite Sascha sich aus ihren Armen und hastete zur Tür. Er spürte wieder den dumpfen Schmerz in seinem Fuß, den er aber ertragen konnte.

»Warte! Wo willst du hin?«, versuchte sie ihn aufzuhalten.

»Einfach nur raus!«

»Bitte, Sascha! Lass uns deine Rückkehr nicht mit einem Streit beginnen!«

Er blieb stehen und drehte sich zu ihr um. Seine Mutter machte einen Schritt auf ihn zu, hielt dann inne, zögerte.

»Bist du ihm begegnet?«, fragte sie beinahe flüsternd.

Sascha wusste genau, von wem sie sprach. »Nein, Papa war nicht da.«

Die Enttäuschung darüber grub sich sofort in ihr Gesicht. Auch wenn Sascha mit aller Macht dagegen ankämpfte, spürte er die Wucht ihres Schmerzes überdeutlich. Die Verzweiflung war uferlos, gleich dem Meer, das sein Vater so liebte. Er sah, dass sie um ihre Selbstbeherrschung rang.

»Tut mir leid! Beim nächsten Mal werde ich ihn finden. Verlass dich drauf!«

»Es wird kein nächstes Mal geben. Ich werde das Buch verbrennen! Ich will dich nicht auch noch verlieren«, zischte sie.

Sascha erstarrte. »Verbrennen? Spinnst du?«, schrie er sie bestürzt an. »Ich habe dort Freunde, die in Gefahr sind! In Lebensgefahr! Sie brauchen mich. Kapierst du das denn nicht?«

Trotzig schob sie ihm ihr Kinn entgegen. »Du gehst nicht zurück, Sascha! Ich werde es nicht zulassen.«

Brennende Wut überkam ihn.

»Du hast mir nichts zu sagen!«, stieß er ungehalten hervor. »Was weißt du schon von Enalis, von dem Krieg, der dort herrscht, von der Zerstörung und dem Bösen?«

Sie schüttelte traurig den Kopf. »Ich habe genug für diesen fremden Krieg geopfert«, sagte sie. Ihre Stimme klang jetzt weicher – erschöpft.

Schnaubend verließ Sascha den Raum. Beim Hinausgehen knallte er extra laut die Tür zu.

Er musste auf der Stelle das Buch finden. Umgehend begab er sich ins Schlafzimmer seiner Mutter. Er wusste, dass sie es für gewöhnlich in ihrem Schreibtisch aufbewahrte. Sascha riss die Schubladen auf und durchwühlte ihren Inhalt. Doch er fand nichts.

»Es ist nicht mehr hier«, hörte er eine Stimme hinter sich sagen, die ihn erschrocken herumfahren ließ.

Seine Mutter stand an den Türrahmen gelehnt und sah ihn

nachdenklich an.

»Ich habe es deiner Oma mitgegeben, damit ich nicht der Versuchung erliege, es zu nutzen oder zu vernichten. Sie ist gestern mit Theo zu sich nach Hause gefahren. Dein Bruder musste mal raus, um auf andere Gedanken zu kommen.« Sie schöpfte nach Atem. »Ein gewisser Paul Wittgenstein hat mich vor dem Buch gewarnt und mich gebeten, es zu zerstören.«

Sascha starrte sie staunend an. Dieser Name war ihm völlig unbekannt.

»Wer ist Paul Wittgenstein?«

Seine Mutter zuckte hilflos mit den Schultern. »Ich bin mit meinen Nachforschungen noch nicht so weit gekommen.«

In diesem Moment tauchte Saschas Opa hinter ihr auf. Er hatte sich bereits seine Jacke angezogen. Sascha konnte die Erleichterung und die Freude spüren, die seinen Opa erfüllte.

»Ich werde jetzt nach Hause fahren. Die zwei wollen sicherlich alles über Saschas Heimkehr wissen.« Ein Lächeln lag auf seinem Gesicht. »Aber keine Sorge, schon morgen früh sind wir wieder hier. Und zwar zu dritt!«

Sascha erschrak. »Wie jetzt? Erst morgen?«

Sein Opa lachte. »Du kannst es wohl kaum erwarten deinen Bruder, die kleine Nervensäge, wiederzusehen, was?« Er spähte auf seine Armbanduhr. »Aber es ist schon Nachmittag durch. Bald wird es dunkel. Du musst verstehen, meine alten Augen sind nicht mehr so gut.«

»Dann nimm mich mit!«, verlangte Sascha.

»Kommt nicht infrage!«, widersprach seine Mutter sofort.

Sascha ignorierte sie. »Bitte Opa, ich brauche das Buch! Es ist total wichtig.«

»Hör auf damit, Sascha!« Sie sah wütend aus.

Saschas Opa runzelte die Stirn. »Ich finde, du solltest erst einmal hierbleiben und deiner Mutter ein wenig Gesellschaft leisten. Sie hat viel durchgemacht.«

Sascha blickte verzweifelt von einem zum anderen. Ihm war, als würde er gegen eine Wand reden.

»Versteht ihr denn nicht? Ich muss nach Enalis und zwar so schnell wie möglich! Ich bin der Einzige, der den Schwarzen Prinzipal noch aufhalten kann.«

»Den Schwarzen Prinzipal?« Seine Mutter sah plötzlich blass aus. »Sag nicht, du bist ihm begegnet. Wie willst du ihn aufhalten?« Sie stieß einen kummervollen Laut aus. »Ich finde, ich habe ein Recht darauf, zu erfahren, was dir dort zugestoßen ist. Was hast du mit dem Schwarzen Prinzipal zu tun?« Tränen stiegen in ihre Augen, als Sascha schwieg. »Bitte, vielleicht verstehe ich es dann etwas besser.«

Sein Opa nickte zu ihren Worten. »Wir machen uns Sorgen um dich, mein Junge.« Als Sascha nichts darauf erwiderte, fuhr er fort: »Morgen, Sascha! Morgen ist auch noch ein Tag!«

Er ging zur Treppe. Auf der obersten Stufe blieb er stehen.

»Komisch«, murmelte er mehr zu sich als zu Sascha und Marie. »Ich habe immer geglaubt, die anderen Welten seien irgendwo da oben, dabei verlaufen sie parallel zu unserer, scheinbar nur in anderen Raum-Zeit-Dimensionen.«

Er hob die Hand zum Abschiedsgruß und schritt schwerfällig die Stufen hinunter. Dumpf fiel die Haustür ins Schloss. Dann kehrte Stille ein.

Sascha presste die Lippen aufeinander und ging wortlos in sein Zimmer zurück. Er hörte, wie seine Mutter nach unten in die Küche ging. Offenbar wollte sie ihn vorerst in Ruhe lassen.

Suchend blickte Sascha sich nach seinem Handy um und entdeckte es beinahe sofort auf dem Schreibtisch. Das Display zeigte einen vollen Balken an. Anscheinend hatte es irgendwer während seines Fortseins geladen. Der Gedanke, dass es seine Mutter gewesen sein könnte, versetzte ihm einen Stich. Mühsam schluckte Sascha das aufkommende schlechte Gewissen hinunter.

Das hier ist wichtiger! Viel wichtiger!

Lutz ging sofort ran. »Sasch, bist du es? Sasch!«, brüllte er ins Telefon.

Sascha riss sich das Handy vom Ohr. »Ja, ich bin's – in voller Größe und Farbe. Verlass dich drauf.«

Er hörte, wie Lutz tief Luft holte. »Verflucht noch mal! Bin ich froh, deine Stimme zu hören. Ich hatte echt Schiss um dich! Total! Aber jetzt erzähl! Was hast du erlebt? Hast du ...?«

»Lutz!«, unterbrach Sascha ihn. »Ich brauche deine Hilfe.«

»Meine Hilfe?«

»Ja, wir müssen zu meinen Großeltern! Am besten mit deinem Moped.«

»In dieses Dorf?«

»Ja, genau. Und zwar sofort!«

Lutz schwieg. Sascha konnte ihn leise ein- und ausatmen hören. Was in seinem Freund vorging, nahm er nicht wahr. Offenbar besaß er diese Fähigkeit nur, wenn er jemandem direkt gegen-überstand.

»Ich kann nicht«, presste er schließlich hervor.

Sascha verstand nicht. »Wie, du kannst nicht?«

»Ich bin nicht in der Stadt. Verstehst du? Ich nehme gerade an der Matheolympiade teil. Es ist schon die zweite Runde. Die Regionalrunde! Morgen früh soll es losgehen. Ich bin bei meiner Tante untergekommen. Die wohnt hier vor Ort. So kann ich ausschlafen und bin morgen fit.« Er stockte. »Ist was passiert?«

Das Gefühl der Enttäuschung trieb durch Sascha hindurch. Er überlegte, was er Lutz erzählen sollte. Ihn selbst hatte das Schwarze Buch in ein gefährliches schmerzvolles Leben katapul-tiert, während Lutz' Alltag normal weitergegangen war.

»Nein, schon gut. Ist nicht so wichtig«, würgte er mühsam hervor.

Dumm nur, dass er ohne Lutz keine Chance hatte, zum Haus seiner Großeltern zu gelangen. Es gab nur zwei Busse am Tag, die dieses verflixt abgelegene Dorf ansteuerten.

»Wirklich? Tut mir echt leid«, beteuerte Lutz.

Sascha riss sich zusammen. Er versuchte fröhlich zu klingen. »Ist okay, du Mathe-Ass. Ich fass es nicht, schon in der Regionalrunde. Alle Achtung.«

»Aber glaube ja nicht, dass ich darüber dein Zahlenrätsel vergessen habe. Morgen auf der Rückfahrt knacke ich das Ding. Das weiß ich.« Lutz Stimme klang erleichtert.

»Klar doch, wenn es einer schafft, dann du.«

»Ich schaue dann sofort bei dir vorbei. Der Hammer, dass du wieder da bist.«

»Ja, echt der Hammer«, erwiderte Sascha und beendete das Gespräch.

Er sah auf die Uhr. Der Abend zog bereits herauf. Seit seiner Rückkehr waren bestimmt schon mehr als zwei Stunden vergangen. Was Zetar und Nürg wohl in der Zwischenzeit zugestoßen sein mochte? Die Sorge um sie lag ihm wie ein schwerer Stein im Magen.

»Verflucht!«, stieß er leise hervor und verbot sich, weiter darüber nachzudenken.

Grübelnd streckte Sascha sich auf seinem Bett aus. Sollte er noch einmal mit seiner Mutter reden?

Nein, das hat doch keinen Sinn.

Er drehte sich müde auf die Seite. Ohne dass er etwas dagegen tun konnte, fielen seine Augen zu. Schemenhaft schälten sich Bilder aus der Dunkelheit heraus. Sascha war wieder in den finsteren Gängen von Akjo. Er vernahm die selbstsicheren Schritte des Schwarzen Prinzipals, der durch das verschlungene Labyrinth eilte. Sein Weg führte ihn in einen höhlenartigen Raum, an dessen Steinwand eine brennende Fackel hing. In dem flackernden Licht erkannte Sascha die Umrisse eines Armasi.

»Sind die Eisriesen bereit?«, wollte der Schwarze Prinzipal von ihm wissen.

»Ja, mein Herr, sie brechen bald auf.«

»Das ist gut.« Er stieß seine höhnische blecherne Lache aus. »Das wird das Ende der Seher sein.«

Langsam ging er auf den Armasi zu. Der dunkle Schatten, der sich in dem schwachen Licht an der Mauer abzeichnete, wuchs dabei zur Größe eines Riesen heran.

»Bereite alles für unseren Aufbruch vor«, verlangte er.

Der Armasi zog seinen Kopf ein und nickte. »Ja, mein Herr.«

Das Gesicht des Prinzipals leuchtete gespenstisch. Jetzt konnte Sascha es ganz deutlich sehen. Seine Augen! Die Pupillen waren mit einer Art milchigem Belag überzogen.

Sascha fuhr keuchend in seinem Bett hoch. Schweißperlen liefen ihm über die Stirn. Hastig wischte er sie mit dem Unterarm fort. Er lauschte und spürte dabei das Hämmern seines Herzens. Im Haus war es still. Durch das Fenster schimmerte ein totenbleicher runder Mond. Konzentriert tastete er nach dem Lichtschalter. Dann schnappte er sich sein Handy und prüfte die Zeit. Schon Mitternacht durch. Unmöglich! Hatte er etwa so lange geschlafen?

Wieder dachte Sascha an diese trüben Augen. Sie wollten ihm nicht mehr aus dem Kopf gehen, bis ihm plötzlich etwas klar wurde. Auf einmal wusste er, warum sich der Prinzipal so mühelos durch die Finsternis bewegen konnte. Er war blind!

Der verlorene Sohn – Marie

Eigentlich hätte sie nichts als Freude empfinden müssen. Er war wieder da! Nach all den Tagen des Wartens, der quälenden Verzweiflung und der Sehnsucht war Sascha aufgewacht. Aber er hatte sich verändert. Die Zeit in Enalis hatte ihn ernster, hitziger, älter gemacht. Marie ahnte, dass sie den verträumten Jungen, der sich ihr ab und zu noch anvertraut hatte, für immer verloren geben musste. Wie viel Schutz und Nähe brauchte er jetzt überhaupt noch von ihr?

Mit Schaudern erinnerte sie sich an seinen durchdringenden Blick, mit dem er sich in ihr Innerstes gebohrt hatte.

Und wenn er nur lange genug hierbleibt?, fragte sie sich.

Vielleicht würden die blassblauen Linien dann wieder verschwinden und es würde wenigstens ein Teil des Jungen zurückkehren, der ihr so vertraut war.

Ich lass ihn nicht noch einmal nach Enalis!

Kein zweites Mal würde sie sein Leben aufs Spiel setzen. Auch nicht für Räjeg, der nicht da gewesen war, um sein Kind zu beschützen. Marie schloss die Augen. Die Sehnsucht nach ihrem Mann war schwächer geworden, während die Angst um ihr Kind gewachsen war. Wenn sie gewusst hätte, dass Räjeg nicht bei ihm sein würde …

Sie schlug die Augen wieder auf und seufzte. Wie gerne hätte sie von Sascha gehört, was er dort erlebt hatte. Aber sie schätzte, dass er nicht mit ihr darüber reden wollte. Vermutlich war es ihr Schicksal, eine fremde Welt zu kennen, ohne je etwas über sie zu erfahren. Schon Räjeg hatte immer nur geschwiegen.

Marie fühlte sich müde und unsagbar traurig. Ob ihre Kraft noch ausreichen würde? Sie wollte nicht länger die wartende Frau sein, die geduldig den Mann und den Sohn ziehen ließ. Wie sehr sie Enalis hasste!

Mit einem Ruck setzte sie sich auf. »Wittgenstein!«, sprach sie laut in das leere Zimmer hinein, als könnte das Wort ihr etwas Stärke verleihen.

Ihre Eltern waren fort. Sie wollten erst morgen früh wiederkommen und Sascha schlief bereits. Entschlossen blickte sie auf ihre Uhr. Es war kurz nach halb neun. Ob es unhöflich war, so spät noch bei Fremden anzurufen? Sie wollte es endlich hinter sich bringen. Beherzt griff sie zum Telefon. Eine freundliche Frauenstimme stellte sich ihr vor.

»Marianne Wittgenstein, hallo.«

»Hallo, bitte entschuldigen Sie die späte Störung, aber ich bin auf der Suche nach einem Paul Wittgenstein. Vielleicht sind Sie mit ihm verwandt? Es ist wirklich wichtig. Er gehörte zur Familie meines verstorbenen Mannes. Es geht ums Erbe, verstehen Sie?«

Marie war über ihre spontane Lüge selbst überrascht. In der Tat zeigte sich die fremde Frau ausgesprochen mitfühlend. Aber leider kannte sie keinen Paul.

Bis zweiundzwanzig Uhr telefonierte sie mit den Wittgensteins dieses Landes. Dann warf sie sich müde in ihr Bett und schlief sofort ein.

Ein klackerndes Geräusch drang an Maries Ohren. Im Halbschlaf wunderte sie sich darüber, hielt ihre Augen aber geschlossen. Das Klacken wurde eindringlicher. Marie spürte, dass jemand im Zimmer war. Sie blieb still liegen und überlegte, was sie tun sollte. War es Sascha? Nein, er hätte sie geweckt. Zudem wusste er, dass das Buch nicht mehr hier war.

Vorsichtig öffnete sie einen winzigen Spaltbreit ihre Lider, konnte aber in der Dunkelheit nichts erkennen. Sie brauchte Licht! Marie wollte schon ihre Hand nach dem Lichtschalter ausstrecken, als sie eine Bewegung wahrnahm. Instinktiv drehte sie ihren Kopf in diese Richtung. Seltsamerweise zeigten sich ihr nur die Umrisse der Möbel.

»Wer ist da?«, rief sie mit bebender Stimme.

Ihr Herz pochte in den Ohren. Sie griff nach dem Kabel der Nachttischlampe und tastete sich daran bis zum Schalter hinab. In der nächsten Sekunde erstrahlte das Zimmer hell, aber es war niemand zu sehen. Dennoch erkannte Marie auf Anhieb, dass jemand hier gewesen war. Er hatte etwas zurückgelassen. Sie brauchte eine Weile, um zu begreifen, was sie sah. Ihr wurde übel. Und obwohl sie sich die Hände über den Mund hielt, erfüllte ihr Schrei das nächtlich schlummernde Haus.

Der Einbruch – Sascha

Ein Schrei ließ Sascha hochfahren. In der nächsten Sekunde hastete er durch den Flur zum Zimmer seiner Mutter, aus dem ein schmaler Lichtstreifen hervordrang. Mit einem kräftigen Ruck riss er die Tür auf. Das Erste, was ihm auffiel, war die Unordnung auf ihrem Schreibtisch. Schubladen standen offen. Unzählige Schriftstücke lagen im wilden Durcheinander auf der Arbeitsplatte und quer über dem Fußboden verteilt. Sascha erkannte die blauen Briefe, die ihm seine Mutter vor einigen Wochen gezeigt hatte.

Sie saß auf dem Bett und starrte auf das Chaos. Bewegungslos.

»Geht's dir gut? Was ist passiert? Wer war das?«

Er nahm neben ihr Platz und legte vorsichtig seinen Arm um ihre Schultern.

»Ich weiß es nicht.« Ihre Stimme erstarb für einen Moment. »Sieh nur!«

Langsam streckte sie ihre Hand aus und wies zu ihrem Schreibtisch, auf dem ein runder Gegenstand lag. Obwohl Sascha sofort erkannte, was es war, weigerte sich sein Gehirn, es zu erfassen. Der Magen drehte sich ihm um. Angeekelt betrachtete er das blutverschmierte Auge, dessen schwarze Pupille in einer bernsteinfarbenen Iris ruhte. Er konnte seinen Blick nicht davon abwenden.

»Zetar!«, stieß er endlich hervor und würgte.

Schnell schlug Sascha sich eine Hand vor den Mund und rannte ins Bad, um sich zu übergeben. Vor seinen Augen tanzten schwarze Punkte. Keuchend lehnte er sich gegen die Wand und wartete darauf, dass die Übelkeit verfliegen möge.

Seine Mutter trat ein. Sie wirkte gefasster. »Geht's wieder?«

Sascha nickte. »Ja, schon besser!«

Sie sah in forschend an. »Wirklich?«

»Aber ja! Es ist okay, Mama!« Saschas Stimme klang heiser. Ein Knoten saß in seiner Kehle.

Seine Mutter atmete geräuschvoll aus. »Jemand war an meinem Schreibtisch. Ich konnte seine Anwesenheit spüren.«

Sascha räusperte sich kurz. Der Kloß in seinem Hals brannte. »Hast du etwas Genaueres erkennen können?«

Seine Mutter schüttelte den Kopf. »Nein, es war zu dunkel und als ich mich endlich dazu durchringen konnte, das Licht anzuschalten, war niemand mehr da. Der Fremde war einfach fort, wie vom Erdboden verschluckt.« Ihr Blick wirkte leer. »Nur dieses Auge hat er zurückgelassen. Es lag ganz vorne, direkt an der Kante der Schreibtischplatte. Ich habe sofort erkannt, was es war.«

Sie verstummte. Fröstelnd schlang sie sich die Arme eng um ihre Schultern. Sascha rührte sich nicht vom Fleck. Ihm war noch immer übel.

»Wer ist Zetar?«, fragte ihn seine Mutter nach einer Weile.

Sascha schluckte. Das Sprechen fiel ihm schwer. Dieser verdammte Kloß wollte einfach nicht verschwinden.

»Eine junge Seherin aus Enalis. Eine Freundin, die ich in ihrer Not zurückgelassen habe«, würgte er kratzig heraus.

»Und was hat sie mit diesem Einbruch hier zu tun?«, erkundigte sich seine Mutter mit einem Nicken in Richtung ihres Zimmers.

Die Türen standen offen. Man konnte vom Bad über den schmalen Flur hinweg bis zu ihrem Schreibtisch sehen. Saschas Oberkörper sackte nach vorn und ein plötzlicher Weinkrampf schüttelte ihn.

»Sie hat dieselben Augen! Bernsteinaugen! Verstehst du?«, schluchzte er.

Seine Mutter kam zu ihm und drückte ihn sanft an sich. »Du meinst also, dieses Auge stammt aus Enalis. Aber wer sagt, dass es von Zetar ist? Es wird ja wohl noch mehr Seher geben, die diese

Augenfarbe haben. Bei uns laufen doch auch massig Menschen mit blauen oder braunen Augen herum.«

Sascha versuchte, sich an diesen Gedanken zu klammern.

»Ja, stimmt.«

Und dennoch fühlte er nichts als Schuld. Stockend erzählte er seiner Mutter von den finsteren Gängen in den Bergen, von Nürg, Zetar, dem Ewigen Licht und dem Schwarzen Prinzipal. Er hörte selbst, wie unglaublich und beängstigend es für sie klingen muss-te. Dafür bedurfte es nicht der Fähigkeit, ihre Gefühle nachzu-empfinden. Aber sie ließ ihn reden, ohne ihn zu unterbrechen.

Erst als er geendet hatte, verzog sich der Mund seiner Mutter zu einem schmerzlichen Lächeln. »Jetzt verstehe ich, warum du unbedingt zurückwolltest.« Sie schielte zu der weit geöffneten Tür. »Hast du eine Idee, wer hier gewesen sein könnte?«

Sascha zuckte mit den Schultern. »Keine Ahnung! Aber wer auch immer es war, er hat wohl irgendwas gesucht.«

»Vielleicht das Ewige Licht oder das Buch? Zum Glück ist es noch bei meinen Eltern«, sagte seine Mutter, als sie plötzlich zu begreifen schien, was das bedeuten konnte. »Oh Gott, nein«, stieß sie angsterfüllt hervor. »Was ist, wenn der Fremde dort als Nächstes sucht?«

Es dauerte einige Atemzüge, bis sie sich aus ihrer Schockstarre löste und aus dem Bad zum Telefon stürzte.

Kurz darauf hörte Sascha ihre aufgeregte Stimme. »Entschul-digt. Es ist spät, ich weiß. Aber ich muss wissen, ob bei euch alles in Ordnung ist.«

Kraftlos lehnte er seinen Kopf gegen die gefliese Wand und schloss die Augen. Wer aus Enalis war in der Lage, ohne das Schwarze Buch die Grenzen der Welten zu überschreiten? Wieder fiel ihm dieser Name ein, den seine Mutter erwähnt hatte: Paul Wittgenstein.

Woher zum Teufel weiß er von Enalis?

Die Stimme seiner Mutter riss ihn aus seinen Gedanken. »Bei

ihnen ist niemand eingebrochen. Das Buch ist noch da. Wie gut, dass sie so einen leichten Schlaf haben. Zumindest sind sie nun gewarnt.«

»Könnte nicht auch dieser Wittgenstein hier gewesen sein?«, sprach Sascha seine Befürchtung laut aus.

Seine Mutter wog nachdenklich den Kopf hin und her. Zwischen ihren Augenbrauen lag eine tiefe Furche.

»Wer weiß, möglich ist es!« Sie zog resigniert die Schultern hoch. »Leider habe ich diesen Wittgenstein immer noch nicht ausfindig gemacht. Aber ich werde noch vor dem Frühstück nach München reisen, um mich dort mit einer Frau zu treffen. Sie behauptet, dass es in ihrer Familie tatsächlich einen Paul gibt.«

Sascha atmete geräuschvoll aus. »Willst du allein dorthin?«

»Ja.«

»Aber es könnte gefährlich sein!«

Seine Mutter machte eine abwehrende Handbewegung. »Sagt der Junge, der mich darum bittet, ihn in eine bedrohliche fremde Welt zurückkehren zu lassen.«

Sascha biss sich auf die Unterlippe. »Besorg dir wenigstens irgendwo Pfefferspray oder so!«, schnaufte er und ging.

»Sascha!«, rief sie ihm hinterher.

Er blieb stehen und drehte sich zu ihr um. Der Blick seiner Mutter wirkte verloren. Er staunte erneut darüber, wie klein und zerbrechlich sie aussah.

»Ich fahre nachher gleich nach München und bin wohl erst am Nachmittag wieder zurück. Das heißt, deine Großeltern treffen vor mir hier ein. Sie bringen dein Buch mit. Versprich mir, es nicht zu benutzen!«

Sascha überlegte, was er ihr entgegnen sollte.

»Klar«, gab er schließlich zurück und versuchte, ein Lächeln in sein Gesicht zu zwingen.

Seine Mutter erwiderte es, dennoch sah sie traurig aus. Sie hatte zweifellos die Wahrheit in seinen Augen erkannt.

Harpargonis – Räjeg

Dem vernehmbaren Poltern über ihnen folgte eine unheimliche Stille. Räjeg bemerkte, dass der junge Seher kurz vor einer Panikattacke stand.

Schieb deine Maske vor die Angst!, flehte er ihn wortlos an.

Er selbst hatte für einen Augenblick darüber nachgedacht, mithilfe seiner Seele nachzusehen, wo genau Casandra nach ihnen suchte. Aber so etwas war gefährlich. Für jemanden wie Casandra würde es ein Leichtes sein, seine verborgene Gegenwart zu bemerken. Dann wüsste sie sicher, dass er und die anderen hier waren. Offenbar scheute auch Eisew dieses Risiko. Wie ein Toter saß er mit geschlossenen Augen bewegungslos gegen die kalte Mauer gelehnt.

Die Lautlosigkeit war beklemmend und unheimlich zugleich. Endlich vernahmen sie einen schrillen Kreischton, der erkennbar von einem Greif stammte. Harpargonis suchte nach ihnen. Eisew sprang sofort auf. Hastig zog er an dem Griff des Messers und drückte die Luke nach oben. Gedämpftes Tageslicht strömte tröstend in das enge Versteck.

Mit einem Pfiff rief Eisew nach dem Wesen, noch während er eilig die schmalen Stufen emporstieg.

»Ich fürchtete schon, die Drachen hätten ihn auf seinem Weg hierher entdeckt«, hörte Räjeg ihn erleichtert sagen.

Er spähte zu Ranar hinüber, dem nach wie vor die Furcht ins Gesicht geschrieben stand.

»Komm!«, forderte er ihn freundlich auf. »Verlassen wir dieses Grab!«

Der junge Seher zögerte. »Und wenn Casandra dort oben ist?«

Räjeg schüttelte den Kopf. »Es muss der Greif gewesen sein, den wir gehört haben.«

Ranar nickte vage, dann erhob er sich und streckte die Arme nach der Leiter aus.

Oben angekommen sahen sie Eisew vor dem riesigen Greif stehen. Niemand wusste, woher er kam und warum er dem alten Seher so treu ergeben war. Liebevoll strich dieser dem prächtigen Tier über das hellbraun glänzende Gefieder, das mit einigen dunkel schimmernden Streifen durchsetzt war.

Als sie sich ihm näherten, musterte die vogelähnliche Kreatur Räjeg und Ranar aufmerksam. Die große kreisrunde Iris in ihren haselnussbraunen Augen flimmerte leicht im hellen Sonnenlicht.

»Es sind Freunde, mein Guter«, sprach Eisew beschwichtigend auf ihn ein. »Du wirst sie mit deinen mächtigen Schwingen gleich durch die Lüfte tragen!«

Räjeg war noch nie auf einem Greif oder einem Drachen geflogen. Die Drachen gehorchten einzig der Weißen Frau. Nur sie verfügte über die Macht, sich von diesen vierflügeligen Wesen durch die Lüfte tragen zu lassen.

Der Junge betrachtete voll Sorge die messerscharfen Krallen des riesigen Tiers.

»Ist er gefährlich?«, fragte er bebend.

»Natürlich ist er das«, entgegnete ihm Eisew scharf. »Aber nur, wenn er sich bedroht fühlt.«

Diese Äußerung schien Ranar keineswegs zu beruhigen. »Ich denke, ich gehe lieber zu Fuß.«

»Stell dich nicht so an! Steig auf!«, setzte Eisew ihm zu.

Bei diesen Worten spreizte das gewaltige Tier seinen rechten Flügel Richtung Boden.

»Klettert vorsichtig daran hoch! Aber fasst so weit wie möglich nach oben, damit ihr die dünneren Knochen unten nicht verletzt!«, forderte Eisew sie auf.

Ranar stand noch immer unschlüssig vor dem riesenhaften Geschöpf, während Räjeg beherzt in die langen Federn des Oberflügels griff. Er konnte die sehnigen Muskeln darunter fühlen.

Mit aller Kraft schwang er sich zu den breiten Schultern des Tieres hinauf und setzte sich behutsam auf dessen warmen Rücken. Zum Glück würde Ranar nicht viel Platz brauchen, dachte Räjeg, denn die Fläche zwischen den Flügeln und dem Kopf war verhältnismäßig kurz.

»Nun mach schon!«, hörte Räjeg Eisew den Jungen ungeduldig antreiben. »Wir sollten so schnell wie möglich von hier verschwinden, bevor Casandra und die Drachen zurückkehren!«

Ranar atmete tief durch, dann tastete er sich langsam an dem ausgestreckten Flügelspann hoch.

»Wir treffen uns am Fuße des Akjo-Gebirges! Harpargonis weiß wo!«, sagte Eisew. Noch einmal wandte er sich dem Greif zu. Sanft strich er ihm über den langen leicht nach unten gebogenen Schnabel. »Harpargonis, flieg zum Aussichtspunkt! Du erinnerst dich? Du hast auch Nürg dorthin gebracht.«

Kaum, dass er dies gesagt hatte, lief der Vogel mit ausgebreiteten Flügeln los. Kraftvoll schlug er sie auf und ab, um sich dann mühelos in die Luft zu erheben. Räjeg hielt sich verbissen an seinem Gefieder fest, während der junge Seher die Arme eng um seine Taille schlang.

»Was ist mit Eisew?«, hörte er Ranar hinter sich rufen.

Räjeg spähte zu Eisew zurück. Seine hochgewachsene Gestalt schrumpfte langsam zu einem schwarzen Punkt zusammen. Der alte Seher hatte sich in den Raben verwandelt. Räjeg wusste schon länger, dass Eisew ein Gestaltenwandler war, doch er wollte jetzt nicht darüber reden.

Stattdessen rief er keuchend gegen den prügelnden Wind an: »Eisew folgt uns. Er kennt noch einen anderen Weg.«

Dem Jungen genügte diese knappe Aussage offenbar. Oder er schwieg, weil das Atmen in der Höhe immer schwerer wurde.

Der dunkle Schatten des großen Vogels glitt über die steinigen Felswände hinweg. Zuweilen umkreisten sie die gen Himmel ragenden Gipfel der Berge so nah, dass Räjeg glaubte, den darauf liegenden Schnee berühren zu können. Nach einer Weile flachten die erhabenen Kuppeln ab. Sattes Grün ergoss sich über einer hügeligen Landschaft. Räjeg wusste, dass sie den Wald der Mongs bald erreicht haben würden. Schon konnte er die unzähligen über- und nebeneinanderliegenden Baumstämme erkennen, die von hier oben wie in Eile hingeworfene Äste aussahen. Der Friedhofswald wirkte auch aus der Ferne schauerlich. Hier hatte Räjeg sich von Uret verabschiedet. Ob er noch am Leben war? Ein quälendes Ziehen fraß sich durch seinen Bauch. Er hatte schon zu viele seiner Gefährten verloren.

Endlich überflogen sie den dichten Wald der Mongs. Ein schmaler Bach schlängelte sich glitzernd am Rand einer kleinen Lichtung entlang, auf die sich der Greif zielsicher zubewegte. Schnell sanken sie in die Tiefe. Einmal fürchtete Räjeg, dass die Baumkronen unter ihnen den Bauch des Tieres streifen könnten. Geschickt drehte es knapp über dem unbewaldeten Platz ab und bewegte sich auf das von Gras bedeckte Gelände zu. Ein Ruck ging durch Räjeg, als der Greif am Boden aufkam. Sie waren gelandet.

Jetzt erst lockerte sich der Griff des Jungen um Räjegs Taille. Er konnte ihn hinter sich befreit durchatmen hören. Auch in Räjeg löste sich langsam die Anspannung. Müde kletterten die beiden hinunter.

»Danke!«, murmelte Räjeg dem Tier zu, bevor es sich im kraftvollen Lauf erneut vom Boden abstieß und laut kreischend davonflog.

»Wo will er denn hin?«, wollte Ranar wissen.

»Vielleicht einfach nur weit genug fort von diesem Krieg«, antwortete Räjeg traurig.

Von oben hatte die Welt so friedlich ausgesehen. Sehnsüchtig blickte er Harpargonis hinterher, bis sich sein gewaltiger Körper zu einem winzigen Fleck am Horizont verloren hatte.

»Fliegt er zu Eisew, um ihn zu holen?«, fragte Ranar.

Räjeg seufzte. Wozu sollte er Eisews Geheimnis noch länger für sich behalten?

»Nein, Eisew kann selbst fliegen.«

Der andere starrte ihn entsetzt an. »Wie meinst du das?«

»Nun, das heißt, dass er die Gestalt eines Raben annehmen kann.«

Ein heller Ausruf des Entsetzens entfuhr dem jungen Seher. »Eisew ist ein Gestaltenwandler?«, rief er bestürzt aus.

Räjeg verstand seine Reaktion. Gestaltenwandler galten als zwiespältige, gefährliche Wesen. Viele von ihnen trugen eine zweite dunkle Seite in sich.

»Bei Eisew ist es eine gute Gabe«, versuchte Räjeg ihn zu beschwichtigen.

Er sah, dass Ranar leicht zitterte.

»Kann er sich verwandeln, weil seine Mutter eine Waldhüterin ist?«

»Nein«, antwortete Räjeg müde.

Es ärgerte ihn, dass der Junge so ungebildet war. Andererseits konnte Ranar nicht wissen, dass das Schwarze Buch dem alten Seher diese Gabe geschenkt hatte.

»Die Waldhüterinnen und Waldhüter können sich nicht in andere Wesen verwandeln. Sie vermögen sich nur farblich ihrer Umgebung anzupassen.«

Ihm fiel selbst auf, wie gereizt er klang.

»Entschuldige meine Unwissenheit. Aber im Unterschlupf spricht niemand mehr von denen, die unsere Welt verlassen haben, und meine Eltern sind schon lange tot, so wie alle …« Seine Stimme erstarb.

In Räjeg rührte sich Mitleid. Er machte einen Schritt auf Ranar zu und legte ihm tröstend seine Hand auf die Schulter.

»Es tut mir leid. Ich schätze, wir alle tragen tiefe Narben mit uns herum. Ruh dich etwas aus! Ich halte Wache. Es wird noch eine Weile dauern, bis Eisew hier ist. Ein Rabe fliegt längst nicht so schnell wie ein Greif.«

Dankbar streckte sich Ranar auf dem duftenden Gras aus. Die Sonne stand schon tief über den Bäumen, Feuchtigkeit stieg allmählich aus dem Waldboden auf. Schweigend streifte Räjeg seine Jacke ab, um den schmalen Körper des jungen Sehers damit zuzudecken. Anschließend wandte er sich zum Gehen um.

Mit großen Schritten durchquerte er die Lichtung. Er brauchte jetzt Bewegung, um seinen Kopf frei zu machen und seine Gedanken zu ordnen.

Wie kann ich Sascha schützen? Vor dem Zugriff der Seher und vor dem Schwarzen Prinzipal und seinen Schergen, überlegte Räjeg in rastloser Grübelei.

Wieder und wieder umrundete er den Rand der Waldwiese, behielt dabei aber immer den Jungen im Auge.

Doch dann ließ ihn etwas innehalten. Neben einem Baumstamm leuchtete ein seltsamer roter Gegenstand auf. Neugierig eilte Räjeg dorthin. Aus der Nähe erkannte er, dass es ein Pfeil war, an dessen Spitze getrocknetes Blut klebte. Auch im Gras schimmerte Blut. Jemand musste an dieser Stelle getötet oder verletzt worden sein. Aber es war nicht das Blut, das ihn ungläubig aufstöhnen ließ, sondern die rubinroten Federn am anderen Ende der Pfeilspitze.

»Marie«, flüsterte er fassungslos, wobei in ihm Freude, Kummer und Sorge gleichermaßen aufflammten.

Wie konnte ein Pfeil seiner Frau in den Mongwald gelangen?

Sofort verbot er sich den Gedanken, sie könnte hier gewesen sein. Er wusste, dass es unmöglich war. Sanft strich er über die eng beieinanderstehenden feinen Linien der tiefroten Federn. Eine schmerzhafte Woge der Sehnsucht durchfuhr ihn. Er hielt das Verlangen nach Marie für gewöhnlich tief in seinem Innern vergraben. Umso qualvoller brach es jetzt mit neuer Kraft hervor.

Denk nicht an sie!, befahl er sich hastig.

Fieberhaft suchte er in Gedanken nach weiteren Möglichkeiten für das Auftauchen des Pfeils hier am Rande des Mongwalds. Und was, wenn es Sascha gewesen war? Würde sein Sohn tatsächlich jemanden verletzen oder gar töten können? Die Vorstellung behagte Räjeg nicht. Sascha war erst fünfzehn Jahre alt, mehr ein Kind als ein Erwachsener. Andererseits veränderte ein Krieg für gewöhnlich die meisten. Auch er war ein anderer geworden. Für einen Moment musste Räjeg die Augen schließen. Nein, dieses Schicksal hatte er sich für seinen Sohn nicht gewünscht. Niemals.

Er dachte an Eisew, was ihn wiederum zu einer neuen ungeheuerlichen Überlegung führte. War Maries Pfeil etwa absichtlich hier platziert worden? Damit er ihn fand? Wut brannte in ihm auf. Der Fund war womöglich kein Zufall, sondern ein weiterer von langer Hand geplanter Akt, dessen Bedeutung sich einzig dem Weisen Rat der Seher erschloss. Schon einmal hatte eine rote Feder Räjegs Weg nicht ohne Grund gekreuzt. Waren sie deshalb von Harpargonis hierhergebracht worden? Bei dieser Vorstellung ersann Räjeg, den Pfeil zu zerstören oder einfach liegen zu lassen. Aber er konnte es nicht. Zähneknirschend steckte er ihn sich unter sein Hemd.

Marie erschien ihm gegenwärtiger denn je. Die Erinnerungen schmerzten. Er hatte sich in der Vergangenheit zumeist versagt, an ihren herzförmigen Mund, an ihre feinen leicht geschwungenen Brauen und an ihre großen dunklen Augen zu denken.

Entschlossen wandte er sich zum Gehen um. Er wollte auf der anderen Seite der Lichtung nach weiteren Spuren suchen. Unter Umständen war auch der Gegenschütze verletzt worden. Womöglich klebte dort irgendwo noch etwas Blut an den Pflanzen. Konzentriert durchschritt er den Rand der Wiese. Ihm blieb nicht mehr viel Zeit. Gleich würde es dunkel werden.

Dem Rätsel auf der Spur – Marie

Gedankenverloren starrte Marie aus dem Zug. Bereits in einer halben Stunde sollte sie am Münchener Bahnhof ankommen. Sie fühlte sich unbehaglich, was gewiss mit Saschas Warnung zu tun hatte. Ähnlich besorgt hatte ihre Mutter reagiert, nachdem Marie sie angerufen und über ihr Vorhaben informiert hatte.

Hör auf, Gespenster zu sehen!, rügte sie sich im Stillen.

Im Grunde hatte die Frau am Telefon ausgesprochen hilfsbereit und freundlich geklungen, nur dass sie Marie zu einem Besuch aufgefordert hatte, kam ihr ungewöhnlich vor.

»Ich möchte lieber persönlich mit Ihnen reden. Die Geschichte ist sehr kompliziert und kurios, verstehen Sie?«, hatte die Fremde zu Marie gesagt.

Endlich fuhr der Zug in den belebten Bahnhof ein. Überall strömten die Menschen zumeist mit Koffern und Taschen bepackt aus den Waggons. Marie ließ sich Zeit. Erst als alle Reisenden ausgestiegen waren, machte sie sich auf den Weg. Die Fremde wollte sich mit ihr vor dem Reisezentrum in der Haupthalle des Bahnhofs treffen.

Schon von Weitem erkannte Marie den blauen Schirm, den sie als Erkennungsmerkmal ausgemacht hatten. Entschlossen eilte sie darauf zu.

»Frau Wittgenstein!«, sprach sie die Frau an, die sie aus trüben Augen neugierig anlächelte.

»Frau Buchsteiner, wie schön, dass Sie kommen konnten«, entgegnete sie freundlich. Ihre Stimme klang viel jünger, als ihr Äußeres vermuten ließ. »Wollen Sie mit zu mir kommen, da haben wir mehr Ruhe zum Reden!«, schlug die Fremde unumwunden vor. Etwas Eifriges lag in ihrem Blick.

Marie zuckte leicht zusammen. »Nein, ich habe leider nicht so viel Zeit.«

Frau Wittgenstein wirkte enttäuscht, doch sie akzeptierte die Antwort. Stattdessen gingen sie in ein nahegelegenes Café.

»Ich muss gestehen, dass ich erstaunt war, nach so langer Zeit den Namen Paul Wittgenstein zu hören«, eröffnete die Fremde das Gespräch. Dann lächelte sie entschuldigend. »Möglicherweise meinen sie aber auch einen ganz anderen Paul. Unserer hatte immerhin keine Kinder, weshalb ich mir die Verwandtschaft mit ihrem verstorbenen Mann nur schwer erklären könnte.«

Marie wurde unruhig. Sie musste sich auf der Stelle eine neue Ausrede ausdenken.

»Ähm, ich weiß es auch nicht, im Testament stand nur der Name«, antwortete sie schnell.

Die alte Frau sah sie prüfend an. »Und Sie sind nicht von der Zeitung?«

Marie war verwirrt. »Wieso Zeitung? Nein!«

Ihre Reaktion schien die Frau zu beruhigen. »Die Umstände seines Todes haben damals für sehr viel Aufregung gesorgt, verstehen Sie? Ich möchte nicht, dass alte Geschichten wieder aufgewärmt werden. Deshalb wollte ich mir auch ein persönliches Bild von Ihnen machen.«

Marie brauchte einen Moment, um das Gehörte zu verarbeiten.

»Paul Wittgenstein ist tot?«, fragte sie endlich.

Unsagbare Enttäuschung breitete sich in ihr aus. Also hatte sie die lange Fahrt umsonst angetreten.

Das faltige Gesicht der Frau musterte sie interessiert. »Hatte ich das am Telefon denn nicht erwähnt?«, meinte sie mit unschuldiger Miene.

Marie war den Tränen nahe und schüttelte nur den Kopf. Auf einmal kam ihr das runzelige spitze Gesicht der Alten forsch und feindlich vor. Am liebsten wäre sie sofort aufgestanden und gegangen. Hastig stürzte sie den Kaffee hinunter, während die

Fremde irgendetwas von ihrem Familienstammbaum faselte. Marie hörte nur mit halbem Ohr zu, bis sie eine Bemerkung erschrocken aufhorchen ließ.

»Wissen Sie, Frau Buchsteiner, es hat meine Mutter fast um den Verstand gebracht, als erst ihr Mann spurlos verschwand und dann ihr Sohn plötzlich ins Koma fiel.«

»Koma?«, hakte Marie sofort nach.

Frau Wittgenstein blickte auf. »Zuerst ist er wohl hin und wieder aufgewacht, aber dann irgendwann nicht mehr. Niemand hatte eine Erklärung dafür. Meine Mutter erzählte, dass Paul am Ende fast nur noch schlief. Ich war deutlich jünger als er. Ich bin die Tochter ihres zweiten Mannes. Er hatte den Namen meiner Mutter angenommen. Wittgenstein.« Sie machte eine Pause, bevor sie fortfuhr: »Paul lag meist in seinem Zimmer, fast wie ein Toter. Manchmal bin ich heimlich dort hineingegangen und habe ihn mir angesehen. Und wissen sie, was am erstaunlichsten war?«

Die Fremde beugte sich verschwörerisch über den Tisch zu Marie. »Irgendwann sah ich fast älter aus als er«, wisperte sie.

Marie sog die Worte der Frau ängstlich auf.

»Was meinen Sie damit?«

»Mein Bruder alterte einfach nicht mehr.« Mit einem angestrengten Lächeln lehnte sich die Fremde wieder auf ihrem Stuhl zurück.

In Marie reifte ein ungeheuerlicher Gedanke. Könnte der Bruder dieser Frau tatsächlich der Paul Wittgenstein sein, der ihr geschrieben hatte? Vielleicht hatte sie sich verhört und er war nicht tot, sondern lag nur im Koma, aus dem er hin und wieder erwachte. Noch immer jung.

Nein, das ist doch unmöglich.

»Was ist mit ihm geschehen?«, wollte sie dennoch wissen.

Frau Wittgenstein zuckte mit den Schultern. »Nichts, irgendwann haben wir ihn begraben.«

Marie musste sich an der Tischkante festhalten. »Ihre Mutter hat ihren im Koma liegenden Sohn begraben lassen?«, fragte sie fassungslos.

»Nein, natürlich nicht.« Die Frau wirkte empört. »Er war gestorben.«

Maries Kopf dröhnte.

»Wann? Geschah es lange Zeit, nachdem er zum ersten Mal in Ohnmacht gefallen war?«

»Oh ja, viele Jahre danach«, versicherte ihr die Fremde.

Marie musste an Sascha denken, dem möglicherweise dasselbe Schicksal drohte. Nicht auszuschließen, dass dieser Junge auch ein Reisender zwischen den Welten gewesen war. Womöglich war er eines Tages in Enalis oder anderswo gestorben und sein hiergebliebener Körper wurde zum sichtbaren Beweis dafür. In Marie stieg Übelkeit auf.

»Es tut mir leid«, stotterte sie und rang um Haltung. »Ich schätze, ihr Bruder ist nicht der, den ich suche.«

Frau Wittgenstein nickte mit einem traurigen Lächeln. »Ja, ich ahnte es schon. Aber es wäre schön gewesen, wenn es wenigstens einen Menschen gäbe, der ihn gekannt und womöglich sogar geschätzt hat. Er ist nun schon über fünfzig Jahre tot.« Sie seufzte leicht, bevor sie fortfuhr: »Ich könnte Ihnen auch ein Bild von ihm zeigen! Wollen Sie nicht doch noch auf einen Sprung mit zu mir kommen? Ich wohne ganz in der Nähe des Bahnhofs!«

Marie lehnte dankend ab. Als Wiedergutmachung übernahm sie die Rechnung. Vor dem Café reichte sie der Frau zum Abschied die Hand, dann wandte sie sich schnell zum Gehen. Sie konnte den Blick der Fremden in ihrem Rücken spüren.

Marie entspannte sich erst im Zug ein wenig. Sie dachte über alles nach, was sie gehört hatte. Es war wie bei ihr, zuerst war der Mann verschwunden, danach der Sohn ins Koma gefallen. Das konnte kein Zufall sein! Versonnen zog sie ihr Handy aus der Handtasche und rief zu Hause an. Ihre Eltern und Theo dürften längst dort sein. Ihre Mutter nahm ab.

»Und, hast du Paul Wittgenstein gefunden?«, fragte sie geradeheraus. Ihre Stimme klang erleichtert, beinahe fröhlich.

»Ich weiß es nicht«, gab Marie stockend zu.

Nervös strich sie eine Haarsträhne nach hinten, die sich aus ihrem Zopf gelöst hatte.

»Hat Papa noch das Buch?«

»Ja, natürlich.«

»Und er passt auch gut darauf auf?«

»Aber sicher. Er sollte doch das Buch mitbringen. Ich dachte, ihr hättet es so besprochen.«

»Ja, schon.«

Maries Mutter seufzte. »Was ist los, mein Kind?«

»Es gab einmal einen Jungen, der Paul Wittgenstein hieß …«, begann Marie, die Familiengeschichte der Frau kurz zu umreißen.

Ihre Mutter hörte aufmerksam zu.

»Ihr dürft Sascha das Buch nicht geben! Hörst du?! Unter keinen Umständen! Versteckt es irgendwo! Das ist sicherer, denn ich traue ihm nicht.« Sie stieß einen tiefen Seufzer aus. »Ich will nicht, dass er dasselbe Schicksal erleidet wie dieser Junge. Es gibt zu viele Parallelen zwischen dem, was ihm zugestoßen ist und dem, was Sascha gerade widerfährt. Verstehst du?«

Ihre Mutter schwieg. Marie hörte sie ruhig ein- und ausatmen. »Mama?«

»Ja, natürlich verstehe ich dich«, sagte diese daraufhin endlich, doch ihre Stimme schwankte. »Aber irgendwie kommt mir diese Geschichte komisch vor. Irgendetwas ist faul daran.«

»Das ist doch egal. Wichtig ist, dass Sascha nicht das Gleiche geschieht wie dem armen Bruder dieser Frau«, sagte Marie jetzt sehr ungehalten.

Zwei Fahrgäste wandten sich stirnrunzelnd zu ihr um.

»Kein Schicksal gleicht dem anderen, mein Kind. Jedes Leben verläuft in seiner eigenen unverwechselbaren Bahn.«

»Ja. Sicher. Das weiß ich. Trotzdem …«

Marie rieb sich nervös über die Stirn. »Bitte, Mama! Lasst ihn nicht an das Buch!«

»Schon gut. Ich sag Papa Bescheid.«

»Versprochen?«

»Na, hör mal! Wir machen uns doch auch Sorgen um unseren Jungen.«

»Danke, Mama«, wisperte Marie ins Telefon.

Sie legte auf. Marie war froh, das geklärt zu haben, dennoch fraß sich die Angst immer tiefer in sie hinein. Sie hatte eine dunkle Ahnung. Tränen traten ihr in die Augen und liefen ihr übers Gesicht. Rasch drehte sie sich zum Fenster, damit es die anderen Fahrgäste nicht bemerkten. Sie wünschte sich, so schnell wie möglich nach Hause zu kommen.

Kapitel 9

Theo

Der kleine Bruder – Sascha

Theo schmiegte sich eng an Sascha, der ausgestreckt auf seinem Bett lag.

»Erzählst du mir, was du geträumt hast?«, fragte er.

»Ach Theo, ich bin müde«, versuchte Sascha den Kleinen abzuwimmeln.

Er wollte jetzt nicht über Enalis reden, sondern lieber darüber nachdenken, wie er an das Buch gelangen könnte. Sein Opa hatte es ihm nicht geben wollen. Unter keinen Umständen. Wohl oder übel musste er vorerst auf die Rückkehr seiner Mutter warten.

»Hä, wieso müde? Du hast doch immerzu geschlafen. Wie ein Stein«, protestierte sein kleiner Bruder. »Bitte, Saschi!«

Er schlang seine Arme fest um Saschas Hals. Sascha ließ ihn kurz gewähren, dann befreite er sich vorsichtig aus seinem Griff.

»Hast du vielleicht wieder von dem bösen Engel geträumt?«

Sascha antwortete nicht.

»Oma hat gesagt, das komische schwarze Holzbuch hat dich verzaubert. Wenn du schläfst, bist du in ihm drin. Na ja, nicht wirklich du, sondern deine Seele.« Theo zog seine Nase kraus. »Wie ist es so, in einem Buch zu sein?«

Jetzt musste Sascha schmunzeln. »Echt jetzt? Das hat Oma dir erzählt?«

Theo nickte. »So ungefähr.«

»Coole Erklärung! Stimmt irgendwie.«

»Sie hat auch gesagt, dass nur ganz wenige Menschen in dieses Buch dürfen. Mama zum Beispiel darf es nicht.«

»Hm, damit hat sie wohl auch recht.«

Theo setzte sich auf und sah Sascha aufmerksam an. »Und was ist mit mir? Darf ich in das Buch?«

Sascha musste schlucken. »Auf keinen Fall, Theo! Es ist viel zu gefährlich.«

Theo schob trotzig seine Unterlippe vor. »Für mich nicht! Ich habe keine Angst!«

Sascha verschränkte die Arme unter seinem Kopf und blickte seinen kleinen Bruder scharf an. »Vorsicht! Das ist kein Spaß! Ich bin dort Drachen, einem Monster, einer Hexe und einem echt fiesen Typen begegnet, der in stockdunklen Höhlengängen sein Unwesen treibt.«

Theos Augen weiteten sich. »Krass!«, stieß er staunend aus.

Sein Gesicht spiegelte mehr Neugier als Furcht wider.

»Verdammt, Theo, halt dich ja von dem Buch fern!«

Der Kleine schwieg. »Dann bleibst du jetzt hier und gehst nicht mehr dahin zurück?«

Sascha lächelte gequält, gab aber keine Antwort.

»Deine Seele will doch bestimmt bei mir und Mama bleiben, oder?«, bohrte Theo nach.

Sascha wurde schwer ums Herz.

Wenn das so einfach wäre, dachte er im Stillen.

»Klar doch. Am allerliebsten bin ich hier bei euch.«

Wieder schmiegte sich Theo an ihn. »Ich habe dich vermisst«, murmelte er.

»Ich dich auch. Und wie.«

Sascha war erschöpft. Seit er in seiner Welt erwacht war, quälte ihn dauerhafte Müdigkeit. Er konnte fühlen, wie ihm die Augenlider zufielen. Aus der Dunkelheit tauchten die Umrisse eines

Bergmassivs auf, so ähnlich wie die Felsen von Akjo. Eine Sekunde später stand er hoch oben auf einem der Gipfel, umgeben von zahlreichen Geröllbrocken.

Plötzlich hörte er ein leises Geräusch in seinem Rücken. Schnell wandte er sich um, konnte aber zuerst nichts Ungewöhnliches entdecken. Erst nach einer Weile bemerkte Sascha weit unterhalb eine kleine Gestalt in einer gelben Jacke, die langsam den Berg hinaufkletterte. Die Kapuze nach vorn ins Gesicht gezogen.

»Nürg, ich bin hier oben!«, schrie Sascha, so laut er konnte, und wedelte dabei überschwänglich mit den Armen. Doch kaum, dass seine Worte an den schroffen Felsenwänden widerhallten, legte sich das gleichmäßige Geräusch schlagender Flügel über sie. Sascha spähte in die Ferne. Von Weitem schimmerten die dunkelblau-goldenen Federn Casandras makellos im gleißenden Sonnenlicht. Sie flog geradewegs auf den kleinen Mong zu. Voller Entsetzen legte Sascha sich die Hände über den Mund.

Nein, bitte nicht!

Eine lähmende Angst packte ihn. Er wollte losrennen und ihm zur Hilfe eilen und blieb doch bewegungslos stehen. Es war sinnlos, erkannte er. Völlig sinnlos!

Casandra setzte zum Sinkflug an. Warum versuchte der Mong nicht wenigstens wegzurennen? Starr vor Entsetzen beobachtete Sascha, wie die Füße des engelsgleichen Geschöpfs den Boden berührten, wie sich ihre Arme eng um den kleinen Körper schlossen und sie dann mit ihrer Beute abhob. Wie ein Adler, der eine Maus in seinen Krallen hielt, stieg sie empor – immer höher, immer unerreichbarer.

Erst jetzt vermochte Sascha, sich zu rühren. Aus Leibeskräften brüllte er seinem Freund hinterher und konnte doch nur ohnmächtig dabei zusehen, wie dieser fortgebracht wurde.

»Sascha! Sascha! Wach auf!«

Mühsam schlug Sascha die Augen auf. Theo rüttelte an seiner Schulter.

»Was? Wo?«, stammelte er und fühlte noch immer den schnellen Herzschlag in seiner Brust.

»Du hast geschrien«, erklärte ihm Theo. »Hattest du einen bösen Traum?«

Sascha nickte.

»Hast du von Drachen geträumt oder von dem Typen in der Höhle?«

»Nein!«

Theo verzog unzufrieden das Gesicht. »Dann wieder von dem bösen Engel?«

Sascha seufzte. »Mensch, Theo, musst du mir jetzt tausend Löcher in den Bauch fragen? Du hast doch selbst gesagt, dass es keine bösen Engel gibt.«

Theo zog seine Stirn in Falten und verschränkte beleidigt die Arme vor der Brust. »Dann eben nicht!«, knurrte er. Aber schon nach einer Minute hellte sich sein Gesicht wieder auf. »Soll ich dir zeigen, was ich für dich gebastelt habe?«

Sascha war über den schnellen Themenwechsel froh und nickte. Der Kleine lief in sein Zimmer, wo ihm offenbar etwas Schweres herunterfiel. Sascha hörte ihn gedämpft fluchen. Er kam zurück mit einer handygroßen bunten Pappe, an der ein langes Band herunterhing.

»Hier, ein Lesezeichen für dein Buch!«, rief Theo und streckte Sascha seine Bastelei entgegen.

Sascha betrachtete sie. Theo hatte die Pappe mit bunten Papierschnipseln beklebt und darauf ein großes und ein kleines Strichmännchen gemalt. Weiter oben war eine Frau mit langen Haaren und Flügeln zu sehen.

»Das sind wir mit einem Engel. Aber mein ein Engel ist lieb«, erklärte er.

Sascha war gerührt. »Wow! Danke, Theo, echt stark.«

»Du kannst es in dein Holzbuch tun! Dann weißt du immer, wo du zuletzt warst.«

Sascha strich seufzend mit dem Zeigefinger über die farbige Pappe.

»Dazu müsste ich es erst mal haben«, murmelte er.

»Ich weiß, wo dein Buch ist«, behauptete Theo.

Sascha war überrascht. Sofort setzte er sich auf und blickte seinen kleinen Bruder interessiert an. Eine Sekunde lang befürchtete er, Theo könnte ihn zum Narren halten.

»Echt jetzt? Du kannst mir tatsächlich sagen, wo das Buch ist?«, fragte er ungläubig.

Theo nickte. »Soll ich es dir zeigen?«

»Klar.«

»Dann komm! Wir müssen in die Garage.« Theo schritt auf die Tür zu.

»Im Ernst? In die Garage?«

Sascha konnte es nicht fassen. Darauf wäre er im Leben nicht gekommen.

»Los!«, drängte ihn Theo. Seine Hand lag bereits auf dem Türgriff.

»Theo!«, rief Sascha ihn noch einmal flüsternd zurück. »Oma und Opa dürfen uns nicht entdecken. Hörst du? Wir spielen unsichtbar.«

Theo grinste. »In Ordnung.«

Auf Zehenspitzen schlichen sie die Treppe hinunter. Aus der Küche drangen die Stimmen ihrer Großeltern dumpf zu ihnen heraus. Die Tür war nur angelehnt. Sascha presste den Zeigefinger auf seine Lippen. Theo nickte. Lautlos huschten sie durch den kleinen Flur, schlüpften zur Haustür und nach draußen. Niemand schien sie bemerkt zu haben.

Sascha atmete die frische Luft ein. Er spürte ein ungeduldiges Kribbeln durch seinen Körper gleiten. In den letzten Stunden war er sich vorgekommen wie in einer Warteschleife. Es hatte ihn gequält, nicht zu wissen, was Zetar und Nürg zugestoßen war, und dass er versagt hatte. Und ganz egal, womit er beschäftigt gewesen war, ob er mit den anderen sprach, aß oder las – im Grunde hatte er sich immerzu schuldig gefühlt.

Nach wenigen Schritten waren sie an der Garage. Über eine schmale Seitentür gelangten sie unbemerkt nach drinnen.

Kein schlechter Platz für ein Versteck, dachte Sascha.

»Rate, wo es ist!«, drängte Theo ihn.

Sascha sah sich suchend um. Seine Augen wanderten zum Auto und von dort zur alten Werkbank, dann zur Garderobe, an der die Arbeitsjacken hingen, bis zur Ecke mit den Gartengeräten. An die Tischkreissäge gelehnt entdeckte Sascha schließlich seinen Bogen. Daneben lag auch sein Köcher. Bingo! Beides würde er mitnehmen. Auf jeden Fall.

»Keine Ahnung«, gab Sascha zu.

Theo rieb sich die Hände. »Soll ich es dir verraten?«

»Unbedingt.«

Der Kleine zwängte sich am Auto vorbei und huschte zur Werkbank. Sascha folgte ihm. Unter einem ölverschmierten Putzlappen zog Theo schließlich das Buch hervor. In Sascha schossen bei seinem Anblick widersprüchliche Gefühle auf: Erleichterung, Unbehagen, Furcht und Sehnsucht. Er verzog keine Miene, hoffte es zumindest.

»Du bist klasse, Theo!«, lobte er seinen Bruder.

»Genau. Ich und Otto sind die besten«, strahlte dieser ihn an.

Sofort schnappte Sascha sich das Buch, seinen Bogen und den Köcher. Dann lotste er seinen kleinen Bruder zurück ins Haus, wo sie sich wieder in seinem Zimmer verbarrikadierten.

»Jetzt kannst du dein neues Lesezeichen reinstecken«, sagte Theo mit einem Blick auf das Buch.

»Das mache ich nachher gleich!«, versprach Sascha und verstaute dabei das Schwarze Buch in einer seiner Schreibtischschubladen.

Theo sah enttäuscht aus. »Wieso nicht jetzt?«

Sascha stöhnte innerlich auf. »Weil ich mir dein schönes

Lesezeichen noch mal in Ruhe ansehen will, bevor ich es zwischen irgendwelche Buchseiten stecke«, log er und eilte zum Bett, wo er es liegengelassen hatte.

Theo hob die Brauen. »Ehrlich? Ich kann dir noch eins machen?«

Das war das Stichwort. »Au ja, würdest du das?«, hakte Sascha sofort nach.

»Klar doch.«

»Super! Dann düst du am besten sofort in dein Zimmer und ich ruhe mich so lange hier aus! Einverstanden?«, schlug Sascha vor.

Dabei wagte er kaum, seinem kleinen Bruder ins Gesicht zu sehen, so sehr quälte ihn das schlechte Gewissen.

Tatsächlich schien Theo seinen Vorschlag eigenartig zu finden.

»Bist du schon wieder müde?«, murrte er.

Sascha zog resigniert die Schultern hoch. »Tja, ganz schön verrückt, was? Ich glaube, ich habe die Schlafkrankheit.«

Jetzt sah Sascha doch zu Theo. Dieser betrachtete ihn, als wäre er nicht sicher, ob er seinem Bruder trauen sollte oder nicht. Sascha konnte deutlich sein Misstrauen spüren.

»Na gut, dann bastle ich dir jetzt noch ein Lesezeichen. Diesmal mit einem Mond und Sternen, das passt zu deiner Schlafkrankheit.«

Sascha atmete erleichtert aus. Zig Pläne jagten durch seinen Kopf. Er musste sich warme Klamotten überziehen, das Ewige Licht einpacken, sich seinen Bogen samt dem Köcher schnappen, das Schwarze Buch aus der Schreibtischschublade hervorholen und unbedingt seine Tür verschließen. Er brauchte Ruhe. Absolute Ruhe!

»Okay, Theo, dann sehen wir uns nachher gleich! Ich bin schon mega gespannt auf dein Lesezeichen. Du bist echt der Beste.«

Sascha ging zu ihm und fuhr ihm kurz über das struppige hellblonde Haar.

»See you!«, murmelte er und verspürte dabei ein sehnsüchtiges

Ziehen in seinem Bauch. Theo würde er ganz besonders vermissen.

Sein kleiner Bruder grinste. »Das wird ein super Lesezeichen.«

Er war schon so gut wie draußen, als die Stimme ihres Opas zu ihnen nach oben drang. »Hey Jungs, hier wartet ein dicker Kuchen auf euch!«

»Oh ja, Kuchen. Lecker«, schrie Theo zurück.

Er war bereits im Flur, als Sascha nach seinem Arm griff. »Ich komme gleich nach.«

Theo wirkte unsicher. »Wann?«

»In fünf Minuten. Versprochen.«

»Na gut!«

Er hielt noch immer Theos Arm fest. »Kein Wort über das Buch. Hörst du? Das ist unser Geheimnis!«, zischte er ihm ins Ohr, bevor er ihn losließ.

Theo grinste verschmitzt. »Das weiß ich doch.«

Seine polternden Schritte entfernten sich. Im Flur unten war Stille eingekehrt. Sascha wollte abschließen, aber irgendjemand musste den Schlüssel entfernt haben.

Mist! Egal. Gleich, dachte Sascha, *gleich bin ich wieder in Enalis. Mit etwas Glück vielleicht sogar im Akjo-Gebirge.*

Er musste das Ewige Licht dorthin zurückbringen! Um jeden Preis. Rasch stülpte er sich seinen grünen Fleecepullover über, schnappte sich den Flakon, seinen Bogen, den Köcher und das Buch. Mit einer schnellen Handbewegung schlug er den Einbanddeckel um und blätterte unbeirrt bis zur Seite aus Glas. Er durfte jetzt nur nicht darüber nachdenken, was alles schiefgehen konnte und dass er dabei war, sich abermals in Gefahr zu bringen. Mit angehaltenem Atem beobachtete er, wie sich die blutroten Linien augenblicklich zu einem Bild zusammenfügten. Fasziniert folgte Sascha ihren Bewegungen.

Ganz und gar darin versunken, bemerkte er zunächst nicht, dass jemand sein Zimmer betreten hatte. Erst die Berührung einer

Hand ließ ihn erschrocken hochfahren.

»Was machst du da, Sascha? Willst du wieder in das Buch zurück?«, staunte Theo.

Sascha brauchte einen Moment, um zu verstehen. Voller Entsetzen starrte er auf seinen kleinen Bruder. »Verdammt, was suchst du hier?«

»Ich sollte dich holen kommen!«

»Geh! Bitte, geh!«, verlangte Sascha.

Doch Theo wollte nicht. Trotzig packte er das Buch und versuchte, es Sascha aus der Hand zu reißen.

»Lass los, Theo! Sofort!«, fuhr Sascha ihn an.

Ein Blick auf das Glas genügte ihm, um das Herzstück der Abbildung zu erkennen. Es war die Darstellung einer tiefroten Feder, aus deren Kiel sich ein Blutstropfen löste.

»Igitt, Blut!«, schrie Theo auf.

In diesem Moment brachen geräuschvoll die schwarzen Wände über Sascha zusammen. Gleich würde er fortgerissen werden, auch von Theo, der noch immer an dem Buch zog. Der dunkle Wirbel wurde dichter. Er trug Sascha geradewegs in die andere Welt hinein.

Noch mit geschlossenen Augen erkannte Sascha, wo er war. Der Duft des Waldes stieg ihm in die Nase und er konnte das Rauschen in den Baumkronen hören. Warum war er hierher und nicht zu den Felsengängen zurückgeschickt worden? Er war unkonzentriert gewesen. Theo hatte ihn gestört. Vielleicht wäre er in Akjo gelandet, wenn er an Zetar oder den Schwarzen Prinzipal gedacht hätte. Sascha überlegte, ob er darüber nur Wut oder auch ein bisschen Erleichterung empfinden sollte.

Doch das war nicht das Einzige. Er war nicht allein. Jemand war bei ihm und er ahnte, wer es war.

Bei der Lichtung – Räjeg

Erst am nächsten Morgen, als die Sonne ihre Kräfte sammelte, zeigten sich Räjeg am Horizont die Konturen des schwarzen Vogels, der zielsicher auf die Lichtung zusteuerte.

Müde rieb sich Räjeg die Augen. In der Nacht hatte er schwer in den Schlaf gefunden und war immer wieder erschrocken hochgefahren, weil er befürchtete, die Armasis oder die Bruten hätten ihren Aufenthaltsort bemerkt. Schließlich war er die restlichen Stunden bis zum Morgen wachgeblieben und hatte mit offenen Augen in die Dunkelheit gestarrt.

Der junge Seher hingegen schien nie wieder aufwachen zu wollen. Zu einer Kugel zusammengerollt, lag er wie schon am Vortag auf dem von Moos und Gräsern bedeckten Waldboden. Für einen Moment erwog Räjeg ihn zu wecken. Doch im Grunde war es besser, wenn Ranar einfach weiterschlief. So konnte er ungestört mit Eisew reden.

Mit einem Krächzen verlor dieser, die Flügel aufrecht haltend, immer mehr an Höhe. Schon berührten seine Krallen die feuchte Erde. Einen Atemzug später hatte sich die Tiergestalt in den Seher zurückverwandelt. Dies geschah so schnell, dass Räjeg den Übergang kaum erfassen konnte.

Erschöpft sank Eisew auf die Knie. »Es war ein langer Weg«, keuchte er heiser.

Mit einem kräftigen Ruck half Räjeg ihm auf und begleitete ihn stützend zum Rand der Lichtung, wo der Junge zusammengekauert schlief. Nur wenige Schritte von ihm entfernt ließen sie sich auf das mit Raureif bedeckte Gras nieder.

»Meine Gabe wird schwächer. Die Verwandlung strengt mich immer mehr an. Ich werde es nicht ewig tun können«, murmelte Eisew unglücklich.

Räjeg reichte ihm schweigend die Flasche mit dem Wasser.

Nachdem Eisew einen kräftigen Schluck daraus getrunken hatte, fuhr er fort: »Die ungewöhnliche Fähigkeit, die mir das Schöpferbuch schenkte, ist mehr als der bloße Zauber eines einflussreichen Werks. Es ist die Verleugnung des eigenen Ichs. Verstehst du? Im Grunde ist es die völlige Hingabe an die Macht, die inmitten der gläsernen Seite lebt.«

Bei diesen Worten ballte Räjeg wütend seine Hände zu Fäusten. Auch Sascha würde diesen Preis für die Fähigkeit des Voraussehens zahlen müssen. Wie viel von dem Jungen aus der Welt der Menschen bliebe am Ende noch in Sascha übrig?

Gereizt zog Räjeg den Pfeil aus der Innenseite seines Hemdes und hielt ihn Eisew vors Gesicht. Dieser musterte sein Gegenüber überrascht.

»Woher hast du den?«, fragte er.

»Sag du es mir!«, entgegnete Räjeg zornig. »Es wäre nicht das erste Mal, dass ich über rote Federn aus der Welt der Menschen stolpern sollte, nicht wahr? Gehört dieser Handstreich erneut zu eurem allumfassenden Plan?«

Eisew hob erstaunt seine Augenbrauen. »Du überschätzt mich. Ich habe diesen Pfeil in der Tat schon einmal gesehen und zwar bei deinem Sohn. Sascha trug einen Köcher mit solcherart Pfeilen sowie einen roten Bogen bei sich, als er zu mir in die Waldhütte kam.«

Räjeg war überrascht.

»Marie hat einen roten Bogen«, bemerkte er stockend.

Er legte den Pfeil vor sich ins Gras.

»Es war ein Linkshandbogen, mit dem der Junge unglaublich weit schießen konnte«, erinnerte sich Eisew.

Das passte. Traurig strich Räjeg sich mit der rechten Hand über die Narben. Sie waren gut verheilt. Besser als die Wunden in seiner Seele. Er spähte kurz nach oben zum Himmel. Das Licht wurde heller, allmählich gewann die Sonne an Stärke. Glitzernd zwängte sie sich durch das dichte Blätterdach und strahlte wie funkelndes Gold.

»Warum sollte sie Sascha ihren Bogen mitgegeben haben? Er hat doch gewiss einen eigenen«, erwog Räjeg laut.

Eisews spöttisches Lächeln ärgerte ihn. »Vielleicht hoffte sie, du würdest dich dadurch an sie erinnern«, sagte er gedehnt, als wollte er jedes Wort auskosten.

Räjeg zog die Beine dicht an seinen Oberkörper. Ein kaltes Band hatte sich um seinen Brustkorb gelegt, das ihn trotz der Wärme frösteln ließ. Marie musste sich tröstend daran festgehalten haben, dass ihr Kind bei seinem Vater in Sicherheit sein würde. Das schlechte Gewissen schmeckte bitter. Räjeg schluckte schwer daran.

Er konnte Eisews Blick auf sich spüren.

»Es klebt Blut am Pfeil«, sagte dieser endlich und zeigte dabei auf die Spitze. »Sascha hat sich womöglich wehren müssen. Vielleicht wurde er selbst verletzt. Hast du das Gelände nach weiteren Spuren abgesucht?« Seine Worte klangen sachlich.

Räjeg nickte und stieß gleichzeitig einen tiefen Seufzer aus.

»Ihm ist wohl nichts geschehen«, presste er mühevoll hervor.

Eisew lächelte kurz. Doch diesmal glaubte Räjeg keinen Spott, sondern so etwas wie Erleichterung darin zu sehen.

Gedankenverloren sah Räjeg sich nach dem schlafenden Jungen um.

»Woher kennst du ihn?«, fragte er leise.

»Ich kannte seine Eltern. Sie wurden beide von den Armasis getötet. Seither lebt er im Unterschlupf. Aber er hält es dort nie lange aus. Viel lieber durchstreift er scheinbar ziellos die tiefen Wälder der Mongs. Ich sehe hin und wieder nach ihm und helfe ihm dabei, die verborgenen Hütten der Waldhüterinnen und Waldhüter zu finden, damit er sich in ihnen verstecken und ausruhen kann. Er scheint etwas zu suchen. Aber er wollte mir nicht sagen, was.«

Traurig ließ Räjeg seinen Blick auf dem jungen Seher ruhen, der mehr von einem Kind als von einem Erwachsenen hatte. Für jene, die im Krieg heranwuchsen, war es besonders schwer, weil sie sich kaum an die guten Zeiten erinnern konnten. Sie waren wie Schiffe, die in einem endlosen Sturm trieben.

»Weck ihn, wir müssen weiter!«, forderte Eisew Räjeg schließlich auf.

Räjeg nickte. Doch noch bevor er sich erhob, nahm er den Pfeil und durchbrach mit einer raschen Handbewegung sein dünnes Holz. Kraftvoll schleuderte er das Ende mit der blutigen Spitze ins Dickicht des Waldes, wohingegen er den befiederten Teil ins Innere seiner linken Jackentasche schob. Erst danach ging er zu Ranar, um ihn zum Aufbruch zu drängen. Eisew war offenbar noch immer nicht bei Kräften. Räjeg konnte es an der leicht verzögerten Reaktion seiner Bewegungen erkennen.

Nach einiger Zeit kamen sie in einen Waldabschnitt, in dem alles Lebendige erloschen war. Blätterlose Äste streckten ihr graues Holz in den Himmel, als könnten sie damit die Sonne beschwören, ihnen neues Leben zu schenken. Räjeg kannte das Sterben und Wiederauferstehen der Natur aus der Welt der Menschen, aber nicht aus seiner. Ihn fröstelte beim Anblick der toten Bäume.

Was wollen die Riesen beim Prinzipal?, fragte er sich.

Dabei ahnte er längst, was der Grund war. Das Böse rottete sich für den letzten, endgültigen Schlag gegen seine Feinde zusammen. Räjeg war, als würde am Horizont ein Sturm aufziehen, unaufhaltsam und bedrohlich. Die finsteren Pläne des Schwarzen Prinzipals nahmen offenbar Gestalt an. Der Tag der Entscheidung rückte näher. Wie viel Zeit bliebe ihnen noch?

Danach wird es keine Seher mehr geben, dachte er voller Sorge.

Räjeg atmete tief ein und konzentriert wieder aus. Er würde ins Herz der Feinde vordringen müssen, nicht nur für seinen Sohn, sondern auch für das Überleben seines Volkes.

Der Verlust – Marie

Marie war schon fast an der Haustür, als ihr Telefon klingelte. Sie blieb stehen und kramte in ihrer Handtasche. Auf dem Display stand ein Name: Lutz.

Wieso ruft er mich an und nicht Sascha?, wunderte sie sich.

Sie hatten vor einiger Zeit ihre Nummern ausgetauscht, um sich über Saschas Zustand und die Schule auf dem Laufenden zu halten. Marie beschlich ein mulmiges Gefühl.

»Hallo Lutz, was gibt's?«, begrüßte sie ihn.

»Hi!«, erwiderte er. »Ist Sascha wach? Ich erreiche ihn nicht.«

Marie hatte sofort ein schlechtes Gewissen. Sascha hätte sich nach seiner Rückkehr bei seinem besten Freund melden sollen.

»Oh, tut mir leid. Sascha ist erst gestern aufgewacht und immer noch ziemlich kaputt. Sobald er ausgeschlafen hat, wird er sich bei dir melden. Ihr habt bestimmt viel zu bereden. Ich sage ihm Bescheid, dass du angerufen hast. Einverstanden?«

»Nein! Ich habe schon mit ihm gesprochen. Gestern Abend. Es ist nur …«

Lutz schien mit sich zu ringen, ob er sich ihr anvertrauen sollte. Ihr Unbehagen verstärkte sich.

»Was ist los, Lutz? Raus damit!«

Von der anderen Seite war ein Seufzen zu hören. »Ich bin mir sicher, dass ich den Zahlencode aus Saschas Buch entschlüsselt habe«, sagte er dann.

Marie staunte. »Alle Achtung! Das war bestimmt nicht leicht.«

Lutz lachte. »Das kann man wohl sagen. Ich hatte zuerst einen völlig falschen Ansatz, aber dann kam mir die Idee mit der Widmung. Sascha hatte sie für mich aufgeschrieben. In ihr sind alle Buchstaben unseres Alphabets als Großbuchstaben enthalten. Sie ist der Schlüssel! Das ist echt der Hammer. Subtrahiert man die

Position der Wörter im Gesamttext um ihre Position der relevanten Wörter zueinander, erhält man eine Zahl, die für den entsprechenden Buchstaben steht. Im Grunde ist es ziemlich simpel …«

Marie verstand kein Wort von dem, was Lutz ihr da gerade zu erklären versuchte.

»Aha«, unterbrach sie ihn ungeduldig. Sie wollte endlich nach Hause. »Und was hast du nun herausbekommen?«

Sie hörte, dass der Junge Luft holte, als würde er gleich ins tiefe Wasser abtauchen. »Es ist ein Wort«, meinte er. »Nur ein einziges Wort.« Wieder schwieg er.

Marie spähte auf ihre Uhr. »Lutz, dann sag mir doch bitte, welches Wort!«

Sie konnte ihn noch einmal tief durchatmen hören, bevor er ihr seine Entdeckung offenbarte. Marie brauchte eine Weile, um den Inhalt des Gesagten zu begreifen.

Er hatte »Bruder« gemurmelt. War damit etwa Theo gemeint? Nein, im Leben nicht! Das konnte unmöglich stimmen!

»Wieso Bruder? Was kann das bedeuten?«, lachte sie fahrig auf. In ihrer Stimme schwang Panik mit.

»Ich habe keine Ahnung. Echt nicht!«

»Und du bist dir ganz sicher?«

»Ja. Absolut.«

Maries Herzschläge beschleunigten sich. Ihre Schritte wurden schneller.

»Ich danke dir, Lutz!«, sagte sie und wollte das Gespräch schon beenden, als Lutz fortfuhr.

»Ich glaube nicht, dass Theo damit gemeint ist.«

»Nein, wieso sollte er?«, stimmte sie ihm zu, doch sie klang unsicher.

»Ich warte auf Saschas Rückruf! Okay? Dann können wir gemeinsam überlegen, was das Wort zu bedeuten hat.«

»Na klar, ich sag es ihm. Danke, Lutz. Für alles«, verabschiedete sie sich und legte erschöpft auf.

Sie spähte die Straße hinunter. Gleich da vorn war ihr Haus. Maries Herz trommelte wie wild in ihrer Brust, als sie darauf zu rannte.

»Hallo!«, rief Marie, kaum dass sie durch die Haustür getreten war. »Ich bin wieder da!«

Niemand antwortete ihr.

»Hallo? Mama, Papa, Sascha, Theo?« Sie hielt kurz inne und horchte. »Verflucht noch mal. Wo seid ihr?«

Ohne ihre Jacke oder Tasche abzulegen, sprintete Marie zum Treppenaufgang. Sie wollte zuallererst bei Sascha nachsehen. Doch sie hatte kaum ihren Fuß auf die erste Stufe gesetzt, als ihr Vater ihr wankend entgegenkam. Er war kreidebleich.

Marie erschrak. »Was ist los?«, schrie sie ihn an. »Nun sag schon!«

»Er hat das Buch gefunden«, stotterte er. »Marie, du musst mir glauben, ich hatte es versteckt. Drüben in der Garage.«

Marie hielt sich am Treppengeländer fest und schritt ihm taumelnd entgegen. Tränen brannten hinter ihren Augen.

»Heißt das, er ist fort? Ist Sascha gegangen, ohne sich von mir zu verabschieden? Das ist nicht fair«, krächzte sie.

Ihr Vater schüttelte den Kopf. Marie stand jetzt nur noch eine Treppenstufe unter ihm.

»Nicht nur Sascha«, flüsterte er heiser.

Sie verstand nicht. Was meinte er damit? Auf einmal fiel ihr auf, dass ihr Vater alt aussah – steinalt und gebrechlich.

»Was redest du da?«, fuhr sie ihn an.

Ein Weinkrampf schüttelte ihn. Marie erschrak. Noch nie hatte sie ihn so erlebt.

»Papa, was ist? Was ist passiert?« Sie schlang ihren Arm um seine Schultern und führte ihn ungeduldig nach oben.

»Theo!«, schluchzte er. »Unser kleiner Theo.«

Marie begriff noch immer nicht. »Was ist mit ihm, Papa? Was?«

In diesem Moment trat ihre Mutter aus Saschas Zimmer. Sie sah blass und ernst aus. Mit ausgestreckten Armen eilte sie auf Marie zu, um sie dann fest an sich zu pressen.

»Er ist tot, Marie. Theo ist tot«, flüsterte sie ihrer Tochter ins Ohr.

Marie riss sich los. Sie verstand nicht. Wollte nicht verstehen. Unmöglich. Undenkbar. Das war nicht ihr Leben. Ihr Schicksal. Dann kam der Schmerz. Aus Leibeskräften schrie sie den Namen ihres kleinen Sohnes, bevor sie im Flur zusammenbrach.

In Enalis – Sascha

Nein, bitte nicht!, versuchte er das Unfassbare zu begreifen. *Das darf nicht sein!*

Ein wilder Schmerzensschrei löste sich aus seiner Kehle und durchschnitt das sanfte Gemurmel des lebendigen Waldes. Fassungslos starrte er auf den kleinen Körper seines Bruders. Er war hier, hier in Enalis.

»Verflucht! Theo, wach auf!«, rief er. »Hörst du? Wach auf!«

Aber Theos Augen blieben geschlossen. Er rührte sich nicht. Zitternd beugte Sascha sich zu seinem kleinen blassen Gesicht hinab und legte seine Wange ganz dicht vor seinen Mund. Er konnte keinen Lufthauch spüren, der ihm sacht über die Haut hätte streichen müssen. Sascha wurde nervös. Hastig befühlte er Theos Stirn. Sie war kalt! Eiskalt. Panik schlug über ihm zusammen, begrub ihn unter einer Welle aus Angst. Sein ganzer Körper schmerzte.

War er etwa tot?

Nein unmöglich!

Es konnte nicht wahr sein.

»Bitte, bitte nicht«, wimmerte er.

Jeder Atemzug war ein Schluchzen. Tränen kullerten ihm ungehemmt übers Gesicht. Was hatte er nur getan? Wie sollte er ihm helfen? Theo durfte nicht tot sein!

Plötzlich fiel Sascha das Ewige Licht ein. Es konnte Tote zurückholen. Eine Woge der Erleichterung fuhr durch ihn hindurch, doch schon in der nächsten Sekunde zerfiel sie wieder. Mit dem Licht sollte er den Schwarzen Prinzipal besiegen. Zetar hatte es so gewollt. Sie hätte damit ihren Vater zurückholen können und hatte es nicht getan.

Ihm wurde schwindlig. Der Wald drehte sich um ihn herum, als säße er in einem Karussell. Sascha schloss die Augen und schluckte die Übelkeit herunter. Mit aller Kraft versuchte er, sich Zetars Gesicht aus dem Gedächtnis zu streichen. Schließlich ging es gerade um Theo. Auf ihn wollte, konnte, durfte Sascha nicht verzichten. Dieses Opfer war zu groß. Viel zu groß.

Sascha biss sich auf die Lippen. Dann griff er ins Innere seiner Tasche und zog den Flakon hervor. Unschlüssig starrte er in das blaue tänzelnde Licht.

»Du musst es mit deiner Seele berühren«, hatte Zetar gesagt.

Aber was bedeutete das? Sascha presste das kleine Gefäß fest zwischen seine Hände.

Dann schloss er die Lider und murmelte: »Gib mir bitte meinen Bruder zurück! Gib mir bitte meinen Bruder zurück!«

Nach einiger Zeit öffnete er die Augen und spähte zu Theo. Er lag noch immer regungslos und kalkweiß da.

»Verdammt!«, fluchte Sascha laut.

Er würde alles tun, um seinen Bruder wieder zum Leben zu erwecken. Irgendwie. Aber auch nach unzähligen weiteren Versuchen passierte nichts.

Womöglich musste er sich den Flakon gegen die Stirn drücken. Irgendwo dahinter war ja wohl auch so etwas wie eine Seele. Er schloss erneut die Augen und formte mit dem Mund bittende

Worte. Einmal, zweimal, dreimal. Nichts.

Nach einer Weile saß Sascha nur noch da und starrte wie hypnotisiert dieses dämliche Licht an. Bald hatte er das Gefühl, Theo würde sich mit jeder Minute mehr von ihm entfernen.

Der Gedanke zu versagen, trieb ihm abermals die Tränen in die Augen.

Aufgeben? Nein! Niemals!

Irgendwann brüllte Sascha die ganze Wucht seiner Wut und Verzweiflung heraus. Immer wieder, laut und unbeherrscht, bis ihn ein plötzlicher Aufprall im Rücken erschrocken herumfahren ließ. Ein Mong stand unweit von ihm entfernt und musterte ihn skeptisch.

Sascha schöpfte sofort Hoffnung.

»Hi«, rief er dem Zwerg zu, »ich brauche Hilfe. Kennst du dich vielleicht mit diesem Licht aus?« Er hielt ihm den Flakon mit einem weitausgestreckten Arm entgegen.

Der Mong schüttelte den Kopf.

»Überleg noch mal! Bitte! Das hier ist das Ewige Licht. Vielleicht hast du davon schon mal was gehört!?«

Der Zwerg verzog angewidert sein Gesicht und kräuselte die Nase, als ob er an etwas Fauligem riechen würde.

»Das sieht komisch aus. Das kenne ich nicht.« Er spähte nach oben. »Du hast die Bäume geweckt! Die sind alle wach! Hellwach und ziemlich aufgeregt.«

Tatsächlich fiel Sascha jetzt das leichte Rascheln der Blätter auf.

»Quatsch! Das ist nur der Wind!«, meinte er.

»Nein, das ist nicht der Wind. Die Bäume rufen sich gegenseitig was zu, und ich schätze, das hat was mit dir zu tun.«

»Wieso mit mir?«

Der Gnom zog seine Schulter hoch. »Keine Ahnung. Aber eins steht fest, du musst von hier verschwinden!« Herausfordernd schob er Sascha sein spitzes Kinn entgegen.

»Wie jetzt? Wieso soll ich verschwinden? Siehst du denn nicht, dass hier mein kleiner Bruder liegt? Er ist tot. Verstehst du? Tot!«, fuhr Sascha ihn an und spürte dabei wieder diesen Schmerz.

Der Mong warf einen flüchtigen Blick auf den kleinen Jungen. Nach seinem Gesichtsausdruck zu urteilen, interessierte ihn Theos Schicksal herzlich wenig. Erneut kräuselte er angewidert seine kurze Nase.

»Du hast die Bäume geweckt«, wiederholte er.

»Deine Scheißbäume sind mir so was von egal!«, brüllte Sascha.

Er musste den Impuls unterdrücken, sich auf den Mong zu stürzen und ihn zu Boden zu reißen. Dieser riss erschrocken die Augen auf und schnappte nach Luft.

»Scheißbäume?«, japste er, als das seichte Rascheln über ihnen zu einem lauten Rauschen anschwoll.

Erstaunt wandte Sascha seinen Blick nach oben.

Was ist hier los?, fragte er sich.

»Siehst du, jetzt hast du sie so richtig wütend gemacht!«, meckerte der Mong. Er wirkte nervös.

Ein Ast fiel krachend neben Theo zu Boden. Sascha schrie auf und hechtete zu seinem Bruder. Mit seinem Körper versuchte er ihn zu schützen.

»Der ist doch schon tot!«, hörte Sascha den Mong blöken.

So ein Mistkerl, dachte er.

»Hau ab!«, fuhr Sascha ihn an.

Seine Worte wurden vom Wind zerfetzt, der ihm peitschend um die Ohren pfiff. Weitere Äste schlugen hart auf den Boden auf. Einer streifte Saschas rechte Schulter. Er stützte sich langausgestreckt über Theo. Sein Gesicht berührte fast das seines Bruders. Er sah ihn an und verspürte dabei eine so große Sehnsucht, dass er für einen Moment keine Luft mehr bekam. Er vergaß den Mong, den tosenden Sturm, den Schwarzen Prinzipal, Nürg, seine Mutter, seinen Vater, ja sogar Zetar. Es gab nur noch sie beide – Theo und ihn. Die Welt um sie herum schien zu verblassen, stillzustehen.

Für dich würde ich sterben, dachte er. *Ich würde alles, wirklich alles tun, damit du wieder lebst.*

Zunächst nahm er es kaum wahr, doch dann merkte er, dass der Flakon in seiner Hand warm wurde. Sascha sah ihn staunend an. Das blaue Licht flackerte, verfärbte sich, wurde rot, gelb, grün und schließlich weiß. Winzige Risse knisterten durch das Glas, wurden länger, breiter, größer. Das Licht befreite sich aus seinem engen Kokon, strömte heraus – schillernd, fast grell ergoss es sich über Theo.

Sascha erhob sich und starrte seinen Bruder mit offenem Mund an. Der Wind riss an seiner Hose, seinem Pullover. In Theos totenbleiches Gesicht kehrte die Farbe zurück, seine Lieder begannen zu flackern. War das möglich?

»Theo!«, krächzte Sascha. »Theo!«

Der helle Schimmer, der noch immer über seinem Bruder hing, verblasste. Das Licht war fort. Ein kurzes Zucken fuhr wie ein Stromschlag durch seinen Körper.

»Theo!«, rief Sascha erneut.

Sein kleiner Bruder öffnete die Augen und sah ihn müde an. Er wirkte ernst und schwach.

»Sascha!«, wimmerte er. »Mir ist kalt.«

Saschas Herz stolperte, klopfte dann wie wild. Er konnte es nicht fassen. Noch nicht. Staunend fiel er neben seinem Bruder auf die Knie und strich ihm immer wieder ungläubig über sein rundes Gesicht. Über ihnen rauschten die Kronen der Bäume, langsam ruhiger werdend.

»Ich habe es geschafft. Du lebst«, wisperte er.

Theo seufzte und schloss die Augen.

»Mir ist kalt!«, wiederholte er.

Sofort zog Sascha seinen Fleecepullover aus, um seinen Bruder damit zuzudecken. Fast hätte er die weißen Nebelschwaden nicht bemerkt, die allmählich aufzogen und sich immer dichter über den Waldboden legten. Aus ihnen begann sich eine schlanke

Gestalt herauszubilden, von der ein unwiderstehlicher Duft ausging. In ihrem fließenden hellen Gewand mit den grau-silbernen Blumenblüten erkannte Sascha sie sofort. Es war Eisews Mutter Esaji. Ihre langen blauen Haare waren zu einem festen Zopf zusammengebunden. Auch diesmal glaubte er, unter dem prüfenden Blick der Waldhüterin zu zerfallen.

Ein flüchtiges Lächeln huschte fast unbemerkt über Esajis porzellanzartes Gesicht.

»Wolltest du nicht in deiner Welt bleiben?«, fragte sie Sascha leise.

Sascha zog die Schultern hoch. »Tja, so leicht ist das nicht.«

Sie sah an ihm vorbei zu Theo hinüber. »Und wie es scheint, bist du diesmal nicht allein.«

Ohne auf eine Antwort von Sascha zu warten, schritt die Waldhüterin leichtfüßig an ihm vorbei und kniete sich neben den zusammengekauerten Körper seines kleinen Bruders. Kein Lufthauch ging mehr durch den Wald. Vorsichtig strich sie ihm mit dem Handrücken über die Wange und betrachtete ihn nachdenklich. Theo öffnete die Augen und sah sie staunend an.

Esaji hielt kurz inne, dann fuhr sie mit dem Kopf zu Sascha herum. »Ein Menschenkind? Wie ist das möglich?«

Theo murmelte etwas, was Sascha nicht verstehen konnte.

»Ich wollte das nicht. Er hat sich an dem Buch festhalten, genau in dem Moment, als ich ...« Saschas Stimme erstarb.

»Du meinst an dem Schöpferbuch? Das ist unmöglich. Er ist nicht der Träger.«

Wieder murmelte Theo etwas. Diesmal hörte Sascha, was er sagte.

»Bist du eine Fee?«, fragte er.

Die Waldhüterin betrachtete ihn und lachte leise. »Ja, eine Waldfee. Meine Bäume haben mich gerufen. Ich spüre, wenn sie aufgeregt sind. Sie sind in meinem Herzen.«

Erneut wandte sie sich zu Sascha um. »Wie konnte er es

überleben? Es hätte nicht passieren dürfen.« Sie schüttelte den Kopf. »Nein, nicht einmal können.« Der Ton ihrer Stimme klang vorwurfsvoll.

Doch plötzlich schien sie zu verstehen. Ihre Augen hefteten sich an die Scherben, die neben Theo lagen. Sie waren alles, was von dem magischen Licht übrig geblieben war. Sascha glaubte, einen ungläubigen Ausdruck auf ihrem blassen Gesicht zu erkennen.

»Warst du das? Hast du dem Schöpfer deine Seele im Tausch für die des kleinen Menschenjungen angeboten?«

Sascha ließ den Kopf auf seine Brust fallen.

»Keine Ahnung. Ja, vielleicht«, brummte er.

Eine ganze Wagenladung von Gefühlen krachte durch ihn hindurch: Verwirrung, Erstaunen, Erleichterung, Freude, Ohnmacht, vor allem aber Schuld. Schuld gegenüber Zetar, Theo, seiner Mutter, Nürg ... einfach jedem.

Theo lag wie ein verletztes Tierchen unter Saschas dickem Pullover und sagte kein Wort. Seine Lieder klappten auf und wieder zu, auf und zu.

»Du musst ihn sehr lieben«, meinte die Waldhüterin lächelnd.

»Ja, total!«, flüsterte Sascha und verbot sich abermals, an Zetar zu denken.

Nachdenklich griff sie nach einer der silbernen Blüten in ihrem Kleid. Sofort löste sie sich aus dem geschmeidigen Stoff. Wie zum Gebet legte Esaji ihre Hände zusammen, zwischen denen sie die zarte Blume hielt. Einen Moment lang verharrte sie in dieser Haltung, bis sich ihre schlanken Finger wieder voneinander lösten. In ihren Handflächen schimmerte eine silbrige zähe Flüssigkeit, die Sascha an die Kräutersalben seiner Oma erinnerte. Vorsichtig übermalte sie damit die Stirn und die Wangen des kleinen Jungen. Die glänzende Creme zog langsam in Theos Haut hinein, bis nur noch ein öliger Silberschimmer über seinem Gesicht lag.

Noch einmal musterte die Waldhüterin Theo, der sie jetzt dankbar anlächelte. Etwas schien sie zu verunsichern. War es

Bestürzung, Misstrauen oder Kummer? Auf jeden Fall sah sie verwirrt aus.

»Du bist auch ein Kind von Räjeg!«, sagte sie endlich gedehnt. »Er hat zwei Söhne.« Mit einer raschen, mühelos wirkenden Bewegung erhob sie sich. »Ich muss fort!«, verkündete sie hastig. »Der Mong hier wird euch auf dem schnellsten Weg zum Waldrand nahe den Felsen von Akjo bringen. Dort müsst ihr nach eurem Vater suchen!«

Sascha konnte den Zwerg laut aufstöhnen hören: »Ich soll was?«

Er hatte seine Anwesenheit vollständig vergessen.

Auch Sascha protestierte: »Auf keinen Fall lassen wir uns von dem da durch den Wald führen. Der ist echt unfreundlich.«

»Genau, unfreundlich bin ich! Sehr sogar«, stimmte der Mong ihm zu.

Doch ein Blick der Waldhüterin genügte, um ihn folgsam mit dem Kopf nicken zu lassen. »Natürlich, Herrin.«

»Pass gut auf deinen kleinen Bruder auf! Sag niemandem, wer er ist! Hörst du, auch nicht Eisew! Du musst dieses Wissen ganz tief in deinem Herzen und in deiner Seele verschließen!«, ermahnte sie Sascha.

Fassungslos starrte er sie an. Er war wie vor den Kopf gestoßen.

»Warum ist das so wichtig? Was ist los?«

»Ich habe deinem Bruder seine Maske gegeben, aber er wird sie noch nicht gut genug nutzen können. Er soll niemandem in die Augen sehen! Gib Acht auf ihn!«

Sascha zögerte. Die Waldhüterin wirkte nervös.

»Hörst du!? Achte auf ihn!«

»Ja, klar. Schon verstanden.«

»Findet euren Vater! Er wird euch beschützen!«

Sascha machte einen Schritt auf sie zu. »Gibt es nicht eine Möglichkeit, Theo schnellstmöglich nach Hause zurückzuschicken?«

Ein mitleidiges Lächeln huschte über Esajis altersloses Gesicht.

»Manchmal zeigt das Schicksal uns Wege auf, die wir nie gehen wollten«, flüsterte sie.

Ihre Worte klangen tröstend, auch wenn Sascha ihre Bedeutung nicht verstand.

Sie legte ihm kurz die Hand auf den Arm. »Du bist wirklich ein ganz besonderer Junge und stärker, als du denkst. Das Buch der Schöpfung hat dich nicht vernichtet. Es hat dich erwählt und dir eine Gabe geschenkt. Vertrau auf diese Gabe und bleib einzig dir selbst treu!«

Für einen Moment schwieg sie, bevor sie leise, beinahe flüsternd fortfuhr: »Es gibt ein zweites Buch dieser Art. Es ist das Gegenstück zu deinem. Man nennt diese beiden Schöpferbücher auch die ungleichen Brüder. In jeder Welt gibt es immer zwei Seiten: gut und böse, hell und dunkel, Vergangenheit und Zukunft, gehen und bleiben, Leben und Tod. Du musst es finden!«

Ihre hellen Augen hielten sich an irgendeinem rätselhaften Punkt im Nebel fest. Sie sah nachdenklich, sogar ein bisschen traurig aus.

»Ich fürchte, das andere Buch ist bei deinem finsteren Doppelgänger. Mehr wage ich nicht zu verraten. Sonst könnte ich das Schicksal herausfordern und jemandem Schaden zufügen, den ich mehr als alles andere liebe.« Jetzt lächelte sie. »Es ist immer die Liebe. Sie verändert alles.«

Ihre Worte verwirrten Sascha. »Hä? Liebe? Doppelgänger? Gibt es mich zweimal?«

Vergeblich hoffte er auf eine Antwort. Der dichte Nebel lichtete sich langsam. Die Gestalt der Waldhüterin verlor sich zögernd hinter dem silbrig-weißen Dunst.

»Dein Bruder ist jetzt bei dir. Das ist gut. Vielleicht gibt es doch noch Hoffnung für Enalis. Suche nach dem zweiten Schöpferbuch!«, hörte er sie sagen, bevor sie zwischen den großen Bäumen verschwand.

Einzig ihr bezaubernder Duft hing noch über dem Waldstück,

in das abermals die Sonne zurückgekehrt war.

»Finde das zweite Buch!«, vernahm Sascha flüsternd den Widerhall ihrer Stimme aus einer fernen Welt – wie ein Echo: »Das zweite Buch!«

Danksagung

Dieses Buch zu schreiben, war für mich eine Reisse voller Höhen und Tiefen. Ohne die Menschen, die mich auf diesem langen Weg begleitet haben, wäre ich vermutlich gescheitert. Ich danke von Herzen:

Meinem Mann, der mich oft darin bestärkt hat, diesen Roman zu schreiben. Meinem ältesten Sohn Vincent, der zu meinem wichtigsten Berater wurde. Meiner weltbesten Freundin Susanne, die das Manuskript in allen Entwicklungsstufen begleitet, unermütlich gelesen und bis zum Schluss mitgefiebert hat. Meinem Catrinchen, die mir sehr oft Mut zugesprochen hat. Meinen Eltern, die mir beigebracht haben, »nach den Sternen zu greifen«.

Ich danke auch meinen wunderbaren Probe-Leserinnen: meiner Schwester Christine, der fabelhaften Autorin Pia Steinmann, dem Multitalent Jane, den Krimifans Katrin und Karin, die sich auf mein Fantasy-Abenteuer eingelassen haben. Und vor allem meinem Patenkind Felicitas – einer wahren Kennerin des Genres. Sie alle haben mir dabei geholfen, die Geschichte besser zu machen.

Aber nicht nur sie waren an diesem Buch beteiligt. Ohne Profis geht es nicht! Danke an meine Lektorin, Tanja Böhm, für ihre Leidenschaft und ihren professionellen Einsatz. Ebenso möchte ich Tamara Haschke für das äußerst sorgfältige Korrektorat danken und Julia Rohwedder, die ein fantastisches Cover gezaubert hat. Mein besonderer Dank gilt außerdem der Germanistin und lieben Freundin Jane Messerschmidt, die sich in Sachen Buchsatz unentbehrlich gemacht hat.

Danke auch an Euch, meine Leserinnen und Leser. Es berührt mich, dass ihr mir nach Enalis folgt.

Eure Juliane

Die Autorin

Juliane Deinert, geboren 1975, studierte Geschichte und Philosophie an der Universität Rostock und promovierte anschließend mit einer Dissertation über die *Rostocker Studierenden im Dritten Reich*. Im Anschluss war sie als wissenschaftliche Mitarbeiterin an der Universität Göttingen tätig. Während ihres nebenberuflichen Aufbaustudiums der Informations- und Bibliothekswissenschaft an der Humboldt-Universität zu Berlin entdeckte sie ihre Liebe zum Schreiben.

Heute lebt sie mit ihrem Mann und ihren zwei Söhnen an der Ostseeküste, schreibt als freie Historikerin, Autorin und behauptet, der Wind bringe ihr die besten Ideen direkt vom Meer.